A despedida de Flor

Elizabeth Acevedo

A despedida de Flor

Tradução de
Luisa Geisler

1ª edição

EDITORA RECORD
RIO DE JANEIRO • SÃO PAULO
2024

CIP-BRASIL. CATALOGAÇÃO NA PUBLICAÇÃO
SINDICATO NACIONAL DOS EDITORES DE LIVROS, RJ

A159d   Acevedo, Elizabeth
            A despedida de Flor / Elizabeth Acevedo ; tradução Luisa Geisler. - 1. ed. - Rio de Janeiro : Record, 2024.

            Tradução de: Family Lore
            ISBN 978-85-01-92008-9

            1. Ficção americana. I. Geisler, Luisa. II. Título.

24-91639   CDD: 813
                                 CDU: 82-3(73)

Gabriela Faray Ferreira Lopes - Bibliotecária - CRB-7/6643

Título original:
Family Lore

Copyright © 2023 by Elizabeth Acevedo

Texto revisado segundo o Acordo Ortográfico da Língua Portuguesa de 1990.

Todos os direitos reservados. Proibida a reprodução, no todo ou em parte, através de quaisquer meios. Os direitos morais da autora foram assegurados.

Direitos exclusivos de publicação em língua portuguesa somente para o Brasil adquiridos pela
EDITORA RECORD LTDA.
Rua Argentina, 171 – Rio de Janeiro, RJ – 20921-380 – Tel.: (21) 2585-2000, que se reserva a propriedade literária desta tradução.

Impresso no Brasil

ISBN 978-85-01-92008-9

Seja um leitor preferencial Record.
Cadastre-se no site www.record.com.br e receba informações sobre nossos lançamentos e nossas promoções.

Atendimento e venda direta ao leitor:
sac@record.com.br

Para Orí.
Um elogio à forma como você me guarda & guia.

você não vem celebrar comigo
o que forjei
em um tipo de vida? não tive um modelo.
nasci na babilônia
não branca e mulher
o que esperava ser exceto eu mesma?
inventei
aqui nesta ponte entre
luz de estrelas e argila,
uma das minhas mãos segurando com força
a outra; venha celebrar
comigo que todos os dias
alguma coisa tentou me matar
e fracassou.

"você não vem celebrar comigo?",
Lucille Clifton

LISTA *de* PESSOAS CENTRAIS

MAMÁ SILVIA: (1933–2009): matriarca dos Marte, falecida há tempos, com visões (em especial de nascimentos)

PAPÁ SUSANO: (1930–1975): patriarca dos Marte, falecido há tempos, marido sitiado

SAMUEL: (1949–): primogênito e único filho homem dos Marte

MATILDE: (1952–): irmã mais velha dos Marte, a bondade encarnada, sem afinidades conhecidas

FLOR: (1953–): segunda irmã dos Marte, com visões (em especial de mortes)

PASTORA: (1955–): terceira irmã dos Marte, leitora das verdades alheias

CAMILA: (1969–): irmã mais nova — e mais esquecida — dos Marte, com afinidade com fitoterapia

ONA: (1988–): filha de Flor, portadora de uma vagina mágica tipo alfa

YADI: (1990–): filha de Pastora, herdeira de um gosto por limão-taiti

ANT: (1989–): garoto da vizinhança e namorico de infância de Yadi

JEREMIAH: (1987–): companheiro de vida de Ona, artista visual

RAFA: (1954–): marido de Matilde e mulherengo infame

MANUELITO: (1952–): amado de Pastora

PEDRO: (1950–2017): marido de Flor, um homem com indisciplinados pontos fracos

WASHINGTON: (1968–2008): marido de Camila, de uma generosidade sem limites

TIA FREIRA: (1934–2015): irmã de *mamá* Silvia, sem afinidades conhecidas

LA VIEJA: [SUPRIMIDO] (1936–2000): irmã de *mamá* Silvia, cruel, *talvez* porque tenha sido possuída por um demônio

SEIS SEMANAS PARA O FUNERAL

FLOR

tinha uma tabela com o ranking das estações do ano, listando o outono como o período climático de que menos gostava na América do Norte. A estação em que as coisas começavam a morrer, para Flor, sempre foi pior que aquela em que as coisas estão de fato mortas.

Deveria estar fazendo a caminhada diária pelo Riverside Park — apesar da chuva, sabia que o tempo um tanto quente logo cederia lugar a dias mais frios —, mas, em vez disso, acabou sentada no sofá cor-de-rosa estampado, com o documentário.

Ela o contou de certa forma. A verdade que não era *a* verdade.

Com frequência, Flor ouvia a filha falar da pesquisa com uma orelha dobrada para dentro. Mas a outra orelha, a outra se aguçava sempre que a filha dava alguma declaração na direção dela. Flor não tinha muita certeza de quando começou a buscar a aprovação da própria filha, mas, ultimamente, vivia tentando demonstrar a própria relevância. Flor não era muito boa em acompanhar todos os rituais, mitologias e performances que a humanidade havia instituído desde a Mesopotâmia *del carajo* até agora, mas era *ótima* em ficar preocupada com a possibilidade de que só se aproximaria da filha se compartilhasse seus interesses antropológicos.

— Ela dá aula de história da República Dominicana no City College — era a resposta que Flor dava aos vizinhos sobre a carreira da menina.

(Sempre foi difícil para *mami* explicar com o que eu, Ona — com duas pós-graduações, note — trabalhava. *Mami* aprendeu que tentar explicar que eu estudava ruínas de canas-de-açúcar e rotas comerciais pré-colombianas, e tudo isso conectado a Kiskeya entre o começo do século XVI até meados do século XX para um bando de imbecis incultos (palavras dela, não minhas), faria os vizinhos balançarem a cabeça: *Meu filho trabalha com contabilidade*, ja ja, *mais fácil do que contar esse monte de história*.)

Mas Ona passou o verão todo falando de um documentário. E, assim, Flor ligou para a irmã Camila e pediu ajuda para configurar a Netflix e colocar legendas em espanhol, e, com a chuva deixando Manhattan isolada pela água, ela assistiu à tela.

Un mexicano do Arizona ou do Colorado, *de por allá*, estava numa cadeira de rodas enquanto uma longa fila de filhos, netos e bisnetos se alinhava para *pedirle bendiciones* e sussurrar que o amavam. Flor revirou os olhos. Típico de homem, prestes a bater as botas e ainda forçando os descendentes a beijarem a mão dele. Antes mesmo de estar no caixão! O pai dela jamais faria isso. Ela cogitava espiar o grupo de conversa com os irmãos no celular — no momento, esquentando com uma discussão sobre a professora substituta da aula de salsa de Matilde — quando o homem na tela começou a chorar abertamente. As mãos dele tremiam no *bastón* quando a menor de todas, *deve ser uma bisneta*, deu um passo à frente para pressionar a carinha no joelho dele.

Ah, pensou Flor, *não é só beijar o anel então*.

Flor não pegou o celular até o filme terminar. Então recomeçou a assistir.

Naquela noite, enquanto partia o cabelo ao meio e o prendia bem com grampos no couro cabeludo, as pontas espetavam sua cabeça, tão afiadas quanto essa nova dúvida. *Não. Ela não podia fazer isso. Podia?* Flor passou a maior parte da noite acordada, alimentando a preocupação, da mesma forma que uma língua sempre acaba tocando uma afta inflamada, tentando aplacar o implacável. E se *ela* fizesse um funeral em vida?

Era ridículo, sabia disso. Qual seria o objetivo de reunir os irmãos, as sobrinhas, os sobrinhos e os primos distantes? Dizer o que para eles? Não havia diagnóstico para criar urgência. Nenhuma tosse persistente para deixá-los ansiosos. Seria egoísta reunir a família com um objetivo que ninguém via. Foi dormir com essa nova determinação, de que o filme lhe havia inspirado noções absurdas e implausíveis.

Acordou na manhã seguinte em devaneios. E na manhã depois dessa. Por mais de uma semana, Flor cerrou os dentes enquanto dormia. Quando deu por si armando fantasias de um funeral em vida enquanto preparava um *pastelón de plátano*, parou, as mãos cheias de bananas maduras grudentas e doces, e abandonou a caçarola pronta pela metade na bancada da cozinha.

Flor sempre portou a marca da morte. Souberam desde o momento em que ela nasceu e não parou de chorar que não tinha sido arrancada por completo do Antes. Era o choro de uma bebê com cólica, mas um choro que não acalmava com *valeriana con flor de tilo*. A versão bebê de Flor só se aquietava quando sonhava, e então a pequena ficava ainda mais assustadora; ela dormia com o olho esquerdo semiaberto, a íris piscando como se assistisse a algum filme mudo com ele, vagando de forma que não aparecia quase nada além do branco do olho. Às vezes, a bebê Flor acordava sobressaltada, um grito que partia a noite rasgando a garganta. Alguns dias ela acordava com um choramingo. Em algum momento, Matilde, a irmã mais velha, se deu conta de que, se a criança estivesse no colo antes de acordar por completo, ela se acomodava com mais facilidade no reino desperto dos vivos. Matilde se voluntariou para dormir com a bebê aninhada ao lado, o punhozinho agarrando seu dedo.

A primeira vez que Flor declarou que alguém morreria foi de forma bastante casual.

Estavam à mesa do café da manhã, e Flor, precoce aos 5 anos, servia *panes de agua* para a família. Os pais falavam baixinho sobre atravessar três cidades para visitar uma das tias-avós.

— É tarde demais. A sua *tía* morreu.

A agitação em torno da mesa cessou, todos à exceção de Flor. *Mamá* Silvia fez o sinal da cruz, lançando um olhar ao marido supersticioso, que parecia ter parado de respirar do seu lado.

— *¿Qué fue, niña? No hables de lo que no sabes* — ralhou *mamá* Silvia e correu os dedos pelos aros da corrente de ouro que ornava seu pescoço.

— *Se murió. Hace cinco días.* — Equilibrando a bandeja de pão numa das mãos, Flor agitou todos os cinco dedos da outra. Tinha começado a aprender os números havia pouco tempo e estava bastante orgulhosa de como tinha melhorado. — Ela quer o rosário de volta. — Flor parou de agitar a mão, o olho bom pousando nos dedos da mãe.

A garota deu a volta na mesa e foi até o pai, abordando-o para oferecer um pãozinho, e fingiu não notar que ele afastou o joelho só o suficiente para prevenir que a saia dela o tocasse.

Do outro lado da mesa, *mamá* Silvia chamou a garota com um aceno. Flor não era criança de segurar firme as coisas; na verdade, ela costumava deixar tudo lhe escapar entre os dedos: pratos, fitas, aspirações de ser a preferida de alguém. *Mamá* Silvia trouxe a garota para bem perto até seus rostos estarem a centímetros. Ninguém sabia do rosário de ouro. Era um segredo entre *mamá* Silvia e a *tía*.

— *¿Como tú lo sabes?* — sussurrou a mãe.

—Sonhei que os meus dentes quebraram. Mas não doeu. Eles só se espatifaram, e tentei recolher tudo do chão, mas eles viraram poeira, montinhos de poeira. E aí uma senhora muito, muito velha apontou para o pescoço. E ela me falou que, quando a senhora falasse dela, era para pedir de volta.

Mamá Silvia fez as malas no mesmo dia e pegou um trem que a levaria a duas cidades de distância, onde conseguiria montar *un burro*. A bebê na barriga chutava sem parar. O médico lhe havia dito que não tivesse mais filhos. Tinha perdido três antes deste; cada vez, Flor tinha um pesadelo, e, na manhã seguinte, *mamá* Silvia acordava e encontrava sangue escorrendo pela perna.

Ela estava convencida de que a terceira filha havia nascido amaldiçoada. Trouxeram o padre. Ele veio com seu incensório e entoou que o demônio fosse removido do corpo de Flor e da casa. Os sonhos violentos da garota pararam enquanto *mamá* Silvia estava grávida de Pastora, mas voltaram logo em seguida. Ela havia perdido todos os bebês desde então. Agora *mamá* Silvia suspeitava que a criança fosse um sinal de alerta de *diosito*. Quando chegou à casa grande onde a tia morava, *mamá* Silvia encontrou as janelas cobertas de preto. A *tía* de fato havia falecido cinco dias antes, como Flor tinha dito. Flor era o tipo de criança com pouquíssimos medos. Soube aos 6 anos que queria um futuro calmo e altruísta. Avisou à família que desejava uma vida no convento como a tia freira, e os pais e os irmãos concordaram que suas excentricidades a faziam a candidata perfeita para uma vida de clausura religiosa.

A vida lhe passava sem grandes percalços, mas o sistema de alarme que a maioria das pessoas têm que as coloca em modo de luta ou fuga era mudo em Flor. Ela simplesmente sabia muito bem aonde cada escolha levava. Era o que tornava seus poucos medos tão distintos. Odiava raios, a forma como interrompiam uma noite de sono com sua luz e seus estalos. O desdém que sentia em matar qualquer coisa viva era famoso. Enquanto as irmãs guardavam flores em jarros de leite ou tentavam treinar os sapos do canal para serem bichinhos de estimação, ela nunca teve uma planta sequer — vê-la amarelar, ou murchar, ou, Deus a livre, *morrer* aos seus cuidados a forçaria a fazer o sinal da cruz e pedir perdão a talos secos. E uma vez, aos 7 anos, ela acordou no meio da noite precisando usar a casinha. Acendeu uma lanterna e, sonolenta, foi até o buraco num banco do lado de fora. O grito que deu fez todo mundo sair correndo para formar um círculo ao redor dela, que estava usando o banheiro. Uma cobra escondida nos restos humanos havia se levantado e a picado onde a coxa encontrava a virilha. Ela precisou que um irmão a acompanhasse a qualquer visita ao banheiro a partir de então.

Numa criança já estranha, esses medos eram tão singulares que foram deixados de lado. Não parecia importar onde seria seu lugar neste vasto mundo; se em um convento ou onde quer que fosse, já que o lugar que vinha depois não a assustava em nada.

Agora, nos anos mais maduros, e apesar de ter sido tanto esposa quanto mãe, sua relação com a morte ainda era a mais íntima que conhecia. Então, quando, aos 70 anos, as sinapses acenderam com o documentário do funeral em vida, ela soube que causaria um *revolú* na família estendida, não só porque era algo não católico mas também porque ela era a segunda filha mais nova, a do meio. Se o irmão e as irmãs não morressem de rir ou a desaconselhassem até repensar a coisa toda, opinariam que, já que iam começar a fazer funerais em vida, deveriam ir em ordem cronológica. Ou ficariam preocupados com o que ela poderia ter visto.

A primeira coisa que fez foi ligar para o salão de festas na Grand Concourse, onde a filha de um vizinho havia se casado. Sabia que seria grande o suficiente para a família. Para sua total alegria, o gerente contou que tinham acabado de cancelar um evento para o sábado dali a cinco semanas e que poderia dar um desconto se ela reservasse no ato. Flor declamou os dados do cartão de crédito e pagou a taxa de reserva.

Em seguida, ligou para a sobrinha Yadi, afastando a culpa que sussurrava que sua filha, Ona, merecia a primeira ligação. Ona estava num congresso em Washington, D.C., então Flor raciocinou que não fazia sentido perturbá-la, principalmente porque era o grande evento de sua carreira desde que tinha retornado ao trabalho após a licença. Também ajudava o fato de Yadi ser a sobrinha mais tranquila de todos, uma menina que fazia perguntas afiadas, mas não intrometidas. Todos os anos de terapia de Yadi lhe ensinaram a sondar com gentileza. Ela também era boa com tecnologia e relutantemente concordou em fazer uma montagem que Flor pudesse mandar para o grupo da família.

— Tem de ter rosas, *mi hija*. — Houve cliques, que Flor pensou ser a menina digitando no computador.

— *Tía*, a senhora não acha que rosas vão ficar muito festivas? Ou românticas? Não sei se esse é o melhor tom.

Flor fez da própria pausa uma pontuação. E então:

— Yadi, o meu nome é Flor. Pétalas vermelhas brilhantes, viu? Não cor-de-rosa. Nem brancas. E nada de cravos! Eu não morri ainda.

Yadi lhe mandou a imagem ao meio-dia, e Flor a postou no grupo da família sem explicações. Perto da hora do jantar, ela havia desligado o celular porque o negócio estava fazendo barulho sem parar com *vainas* dos irmãos. Ona ligou para o telefone fixo à noite, fazendo tocar até Flor enfim atender.

— O que você está pensando? O que está acontecendo? Eu deveria estar num jantar, dando um discurso, mas como posso falar em público se a minha mãe aparentemente está convidando pessoas para o próprio funeral?

Flor acreditava na preocupação de Ona, porque a garota insistia em voltar para o inglês, apesar de saber que Flor só entenderia metade das palavras. Ay, mi pobre niña, *ela sempre teve sentimentos demais em espanhol*.

Flor deu por si fantasiando sobre as coisas que as pessoas poderiam dizer: Matilde era a irmã mais gentil e provavelmente lhe escreveria algum tipo de poema. Sua irmã Pastora iria direto ao cerne da questão, o que deixaria Flor desconfortável. Ona choraria.

Ela havia sido boa para a família, pensou Flor. Eles se despediriam com gentileza.

Escolheu a foto exata que queria que ampliassem para ser a primeira coisa que os convidados vissem ao entrar no salão. Era uma foto de quando ela havia acabado de chegar a Nova York. Tinha sido fotografada usando uma capa de pele falsa de leopardo, o cabelo solto com cachos modelados, a foto de cores desbotadas não apagava o brilho nos seus olhos ou o reflexo do rio Hudson atrás dela. Tudo era possível, ali, naquele instante.

Poucos dias após compartilhar a imagem do evento por todo lado, ela rumou pelos andares da Macy's à procura de uma roupa. Teria feito compras na loja em que Pastora trabalhava, mas não queria transformar a ocasião numa orquestração familiar. Esse era o seu funeral em vida, e os detalhes de como ela apareceria eram apenas dela. Comprou também um vestido para Ona usar no evento.

Então, considerou a estrutura do funeral. Talvez deixar as pessoas entrarem e passarem um tempo? Então, ela poderia pedir ao mestre de cerimônias que fizesse um discurso breve antes de abrir o palco para que as pessoas viessem até ela e prestassem seus respeitos. No microfone, é claro.

Flor nunca teve um chá de bebê, mas, sempre que pensava nos grandes eventos que havia frequentado ao longo da vida, voltava aos chás de bebê; o que mais a comovia eram as cadeiras enormes de vime onde as futuras mães se sentavam, com decoração temática, o trono alugado era um assento para que todos prestassem homenagem. Flor já havia se afastado dos anos em que poderia engravidar, mas pensou que ela, também, tinha algo para trazer à luz a quem lhe prestasse homenagem. Encomendou uma cadeira pavão enorme de vime.

O menu seria um bufê self-service, decidiu. Pastora, de boca fechada sobre o assunto do funeral, aprovaria isso, pelo menos. Pastora era a mais robusta de todos e adorava qualquer evento que encorajasse a comer várias e várias vezes. Foi o detalhe de encomendar o bufê que tornou tudo real. Flor teria de ligar para Yadi de novo; não podia contratar comida para uma festa e dar dinheiro para alguém que não fosse parente, em especial com uma nova empreendedora do ramo na família.

Flor havia planejado muitos funerais ao longo da vida: para o pai, para o marido. Mas nenhum planejamento eriçou os pelos dos braços ou a fez passar a noite em claro como o do próprio funeral. A iminência carenava na direção dela, pronta para alcançar o peito, agarrar o coração e tomar o leme. Era uma mulher determinada. E precisava reunir os parentes antes que chegasse.

Ela sabia. Ela sempre soube.

A verdade verdadeira, mas também a verdade que ela *não* queria contar: seus dentes haviam se espatifado. Num sonho, é claro. Na noite anterior ao documentário. E a dor do esmalte esmigalhando tinha sido excruciante. E naquele sonho, quando ela colocou os dedos na boca e cavoucou os destroços de incisivos, caninos e molares, o nome em que seus dedos se agarraram e que sacaram dos lábios não tinha muitas letras; ora, era pouco mais que uma pequena encantação sem fôlego.

flor flor flor

FLOR: TRANSCRIÇÃO DE ENTREVISTA (TRADUZIDA)

ONA: ... e é aí que você acha que começa?

FLOR: Acho. É claro. Começa com o corpo para mim... Às vezes eu me sentia como uma inquilina nesta carne; alguma coisa hospedada. Até ter o meu primeiro amor, mas, olhando em retrospecto, eram emoções de moça.

Eu me tornei um ser humano de verdade quando engravidei de você. Nada, nem dormir com alguém, tinha me feito encarnar no meu próprio corpo tanto quanto criar outra pessoa. Era primal, físico, as sensações se tornaram novas para mim. Eu acordava e escovava os dentes, e, quando a escova tocava a língua, eu sentia náusea. Um choque visceral do mundo dos sonhos para o corpo... Você me conhece, Ona, às vezes tenho dificuldade em tomar decisões. Mas, a partir do momento que descobri que estava com você na barriga, as escolhas mais animalescas de todas ficaram fáceis. O que eu queria comer? Isso não, isso não, isso sim. Eu ficava na minha estação na fábrica de botões, e a fome, a vontade de urinar, de descansar, eram sensações tão fortes quanto as máquinas zumbindo ao redor. Os sinais eram urgentes, impossíveis de ignorar.

Eu nunca soube com tanta clareza o que queria e do que precisava em quase todo instante.

Eu me lembro de uma vez, andando pelo Morningside Park, sabe aquele trecho perto da 110, onde ficam os campos de beisebol? Tinham acabado de cortar a grama, o trator ainda estava no campo, e juro que quis cair de joelhos. A grama tinha cheiro de viva, o leite de cada lâmina cortada adoçava o ar, e eu sentia que o meu nariz recebia cada gotícula de orvalho. Eu tinha conhecido campos lindos e admirado árvores e pássaros, mas, com um segundo batimento cardíaco no corpo, os meus sentidos foram eletrificados de novo.

Você me aterrou aqui, com os dois pés, nos dois joelhos, caída de quatro, arfando para trazer você à tona. Conheço a morte desde antes de nascer, mas nunca tinha conhecido de verdade a vida até poder dá-la a você.

DOIS DIAS PARA O FUNERAL

MATILDE

não se assustou com a série de sons de notificação anunciando que o grupo dos irmãos tinha encontrado uma nova fonte suculenta da qual beber. Precisava fazer compras antes da aula, e, diligentemente, circulava produtos no encarte do supermercado para não comprar além do que precisava. Yadi tinha lhe mandado uma lista de pratos que preparariam nos próximos dois dias para o funeral de Flor, e Matilde, devotada em tudo que fazia, era especialmente aplicada em seu trabalho de gerente assistente da empresa de Yadi.

Mesmo quando o telefone de casa tocou, ela não hesitou. *Malditos* golpistas, sempre conseguiam o número dela mesmo que Camila a tivesse colocado numa lista que bloqueava spams, telemarketing e coisas do tipo.

No sétimo toque, Matilde baixou a caneta e ajeitou os óculos, que estavam caídos na metade do nariz. Dobrou duas vezes o encarte com as promoções do mercado. O identificador de chamadas exibia PASTORA. Matilde suspirou. Recomendava-se apreensão quando se atendia a uma ligação de Pastora; a língua dela nunca se conteve por nada.

Matilde esperava que Pastora apenas quisesse *bochinchear* sobre Flor; elas haviam tocado por alto no assunto, o motivo para a sábia da irmã delas estar fazendo algo tão inesperado quanto se dar um funeral sem mais detalhes. As teorias foram desde um chute de que ela teria recebido o resultado de um exame numa consulta recente até a opinião de que talvez a maldição familiar da demência já tivesse laçado seu cérebro. Flor estava muda sobre o assunto, restando às irmãs fofocar entre si.

Mas Pastora não estava ligando para falar de Flor.

A voz atravessou o cumprimento de Matilde.

— Vou te contar nos mínimos detalhes, do jeito que os meus olhos viram. Rafa passou pela minha loja hoje e entrou na farmácia do outro lado da rua. Era pouco antes da hora do almoço, *como a las once y pico*. E, sim, antes que você pergunte, tenho certeza de que era ele. Estava usando aqueles jeans brancos rasgados que ele acha que dão ar de *papi champú* e aquele boné do Águilas que ele adora. Ele envolvia com o braço uma mulher enorme de grávida. *Iban agarraditos de manos*.

Matilde já havia recebido ligações como essa antes.

Rafa foi visto no karaokê cantando uma música de amor para uma garçonete lânguida.

Rafa foi visto nas sinucas da 207 ensinando uma mocinha bonita, apalpando a bunda grande demais dela.

Rafa foi visto entrando no apartamento da viúva no 5D e saiu uma hora depois sem a caixa de ferramentas.

Rafa sempre estava sendo visto por alguém fazendo algo com alguém que não era Matilde.

Mas a testemunha dessas transgressões nunca era Pastora, essa irmã mais nova que agia como mais velha, e, portanto, Matilde jamais havia recebido exatamente esse tipo de ligação. Na verdade, essa irmãzinha nunca deu um pio sobre o casamento de Matilde, recusando-se a sequer olhar para ela quando surgiam, na conversa entre irmãos, perguntas sobre a infidelidade do marido. E, mesmo nas ligações que *tinham* acontecido antes, nunca houve rumores de amantes *grávidas*.

Matilde tirou os óculos embaçados do rosto. Estava arfando, deu-se conta, as explosões de ar curtas criando uma camada de umidade nas lentes. Deveria limpá-las. Em vez disso, pressionou as pálpebras fechadas com o dedo médio e o dedão da mão livre. Os pontos de luz flertaram com a memória e se arranjaram numa porta de carro semiaberta. Essa merda de porta a assombrava.

Era a noite do seu casamento, 1988. Matilde estava sentada sozinha no banco traseiro do carro, girando o anel ainda brilhante demais. As mãos ardiam por tocar as de Rafa naquele momento, quando estavam autorizados a fazer isso sem censura. Quantos dias ela passou sentada na sala de estar, tomando *un cafecito* sorrindo, só conseguindo pensar em tocá-lo bem *lá*? Ou pressionar seu corpo no dele. Ou enfiar os dedos no cabelo afro dele armado com pente garfo. Ela imaginava tudo isso sob o olhar atento das irmãs damas de companhia; imaginava e esperava que ele conseguisse ler seus pensamentos no olhar e que, talvez, pensasse nela também. Apesar de ser a segunda mais velha, com frequência era tratada como a mais nova do grupo. Um ar de inocência, as irmãs mais novas costumavam dizer, enquanto lhe davam tapinhas nas costas.

Matilde olhou de relance para os rios de saia e tules abaixo, a travessia impossível que precisaria fazer se quisesse algum encontro mão-corpo com o pescoço delicioso do novo marido. Quando estava prestes a se inclinar adiante e se espremer entre os bancos da frente para ao menos conseguir trocar uma espiadela tonta com Rafa, Manuelito passou por um buraco que a jogou para trás.

— *Me disculpa*, Matilde — disse Manuelito, os olhos dele encontrando os dela no retrovisor.

Ela ofereceu um sorrisinho. Até o momento, ele era o mais cortês dos cunhados e tinha oferecido tanto o carro novo quanto os serviços de chofer no dia do casamento. Correção: agora já era a noite do casamento. Que começaria em menos de dez minutos, se ela estivesse localizando com precisão em que altura estavam na *avenida* George Washington. E ela sabia muito bem onde estava, já que El Hotel Jaragua também era seu local de trabalho. Fazia esse trajeto diariamente. O desconto de funcionária e a boa reputação como recepcionista foram a única forma de conseguirem pagar o hotel ilustre por uma noite.

Do banco do carona, Rafa tamborilava os dedos sobre o vidro, criando uma batida que só ele ouvia. Eles se conheceram através da música. Ele era o cantor estrela daquele fim de semana *en la discoteca* da qual ela e Pastora eram frequentadoras quando Matilde enfim se juntou a ela na capital. A irmã mais velha e o único irmão serviam de escolta, mas ele era uma força desnecessária. As mulheres eram equipadas com os próprios meios para afastar atenções indesejadas. Todas exceto Matilde, que atraía a maior parte das atenções para começo de conversa porque seus saltos altos, uma vez que tocavam a pista de dança, pareciam forjados de pura luz. Ela era um pião, girando e girando, a saia um aro que entesourava os quadris. Sob os brilhantes globos espelhados, junto do choro do acordeão, Matilde se transformava no mais belo cisne. Até mesmo *en el campo* onde moravam, o povo dizia à boca miúda que Matilde podia até ser a irmã sem mágica, mas era também a única capaz de voar; seus *tacones* pareciam pairar acima do chão na presença de uma orquestra. Rafa, de sua posição elevada de cantor, notou a moça com o vestido barato de loja de departamento e sapatos alados e dirigiu a voz para o holofote dela; ela havia dançado com outros homens, mas sua voz melodiosa faria os olhos dela se voltarem para os seus.

Ele a encontrou mais tarde, no bar com Pastora.

— Quero que você dance a minha música pelo resto da vida — sussurrou ele, pousando rum com Coca-Cola nas mãos dela.

Matilde não sabia que dava para sentir mais calor do que quando tremia e suava na pista de dança, mas sentiu. Uma longa lambida de calor subiu, vinda de baixo do peito arfante.

A música estava alta demais para qualquer um entreouvir seu sussurro de prazer, muito menos Pastora, que estava perto de uma caixa de som; ainda assim, as sobrancelhas da irmã se uniram e ela balançou a cabeça, um sinal fácil de interpretar como reprovação, e, apesar disso, Matilde havia se voltado totalmente para esse homem, fingindo não ter visto o movimento da irmã. Ele a seduziu daquele dia em diante, desnudando seu comportamento empertigado, dizendo-lhe de novo e de novo que ela era especial, diferente de qualquer pessoa que ele já tinha visto.

Rafa tinha uma voz linda, clara como um sino de igreja, e dissera a Matilde mais de uma vez que sentia que a maior injustiça da vida era nunca ter feito sucesso, apesar de todos os donos de casas noturnas que lhe convidavam para cantar regularmente em suas boates. Ela nunca comentou com ele, mas era justamente a comparação com um sino de igreja que poderia estar na raiz da falta de sucesso: a voz dele era indistinta. Confiável, óbvio, mas badalava como o tipo de coisa com que se acostuma e que se aprende a silenciar. *Ela* não, lógico. Àquela altura do namoro dos dois, ainda estava apatetada o suficiente para a ponta de suas orelhas se eriçar sempre que ele pigarreava. Como ele fez, naquele momento, no carro. Matilde esperou o que ele ia dizer.

— Pode me deixar aqui — disse Rafa para o cunhado, apontando para um edifício com vista para a praia.

Não eram as colunas altas cor de coral de El Hotel Jaragua. Ela calculava que estivessem a uns cinco minutos de lá.

— Deixe Matilde no hotel para mim, *mi compadre*? É preciso ensinar cedo para uma mulher quem é que manda, *¿no es verdad?*

Ela não encontrou os olhos do cunhado no espelho retrovisor. Devia ter ouvido mal. Apesar de que, pela imobilidade das mãos de Manuelito no volante, o fato de ele não ter aberto um sorriso para a gracinha do noivo, ela entendeu que ele havia escutado o mesmo que ela e estava esperando que ela falasse alguma coisa. Sua irmã Flor o teria encarado duramente com o olho bom se o noivo tivesse dito isso para ela. Pastora teria voado no pescoço dele antes da segunda frase.

Matilde olhou pela janela e não disse nada. Com isso, esperava que o cunhado entendesse: *Não diga nada, Manuelito. Nem agora, nem mais tarde quando voltar para casa para Pastora. Reserve esta vergonha apenas para mim.* O marido deu um tapinha nas costas de Manuelito e colocou a mão na maçaneta do carro. Ela teve apenas um instante. Menos de um segundo...

(Eu, Ona, não estava viva ainda. E, já que não estava, não havia antropóloga residente na família. No entanto, se fosse nascida ou se alguém que Matilde conhecesse tivesse essa ocupação em específico, a pessoa poderia tentar explicar que Matilde se voltava ao ritual naquele nanossegundo; ela havia reconhecido aquela porta como uma placa piscando para a entrada de uma nova liminaridade. Antes de Rafa abrir a porta com um empurrão, e houve o maravilhamento momentâneo de pouco antes e o futuro impossivelmente faminto se escancarando à sua frente, *tía* Matilde teve recursos suficientes para entender que estava passando por um rito de passagem, experimentando um entrelugar, e, assim como a cerimônia que tinha atravessado para se tornar esposa, essa também desfaria uma versão sua anterior e concretizaria uma versão ainda não formada.)

... e ele partiu, o ar de fora correu para dentro, quente e úmido, um tapa suado no rosto. Então ele bateu à porta. Bateu na janela dela ritmadamente, ela se lembra. Quando ela a baixou, ele afastou o véu do seu rosto. Ela o havia tirado para a recepção, mas, antes de deixar a festa, as irmãs a empurraram para uma cabine de banheiro individual para ajudar a colocá-lo de volta. Essas duas irmãs com idades mais próximas da dela, Flor e Pastora, eram recém-casadas. Flor estava inclusive se preparando para ser mãe, depois de viajar de volta a Santo

Domingo grávida de sete meses para estar no casamento. E Pastora, apaixonada por ser esposa de Manuelito, tentava ser gentil apesar da desconfiança da escolha de Matilde para marido.

— Maridos gostam de ter coisas para tirar. Quanto mais casca você der, mais ansioso ele fica pela noz — disse Pastora.

Mas parecia que Rafa havia escutado o contrário.

— Desse jeito, você vai estar louca de saudade de mim.

Ele deu uma risadinha logo antes de sua boca lhe dar um beijinho. Era a primeira vez na relação deles que ela pensava que a vida para ele era só uma grande piada que ele adorava contar e era autocentrado demais para se dar conta de que ninguém ria junto.

Manuelito dirigiu os cinco minutos seguintes em silêncio. Matilde enxugou a umidade nas bochechas com os nós dos dedos. Ficou de janela aberta e respirou fundo. Quando pararam no hotel, pegou a mala de pernoite que tinha feito com lingerie, uma bebida e a muda de roupa para o dia seguinte e marchou para dentro antes que Manuelito pudesse se oferecer para acompanhá-la. Ela conhecia a semente da vergonha que desabrocharia sob o brilho da especulação dos colegas de trabalho, as perguntas de por que entrou com um homem que não era o marido. Então, preferiu atravessar as portas giratórias sozinha.

Trinta e poucos anos depois, quando pensa naquela noite, Matilde não deseja mudar o fato de ele a ter deixado sozinha por cinco horas depois do casamento para sair para dançar, cantar e — agora ela acredita nisso — galinhar. Ela nem sequer se arrepende do casamento, que foi dolorosamente adorável, os pais de branco, as irmãs atravessando a nave carregando botões de rosa claros. Não conseguia imaginar uma vida sem as gestações, cada uma com sua esperança abandonada, os esforços derradeiros de uma tentativa geral de conquistar o outro lado de uma vida solitária.

Não fazia sentido questionar o casamento. A única coisa que ela desejava poder alterar quando ele entrou naquele quarto de hotel na noite do casamento, cheirando a *grajo* salgado, sem notar que ela havia apertado até amarrotar toda a renda da camisola, era que os lábios dele não tivessem sido tão suaves em sua clavícula. As mãos dele passando pela alça que a mantinha vestida da mesma forma que ela havia visto o próprio pai, que não sabia ler, usar um marcador de página para destacar a passagem favorita dos Salmos. O toque de Rafa quando ele tomou seu peito na palma da mão havia mantido o peso imóvel por um longo segundo, aceitando uma oferta. Era claro quem era suplicante e quem era deus.

Quando o marido transou com ela naquela noite, a única escolha de Matilde foi acreditar que ele tinha esse direito. Ela *sentia* vontade, úmida, grudada a ele como se ele tivesse viajado por meses em vez de horas, lambendo seu maxilar como se pudesse engoli-lo por inteiro. Uma cadela arquejante recebendo o dono em casa. Talvez isso *fosse* o necessário na primeira noite que uma mulher dormia com um homem. Ela desejou que ele não tivesse sido tão proficiente. Tentando, com o corpo dele, fazer com que ela deslembrasse. Tudo teria sido mais fácil se ele não tivesse tanta convicção em seus beijos e toques, afirmações de que a amava, é claro, e só a ela.

Os bebês nunca vingaram. E, conforme cada irmão de Matilde foi se casando e tendo seus pequenos, ela foi sendo designada madrinha de todos. A que mandava presentes para as crianças, comprava sorvete e mimava do jeito que só um familiar pode, estragando ao máximo uma criança que não é sua. Até o momento, é madrinha de quatro filhos dos irmãos. As irmãs nunca disseram isso, mas ela sabe que foi a pena que as levou a fazer isso. Do contrário, por que pedir para um familiar ser padrinho? A formalidade de estruturar ainda mais uma relação se torna redundante. Aqui estava Matilde, estéril, que conseguia gerar um bebê do tamanho de um melão antes de ele decidir que preferia estar em outro lugar. Nunca disseram nada, mas ela sempre achou que deviam pensar isso também: se pelo menos tivesse dado uma criança a Rafa logo que se casaram, talvez o marido não tivesse se afastado. E ela responderia essa crítica imaginária com a garantia de que, exceto se entrasse em trabalho de parto logo antes da noite de núpcias, nenhum filho teria unido o marido a ela. Era só perguntar a Manuelito, que foi testemunha. Não era um filho que Rafa buscava nas saias alheias.

Ainda assim, ela se recusava a ser trágica. Sabia ser feliz pelos outros. Sabia que era muito mais que um útero no mundo.

Ela bateu o encarte de promoções que, em meio ao devaneio, tinha dobrado em um leque, na mesa da cozinha. Pastora ainda estava falando do que tinha visto em frente à farmácia.

Matilde se levantou.

— Agora não, Pastora. Tenho de ir ao mercado. Prometi a Yadi que ia buscar umas coisas para o bufê.

Matilde imaginou o gesto irritado de Pastora.

— Aquela menina sempre dá um jeito.

Então a voz de Pastora ganhou suavidade, a suavidade de uma faca de pão cortando um miolo aerado.

— A gente tem de conversar, Matilde. Hoje.

Matilde foi até o gancho do telefone.

— Depois do mercado, tem a minha aula.

— Onde é a aula mesmo? Passo lá antes de começar.

— No auditório da escola fundamental, *pero*, por favor, não quero distrações antes da aula.

Um ruído grosseiro do outro lado da linha precedeu Pastora dizendo:

— Depois.

Matilde não conteve o suspiro.

— A gente se vê amanhã à noite, Pas. — Matilde sabia que o apelido era como o pique num jogo de pega-pega: pausava Pastora por tempo suficiente para que fosse atrás de outra coisa. Mas Matilde também sabia que Pastora era uma caçadora mais feroz que a maioria, então reforçou seu argumento. — Essa conversa *pode* esperar até amanhã, não pode? A essa altura do meu casamento, é questão de vida ou morte?

Houve uma longa pausa, Pastora tentando ler a situação, tentando ouvir fosse lá o que ela ouvia nas vozes alheias. Matilde esperou. Um segundo. Dois. Três... Oito se passaram antes de Pastora falar:

— *Mañana entonces. Pero en serio, Matilde*. Está na hora.

E estava. Hora de Matilde dobrar o encarte e enfiá-lo no bolso. Hora de passar um paninho nos óculos e retorná-los ao rosto. Hora de pegar os sapatos de dança e comprar os ingredientes de que a sobrinha precisava. E então seria hora de ir para a aula.

E então. E então. E então.

PASTORA

saiu do telefone com Matilde, ainda preocupada. Havia tido muito com que se preocupar nesse último mês sem o fardo do casamento de Matilde acabar servido no seu prato. De verdade, já estava por aqui com aquele *relambío*. Mas, logo que engavetou essa preocupação, lembrou que Ant estava de volta à vizinhança. O namorado de adolescência da sua filha Yadi era um garoto gentil. E ela sabia que ele se tornaria um homem bom, porque trocou correspondências com ele todos os meses. Chegou a visitá-lo uma ou duas vezes. Mas o retorno dele ao quarteirão poderia desfazer todo o progresso difícil de Yadi em conseguir superar a perda dele.

E nenhum desses amores malfadados chegava perto de preocupar Pastora tanto quanto a irmã Flor.

Quando conversaram naquela manhã, Flor reclamou que Yadi tinha dominado o menu do funeral e não estava incluindo nem um pouquinho de carne de porco, e será que Pastora poderia tentar enfiar juízo na cabeça dela, por favor? Pastora achava divertido o tanto que Flor adorava carne de porco, considerando que a mulher não conseguia matar nem mesmo um mosquito se refestelando em sua perna, mas, por algum motivo, nunca se incomodou com carne morta no prato, desde que tivesse sido marinada em laranja amarga e cozida até soltar do osso. Pastora tinha murmurado que falaria com a filha, mas, na verdade, estava com dificuldade de abordar esse funeral com uma atitude tão irreverente quanto Flor.

Pastora era a irmã que vivia sendo convidada para ajudar a escolher as flores e decorar a cadeira enorme de vime, Flor insistindo que as outras pessoas a perturbavam com perguntas demais. Pastora não mostrava deferência a nenhuma das irmãs mais velhas além de Flor, que havia sido designada a carregar a bebê Pastora grudada no quadril, que tinha elaborado com meias uma espécie de carregador para ficar com a pequena nas costas. Anos mais tarde, sem nenhum *sling* para deixá-las juntas, elas ainda tinham conexões invisíveis. Eram elas que tinham os dons mais egrégios: Flor com um ouvido para a fofoca da morte, e Pastora com um ouvido para o tenor da verdade. O chão de qualquer recinto em que entravam ficava repleto de ovos metafóricos; quando as duas ocupavam o mesmo ambiente, os outros ocupantes ficavam inquietos. O que a maioria das pessoas poderia dizer que não levasse uma das irmãs a saber demais a respeito da vida ou do pós-vida da pessoa?

Uma coisa que Pastora e Flor não faziam era ficar cheias de dedos uma com a outra. Que é o motivo de Pastora se negar a pedir detalhes. Que é o motivo de Flor se negar a oferecer detalhes. Esse funeral teria as próprias verdades e os próprios fôlegos, e Pastora lhe daria este presente: deixar que o evento dissesse o que ela não poderia. Isso não significava que Pastora não tivesse roído todas as unhas a ponto de sangrar.

— *¡Viejo! ¿Estás listo? Vamos a llegar tarde.*

Seu marido era pontual para tudo, exceto quando precisava viajar. O voo dele era dali a quatro horas, mas Pastora sabia que, se não os enfiasse no carro e os colocasse a caminho, ele o perderia. Ele jamais admitia que tinha ansiedade, mas fazia e refazia a mala até o último segundo. Ele estar de volta à República Dominicana durante esse funeral era outra das preocupações que Pastora escondia junto do restante. A mãe dele estava morrendo, vinha morrendo fazia mais de um ano, mas seu primo havia ligado esta semana para avisar que o fim se aproximava; se ele quisesse se despedir, não podia esperar. E Manuelito era, acima de tudo, um homem do dever.

E era por isso que não estariam juntos em um dos momentos mais difíceis da vida de cada um deles. Ele precisava voltar para casa para os últimos dias da mãe, e ela precisava estar ali com Flor.

Ela suspirou e olhou para a lista de comidas que Flor tinha lhe pedido que comentasse com Yadi. Pastora quase se sentiu aliviada quando a garota se tornou vegana; os Estados Unidos a haviam mimado com comida. E, antes de ela abandonar a carne, Yadi comia como alguém que nunca conheceu a fome, deixando por roer as juntas das asas de frango e as pontas das costelas de porco.

Não que fosse um grande problema, porque em segredo Pastora sentia orgulho de a garota sempre ter sido bem alimentada, mas, bem, era só que Pastora tinha vergonha de ver desperdício. Às vezes, depois de a garota levar o prato para a cozinha, Pastora se esgueirava e chupava o tutano dos restos. Não precisava estar com fome para isso. Simplesmente parecia o certo a ser feito. Uma vez, Yadi a pegou fazendo isso, mastigando a cartilagem de um osso de frango, o marfim claro limpo cantinho por cantinho. Era uma das memórias que Yadi gostava de comentar quando contava por que havia se voltado para uma vida à base de plantas: a mãe, parada sobre um prato que não era o dela, viciada em carne a ponto de revirar lixo. Pastora não sentia vergonha desse retrato. Estava acostumada às recriminações alheias. Ora, quando criança, ela com frequência recebia o epíteto de *chica malcriada*.

As irmãs eram diferentes. Flor havia nascido com um olho que se voltava para o lado errado, como se tentasse virar para dentro. O irmão mais velho foi o primeiro a notar que Flor não era diferente apenas fisicamente. Ela era considerada uma criança abençoada e, uma vez que a família se acostumou com seus lamentos noturnos, não causou nenhum problema à *mamá* além de ter de arengar os vizinhos que vinham visitar Flor, esperando que ela pudesse "sonhar" com algo em nome deles.

Matilde, a mais velha das irmãs e segunda mais velha de todos, era uma *mansa*. Aquela menina era tão doce quando eram pequenas, e Pastora lhe dava socos na barriga, e ela simplesmente se jogava no chão! Não importava quantas vezes Pastora gritasse com ela ou erguesse os punhos, a menina sempre sucumbia à posição fetal e Pastora ficava encrencada por dar pancada na mais velha. Matilde nunca desenvolveu mágica.

Quando Camila nasceu, quase todas as outras crianças tinham se mudado para a capital. Camila havia crescido em grande parte sozinha, e cada irmão tinha poucas memórias da mais nova, o que significava que com frequência eles esqueciam que ela era parte do enclave. Suas habilidades com ervas e temperos foram cultivadas devagar. Camila dissera a Pastora certa vez que as folhinhas se curvavam de leve quando ela estava tentando curar uma doença. Ela havia aprendido suas diferentes curvas e arcos.

Samuel era o único outro irmão, e ele nunca ficou encrencado porque era garoto e o mais velho, e ele já estava nos campos trabalhando enquanto as garotas cresciam, então, mesmo que tivesse sido aventureiro como Pastora quando mais novo, ela jamais saberia. E, até onde Pastora sabia, a mágica só circulava entre as mulheres, então Samuel não tinha talentos fora os que havia aprimorado em negociações. Quando Pastora completou 8 anos, *mamá* Silvia começou a mandá-la se ajoelhar no jardim como punição, um ato que esperava que fizesse a criança se arrepender por quebrar a perna da cadeira preferida do pai ou por roubar um pedaço de frango quando sabia que a carne era racionada com precisão *justo* para que os homens ficassem com os pedaços maiores e mais suculentos. Depois de um tempo, Pastora era mandada sem ter cometido infração alguma, *em antecipação*, explicava a mãe. Sua ausência abria espaço para o silêncio que *mamá* Silvia parecia desejar. (Nenhuma mulher da minha família tinha recursos linguísticos para "crise de saúde mental" ou "depressão pós-parto" na época. E eu mesma li muito pouco a respeito disso, mas os bebês que *mamá* Silvia perdeu antes e depois de Pastora pareceram ter despertado um rancor aumentado que *mamá* Silvia reservava exclusivamente para a quarta filha.)

Pastora entendeu rápido as regras do jogo. Aprendeu que, caso se ajoelhasse na primeira vez que *mamá* mandava, genuflectindo com obediência perante a fila de limoeiros que cresciam altos e espigados, protegendo a terra deles daqueles "vizinhos intrometidos, bando de zé-ninguém", *mamá* ficaria satisfeita o suficiente para deixá-la correr solta sem reprimenda posterior. Pastora aprendeu a amarrar restos de meias velhas nos joelhos e baixava a cabeça do jeito que a tia freira lhes havia ensinado e logo: a cortina volteava, *mamá* Silvia voltava a costurar, ao cozinhar sem fim.

Sem supervisão, Pastora estava livre para partir em suas jornadas, e seu desejo de estar no mundo era o maior motivo para ela se encrencar, para começo de conversa.

Aquelas excursões diárias lhe ensinaram que qualquer coisa poderia ser uma aventura, caçar *limoncillos* no *conuco* dos pais, usando galhos grandes para combater vagabundos imaginários e praguejando. Praguejar era, com certeza, uma aventura. Ela misturava as palavras que ouvia os pais usando aos sussurros com a linguagem mais imunda que tinha ouvido para descrições do diabo. Ela praticava insultar os inimigos e a mãe, se bem que, mesmo com a coragem de aço que tinha na juventude, apenas uma vez na vida conseguiu contar para a mãe o que pensava dela.

De muitas formas, Pastora sempre foi boca suja. Era sua tentativa de lançar feitiços. Toda pessoa importante que ela conhecia — o *alcalde* da cidade, os *patrones* que faziam o pai trabalhar, Flor depois de um pesadelo, até mesmo *mamá* quando estava brava — praguejava.

Pastora estava convencida de que o poder, a mágica e o dobrar das palavras para dizer o profano eram formas de sair do jugo de alguém, como se as palavras formassem cascalhos que iam pavimentando o caminho até uma das grandes casas, a casa pela qual tinha de passar no caminho dali até a loja de variedades na cidade. Tinha visto os meninos dessas casas sentados em suas amplas varandas que davam a volta no imóvel — garotos altos e musculosos, o que importava a ela menos em termos de apelo sexual e mais porque todo aquele músculo significava que eles comiam, e de forma nutritiva; significava que a família fornecia diversas porções de carne para os garotos se deleitarem.

Às vezes, quando ela se esparramava sob o sol brilhante, tendo formiguinhas e mosquitos como únicos companheiros, o estômago se revirando talvez por estar cheio de qualquer fruta que havia roubado do pomar dos pais ou talvez das lombrigas que empestavam a ela e aos irmãos, Pastora pensava em querer ser uma "deles". Os que comiam bem, e tinham varandas, e cujos armários tinham mais do que duas camisas de colarinho.

O que ela nunca imaginou foi que talvez a própria mãe também desejasse uma mudança. Não só uma mudança no status de vida: ser esposa dos homens bem de vida que podiam pagar por essas casas e vestir essas crianças...

(algo que, o folclore da família determina, estivera destinada a fazer antes de se casar com o meu pobre avô que conduzia bois)

... mas que sua mãe poderia, mais do que tudo, querer trocá-la; talvez tivesse olhado para aqueles meninos fortes e pensado: *Será que um desses não seria mais fácil e duas vezes mais útil que essa diabinha?* Foi algo que levou anos e o próprio *estar en riesgo* de Pastora; foi algo que levou sua boca a se contorcer de um jeito similar ao da mãe, as palavras com tanta frequência jogadas nela quando criança, então catapultadas contra a própria menina — foi aí que ela se deu conta do que poderia ter levado a mãe a exilá-la no mato. Ninguém considera que um pai pode fantasiar dessa forma até se tornar pai. Até que tenha de olhar para a própria filha e pensar: *Seria mais fácil se eu pudesse trocar essa daqui por uma das minhas sobrinhas, ou por aquele menino bonzinho do mercado, ou até mesmo pelo cachorrinho quieto do vizinho.*

Nunca houve uma troca, nem dos pais dela, nem da filha dela, e Pastora sentia gratidão que em seus momentos de maior desespero, quando ela desejava uma das coisas ou ambas, Deus não estava escutando.

> Sentia falta dos campos e do correr do canal que a criaram quando se mudou para a capital anos depois. Mas foi logo ao chegar a Nova York pela primeira vez que Pastora sentiu de verdade a perda do verde. Chegou à cidade em janeiro de 1998, o chão coberto com um lodo de neve derretida com sujeira, as árvores prostitutas baratas, sem uma folhinha sequer para a imaginação. Ela não sabia na época das estações do hemisfério norte, que as árvores não ficariam tão nuas para sempre. Partiu-lhe o coração pensar na abóbada da floresta em que um dia correu livre.

Mas ela transformou esse lugar nu e sem cor num lar. Pastora tinha 43 anos quando se mudou para um apartamento perto do centro comercial na Columbus Avenue. Veio com Yadira a reboque, Manuelito havia chegado um ano antes. A Columbus era uma via pública gigantesca, ladeada por lojas baratas, uma terra encantada para os olhos. No seu segundo dia em Nova York, ela andou por entre as lojas e espiou pelas janelas, recusando-se a se maravilhar mesmo que quisesse espiar o interior feito uma criança na padaria. Ela nunca foi muito de encarar as coisas. Mais cedo ou mais tarde, permitiu-se olhar as blusas cheias de babados e os casacos exuberantes apenas de canto de olho. Mas, algumas poucas semanas depois de se acomodar, ela começou a avaliar as lojas com vontade, ou, na verdade, os donos. Enfim parou numa das lojas menores e pediu para falar com o dono, que tinha visto abrir o portão naquela manhã.

Mesmo que Pastora não dominasse muito o inglês nem os meandros de Nova York, ela com certeza dominava a arte de se virar, e, no fim das contas, vender é vender, independentemente do continente sobre o qual os bens são vendidos.

Tinha escolhido essa loja porque não era uma das grandes lojas de tênis ou de departamento, como a Rainbow. Estas eram descoladas e chiques, o tipo de loja que empregava apenas gente mais nova com a barriga e a imaturidade expostas. Espeluncas seriam mais apropriadas, mas Pastora sabia que a maioria delas era fachada para jogos de azar, então o varejo sempre estaria em segundo plano em comparação ao negócio nos fundos. Entrara nessa loja porque havia notado que tinha um fluxo contínuo de clientes, senhoras mais velhas tentando parecer finas sem gastar em excesso. As roupas eram simples, trajes para a igreja ou trabalho, e, ao longo de uma semana passando por ali em horários aleatórios, notou que a loja abria e fechava na mesma hora, nunca parecia cheia demais e precisava atualizar a forma como exibia as roupas na vitrine; as manequins usavam roupas novas, mas as estampas e os cortes estavam antiquados. E o gerente. Tinha algo no gerente...

No dia seguinte, quando o gerente, *don* Isidro, um homem baixo, bem-vestido, com olhos astutos por trás dos óculos, apertou sua mão e perguntou por que ele deveria contratá-la, Pastora respondeu no ato:

— Vou lhe dar três motivos. Nunca trabalhei em loja, mas eu ajudava a minha mãe a reparar e costurar as nossas roupas e consigo ver qualidade. Sou honesta e nunca tive nada que não merecesse. E consigo ler a verdade de uma pessoa, mesmo ouvindo só uma palavra dela.

O último motivo era verdade.

— Acho que vou me dar bem lá — disse Pastora para o marido na noite anterior à abordagem ao gerente. Ela estava passando seu creme noturno e Manuelito lia o jornal na cama. — O gerente parece um homem sério.

E qualquer homem teria ficado ofendido ao saber que a esposa estivera olhando para outro. Manuelito simplesmente fechou o jornal, tirou os óculos de leitura e sorriu. Ele havia encontrado emprego numa central de táxis, e sua personalidade matutina o fazia ficar com o turno da manhã, levar pessoas de negócios que eram boas demais para tomar o transporte público do centro para o trabalho. O que significava que com frequência ele estava cansado à noite, mas nunca cansado demais para oferecer sexo de boa sorte como sua melhor resposta.

— Manuelito! ¡Ven! — Pastora se arrastou para fora da memória e guardou a lista de coisas que precisava discutir com Yadi no dia seguinte.

O marido saiu do quarto, as calças passadas, então o vinco estava perfeito, sua camisa de botão para dentro da calça. Ainda era um homem em forma que se cuidava apesar de não ter muita vaidade. A mala que arrastava era uma das grandes que ele teria de despachar. Yadi havia tentado convencê-los de que uma mala de mão era melhor e mais segura, mas quem ia para outro país sem mudas de roupa, o ferro de passar preferido e diversas caixas de presentes em atacado para cada ente querido?

Manuelito agarrou as mãos dela e as voltou para cima, transformando-a em uma adoradora beata, mas então ele beijou cada palma e as pressionou juntas; ele fazia isso sempre que deixava a casa, como se pudesse selar seu amor entre as mãos dela.

— Não precisa ir até o aeroporto comigo.

— Pego um Uber na volta. Aí você vai ter o seu carro quando aterrissar.

Manuelito não gostava de falar enquanto dirigia, mas ele segurava a mão esquerda dela na sua direita, fechada perto do câmbio, e deixava que a noite os encontrasse assim. Pastora ia com ele pelo simples alívio da proximidade. Se uma pessoa tem muitos motivos para se preocupar, é melhor que faça isso num silêncio amigável.

YADI

equilibrava um saco de compras, cantarolando com Teyana murmurando em seus fones de ouvido, quando pisou na rachadura desnivelada da calçada. Uma rachadura que estava ali desde antes mesmo de *Yadi* estar ali. Antes de sua mãe estar ali. A mesma em que arranhou o rosto daquela vez que pegou o skate de Dwayne e disparou com ele de barriga. Aquela rachadura. Tropeçou e o celular escorregou do bolso do moletom. Ela se atrapalhou atrás do telefone, e a sacola que carregava no braço direito se virou, uma boca despejando segredos. Nem tinha alcançado o telefone quando três latas de jaca em conserva caíram e rolaram para o esgoto.

— *Coñazo*.

Yadi parou no meio do movimento. Será que ouviu alguém rindo da sua desgraça? Logo em frente à sua casa? Yadi virou o pescoço no sentido do amontoado de tijolo e concreto que ela chamava de seu prédio.

E ali estava ele. Sentado nos degraus da entrada do prédio.

A fumaça com cheiro de tabaco Black & Mild se levantou para cumprimentá-la. Ele não. Não, ele respirou fundo. A ponta da cigarrilha ardia. Outra tragada. A fumaça deu a volta neles, e, por um instante, Yadi teve uma ideia extravagante demais para alguém como ela: isso era como uma dessas miragens do deserto, como nos filmes do Indiana Jones, sabe? Dessas em que uma mulher está padecendo a pé, no calor escaldante, e enfim vê um descanso na areia salpicada de sol, e ali, pela primeira vez desde que começou a jornada, tem um laguinho de água potável cercada de uma rica fauna? O ar ficou limpo. Ant olhou para ela da cabeça aos pés calçados em tênis, então fez que sim uma única vez.

Ele estava de volta. Sem fanfarra alguma. Talvez a mãe dele não tivesse achado que aconteceria desta vez; ele tinha se candidatado à condicional antes, mas alguma coisa sempre enterrava aquela esperança flamejante e a transformava em cinzas. Talvez ele não tivesse ligado para casa, não tivesse avisado ninguém. No entanto, como um homem recém-liberado viaja do meio do estado para o Harlem com, o quê?, uns trinta e sete dólares na conta? Yadi não sabia. O que ela sabia era que, mesmo antes de ser mandado para a cadeia, Ant era muito bom com o silêncio. Muito bom em ficar em silêncio. Bom em deixar um silêncio se desenrolar, um carpete vermelho para sua escuta.

— É melhor você entrar. E apaga isso aí. *Mami* te mata se trouxer esse *bajo* para dentro.

(*Tía* Pastora de fato não tolera essa fumaça de merda no lar. Pode me cobrar de retornar ao fiasco do narguilé de 2016.)

Yadi se abaixou para pegar as latas que tinham caído. Abraçou as duas contra o peito de um jeito meio torto, a surrada sacola do mercado aninhada feito uma criança. Passou reto por ele. Fingiu que a mão não estava tremendo ao colocar a chave na porta principal do prédio. Pelo reflexo no painel, ela o observou pitar uma última vez e apagar a ponta ainda brilhante no degrau antes de guardar o restante da cigarrilha no bolso da camisa. Sem aperto de mãos. Quando ele se levantou, a respiração dela tremeu. *Era* o Ant. Aqueles lindos olhos castanhos reluzentes, a cicatriz mal cicatrizada mergulhando no lado direito da boca. Quantas vezes ela pousou os lábios naquele entalhe forte de violência? Os lábios dela se torceram, como se estivessem contando cada momento em que foram levados à pele dele.

Mas esse também *não* era Ant. Ant havia sido um garoto. Um garoto que parava na esquina com ela e se metia em rimas de rap. Um garoto que aos 18 anos enfiou na mão dela um CD que tinha gravado em casa, no meio da festa anual do bairro, a última faixa era apenas a voz dele perguntando se ela aceitava ser a mina dele. Um garoto mirrado, tímido, de cabelo cacheado que sequestrava as ratoeiras do prédio e deixava as pestes em liberdade porque detestava pensar numa coisinha desamparada, com fome, morta simplesmente por buscar alívio.

— Como é que eles vão saber as regras, que não podem entrar? Não é justo matar uma coisa só porque ela não sabe as regras.

Esse Ant diante dela era um homem crescido. Tinha passado metade da vida longe. Longe dali. Longe dela. Estava mais musculoso, mais alto. Ela não sabia se o garoto que um dia conheceu vivia dentro desse homem.

Os olhos dele encontraram os dela no reflexo.

— Precisa de mais tempo para ficar olhando? Posso acender o meu negócio de novo.

A voz dele. Ah, a cadência! *O sarcasmo*. Isso ela conhecia. Mas a profundidade? Sentia que estava num sonho tão estranho. Indo de uma miragem ao tipo de sonho em que se sabe que está dormindo, mas não se consegue se mexer, e se olha ao redor e ali estão, ali está a sua agulha-de-adão, ali está o seu edredom, ali está a porta barulhenta do seu banheiro, mas alguns detalhes estão fora de lugar: as persianas não estavam abertas quando você fechou os olhos, a poltrona no canto está limpa demais. Sim, esse era Ant, mas ela não conseguia reconciliar os detalhes novos. E não conseguia acordar. Talvez essa fosse a definição original de *pesadelo*? Um sonho que segue galopante, arrastando quem sonha de uma assombração a outra.

Sentiu os primeiros sinais. O aperto na garganta, o lábio superior trêmulo, o ar que parecia ser dragado de um poço no seu peito. Ant iria embora se ela tivesse um ataque de pânico. Talvez. Talvez ele tentasse segurá-la. As duas possibilidades acabariam com ela. Então, em vez disso, ela empurrou a porta, e contou os passos até a escada, e agitou os dedos do pé ao andar, e se concentrou na própria corporalidade. E ela o deixou entrar atrás dela. Quando chegaram ao pé da escada, ele pegou a sacola de compras. Conforme subiam os degraus, Yadi avaliou a forma como a bunda dele comprimia o tecido da calça de moletom. O novo Ant tinha feito agachamentos. Ela estava sem ar quando chegaram ao apartamento 2D, mas, verdade seja dita, estava sem ar desde aquela primeira olhada na entrada.

Ant ficou ao lado enquanto ela conectava chaves a fechaduras.

— Não achei que te encontraria morando aqui ainda. Eu perguntava para a sua mãe quando ela visitava. Você sempre disse que ia voltar.

Yadi mordeu o lábio inferior. Não ia conseguir fazer isso com ele, Ant, se eles iam tentar condensar os últimos dezoito anos em uma hora, num *cafecito*.

Ela girou o amontoado de chaves na primeira fechadura, então em outra, a mãe dela ainda insistia em fechar com trava — mesmo que nenhum apartamento nesse prédio tivesse sido invadido havia anos —, ciente de Ant parado atrás dela, esperando que ele não conseguisse ouvir sua respiração. Ela hesitou com a chave na segunda fechadura. Será que devia convidá-lo para entrar? Será que sequer ainda o conhecia? Fazia uma década e meia; ele era um estranho crescido, não importava quão atraente estivesse a bunda dele.

Ele pigarreou atrás dela, que girou a chave rápido.

— Pode deixar isso na cozinha para mim?

Enquanto ele a seguia apartamento adentro, Yadi tomou ciência extrema do próprio corpo. Ele não era o único que tinha mudado. Ela era uma coisinha magricela quando jovem. Os peitos e os quadris precisaram de décadas de cereal matinal e Burger King para enfim despontarem. Não tinha ficado muito mais alta, simplesmente alcançou a prima Ona na expansão das partes mais carnudas.

Colocou a sacola que carregava na mesinha da cozinha e indicou que Ant fizesse o mesmo. *Tía* Matilde tinha passado ali: os temperos estavam ordenados na mesa da cozinha e havia dois sacos de arroz ao lado da geladeira. *Tía* Matilde era a mais responsável e acolhedora das tias, e Yadi a contratou desde o momento da concepção do café para ser sua companheira de ideias e gerente. A *tía* também morava no prédio, o que facilitava que ela ajudasse Yadi nas tarefas. Se fosse *tía* Flor, Yadi teria encontrado fatias de bacon ou cubos de caldo de frango e nada do que ela precisava de fato para a comida. Yadi havia decidido que não se preocuparia com *tía* Flor. Ela sempre foi meio estranha, um pouco perdida no lado Walter Mercado do mundo. Se ela queria se dar um funeral em vida, não significava que necessariamente algo agourento ia acontecer. Yadi, na verdade, se preocupava com a prima Ona. *Tía* Flor era toda a família imediata que restava à sua prima.

Ant ergueu uma sobrancelha para todos os potes e latas e sacos de comida, mas Yadi sabia que sua mãe o mantinha bem informado. E nada acontecia nesta vizinhança sem que *doña* Reina soubesse.

— Sua *mami* tá em casa?

Quando mais novo, Ant tinha tanto maravilhamento pela mãe de Yadi quanto um pouco de medo. Pastora sempre levantava o queixo de Ant para poder olhá-lo direto nos olhos, interrogava-o sobre suas notas e o beliscava na altura da costela, soltando um *tsc-tsc* para pontuar sua ordem de comer mais. Pastora ficou sem falar por dois dias inteiros quando ouviu que ele foi sentenciado a um mínimo de dezoito anos. À época, ele estava a poucos dias do aniversário de 16 anos. Tinha cumprido a pena completa mais o tempo preso no julgamento.

— Que nada. *Papi* está indo para a República Dominicana hoje e ela foi levar. Não consigo imaginar a loucura que é o trajeto para ir e voltar do JFK a essa hora.

— O que é tudo isso? — Ant indicou com o queixo todos os temperos, latas e montanhas de legumes.

— *Tía* Flor vai fazer um... funeral? No sábado.

Ela não deixou o sorrisinho transparecer na voz, mas, conforme a mãe e as tias envelheciam, era como se estivessem tentando passar por um processo de Benjamin Button nos seus anos seniores, realizando tudo o que não conseguiram realizar quando crianças na República Dominicana e criando uma lista de desejos antes da morte nos Estados Unidos. Quando estava despreocupada, Yadi considerava esse funeral parte disso. Apenas uma coisa nova na moda que a tia fazia numa tentativa de ser mais estadunidense.

— Funeral? Tá doente?

Yadi parou de remexer as compras, surpresa de ouvir algo que parecia devastação na voz dele.

Não olhou para ele.

— Que nada. É uma longa história, mas *tía* Flor está fazendo um funeral para ela mesma. Até onde a gente sabe, ela está bem. Ela está bem, Ant. Tem ninguém morrendo.

O catálogo de pessoas que morreram enquanto Ant esteve preso era extenso. O pai dele. Os avós. A avó. Diversos vizinhos. Crianças que conheciam da vizinhança. Será que o choque inicial de Ant era com a tia dela em específico? Ou será que ele estava se ensinando a se preparar para as mudanças que não havia experimentado por estar longe?

Ela pegou a sacola que Ant ainda estava segurando, tomando cuidado para não tocar seus dedos. Mas, na troca, eles ainda se encostaram. Se tocaram. Ela sentiu verter no interior, a imensidão de cada desejo de menina e o sussurro viscoso e a oração noturna, tudo borbulhar, mesmo com os dedos ásperos da realidade atual deles estourando cada um daqueles sonhos fofos e adoráveis. E, de súbito, Yadi ficou tão cansada. Como se o dia inteiro, o ano passado inteiro, os últimos vinte anos tivessem subido nas suas costas e a desafiado a ficar ereta. Ela não sabia se conseguia. Não conseguia ficar com Ant e rememorar, e esperar, e fingir que eles podiam simplesmente acender um baseado na escada externa da saída de emergência, ouvir Ja Rule do começo dos anos 2000 e magicamente compensar o tempo perdido.

Yadi ralhou. Agarrou as latas de jaca e as atirou no chão. Chutou o forno, com força suficiente para amassar um eletrodoméstico que a mãe mantinha em perfeito estado havia décadas. Fechou as mãos e começou a atacar Ant e bateu no peito dele, de novo e de novo numa porta, uma porta que ela não tinha direito nenhum de tentar abrir. Chorou e sussurrou baixinho:

— Você arruinou a nossa vida. Arruinou tudo. Você não tem o direito de voltar. O tempo não é uma costura simples que se refaz. Você. Desfez. A gente.

É claro: ela não fez isso. Não ralhou. Não gritou nem jogou coisas. Porra, ela dividia a casa com os pais. Qualquer coisa que quebrasse ela também teria de reparar, trocar e, acima de tudo, explicar. No lugar disso, Yadi empilhou metodicamente as latas na mesa da cozinha. Pré-aqueceu o forno em cento e oitenta graus. Lavou as mãos com um sabão com perfume de moringa e amarrou o avental com monograma que a mãe lhe havia comprado no dia da inauguração da cafeteria.

— Achei que era certo você já ter entregado os pontos a essa altura. — Ele se moveu para dentro da cozinha, as mãos no encosto da cadeira alta da mesinha.

— Não sou mais aquela menina, Ant.

Ela se virou da pia e o encarou. E ele parou de batucar os dedos na cadeira e a encarou. E eles não precisavam das palavras que nenhum dos dois jamais diria de qualquer forma. Porque de crianças que corriam ziguezagueando hidrantes a adolescentes que iam a parques de diversões e se pegavam sob cataratas artificiais, eles se conheceram de uma forma que ninguém mais poderia conhecê-los.

— Vou cozinhar. Quer água, cerveja, alguma coisa? Acho que tem um pouco de *malta*.

Ant sempre teve sobrancelhas expressivas, e a esquerda disparou.

— Eu sou visita agora? Por que você só não me passa um avental?

— Para você fazer o quê? Não estou preparando omelete, não, parceiro. Isso é culinária de verdade.

Pela primeira vez desde que voltou, Ant abriu um sorriso. O lado direito da boca se inclinou para cima, subvertendo a arquitetura da cicatriz, remontando o rosto inteiro, o garoto que conhecia piscando para ela antes dos lábios se pressionarem de volta numa linha reta.

— Quão "de verdade" pode ser? A sua mãe me disse que você nem usa carne.

Yadi soltou uma risada ofendida, mas ele falou de novo antes que ela pudesse replicar:

— E eu já trabalhei numa cozinha.

O sorriso de Yadi vacilou. Os anos e anos que não estiveram na vida um do outro se trançavam numa ponte balançante. Ela não sabia se conseguiria atravessar. Não conseguia contar a Ant, que lhe disse que queria beijá-la pela primeira vez aos 13 anos, como era transar pela primeira vez com um garoto que não era ele. Não conseguia contar a Ant como a faculdade tinha sido difícil pra caralho e que ela havia ido parar, pisando em ovos, no serviço de aconselhamento universitário, e só depois de Ona ameaçar contar para Pastora que Yadi estava com dificuldades de novo e poderia precisar largar a faculdade. Como a mãe ouviu a ansiedade dela aumentar durante as ligações e insistiu até que Yadi terminasse o semestre mais cedo de novo. Milhares e milhares de pequenos fatos que deveriam saber sobre o outro — como o fato de que Ant tinha trabalhado na cozinha enquanto estava preso — se armavam entre eles, altos demais para transpor.

Yadi e sua mãe chegaram com todos os seus pertences a reboque. *Papi* tinha chegado primeiro, um ano antes. Havia encontrado um apartamento pequeno perto de *tía* Flor e conseguido uma licença para dirigir um táxi imenso, um grande Lincoln Town Car preto; ele conhecia mais da cidade do que sua prima Ona, e Ona tinha nascido em Nova York!

Por um total de cinquenta e duas semanas antes da mudança, Yadi passou toda sexta à noite ligando para o pai e fazendo-o descrever a cidade de Nova York. Ela celebrou o oitavo aniversário sem ele. Páscoa e Natal também. Quando *tía* Flor comprava um novo cartão para ligações, Ona telefonava para Yadi e falava de como a escola era ótima porque eles não tinham de usar uniforme, e, no verão, vendedores de guloseimas congeladas empurravam carrinhos pelas ruas oferecendo raspadinhas de cinquenta centavos e *unos frío-fríos* de um dólar, ah, Yadi ia *amar* pegar o trem e os arranha-céus enormes e o Six Flags. E Yadi nunca tinha tomado raspadinha, mas o jeito como a prima e o pai descreviam o país que seria sua nova casa a deixava fazendo e refazendo sua maletinha cor-de-rosa com seis meses de antecedência.

Quando ela e a mãe chegaram, as ruas estavam escorregadias por causa de uma tempestade de neve recente que tinha sido pisoteada até virar lodo. Ona lhe emprestou um casaco que era um tamanho acima do dela e que não combinava com nenhum dos seus sapatos. O primeiro lugar a que a tia e o tio levaram as duas foi à Times Square, e, mesmo que Yadi tenha achado brilhante e que um homem alto de dentes de ouro vendendo chapéus tenha lhe dado um par de óculos de sol grátis, ela em grande parte não ficou impressionada. Parecia que só vendiam raspadinha no verão, mas Ona a levou a uma pizzaria onde ela provou um pouco de *sorbet* italiano — uma boa aproximação, explicou Ona. O sabor que Yadi provou era bom, mas açucarado demais. A rua em que o pai havia encontrado um apartamento para eles estava infestada com uma legião de ratos de meio metro. Yadi passou três dias observando os arredores da janela do apartamento, dando uma chance à cidade, antes de fazer a maletinha cor-de-rosa de novo, passar na casa de Ona para recomendar que não comesse muitas daquelas guloseimas congeladas cheias de diabetes e notificar aos pais que estava pronta para voltar.

— *Pero*, Yadira, a gente acabou de chegar. Você tem de dar uma chance a Nova York — disse sua mãe então, enquanto lutava para pendurar uma cortina. Foi sua primeira queixa quando chegaram, que todos os vizinhos na rua podiam ver o interior do apartamento no segundo andar.

— Eu dei uma chance. Jesus morreu e voltou em três dias. Não deu certo para ele, seja lá para onde ele tenha ido. E eu cheguei e estou voltando para casa num tempo parecido, porque decidi que esse lugar não deu certo para mim.

A mãe riu, a natureza casual da declaração vinda da filha suplantando as regras estritas de *tía* Pastora a respeito de blasfêmia. A *tía* é uma mulher que valoriza a intrepidez.

— Mas não vai sentir saudade da gente, *mi hija*? Famílias têm de ficar juntas. Aqui, segura esse prendedor um instante.

Yadi espiou a mãe de canto de olho. *Essa* não podia ser a linha argumentativa que ela seguiria.

— *Papi* ficou aqui por um ano sem a gente. Eu posso morar com *tía* Camila ou *mamá* Silvia. *Papi* não precisou da gente e ficou bem. Eu também não preciso da gente.

Ela não olhou para a mãe ao dizer isso. Mesmo naquela época, era difícil viver com uma mãe que sempre sabia quando você mentia. O tom suave da mãe quase destruiu a determinação de voltar.

— *Ay*, Yadi. Tem cara de novo esse lugar? E a sua prima nasceu aqui, e o seu *papi* veio antes, e você sente que está atrasada e que nunca vai ficar em dia. Você está com saudade de casa, eu acho, não?

Yadi levantou o queixo e apertou o maxilar quando sentiu os lábios tremerem. Forçou seu silêncio a formar argumentos em seu nome.

A mãe pegou o prendedor de cortina de volta da filha.

— A minha irmã mais velha veio para cá primeiro, sabe. E ela está tendo de explicar tudo para mim, e não é fácil. Deus sabe que ela é horrível para explicar as coisas.

Sua boca se apertou num sorrisinho para Yadi. Os olhos de Yadi arderam, e ela piscou rápido, recusando-se a chorar pela injustiça de viver nesse país besta e feio que não tinha palmeiras, ou cachorros de rua amistosos, ou sua melhor amiga, Salome.

E, já que chorar não era uma opção, Yadi arrastou sua maletinha cor-de-rosa pelo único lance de escada e foi se sentar no degrau da frente do prédio enquanto, imaginava, os adultos da sua vida decidiam qual deles a levaria para o aeroporto. Ela cerrou o maxilar. Não só pela tensão que sentia mas porque o ar frio a fazia querer tremer, e ela se negava a dar a mísera visão do seu tremor a esse país. Depois de horas, ou talvez algo mais parecido com quinze minutos — não é claro se podemos confiar no tempo quando Yadi fala dele —, Yadi sentiu uma movimentação ao seu lado, e então um par de joelhinhos marrons cobertos em veludo cotelê se ajeitou como um sinal de igual paralelo ao dela própria. Yadi soube que os joelhos pertenciam a um Anthony Camilo Morales e, depois de mais uma hora, ou talvez os vinte minutos de uma criança, de se sentar e conversar com ele, ela decidiu algumas coisas:

1. Ant era a coisa mais impressionante que esse país pode ter produzido. E ela aprendeu que, tecnicamente, ele tinha nascido nos Estados Unidos, mas sua mãe havia engravidado na República Dominicana, então, para ser honesta, ela não tinha certeza se podia atribuir quaisquer de seus traços impressionantes ao país do norte. Mesmo assim, ele e o Burger King eram as únicas qualidades redimíveis do país. Yadi era uma fã relutante, mas convicta, do Whopper.
2. Ela amava Ant mais do que amava Santo Domingo. Até o vento de Santo Domingo sussurrava de volta quando ela falava. Mas Ant ouvia como ninguém mais.
3. Um dia, ela voltaria para a República Dominicana e levaria Ant junto. E não teria que amá-lo mais ou deixá-lo mais, porque ela poderia amar Ant e Santo Domingo juntos.

Yadi terminou o primeiro contato dos dois dando um beijo na bochecha de Ant, anunciando:

— Não, não ofereça ajuda com a minha mala. Eu sou muito forte.

Ela levantou o queixo na direção da cortina recém-instalada na janela do segundo andar, notando como já esvoaçava. Yadi arrastou a maleta cor-de-rosa escada acima, passou pela *mami* e tirou as roupas de dentro.

Ant riu pelo nariz antes de enfiar as mãos nos bolsos traseiros da calça de moletom.

— Não tô pedindo porra nenhuma além de um avental, Yadi. Não estou te pedindo para reviver nada. Não estou te pedindo dinheiro emprestado. Não estou perguntando por que você nunca me visitou.

Nessa última declaração, suas mãos saíram dos bolsos, quase que involuntariamente. Ant não as colocou em lugar algum. Era como se precisasse da palma das mãos aberta para pontuar as palavras.

— Nem perguntando por que parou de escrever. Nem perguntando por que abriu um restaurante no Bronx em vez de em Bonao. E, quer saber, juro pela minha mãe, não tô nem pedindo para ficar aqui se você não está a fim. Pode falar o que quiser, e prometo que faço.

Yadi baixou os olhos para a tigela de polpa de jaca. Ela estivera desfiando no automático os pedaços, que descansavam numa tigela, retalhados, fibrosos, tristes. Ela pegou um deles, que havia apertado com força demais, e uma água leitosa escorreu pelos seus dedos.

Ela olhou feio para ele.

— A *cafetería* fica na Columbus, então não é exatamente no Bronx.

Ela colocou um pedaço de jaca na boca, desfrutou dele na língua por um instante. Com os olhos ainda fixos nos dele, afundou os dentes.

MATILDE

mentiu. E Pastora ouviu, provavelmente. A aula de dança não era no auditório. Ela disse isso porque era mais fácil do que explicar para Pastora que as aulas na verdade aconteciam no refeitório da escola. Algo nessa localização em particular soava indelicado: praticar piruetas onde crianças de 12 anos derrubavam molho barbecue e gordura de pizza em si mesmas e no chão? O refeitório de uma escola não soava como o destino de uma mulher que queria mudar de vida. O auditório era melhor porque era apenas onde as crianças se sentavam, choravam e se socavam em reuniões, muito mais apropriado. Aparentemente ela era o tipo de mulher que contava mentiras irrelevantes para sair por cima.

Matilde foi uma das últimas a entrar, apesar de ter chegado dez minutos antes. Era uma miscelânea de gente, e sempre havia rostos novos fazendo uma aula experimental. As mais velhas, como ela, vinham fazia anos para trabalhar com *maestro* Espalda, apesar de a frequência ter caído depois que ele arrebentou o quadril correndo atrás de um neto e que os professores substitutos se revelaram tremendos furões. Diziam por aí — fofoca de *viejitos* depois da aula — que o aparente herdeiro da ilustre dinastia de dança tinha viajado de Connecticut para assumir as aulas pelas próximas semanas.

Matilde correu os olhos pelas pessoas reunidas para receberem ensinamentos do filho pródigo a respeito das minúcias da salsa de Nova York e desejou ter os pressentimentos de Flor a respeito da ruína iminente. Ao enfiar o pé nas sandálias com saltinho, ela pensou no conhecimento insólito de Flor. Em como ela nunca errou a respeito da morte de alguém. Era esse detalhe em particular que chamava a atenção nesse funeral. A primeira coisa que Matilde lhe perguntou? A primeira coisa que qualquer um lhe perguntava ao ficar sabendo do funeral: *Você teve um sonho?* E Flor permitia que sua pessoa de lábios apertados sorrisse, dando tapinhas no braço de quem perguntasse:

— Pense que é um baile de gala, algo festivo. Quero que todas as fotos formem um caleidoscópio de cores brilhantes.

A única pessoa que conseguiria fazer Flor contar a verdade era Pastora; ela, que tinha um ouvido perfeito para a sinceridade. E, até onde Matilde sabia, Pastora era a única irmã que ainda tinha de perguntar os detalhes do *porquê* desse funeral bobo. *Ela tem medo do que vai ouvir*, Matilde sabia.

Um senhor idoso teve uma crise de tosse, e por "idoso" Matilde queria dizer idoso de verdade, não apenas uma pessoa mais velha. Ela ajustou as alças da sandália, ajeitou bem as sapatilhas dentro da bolsa.

Em alguns dias, ela ficava preocupada de não ter nenhum motivo para estar ali, naquela caverna de paredes azuis. Fosse ginásio, auditório ou refeitório, não importava muito; não tinha certeza se podia se tornar a mulher que esperava ser, caso fosse uma Suzy-Qing sobre linóleo ou azulejo, não quando tinha de lidar com um mulherengo. *Eu deveria ir embora.* Ela sentiu náusea. E, de verdade, o linóleo naquele espaço era nauseante. Azul brilhante salpicado de branco, mas ao menos a equipe de limpeza mantinha os pisos cintilantes. Uma grande divisória de metal separava a cozinha da escola e o refeitório. Decorações coloridas de papel cobriam as janelas. Matilde havia entrado nesse prédio para as formaturas das sobrinhas, para acompanhar a irmã Flor a votar e, por quase uma década, para frequentar essas aulas, mas hoje ela via o espaço com novos olhos. *Não! Eu devia dizer que é* ele *quem tem de ir embora.*

As mesas de almoço empilhadas abriam espaço para que todas as treze pessoas tivessem onde se mexer. Um rapaz de uniforme de beisebol sujo foi até a grande abominação preta que costumava emitir a música.

Quando ele passou por ela, foi como se o véu rançoso de presunto processado e queijo fabricado pelo governo tivesse sido levantado. Não porque ele era lindo. Ele era. Quando o descrevesse mais tarde, ela diria que o que mais gostava era de como seu rosto era escuro e imperturbável. Seus membros longos encerrados no poliéster de malha dupla de um uniforme que tinha visto o banco de reservas de uma partida de beisebol havia pouco.

Matilde não era uma grande fã de beisebol, mas sempre adorou como um uniforme se ajustava na parte de trás de um homem. Ela sentiu um tremor na boca do estômago, como uma criatura se alongando após um sono interminável. Não exatamente atração. Ah, meu Deus do céu, ela já tinha sentido atração mais que suficiente.

El Pelotero baixou a bolsa de academia e tirou o boné. Mesmo aqueles movimentos tinham pequenos floreios eficientes, notou Matilde. Ele correu os olhos pelo salão e então seus olhos pousaram nela. Uma espiadela no relógio deve ter informado que ainda tinham cinco minutos antes da aula, porque ele foi até ela sem pressa. Era alto, magro e vibrante. Não tão jovem quanto o sobrinho, Washington, que tinha acabado de terminar a faculdade, mas não tão velho quanto ela. Em algum lugar perto dos 40, imaginou.

Ele sorriu, exibindo dentes limpos e brancos, um com uma rachadura que suavizava seu esplendor da melhor forma. Matilde não podia ser encantada por ele, mas sentiu os pelos do braço se eriçarem. Espiou mais de perto. O que *é* que ele tinha? Ele se aproximou mais, assumindo sua inspeção como interesse.

— O meu pai falou para procurar Mati Marte. Imagino que seja você. Ele descreveu você.

Matilde fez que sim com a cabeça.

Ele pareceu excessivamente contente consigo mesmo.

— Você pode ser a minha parceira na aula? *Papi* disse que você é o braço direito dele.

Ela baixou a cabeça, consentindo com humildade. E então a mão dela estava na mão de um homem que arremessava bolas e balançava coisas pesadas e, ainda assim, guardava seus dedos com a gentileza de uma costureira tocando seda.

— Você nem sabe se sei dançar. — Matilde manteve o olhar logo além do ombro esquerdo dele.

Ele a puxou para mais perto da máquina de música colossal. Pegou o celular com a mão que não a segurava.

— Bom, já vi você andar, então sei que sabe dançar. Mas, mesmo que *papi* não tivesse me dito que você é uma *verduga* — e, ao falar isso, ele se certificou de virar o rosto para entrar no campo de visão dela —, eu não fujo de tomar a frente. — Ele piscou.

Ah! Quando foi a última vez que um rapaz piscou para ela? Matilde teve de se segurar para não se abanar com a mão livre. Ela sabia que esse *muchachito* era jovem demais, e um paquerador, e ela era casada, mas era divertido ser provocada, a expectativa. Porque Matilde nem sempre sentia confiança em muitas das suas habilidades, mas ela era boa com ritmo. A empolgação subiu pela espinha. Ela ia fazer por merecer aquela piscadela, caramba. Ela o impressionaria irreparavelmente.

El Pelotero conectou o celular na geringonça, a mão dela ainda na dele. Veteranos da aula, os outros estudantes formaram pares. O velho de suspensórios, com quem ela frequentemente dançava, meneou as sobrancelhas para ela. Ela cobriu o risinho com a mão livre.

— Vamos aquecer com a sequência básica de passos, e aí vamos passar o restante da noite praticando condução cruzada. Dançar é um saco se não conseguir fazer transições girando, e *papi* me falou para pegar pesado.

Matilde tinha evoluído além da condução cruzada muito tempo antes.

Eles aqueceram com um básico de salsa. Matilde sabia dançar salsa estilo Los Angeles tão bem quanto salsa estilo Nova York e sempre ficava feliz em ajudar alunos novos a fazer a transição do jeito que aprenderam em casa para o estilo de salão ensinado na aula. Com frequência, não era intuitivo para os recém-chegados que tinham aprendido uma forma menos informal. Para ela, era fácil o suficiente mudar o pé que usava para conduzir e acrescentar uma pausa a mais na quarta batida. A aula não era dessas que se pagava, era grátis e oferecida por uma organização comunitária, e a entrada contínua de novos alunos significava que nunca era uma aula bem estruturada. As pessoas iam e vinham, e os alunos formavam pares e recebiam conselhos avançados ou chegavam novos e inexperientes e aprendiam o básico. Ela não vinha tanto para melhorar a dança, mas mais para ter uma hora que era totalmente dela e do seu corpo.

El Pelotero apertou alguns botões no telefone e saiu música do aparelho. A abertura clássica com o trompete começou a zumbir dentro de Matilde.

Então a mão dela estava totalmente na dele. E a outra mão dele pairava perto de sua lombar. E eles estavam se encarando com bastante espaço entre suas pélvis e peitos, mas Matilde ainda se sentia perto demais. Ela se inclinou para trás em incrementos, e, apesar de o jogador de beisebol sorrir, ele não disse nada. Ela conseguia sentir o cheiro dele. O suor, a sujeira, o fedor real de uma pele que roçou em si mesma com esforço vigoroso.

E o jogador de beisebol *era* um bom condutor. O pai devia treinar o menino desde que ele aprendeu a engatinhar. A mão que segurava a dela telegrafava aonde iam e a que velocidade, sem que ela sentisse que estava sendo rebocada ou jogada.

Na primeira metade da aula, o jogador de beisebol soltou a mão dela para olhar certos casais: corrigindo a mão pesada que uma mulher colocava no ombro do parceiro — *Seus dedos são como borboletas;*

toques leves, toques leves —, ele usou a própria mão para massagear a tensão dos ombros da mulher. Ele mostrou a um homem mais velho encurvado como dar um passo menos exagerado para se permitir mais espaço para a transição. Durante essas minilições, Matilde dançava sozinha. Praticando floreios de mão como tinha feito no espelho e se deleitando com giros transversais de costas sem condutor. Foi durante um desses momentos que a música morreu — Matilde num giro duplo rápido, os braços abertos, todos os olhos nela, já que era quem estava perto do aparelho. Ela baixou os braços, baixou o rosto.

O jogador de beisebol foi até ali com um resmungo.

— *Coño*. Acabou a minha bateria.

— Você não tem carregador?

Por um instante ele pareceu jovem de um jeito de partir o coração. Um menino, cobrindo a aula do pai, oferecendo mais brilho que foco. Ele balançou a cabeça.

— Deixei no carro. — Ele espiou o relógio.

— E imagino que, do jeito que é estacionar em Nova York...

— O carro está a vários quarteirões daqui.

— Tem música no meu telefone. Mas é um iPhone velho. Será que funciona? — perguntou Matilde, pegando a bolsa, que estava em uma das mesas de almoço na sua linha de visão.

Ela colocou o telefone na mão do rapaz. Ele pressionou alguns botões, arrastando a tela. Então transferiu o cabo do aparelho que estava no telefone dele para o dela. *Bongos* e *güira* introduziram os instrumentos de sopro que embalavam a voz melodiosa de Oscar D'León.

Ela reintegrou a mão à do jogador de beisebol, e ele a puxou para perto, mão na cintura dela, mas não se moveu. Ela mexeu os quadris, mantendo a conta para estar preparada quando ele de fato se movesse, mas ele apenas bateu os dedos na cintura dela acompanhando a contagem.

— A sua seleção de músicas é incrível.

Matilde olhou para sua mão no ombro dele, a que estava com a aliança.

— Meu marido. Ele baixa a música nos nossos telefones. Não sei nada desses *aparatos*.

Não olhou para ele, mas a mesma mão no ombro dele sentiu a forma infinitesimal como ele se afastou dela.

— E ele faz as suas playlists? Ele é um *salsero* e tanto.

Ela balançou a cabeça.

— Não. Ele prefere *bachata*, bolero.

— Sério? É um catálogo e tanto de salsa. Até os hits mais recentes.

Mas era verdade. Se pudesse brincar de disc jockey, seu marido preferia canções em que podia cantar todas as palavras com alma e melancolia. A grande orquestra e a pura produção da salsa oprimiam uma voz como a dele. Salsa era um amor dela. Essa erupção de instrumentos, a forma como se anunciava, uma coleção inteira de membros se movendo em harmonia. Ela nunca se perguntou por que o marido pedia para sincronizar música no telefone dela. Será que era uma tentativa dele de realizar um gesto de amor? Ela não era muito boa com tecnologia, e, se não fosse por ele, não teria música nenhuma no celular. Não, ela não se perguntaria o que aquele homem considerava ou deixava de considerar amor.

Ela lançou o peso para o pé de trás, depois para a direita, mantendo o ritmo com a parte inferior do corpo até o jogador de beisebol balançar a cabeça, sorrir e segui-la no movimento.

PASTORA

não pegou um Uber do aeroporto para casa. E o marido dela muito provavelmente sabia que ela faria isso. Ela era frugal demais para gastar dez vezes o que custaria para ir de ônibus. Claro, a viagem era mais lenta, mas Pastora não se importava tanto com lentidão ultimamente. Permitia-lhe tempo para pensar, para contemplar a paisagem em movimento enquanto admirava a própria imobilidade.

Ona vinha fazendo um monte de pergunta às mulheres da família. Algumas que seriam consideradas invasivas se ela não fosse atenciosa com elas. Pastora havia concordado com as entrevistas, convencida de que tinha vivido uma vida longa e colorida e teria muito para oferecer à sobrinha inquisitiva. Mas não estava preparada para nadar no golfo que se abria quando olhava para o passado. Havia tantos momentos que ela havia fechado e guardado, livros que não conseguia terminar e aos quais nunca tinha retornado. E agora Ona passava os dedos por todas as lombadas, perguntando sobre os títulos. Pedindo para folhear as páginas.

Como explicar o tipo de menina que ela foi? Como tinha mudado? Havia apenas a história que tinha contado a Ona que vinha repetindo nos últimos poucos dias. Tentando alisar, desfazer as orelhas das páginas do passado.

Pastora segurou a irritação em ambas as mãos como se estivesse embrulhada no meio dos lençóis que carregava. O Natal estava a menos de uma semana, e *mamá* Silvia tinha se oferecido para reparar a túnica dourado e branca que seria usada na missa da meia-noite pelo abade. *Mamá* Silvia não oferecia seus serviços com facilidade, muito menos de graça, então Pastora estava convencida de que *mamá* estava negociando com a própria boa vontade em troca de um favor de Deus. Ou talvez de um perdão. *Mamá* não fazia nada sem considerar o retorno.

As roupas precisavam ser devolvidas ao casarão de *doña* Yokasta Santana perto da cidade. Como matriarca da família e chefe encarregada das mães da igreja, *doña* Yokasta se certificava de que os requerimentos domésticos dos padres fossem atendidos por completo, inclusive lavanderia. A costureira que as mães da igreja costumavam contratar já havia deixado a cidade para visitar a família para as festas. A mãe de *mamá* e sua irmã mais velha, uma freira, por sua vez, estavam fazendo a viagem na direção deles e chegariam nos próximos dias. Essa época do ano era uma reorganização de peças de xadrez de um lado do tabuleiro para o outro, habitantes da ilha cruzando fronteiras tanto de cidades quanto de países para ver entes queridos que podiam não ter visitado o ano todo ou, como no caso da família de *mamá*, havia vários anos.

Afastados não seria a palavra certa para a dinâmica de *mamá* com a família. Era mais que *mamá* Silvia havia sido exilada a diversas cidades de distância, mas com direito a visita. Os motivos para a separação extrema não estavam inteiramente claros para Pastora, mas ela sabia que o pai sempre parecia trabalhar até mais tarde quando a família de *mamá* vinha visitar, participando apenas das refeições noturnas com os parentes e então permanecendo ainda mais silencioso que de costume.

Pastora não ansiava pela visita da avó e da tia. Tinha apenas 3 anos na última visita delas, mas se lembrava dos beliscões fortes da tia cada vez que ela interrompia a conversa e do olhar de falcão fuzilante da avó. Se sua mãe era só unhas e garras quando se tratava de decoro, ela parecia um gatinho indefeso em comparação à mulher que a gerou.

Pastora andou pelo campo a passos curtos, tentando não fazer subir poeira. Tinha completado 13 anos poucas semanas antes, e *mamá* insistia que ela devia usar meias-calças por baixo de todo vestido agora.

— Só vagabundas não usam meia, Pastora.

Não apenas as pernas suavam sob o nylon grosso mas sua mãe insistia em manter as meias num branco impecável, como se a que ela estava usando agora não fosse a mesma que usaria durante toda a semana.

Em busca da sombra das árvores, Pastora cruzava de um lado da estrada a outro. Queria que Flor tivesse vindo junto, mas a irmã mais velha estava estudando para um exame para entrar no ensino médio. Não havia escola além do fundamental na região. Parte do motivo da vinda da avó com a tia freira era inspecionar Flor e seus dons pessoalmente. Pastora achava isso grotesco, a família que as havia negligenciado vindo, parecia que queriam puxar o beiço de Flor e inspecionar os dentes para ver se ela podia ser associada à família. O convento onde a tia freira se estabelecera tinha se oferecido para assumir a criança miraculosa e educá-la no ensino médio paroquial a um custo reduzido se os talentos da menina fossem verdadeiros e ela passasse no exame de admissão. E a triste e pequena Flor, que queria um passe automático para o paraíso e talvez imaginasse que poderia haver um descanso dos seus sonhos se estivesse mais perto de Deus, havia implorado à mãe que a deixasse ir.

Pastora não conseguia entender essa inclinação de Flor. Era claro tudo o que as senhoras mais velhas iam ganhar se Flor fosse, mais cedo ou mais tarde, aceita no convento: a mãe poderia ser perdoada pela má aliança com o pai delas, a avó ganhava outro membro pio da família para rezar por sua alma podre, e a tia freira ganhava uma elevação de status no convento, podendo se gabar da relação de sangue e da aquisição de uma menina que poderia um dia ser canonizada. Mas, apesar do quanto Pastora tentava mostrar de todas as formas como estavam usando-a, Flor era cabeça-dura.

Pastora trocou o cesto de roupa de braço, com cuidado para os dedos não tocarem o tecido sacro.

Dava para ver a casa além do cume. Varandas traçavam as janelas superiores. A mansão tinha três andares inteiros; o terreno atrás dela era vasto, verde e provavelmente teria sido confiscado por El Jefe, exceto que corria o boato de que a família conspirava com o regime.

Ela subiu os degraus na ponta dos pés. Não rangeram uma vez sequer. A aldrava pesava na sua mão, e Pastora se perguntou por que ladrões nunca tinham roubado o cobre brilhante da porta. Quando a porta foi aberta, Pastora empurrou o cesto para a frente, pronta para se livrar das roupas finas, mas não foi uma empregada quem a abriu; foi um dos meninos da casa. O segundo mais velho, se Pastora se lembrava bem das fofocas locais. Ele iria embora para fazer faculdade nos Estados Unidos em um ou dois anos. Pastora lançou os braços para trás. Não seria de bom tom passar as roupas para um menino. Meninos nunca sabiam onde guardar as coisas, e ele jogaria num canto e sujaria tudo. O que significava que ela perderia uma tira de pele na parte de trás das pernas, e Pastora tinha planos no açude que não incluíam coxas marcadas e ardendo.

— ¿Se encuentra doña Yokasta?

Pastora sabia que tinha de manter os olhos baixos, não chamar a atenção. Mas, em vez disso, levantou o queixo mais um centímetro quando ele ergueu a sobrancelha. A pele do garoto era cor de leite misturado com uma colher de mel. Ele apoiou o peso no portal, e a gola bem-feita da camisa cedeu, expondo um pomo-de-adão grande. Seus lábios desenharam um sorriso quando ele a analisou, indo dos pés, com seus sapatos pretos de couro envernizado que não sobreviveram à caminhada até a casa sem danos, até o alto da cabeça, depois descendo de novo a extensão de suas tranças que caíam até a cintura. E então ele olhou nos olhos dela.

Pastora pigarreou.

— *¿O Tita?* — Era com a empregada doméstica que deixava as roupas, então ela poderia saber o que fazer com elas.

— Foi todo mundo fazer compras. Em Santiago. Mas posso te mostrar os aposentos das empregadas. Isso é para Tita?

Ao ouvi-lo falar, ela enrijeceu.

— Para os padres.

Esperava que a lembrança da santidade o inspirasse a se comportar bem. O jeito como ele falava com ela despertava algo nas suas entranhas.

Pastora deu um passo para dentro da casa. Estava abençoadamente fresca. Ventiladores grandes giravam no teto, e as janelas todas tinham cortinas pesadas de brocado que bloqueavam a luz. O garoto pôs a mão na sua lombar e a conduziu casa adentro.

Pastora se distanciou um passo dele, mas ainda foi atrás. A casa era grande, e ela nunca havia entrado ali.

— *Por aquí.*

Ela o seguiu por um corredor. Havia retratos da família na parede. Paisagens do mar. Na sala de jantar, uma variedade de flores saltava de grandes vasos como o bacanal grego do desabrochar. Ela havia aprendido na escola sobre os gregos e suas indulgências. Eles atravessaram a sala de jantar, também escura, o que era uma pena, já que o lustre acima da grande mesa parecia capaz de espalhar um brilho resplandecente.

Nos fundos, o menino assentiu com a cabeça para um quartinho, onde uma pequena cama dividia o espaço com uma pequena tábua de passar e uma mesa de cabeceira menor ainda. Um retrato de Jesus e sua coroa de espinhos, olhos azuis faiscantes de minúcias, era a única arte no quarto.

Pastora deixou o cesto na tábua de passar. A mão do garoto tocou sua nuca. Ele passou a mão.

— Você ainda está suando. A gente tem uma sacada no andar de cima. A brisa é refrescante. Dá para ver tudo até El Pico Duarte.

Pastora hesitou, a mão ainda agarrada ao cesto de fios brancos e dourados. Ela tocou a bainha dourada de uma manga.

A escada era de marfim. A empregada havia limpado logo antes de sair de manhã. O menino abriu um par de portas que levavam a um quarto e cruzavam até as janelas, onde ele escancarou as cortinas. Pastora parou no portal. A sacada tinha em extensão o que a parede tinha de altura; duas cadeiras de balanço defrontavam as montanhas. Ela sabia que, se desse mais um passo, deixaria uma trilha de sujeira. Os sapatos afundaram no tapete macio. Ela o seguiu pelo recinto, parando na penteadeira perto das janelas.

Devia ser o quarto dos pais. A mãe do menino tinha potinhos de creme e uma caixa de joias com tampa de vidro. Dentro havia uma coleção de medalhões religiosos e correntes finas de ouro. Anéis polidos com pedras brilhavam como doces feitos de açúcar, a mão direita de Pastora coçava como se ela estivesse numa loja de doces. Ao lado da caixa de joias havia um vidrinho de perfume com uma tampa ornada. Pastora o abriu e cheirou. A mesa estava coberta com uma renda fina. A própria mãe de Pastora poderia tê-la feito. Ela pousou o perfume, então se abaixou para olhar no espelhinho, curiosa para saber se, nele, pareceria diferente, mais. Viu o cabelo marrom, os olhos marrons, a pele marrom. Sorriu, cerrando os dentes. Dois deles eram marrons também.

Pisou no lado de fora que ainda era lado de dentro. Deve ser bom ter essa varanda coberta. Essa parte da casa tinha vista para os campos e para as montanhas que se estendiam.

— Você é a irmã mais nova da santa Florecita, não é? A que chamam de La Chica Malcriada? — perguntou o menino. Ele não se sentou numa cadeira de balanço como ela fez.

— E a irmã mais nova de Samuel.

— Ah! *El serio Samuel!* Ele e o meu irmão mais velho se davam bem.

Pastora duvidava disso. Samuel nunca havia ido à escola com nenhum desses garotos, e era trabalhador braçal desde que tinha idade para segurar um facão. Esse menino tinha mãos de quem nunca havia arrancado erva daninha do jardim. Além de serem meninos, o que mais ele e Samuel poderiam ter em comum?

O menino se aproximou enquanto falava, até ficar bem diante dela. Os dedos dos pés dele tocavam os sapatos sujos de lama dela cada vez que a cadeira de balanço ia para a frente.

— Você é muito bonita. Consigo entender por que o seu pai esconde o harém de meninas.

A pontada que ela havia sentido no baixo-ventre subiu de novo, e, dessa vez, Pastora a arrastou até o alto. Até poder vê-la sob a luz. Analisar todas as facetas. Havia algo nas palavras dele que agitava as suas entranhas.

Ela balançou a cabeça em negativa.

— Ele não esconde a gente. — Então fez que sim com a cabeça. — E obrigada. Também me acho muito bonita.

Ela sorriu, certificando-se de mostrar todos os dentes.

O garoto se inclinou para baixo, colocando o peso nos braços da cadeira de balanço, fazendo-a parar, a parte de trás da base da cadeira no alto.

Pastora sustentou o olhar. Ele roçou sua boca na dela. Pensando, talvez, que o beijo era roubado. Então ela ajeitou a postura até que seus lábios estavam a um fio de cabelo de distância. Os olhos dele se arregalaram — a ousadia! —, mas tremularam até fechar quando ela tocou a boca dele com a sua, um segundo roçar.

— Quero mostrar o meu quarto para você. Também tem uma vista que você ia gostar. — Ele sorriu. — Eu acho você tão, tão linda.

Pastora ouviu as palavras com algo além dos ouvidos. Um zunido disparou dentro dela na primeira frase. Ele queria mesmo, de verdade lhe mostrar o quarto. A harmonia ficou dissonante conforme ele seguiu falando. Ele não achava que ela gostaria da vista do quarto, e ele não a achava de fato bonita.

Ele passou as pernas por entre as dela, buscando mais, mas Pastora se inclinou para trás, tirando os braços dele da cadeira, colocando-a em movimento de novo. Ele estendeu os braços, os lábios crispando. Talvez pensasse que ela estava fazendo um joguinho. Talvez fosse apenas um garoto sem familiaridade com a rejeição. Mas Pastora levantou a mão de um modo que não permitia discussão.

— Você queria me provar. Me trouxe aqui para cima com esperança de quê? Trocar umas lambidas com uma selvagem? — Ela agitou a mão, sabendo no fundo do coração que a rejeição era pior que qualquer palavra que pudesse usar. Também sabia o que tinha ouvido em sua voz. As palavras verdadeiras que ele tinha dito encontraram eco com algo no fundo do seu ventre. As palavras mentirosas estrondaram secas. Ela lançou os olhos de volta para as montanhas. — Pode dar um passo para o lado? Estou tentando aproveitar a vista.

Ele inflou de raiva.

— Está falando sério?

Ela acenou, garantindo ainda mais desdém no gesto. Ele chutou a cadeira de balanço.

— *Perra puta*. Sai da porra da minha casa. — Além disso, ele cuspiu perto o suficiente do seu pé para um pouco respingar em seus dedos.

Ela deu um sorriso arrogante.

— De bom grado. E El Pico Duarte fica para o outro lado. — Ela indicou com os lábios. — Você ainda poderia ser uma boa pessoa, Santana. Não é tarde demais. Mesmo que seja um mentiroso compulsivo e manipulador.

Os olhos dele se arregalaram.

Não houve incidentes no caminho de volta para casa. Pastora não pensou no menino Santana, exceto para se preocupar com o que ele havia despertado nela. Não luxúria, que Pastora já havia sentido, e determinou que era um sentimento primo próximo de como sua boca salivava ao ver um bife. Mas aquele entendimento do fundo das entranhas que ela processou de suas palavras. Um entendimento do que ele dizia e do que não dizia, apesar das palavras mascaradas.

Flor sempre lhe disse, quando Pastora reclamava de sua falta de poder sobrenatural, que saber tanto vinha com um preço caro. Pastora achava que responder a alguma mágica inata valeria qualquer coisa.

E, ao menos com a idade, ajudava a se manter empregada. Quando ela conseguiu o emprego com *don* Isidro, provou a ele. Pastora sabia quais mulheres entravam na loja prontas para serem enganadas. Queixos frágeis significavam que, se ela as colocasse em qualquer vestido velho, conseguiria a venda — porque a falta de força do queixo delas moldava também a falta de força de vontade. Pastora não espiou o espelho do provador para contemplar o próprio queixo, porque já sabia como manter a mandíbula reta. No trabalho, como em qualquer outro lugar, Pastora era uma *tíguera* e, quando os sininhos da loja tocavam ao abrir da porta, avaliava antes de atacar. *Essa mulher quer se sentir desejada, mas sem parecer que está querendo ser jovem — o vestido vermelho no canto para ela. Essa mulher quer a blusa da vitrine, mas vai tentar pechinchar. Essa mulher fica espiando* don Isidro, *mas não compra nada.* O que ela ouvia ao cumprimentá-las sempre confirmava a intuição.

Pastora sempre tirava intervalos quando as irmãs entravam na loja. Não queria lhes roubar o orgulho que guardavam com tanto cuidado.

Depois de a mágica desabrochar, ela aprendeu a *reimaginar* as pessoas. A apagar o holofote que parecia apontar para a insegurança mais profunda delas, trazendo-a à superfície, onde Pastora enxergava com clareza todas as perguntas que as faziam tremer.

O dom poderia se desenvolver de surpresa numa terça-feira qualquer. Havia sido mais simples para Ona e Yadi, quando nasceram; àquela altura, as irmãs sabiam que o universo tinha sua própria cronologia para conceder dons.

Para Pastora, a proximidade de pessoas que guardavam muitos segredos se provava esmagadora. Em especial depois de ser banida. Mas uma menina aprende.

Pastora desceu do ônibus pelo menos trinta quarteirões antes de chegar ao seu ponto. Precisava do ar fresco, da forma como ele a despertava nesse momento, nesse dia, nesse ano. Acrescentou outro item à sua lista de preocupações: estava dizendo coisas demais nas entrevistas de Ona.

EU

tenho uma memória muito antiga, que envolve minha mãe segurando a minha mão.

Fomos andando para a escola na Amsterdam Avenue, que à noite oferecia aulas de inglês. A mão dela estava sempre fria, mesmo no calor grudento e úmido de Nova York, que com frequência se adere ao corpo feito uma segunda camada de pele. Entramos no ginásio, onde havia numa mesinha uma cafeteira e copinhos brancos como aqueles que o dentista dá quando fala para fazer gargarejo. Eu, é claro, já sabia inglês. Ou o suficiente por ver *Vila Sésamo* e ir à creche, sabia tanto que podia desafiar adultos com bravatas aos remendos, dizendo exatamente o que pensava das sugestões bestas deles. Puxei a mão da minha *mami*. "Vou brincar ali", falei, apontando para um canto com um peitoril de janela que parecia o lugar perfeito para me sentar. Eu não era o tipo de criança que se esconde atrás da saia da mãe quando apresentada a estranhos. Eu era do tipo que apertava mãos, olhava as pessoas de cima a baixo. Minha mãe não soltou.

Puxei de novo.

— Eu estou bem. Não tenho medo.

E foi aí que olhei para o rosto dela. As linhas duras ao redor da boca. A firmeza com que apertava minha mão. Foi a primeira vez que precisei considerar que talvez fosse *eu* quem deixava as coisas menos assustadoras para *ela*. Fomos até as cadeiras dispostas em círculo, e, apesar de eu ser grande demais, me sentei no colo de *mami*.

Não me lembro da lição naquele primeiro dia, se traduzi ou não. Se a ajudei com as frases, apesar de eu mesma mal saber o alfabeto.

Minha mãe vai morrer. Todas as nossas mães vão, é claro, se não fizeram a transição ainda. Mas a morte da minha mãe é tanto silenciosa quanto óbvia: o aperto de uma mão. Pernoitei na casa dela uma vez na semana passada e, enquanto ela dormia, revirei todos os papéis. Analisei envelopes e abri correspondências, e me faltou jeito para esconder que tinha fuçado as coisas. Vi quais contas ela havia pagado, quais novas assinaturas tinha. A partir do momento em que ela disse para a família que faria um funeral, uma semente de medo começou a germinar em mim, regada com o suor da palma das minhas mãos.

Perguntei de novo, é claro. Uma manhã depois de vasculhar tudo e encontrar apenas um pagamento novo para a Netflix, mas nada mais que parecesse atípico. Ela sorriu, os dois olhos se concentrando em mim.

— Nunca senti que fui celebrada o suficiente. Isso não parecia ser um problema quando eu queria viver uma vida pia, na qual afasto o orgulho. Mas, depois de viver tanto, até os meus aniversários perderam a graça. Quero celebrar.

Isso não era uma resposta. Isso era a única resposta que ela daria.

A mágica da minha mãe, como toda mágica daqueles de nós que tem uma pontinha insólita, não é como a mágica de pessoas brancas em filmes — trazida por rituais, convocada, concedida numa cerimônia com fumaça e candelabros. Não é um sistema organizado como nos livros de fantasia, que descrevem a estrutura exata de onde e quando e assim por diante. As mulheres na minha família são atingidas por um raio invisível. Carregado de um novo dom com regras próprias, mas é diferente do de uma tia, ou prima, ou mãe.

Por exemplo, eu tinha 8 anos quando observei pela primeira vez que tenho uma vagina alfa. Eu não chamava assim naquela época. Mas me lembro de um dia notar que, quando eu ia ao banheiro com as minhas amigas, todas elas demoravam um instantinho antes de começar a fazer xixi. A minha melhor amiga no primeiro ano, Raisa, chegava a precisar pedir ao restante de nós que esperasse do lado de fora do banheiro, porque ela não conseguia relaxar o suficiente para urinar se a gente estivesse no mesmo recinto, ainda que em cabines separadas. Eu baixava a calcinha e, depois de mal pairar acima do assento, o mijo corria para fora, a minha uretra eternamente lançando bênçãos em vasos sanitários. Meu buraco do xixi não era tímido e não impedia minha habilidade de mijar sem importar quem estava perto.

No ensino médio, eu era capitã do time de basquete da escola, mesmo tendo acabado de entrar, e ascendi à posição menos por causa do meu arremesso, que era medíocre na melhor das hipóteses, e mais porque eu fazia discursos motivacionais passionais e me sentia compelida a dar rebote a todo custo. A treinadora achava que eram excelentes habilidades de liderança, o que é compreensível porque a outra cocapitã era uma monopolizadora de bola egoísta, mas que conseguia marcar mais do que todas nós combinadas. Cada uma de nós tinha seu ponto forte. Foi nesses treinos de manhã cedo que identifiquei pela primeira vez que sempre que a minha menstruação tocava minha calcinha, sem erro, no máximo uma hora depois, todas as outras meninas estavam marchando para o banheiro, com sangue manchando o short.

Na faculdade, finalmente notei que os efeitos da minha perereca eram, na verdade, mais específicos do que apenas um fluxo intenso e o canto da sereia da TPM. Era o cheiro, também. O toque, o visual, o sabor. Minha racha era uma experiência sobrenatural multissensorial para as pessoas. Minha passarinha tinha um volume que eu podia aumentar ou diminuir, irresistível. No meu primeiro ano em Binghamton, empolgada demais, deixei um jogador de futebol me comer com o dedo na festa de abertura da temporada dos Alphas' Black & Gold. O sujeito saiu falando por todo canto do campus que eu era o motivo para todos os passes dele terem sido perfeitos naquele ano.

No churrasco da minha formatura da faculdade, minha *tía* Camila, a tia distante que menos me conhecia, pediu que eu explicasse o meu Talento da Família Marte.

— Acho que Yadi falou, mas devo ter entendido mal, que a sua *popola* tem mágica? — *Tía* Camila afastou os meus cachos suados do pescoço.

— É. Acho que é um bom jeito de colocar.

— Como assim, *mi querida*?

Dei de ombros, explicando entre garfadas de *espagueti*.

— A minha *chocha* faz o que eu quero, quando eu quero. Se quero que fique molhada, posso decidir que ela faça isso instantaneamente. Se quero que o cheiro dela invada um cômodo, posso aumentar. Quando sofro muito de cólica e sei que a menstruação está chegando, posso falar para a minha vagina içar a ponte e segurar o sangue por mais um ou dois dias, ou posso dizer: vamos resolver essa merda agora mesmo e *vrum*, em minutos, se abrem as comportas.

Ela pareceu aturdida com a minha explicação franca. Às vezes eu esquecia que não era só porque ela era a mais nova dos irmãos e apenas porque eu sabia coisas sobre ela que ninguém mais na família sabia que eu devia ser tão explícita com *tía* Camila.

— Ah. Ah. Bem. Isso é uma coisa e tanto. Mas você tem certeza de que isso é como os nossos outros dons? Pode ser mais uma maldição.

O que posso dizer? Se tem quem ande pelo mundo de peito estufado com a confiança de ser o pica das galáxias, eu ando pelo mundo com a segurança de que minha *vagine* é impenetrável a infecções urinárias, faz qualquer interesse romântico surtar e tem o canto da sereia para que todas as pessoas que menstruam evacuem mais rápido suas descamações das paredes internas do útero.

(Se me dão licença para fazer uma breve revisão de anatomia antes de eu ser repreendida por ginecologistas e urologistas nos comentários, permitam-me reconhecer que não são propriedades da vagina as funções da menstruação ou urinação. A menstruação, obviamente, está no domínio da glândula pituitária e dos ovários. E a uretra é paralela à vagina, mas separada dela. (Apesar de *eu estar* convencida de que a proximidade da uretra à *minha* aranha parece ter cintilado um pouco de encanto nela.) Vaginas *estão* no comando de remover sangue e muco com eficiência, lubrificar a entrada para aceitar coisas penetrantes e prover uma passagem para o nascimento de uma criança. E, te falar, a minha está cumprindo essas duas primeiras funções dez de dez.)

O chamado magnético da minha *nani* é minha pequena forma de mágica. Yadi tem sua relação alterada com limão-taiti. *Tía* Pastora tem uma perspicácia para o que as pessoas querem ou não dizer e uma habilidade pouco saudável de ser a última pessoa a parar de mastigar numa churrascaria. *Tía* Matilde tem um pouco de tristeza no olhar até a música começar e depois é como se ela tivesse passado óleo de jojoba na sola dos pés, pelo jeito como eles deslizam por qualquer superfície, transformando-a numa pista de dança. O boato na família era de que ela quase foi dançarina substituta para Fernando Villalona antes de *mamá* Silvia cortar o sonho pela raiz. *Tía* Camila conseguia dar uma olhada nos seus olhos, ou colocar os dedos no seu pulso, e preparar um chá para alguma coisa que você nem sabia que precisava de cura.

E então tem *mami*. *Mami* Flor soube exatamente a hora que a mãe dela ia morrer. Ela me ligou na noite em que eu estava fazendo o meu trabalho final da matéria antropologia 207: religião, mitos e mágica e me disse que a hora estava chegando. É assim que a coisa de *mami* funciona. Ela tem um sonho com dentes se espatifando, ou vai reclamar o dia inteiro de uma dor horrível no maxilar, ou vai sair para dar suas caminhadas à noite e, não importa quanto o dia esteja ensolarado, os dentes começam a bater e a pele fica arrepiada. Em algum ponto nesse cabo de guerra selvagem entre os dentes e os sonhos, um nome salta de sua boca.

Às vezes, *mami* sabe meses antes: na segunda terça-feira de agosto, *el primo* tal e tal não deveria dirigir o carro. Às vezes, *mami* se queixa de dor de dente por uma semana, só para o nome escapar da boca justo quando o telefone toca, um membro da família já ligando com as notícias agourentas.

Mami não é oráculo nem adivinha. Na verdade, por longos períodos, a inclinação de *mami* para mágica é tão inútil quanto um CD player, uma curiosidade, uma coisa para colocar à mostra para os educados *oohs* e *aahs*. Por vários anos o máximo que ela "sabe" é que vai chover no aniversário do priminho bebê tal e tal, então eles não deveriam fazer a festa em Riverbank. Ela consegue sentir desastres iminentes, mas as visões mais claras são perdas de vida.

Ou como quando, há alguns anos, acho que eu tinha acabado de completar 28, eu a encontrei no apartamento. Ela estava fazendo a prova de cidadania pela terceira vez e queria que eu fosse junto, para dar apoio moral, disse ela, já que eu não poderia me juntar a ela na área restrita nem traduzir por ela. Aquelas aulas de inglês de décadas antes nunca pegaram.

— *Ción, ma.*

— *Ona?* — perguntou, como se eu não estivesse parada diante dela. Ela passou a ponta do indicador pela gola da minha blusa. — Você vai usar essa roupa amarela?

Baixei os olhos para a minha blusa radiante enrolada no torso.

Mami resmungou.

— *Mira.* Comprei uma coisa para você. — Ela me passou uma sacola. Dentro, havia uma blusa com babados vermelho-escuros.

— Obrigada, *ma.*

Ela amava comprar roupas para mim. Tecido é a linguagem do amor da minha mãe.

— Não fica me agradecendo, veste. Veste.

Normalmente, eu rejeitaria provar a blusa por uma questão de princípio. A minha terapeuta constantemente me lembrava de que eu tinha que estabelecer pequenos limites com a minha mãe, como prática para limites maiores mais tarde. Mas pensei que ela havia comprado a blusa para mim para a boa sorte dela, e eu não queria desgastá-la antes da prova de cidadania.

Quando chegamos ao Javits Center, *mami* estava tremendo.

— Ei, vai dar tudo certo. A gente estudou. — Eu tinha feito cartões com perguntas, simulado a prova toda sexta-feira por dois meses e até praticado um teatro de entrevista, em que eu fazia as perguntas de naturalização. *Mami* se queixou de que tinha de aprender cem respostas e nenhuma delas para as oito perguntas que o entrevistador faria, mas só a lembrei de que era melhor estar superpreparada. — Você consegue.

Ela fez que sim com a cabeça. O oficial saiu da área restrita.

— Flor Marte?

Apertei a mão de *mami* enquanto ela era acompanhada até lá dentro.

Fiquei sentada por cinco minutos, esperando. Podia demorar um tempo, eu sabia. Enquanto *mami* estava estudando os cartões com perguntas, eu estudava o processo: ela teria que fazer um voto de honestidade, responder perguntas pessoais, provar que era capaz de ler e escrever, além de falar, inglês, e só então começaria a prova. Após dez minutos, notei que a blusa bordô tinha ficado um tom mais escuro debaixo das axilas. Eu estava suando tanto, mas tanto, que a pessoa do meu lado precisou deixar dois assentos entre nós. Me levantei e saí para pegar ar fresco. Não havia farmácia por perto, mas uma lojinha suspeita de esquina vendia desodorante, que passei nas axilas e debaixo dos peitos. Até a minha virilha, essas glândulas tipicamente disciplinadas, estava suando.

Eu estava afastando a blusa do corpo numa tentativa de deixar entrar ar quando colidi com um homem na rua. Da careca à barba, à pulseira do relógio que se vislumbrava debaixo da manga da camisa quando ele pôs as mãos nos meus ombros para que eu não caísse, o homem brilhava. O eco de seus longos dedos afunilados permaneceu nos meus ombros mesmo depois de ele afastar as mãos.

A voz dele era lenta e doce feito melado.

— Sinto muito por ter esbarrado em você. Foi a sua blusa. Vinho é o meu tom preferido, e fiquei tão fixado com a cor que eu... Bom, foi mal. — Ele soltou os meus braços e esfregou a cabeça com a mão esquerda, subitamente envergonhado. — Eu me chamo Jeremiah.

Acontecia que Jeremiah era artista visual. Uma exposição dele ia estrear na esquina da rua onde *mami* fazia a prova, e ele estava na sua própria caminhada em busca de ar fresco enquanto sua instalação mais recente era pendurada e a abertura seria naquela noite, será que eu gostaria de ir?

Mami passou na prova, tremulando sua bandeirinha dos Estados Unidos enquanto fazíamos chamadas pelo FaceTime com cada um dos irmãos dela.

Naquela noite, ainda com a blusa que ela havia comprado para mim, fui à exposição. O trabalho de Jeremiah era diferente da arte de que eu normalmente gostava. Gosto de retratos, dos gestos das pessoas e de suas bocas, a forma como um corpo se enruga e se dobra. Jeremiah comunicava as ideias através de um esquema de luzes. Cordas grossas, trançadas, do tipo que senhores de escravos usavam em forcas, se transformavam em uma rede, acesa como se ele as tivesse pescado do céu. Eu não entendia, mas o esforço de jogar com a maior antítese da escuridão me atraía.

Terminamos tomando um café depois da mostra dele. Então, ele descobriu que sou apaixonada por uísque e me convidou para subir para a saideira de Macallan na casa dele. Em Teaneck. E, porque eu gostei das mãos dele, de sua segurança ao falar, da forma como ele notava pequenas mudanças no meu tom de voz, das tentativas de humor que a maioria das pessoas deixava escapar, concordei e permiti que me levasse de carro até o outro lado da ponte George Washington. Não imaginava que entraria num longo relacionamento. Eu gostava da minha vida do jeito que estava, mas ele era como uma bola curva, exatamente o tipo de desafio que me inspirava a tentar rebater.

Não usei os poderes da minha *nani*, e estamos juntos desde então. Nós nos mudamos para um bairro de classe média em Nova Jersey. Comprometidos a sermos parceiros de vida. Compramos uma casa. Montamos um lar. Tudo porque *mami* comprou uma blusa para mim e insistiu que eu usasse naquele dia em particular, naquela parte particular da cidade.

Quando Jeremiah e eu nos conhecemos, eu já dava aulas no City College, mas não tinha sonhos de permanecer empregada como professora em longo prazo. Gosto de ensinar antropologia lá, mas odeio a lenga-lenga de ser simpática com outros professores e administradores. É na antropologia que podemos observar como os seres humanos vêm se formando, as culturas que desenvolveram ao redor e por causa da terra e da linguagem. Os rituais que aprenderam a performar para tirar sentido da morte e da guerra e das bênçãos. E a minha ilha em particular captura minha imaginação antes de eu saber que poderia estudar a forma como a humanidade vive. No meu ensino fundamental, adoravam falar de um porra de Cristóvão Colombo, e a única coisa que eu conseguia pensar era: que caralhos esse italiano tem a ver com dominicanos? Demorei um bom tempo para aprender a palavra "precursor" e me dar conta de que celebramos Colombo por sua ruptura, por como ajudou a posicionar a Europa e liderou a dizimação de povos inteiros em continentes em que nunca deveria ter posto o pé.

O que significa que quero falar de história e fazer minha pesquisa, então a minha carreira e vida familiar não pareciam entrar em conflito. Minha família vem de mágica, e é algo que soube por tanto tempo que às vezes esqueço que nem todo mundo tem uma característica inata que marca sua diferença, que fala como uma segunda consciência. Minha *nani* me causava isso, até Jeremiah e eu começarmos a tentar ter filhos, então aprendi que minha vagina talvez nunca provasse o quanto é mágica na função de prover uma passagem para o nascimento de um bebê.

E, no meio dessa vida bagunçada e ocupada, a minha mãe está morrendo. E ela não quer me dizer quando. E ela não quer me dizer como. E cada pulsar tiquetaqueia no meu corpo, algo que eu achava que entendia agora se tornou um código Morse que não consigo decifrar.

YADI

cortou as cebolas devagar. Ela não confiava nas próprias mãos. Mas confiava, sim, que qualquer lágrima poderia ser facilmente escondida como reação química.

Ant estava peneirando o arroz e catando todos os grãos desnutridos fazia mais de uma hora. A emoção da presença dele ali, ali de verdade, tinha se dissipado, e agora Yadi estava coberta de uma dormência pesada. Como se toda a empolgação e surpresa houvesse exaurido sua bateria emocional e agora estivesse dando o alerta de MODO DE ECONOMIA DE BATERIA.

— Lembro que você se escondia na minha casa sempre que a sua mãe pedia para ajudar na cozinha. Você e a sua mãe ainda brigam muito?

— A sua *mami* me dava comida sem pedir nenhum trabalho em troca. Era um negócio muito melhor para mim — disse Yadi. — E mamãe e eu, a gente se entende.

Ela estourou um grão-de-bico na boca e espremeu mais limão sobre a tigela à frente.

Ant pareceu surpreso.

— *¿Y eso?*

E ele podia estar falando de algumas coisas.

No começo do oitavo ano do fundamental, um mês depois de Yadi ter tido a primeira menstruação, quando os garotos voltaram das férias de verão, eles pararam de querer acertá-la no jogo de queimada ou fazer piada com o sotaque dela e em vez disso queriam derrubá-la no rúgbi. Também era no oitavo ano que os alunos da escola PS 333 de Manhattan eram autorizados a sair do prédio para o almoço. E foi nas mesas da pizzaria que ela passou a colocar a mão na frente dos lábios antes de levar comida à boca.

Ela odiaria deixar os meninos, eles em específico, a verem comer. Sua boca parecia uma entrada íntima demais para deixar que espiassem o interior, para deixá-los observar seus lábios e sua língua e seus dentes e sua mastigação.

(Ela, diferentemente de mim, não havia sido precocemente exposta à pornografia. Mas mesmo assim tinha uma noção de que isso, ver alguém comer, era sexual.)

A mão dela começou a subir lentamente enquanto mastigava, mesmo quando não estava na escola. Primeiro no almoço com os meninos, depois na rua quando a gente comprava uma raspadinha ou um *pastelito*. E em algum momento virou um hábito que ela não conseguia largar nem em casa.

De início, a mãe dava tapas na mão dela com um guardanapo, mas Yadi continuava com a mão na frente da boca. A mãe a levou ao dentista, mas ele determinou que os dentes estavam bem e que ela não tinha diagnóstico de gengivite ou outra infecção que estivesse escondendo. O médico no Ryan Center mediu a pressão e os batimentos cardíacos, então encaminhou Yadi e a mãe a um terapeuta. O que deixou *tía* Pastora uma fera — ela estava convencida de que havia algum trauma envolvido, algum menino tinha tocado Yadi ou feito *alguma coisa* que ela estava tentando esconder atrás dos dentes.

Foi um hábito que ela acabou tendo de largar. *Tía* Pastora lhe deu alguns meses para fazer o joguinho de esconder a boca. Aí deu uma semana para que ela abandonasse o hábito. Na manhã após os sete dias, começou a dar tapas na mão de Yadi para afastar se estivesse em qualquer lugar perto dos lábios, dizendo apenas uma vez:

— Se eu pegar a sua mão na frente da boca enquanto come de novo, você vai perder uns dentes. *Yo no sé que tontería es que se te ha meti'o a ti*, mas não houve vergonha nenhuma em botar aquela comida na mesa, e não vou aceitar nenhuma vergonha em comer. *¿Tú me estás entendiendo, sin vergüenza?*

Depois disso, Yadi parou. Não por causa das palavras da mãe, mas da expressão fechada no rosto dela. Não era fácil ser filha de Pastora. Ela era uma mulher que via demais. No entanto, nem mesmo *tía* Pastora conseguiu arrancar de Yadi o hábito de evitar limão-taiti.

Yadi decidiu que não ia contar a Ant. Como havia acordado um dia, a língua ardendo por algo azedo. Um desejo que nunca havia tido antes. A casa dela sempre teve limões-taiti na última gaveta da geladeira, para limonada, ou marinar, ou dores de barriga, e, ainda assim, o corpo dela começava a botar para fora qualquer coisa que estivesse dentro dele no momento que a língua tocava a fruta.

Ele conhecia o ranking da sua tabela, é claro. Laranja-azeda? Nota dez. Limão-siciliano era maravilhoso. Mas, assim que a língua detectava limão-taiti, era de parar no meio da mordida. Olhava desconfiada para quem quer que tivesse preparado a comida como se tivessem tentado envenená-la. Era o franzir do rosto que ele requeria. Até mesmo a sensação dele no estômago parecia um fardo, um ácido que carregava uma enorme mala despachada de amargor ao invés de uma malinha de mão.

Com frequência, *tía* Pastora comentava como era uma coisa boba da qual não gostar. Realmente não era *tão* diferente do limão-siciliano, e limão-taiti muitas vezes era mais barato. Sua própria mãe tinha limoeiros no quintal, dizendo que limão era bom para desinfetar comida estragada, fazer chá, preparar um *salve*. Foi uma provação quando Yadi conheceu a República Dominicana e teve de explicar de novo e de novo para *mamá* Silvia que não espremesse a fruta em *tudo* ou ela com certeza morreria de fome.

(Uma pequena curiosidade que sempre me pareceu interessante: apesar da nossa propensão a colocar limão em *tudo*, eles não são nativos do Caribe. Foi no *Pinta* (o navio daquele pau no cu do Colombo) que as primeiras sementes foram trazidas em 1493. Tentavam-se muitas plantações naqueles primórdios, já que o império espanhol esperava que os climas tropicais levassem a um nível inovador de agricultura. Muitas plantações fracassaram. Mas essas sementinhas vingaram e até mesmo receberam o nome incorreto de limão das Índias Ocidentais, *limón verde* em espanhol. O excesso deles na ilha até hoje é tão ubíquo que são até mais populares que limões-sicilianos.)

Yadi não era o tipo de criança que ficava do lado da mãe e a ajudava a cozinhar. Não aprendeu receitas tradicionais. Com certeza, ela não era uma *foodie* gourmet, que saboreava cada mordida e falava sem parar do próprio paladar. Havia sido uma criança de metabolismo rápido e sem apetite voraz. Ainda assim, a mãe de Yadi empilhava prato atrás de prato para a menina, adorando vê-la comer. A filha deixar um prato limpo na mesa satisfazia todas as necessidades de Pastora. E Yadi consumia obedientemente tudo no prato, exceto se tivesse sido temperado com limão-taiti. Nada de limonada adoçada com xarope, nada de torta de limão, nada de peixe na manteiga com limão, nada de salada com limão no molho.

E por dezenove anos eles viveram e até esqueceram que havia em seu lar uma aversão tão distinta. Até que *mamá* morreu.

>Antes da ligação, da compra frenética de passagens para a República Dominicana, de fazer e desfazer malas, de comprar vestidos pretos e ligações para agências funerárias, antes de tudo isso, Yadi acordou às cinco e trinta e sete. Ela não era uma pessoa matutina. Na faculdade, estava no fim do primeiro semestre do ano, a luz brilhante do sol atravessando as venezianas de merda do dormitório, o ar do estado de Nova York ainda trazendo uma frieza leve de manhã cedo.

A primeira aula só começava às nove, mas, apesar do quanto tentasse voltar a dormir, do quanto tentasse escovar os dentes e a língua e até o céu da boca, estava salivando por algo azedo. Correu para o café da manhã, esperando em frente ao refeitório até que abrisse, às seis. Espremeu um limão-siciliano inteiro no próprio chá, mas não foi suficiente. Devorou uma toranja, mas ainda sentia a ânsia na boca. Enfim pediu a uma das boas senhoras que serviam se poderia providenciar uma fatia ou duas de limão-taiti, as palavras mordendo a língua, como se a pronúncia em si evocasse o ácido. Ela, que tratava isso como algo fundamental de si mesma, que listava limão-taiti quando perguntavam sobre restrições alimentares, que pensava que aquilo fosse algo concreto — ela, que não conseguia digerir essa fruta, nem mesmo para tomar uma dose de tequila, havia mudado. Não sabia na época que a transição não era só sua.

Naquela manhã, ela espremeu limão no mingau, na torrada, na mistura para preparo de ovos mexidos. Estava mirando no café, aflita e chamando a atenção, todos os outros alunos que comiam cedo observando aquela cena ridícula, quando o celular tocou às quinze para as sete. Ona. Ona, que estava concluindo a faculdade e com frequência rondava a prima mais nova. Ona, o único motivo para a mãe de Yadi sequer concordar em deixá-la fazer faculdade fora da cidade, contanto que fosse *essa* universidade, onde haveria alguém da família para cuidar dela.

(Eu fui, no melhor dos casos, uma cuidadora casual.)

— Onde você está? — perguntou Ona sem cumprimentar.
— Por que está ligando tão cedo?
O silêncio do outro lado da linha falou o suficiente.
— Estou no refeitório. O meu corpo está surtando. Acho que devo estar com escorbuto ou alguma coisa assim, porque...
— Estou indo para aí.
Ona entrou ainda de pijama e com um par de botas Uggs que um dia foram da ex dela, Soraya. Ona, as mãos gentis como a pele de carneiro das botas, afastou os dedos de Yadi das cascas que ela estava chupando.
— Comprei duas passagens de ônibus para casa. Você precisa mandar um e-mail para os seus professores e avisar que não vai aparecer na aula. Ai, caralho, mas você está em finanças. Eles vão querer que você faça os exames finais. Me manda os seus horários de novo; vou mandar um e-mail para o reitor.
Yadi ficou passando a língua nos lábios. Correndo-a pelo interior da boca, procurando acidez. Revirando a língua em si mesma. A boca inteira dela buscando, buscando, buscando.
— *Tía* Flor sabia? — chutou Yadi.
Ona hesitou um instante, então fez que sim.
A boca de Yadi se apertou, expirou longamente.
— Ela não pensou em me contar?

A pausa de Ona foi mais longa dessa vez, em grande parte porque ela se sentou ao lado de Yadi, puxando a mão da prima para a sua antes de falar.

— A gente decidiu que deveria ter alguém com você quando descobrisse. Achei que você precisava dormir. Não tinha nada que pudesse fazer.

— Eu podia ter ligado para ela.

— Você não teria feito isso. Teria sido cruel.

Yadi foi reprovada na prova de finanças, assumindo o zero para viajar para a República Dominicana em vez disso, para usar preto, e rezar novenas, e pressionar o rosto na bochecha fria da avó no caixão. Para passar os dedos pela última vez sobre as rugas da sua *vieja*. Ela sabia que nenhuma das filhas amava a mãe do jeito que ela amava. Nunca conheceram a *mamá* Silvia com sonhos de menina, uma mulher que havia levado tapas, primeiro dos parentes, depois de cada uma das filhas, que a deixaram por amantes, por outro país. Algumas pessoas endurecem sob a pressão do abandono, diminuem, se tornam versões comprimidas delas mesmas. Algumas pessoas, como uma vela de barco, ficam esfarrapadas, telas forradas de sal marinho e vendaval.

Os mentores de Yadi na faculdade sugeriram que ela trocasse as disciplinas principais do curso. Ela fez exatamente o que a família temia e largou a faculdade.

Era um legado estranho, numa família em que ninguém transmitia bens, herdar um gosto por limão. E era uma herança que renderia dividendos no futuro. Quando Yadi preparava margaritas, era comum quem bebia com ela sentir comichões na língua, um desejo de mais dos preparos licorosos até todos estarem bêbados em pouco tempo. Sua torta de limão vegana era sempre a primeira coisa devorada numa festa, a receita pedida por todo mundo que provava, só para Yadi acabar recebendo mensagens sobre uma reprodução que não ficou exatamente como a original. Seu amor por *mamá* Silvia e o amor doce de *mamá* Silvia por ela ornamentavam cada manipulação dessa fruta azeda e levemente amarga. Yadi passou os dedos pelas beiradas da tábua de corte antes de voltar ao preparo da comida.

— Não tinha nada bonito lá dentro — disse Ant.

Yadi continuou cortando.

— Cores, quero dizer. Ou parques. Era concreto. Cimento. Metal. A sua mãe me mandou uma foto do seu baile da escola. Você usou aquele verde brilhante. Prendi no beliche em cima do meu para que, pelo menos antes de dormir, eu lembrasse que o mundo não era só uma escala de cinza.

Ele ainda estava se aclimatando, ela entendeu.

Yadi não sabia o que responder a essa confissão. Ela apareceu no baile do último ano da sua turma apesar de ter estudado apenas um ano na escola particular dominicana. Não tinha par e decidiu ir sozinha. Foi a sua avó quem armou o vestido feito à mão, e Yadi o usou.

— Algumas coisas levam tempo para curar. Velas não são velas até endurecerem no escuro e poderem ser acesas sem a cera derreter antes de a chama conseguir consumi-la. Sabão não é sabão até a soda e a espuma se encadearem. Rum demora semanas com acréscimos de mel e folhas de louro e vinho antes de poder ser chamado de *mamajuana* ou servido como tal. Até a *cannabis* precisa da escuridão, para se proteger da umidade, antes de se tornar algo que queima, cura. Você está num estágio de cura — não disse Yadi.

— Você ainda tem a foto?

Ant fez que sim com a cabeça.

— Vou cozinhar amanhã de noite, também, quando voltar da loja. Você deveria trazer. Não sei se a gente tem uma cópia dela aqui.

Ela correu os olhos pela cozinha como se ainda pudesse haver uma foto do ensino médio pendurada na geladeira.

Era ao mesmo tempo uma dispensa e um convite. E Yadi não sabia por que tinha feito qualquer uma das duas coisas. Mas Ant entendeu a deixa, levantou-se, espreguiçando-se, os braços de lado, as costas se arqueando num ângulo particular que fez Yadi ter de morder a língua. Como tantos gestos podiam ter continuado iguais?

FLOR

sabia que a última coisa que precisava fazer para o funeral, a única coisa que não era ornamental, era escrever o que queria dizer.

Mas ela jamais havia escrito um elogio sequer. Tinha aprendido a compartimentalizar o mundo dos vivos e o mundo do Antes e do Depois que ainda visitava em sonhos. Ela não tinha certeza se era a viajante ou o destino, então talvez o Antes e o Depois a visitassem.

No começo, ela não tinha linguagem para explicar à família que se sentia um fantasma em vida, levemente desconectada dos detalhes mundanos que pareciam fazer a vida tanto bela quanto insuportável. Talvez por isso a única teoria profunda dela a respeito do objetivo da vida tivesse a ver com o amor, porque foi o peso do amor direcionado a alguém, como uma tornozeleira eletrônica no corpo, a primeira coisa que aterrou seus calcanhares no chão.

> Quando primo Nazario se mudou para a cidade, seu pai disse apenas que ia apresentar seu sobrinho preferido, que viria visitar com mais frequência. Flor esperava um garotinho ranhento que ela teria de beliscar para que lhe obedecesse, como fazia com Pastora.

Mas o jovem rapaz que parou um dia diante da casa numa égua cor de caramelo era diferente de qualquer pessoa que ela tivesse visto. Apesar de televisões serem comuns nos lares estadunidenses e das pessoas bem de vida, demoraria mais uma década até Flor se sentar em frente a uma tela com acesso a rostos e traços de pessoas que não eram vizinhas ou parentes imediatas. Flor não tinha com que comparar esse jovem, não fazia a menor ideia de que o que desabrochava no peito era uma quedinha, um *crush*, ainda que ela me explicasse, quando defini, que a palavra *"crush"* fazia todo o sentido, já que era exatamente esta a sensação: um punho apertando o coração até se moldar ao formato da palma da mão. As mãos foram a primeira coisa que ela notou; os dedos eram longos e ele mantinha as unhas limpas. A família se enfileirou para saudações e beijos, *mamá* a primeira a oferecer uma bênção ao menino e as boas-vindas.

Flor ficou mais para o fundo, com medo de aproximar o rosto do garoto no cumprimento. Suas mãos suavam na saia. Quando todo mundo já o havia saudado e abraçado, os olhos dele se voltaram para ela. E ela nunca se sentiu tão humana quanto naquele momento. Esperava que seus dois olhos estivessem olhando firmes para ele, uma noção assustadora, já que ela raramente pensava no olho desviante e nunca na vida tinha desejado nada de sua tração direcional.

Não ousou dizer nada para as irmãs, porque era um afeto com tons feios. Eles tinham conexão de sangue, no máximo primos de segundo grau, ela não tinha certeza. Ela se consolou no fato de que os longos dedos da igreja e uma vida divina desatariam seus sentimentos um dia. Ou assim rezava. E, pela primeira vez na existência, quando mergulhou nos sonhos, foi assombrada por algo além das premonições.

Seria um discurso curto se ela escolhesse esse caminho. Seus mortos lhe deram muitas coisas. Ela uma vez assistiu a um filme com um garotinho que conseguia falar com gente morta e na verdade estava sendo consolado por um sujeito que não sabia que tinha passado para o outro lado. A filha havia ido ao delírio com o final. Flor não achou nada muito espetacular no filme, exceto pelo medo supremo do menininho e pelo fato de que estadunidenses adoravam associar morte com sofrimento e sanguinolência. Os sonhos dela não eram delicados, tampouco lhe davam pavor de dormir. Sua habilidade do sono era como ter um dedo a mais na mão. Parecia estranha aos outros e às vezes desajeitada em algumas situações, mas, outras vezes, era algo que permitia apoio adicional na hora de tentar segurar alguma coisa. Era algo que simplesmente existia. Ela dormia e, na maioria das noites, não se lembrava dos sonhos. E às vezes ela dormia e ficava claro que tinha acessado um conhecimento que poderia mudar o mundo para algumas pessoas. Era isso que deveria dizer no sábado? Que ela havia amado. E que seu dom e sua vida dificultavam o amor. Mas seu lado humano persistiu mesmo assim. Talvez.

MATILDE

enfiou a chave na primeira fechadura com uma pancada. Não fazia necessariamente nenhum som diferente de quando apenas encaixava a chave no lugar, mas ela tomou um instante para se admirar por não se encolher de medo diante do que estava do outro lado.

A primeira fechadura. A trava se recolheu em seguida. Como era seu ritual antes de entrar em casa, o indicador tocou o adesivo do menino Jesus que ela havia colocado embaixo do olho mágico anos antes. Uma bolha de ar do tamanho de uma moeda de um centavo tinha ficado presa justo sob a representação do coração envolto em espinhos de Jesus. O dedão havia esfregado esse lugar mil, não, *milhares* de vezes e, mesmo que o alisasse um pouco, a bolha de ar sempre voltava; um coração protuberante, farpado, que não era domado por dedos delicados. E os dedos dela eram delicados, tão suaves e leves quanto haviam sido ao tocar a mão do jogador de beisebol.

A aula de dança tinha sido uma boa distração, mas ela sempre ficava desapontada por, em algum momento, ter de voltar para casa.

Empurrou para longe aquele pensamento com tanta força quanto a que usou para abrir a porta — apesar de ter contido esta, para que a maçaneta não marcasse a parede atrás. Manteve os passos leves. O celular estava em modo avião. Ela entrou na cozinha e nem acendeu a luz antes de prender a respiração e pressionar o botão da secretária eletrônica no telefone de casa. Havia duas chamadas perdidas, o maldito telemarketing de novo, mas nada das irmãs.

Pastora não havia contado aos outros que tinha visto Rafa com uma grávida.

O bipe do celular, que apesar do modo avião havia se conectado ao WiFi da casa, congelou seu coração por um instante. Mas, quando ela abriu o grupo, havia apenas algumas mensagens, e nenhuma delas turbulenta. Matilde sabia que deveria se sentir aliviada. Deveria querer lidar com isso sem interferências e opiniões que sufocariam os próprios desejos.

As luzes do quarto estavam acesas, e ela viu Rafa deitado na cama, cueca boxer azul puxada até a cintura e uma regata branca cobrindo o peito pontilhado com pelos. Ele havia começado a pintar os pelos do peito no quinquagésimo primeiro aniversário, mas ficou com preguiça da tarefa nos últimos anos e agora, aos 69, alguns pelos cinza, finos, retos — com textura diferente de qualquer coisa no corpo — saltavam do peito. O locutor esportivo na televisão gritava emocionado. O marido olhou de relance para ela, então voltou e a olhou com atenção.

— Estava ajudando Yadi? — Os longos cílios tremeluziram nos olhos castanhos enquanto ele olhava para ela de cima a baixo. — Parece que ela te fez carregar caixas.

— É quinta. Tive aula de dança.

Ele agitou as sobrancelhas.

— E você deve ter girado até o coração saltar pela boca.

Ele começou a cantar mal; seu chilreio desafinado em geral a fazia sorrir.

— Quer dançar para mim? Aposto que consigo soltar esses quadris de um jeito que o seu professor não consegue — disse ele com um arrastado sonolento, a espiada de um homem que, nos primórdios, dava duas ou três seguidas.

Matilde tirou cada um dos brincos dourados. Soltou a pulseira do relógio. No espelho do banheiro, passou a escova no cabelo, começando atrás, dividindo mechas de cabelo e as prendendo ao crânio até o *dubi* parecer um penteado de artista e não apenas uma técnica dominicana para ter cachos definidos no dia seguinte. Ela passava a *redecilla* sem muita força, porque a rede era mais algo decorativo, já que os grampos seguravam tudo no lugar Ela precisaria escovar para tirar qualquer marca dura de grampo de manhã.

— *¿Oíste, vieja?* — chamou Rafa do outro quarto. O jogo de beisebol estava desligado, e a voz dele ecoou pelo quarto pequeno. — Não sei o que usar sábado. Será que devo ir com a camisa floral que você me deu no Natal? Mas precisa recosturar o botão da manga.

Matilde vestiu uma camiseta imensa e larga com BINGHAMTON escrito na frente. Ela acompanhava Flor na visita ao campus quando Ona foi ver a faculdade pela primeira vez. E foi parte da caravana que subiu o estado para levar Yadi um ano depois. Matilde adorava o verde e branco e gostava de imaginar as sobrinhas lá, no prédio grande perto da fronteira com a Pensilvânia, mesmo que Yadi não tivesse concluído o curso.

O marido não estava esperando uma resposta. Ele não perguntou de novo. Virou-se para ela quando ela foi para a cama. Uma das mãos no quadril dela, e então estava roncando. Imperturbável pelas decisões que tomava, ele dormia melhor que a maioria dos bebês. Ela pegou o celular. Ia abrir a *cafetería* no dia seguinte e era rigorosa conferindo os alarmes. Os dois estavam sempre programados, mesmo nos fins de semana, mesmo nos dias em que ela não abria. Satisfeita por isso ainda ser verdade, Matilde conectou o celular ao carregador e o deixou de lado, e o telefone tinha acabado de sair da sua mão, por isso ela achou que havia causado a vibração quando ele tocou a mesa de cabeceira.

Ela o pegou de novo. Não seria novidade se um dos irmãos estivesse mandando mensagem tão tarde. Se Yadi fizesse uma mudança de última hora no menu.

El Pelotero, com seus quadris soltos e a boca próxima da sua orelha ao girá-la, havia salvado seu número no telefone dela. E ele havia mandado uma mensagem. O coração dela disparou. Matilde devolveu o celular à mesa de cabeceira.

Ela se virou e afastou os dedos que Rafa havia pousado no seu quadril. Não quebrar cada um deles era um ato de misericórdia.

EU

fiquei acordada e fiz contagem regressiva. Quarenta e uma horas até o funeral. Jeremiah estava no estúdio no porão, tão isolado que nem a luz, nem o som subiam até o quarto no segundo andar. Ele não oferecia distração alguma. Casas sempre me assustaram porque outro ser humano poderia estar em qualquer parte da metragem quadrada sem você saber. No meu apartamento de infância, assim que eu entrava, ficava claro quando os vizinhos, os pestinhas do andar de cima, estavam em casa e *mami* e *papi* no quarto.

Imagino que a minha mãe esteja contente por meu pai estar morto. Por ele não poder ir ao que quer que seja esse evento de sábado. Ela é branda demais, evita conflito demais para dizer com todas as letras, mas era de entendimento em nosso lar que nossa vida em geral teria sido mais fácil se fôssemos só eu e ela. O que é um sentimento complicado para aceitar quando um homem não é violento ou mulherengo, mas ainda é alguém que coloca os próprios desejos e vícios acima do bem-estar daqueles que se sacrificam por ele de novo e de novo.

Eu tinha um pai que bebia nos fins de semana. Todo fim de semana. Ficava podre de bêbado. Para uma criança, poderia ser mais fácil de entender se ele fosse um alcoólatra diário, totalmente desenvolvido. Com o salário de sexta-feira, ele comprava duas garrafas de Brugal e um balde de frango frito do KFC na esquina. O frango era para apaziguar *mami*, que pelo menos não precisava cozinhar nas sextas enquanto o marido bebia até ouvir o chamado do olvidamento.

O meu pai não era um bêbado raivoso. Nem mesmo um bêbado cruel. Mas havia algo brutal em vê-lo desfazer a pessoa que havia construído de segunda a sexta-feira, copo atrás de copo removendo as restrições que o mantinham abotoado no seu terno Carhatt em seu emprego de fábrica, que o mantinham privado e tranquilo em casa. Os lábios que ele raramente usava para sorrir em afeto ou aprovação se transformavam no sorriso arreganhado de El Chacal a partir de metade da garrafa.

Mami e eu nos sentávamos com ele, uma reunião familiar, até o quarto copo.

Não sei se aprendi a ler os sinais da bebedeira dele observando *mami*. Quanto mais gregário meu pai ficava, mais os ombros dela caíam, até que, num acordo tácito, nós nos olhávamos e ela acenava com a cabeça para eu ir para a cama. Logo em seguida, eu ouvia suas *chancletas* se agitando rumo ao quarto dela. Depois que partíamos, o som na sala de estar se acalmava. *Papi* colocava a televisão no mudo, mas não desligava; aprendi a ouvir o ruído branco do botão de mudo, a observar a luz fraca da tela que vazava por baixo da minha porta, formando um tapete vermelho.

Eu não saberia dizer por que saí a primeira vez. Exceto que talvez eu fosse uma criança, 8 anos, e a minha cota de curiosidade havia sido distribuída por uma mão generosa. Ao menos, eu tinha instinto suficiente do silêncio na sala de estar para que eu mesma ficasse quieta nessa observação.

Aprendi a girar a maçaneta do quarto num sussurro, indo sorrateiramente para o corredor entre o meu quarto e a sala de estar, a luz da televisão lançando meu pai em alívio puro, como se esculpido da luz e do sofá. Fiquei proficiente na jornada dos quinze passos naquele ano.

A pornografia que ele via não parecia específica; eu partia do pressuposto de que não era um vídeo, porque o meu pai não era do tipo que alugava filmes, e as mulheres na tela não se pareciam em nada com as *trigueñas* peitudas que meu pai dizia na minha presença que eram maravilhosas. Devia ser qualquer coisa que estivesse passando nos canais proibidos que eu não deveria conhecer.

Essas loiras se contorcendo, as mãos nunca parecendo se envolver no ato, me fascinavam. Ou, na verdade, as mãos delas. A forma como nunca acariciavam o rosto dos homens, nem tocavam seus ombros, nem os recebiam de forma alguma. Era raro as mãos serem DJs das próprias siriricas. Sempre que isso acontecia, eu aplaudia em silêncio; parecia um uso muito melhor para os dedos do que os largar soltos na cama.

Eu costumava só assistir a uns poucos minutos antes de, agarrada às sombras, me levar de volta para a cama. Ali, observava as bochechas coradas, as formas como minha periquita sentia *algo* — melhor? — quando eu apertava as minhas pernas juntas ou colocava um travesseiro entre as coxas e mais ainda quando eu alcançava com meus próprios dedos para inspecionar a umidade ali. A umidade brilhava. E, enquanto eu pensava nela, a acendia mais, como uma torneira para mais umidade. A minha mente e a minha molhadinha e o meu prazer estavam conectados, e cada um fazia o que eu queria.

Então, uma noite, quando a casa murmurava rumo ao silêncio, eu me toquei imaginando o que ele assistia. Me acariciei de uma forma que parecia uma corrida ou um jogo de queimada, exceto que, em vez de correr da bola, eu corria rumo a ela, esperando que me acertasse bem no plexo solar. Fiquei deitada suando, a mão cheirando, o acelerar de prazer. E então fiquei simplesmente grudenta. Me levantei para lavar a mão no banheiro. Mas sabia que o barulho poderia penetrar o senso de propriedade do meu pai, e eu queria, precisava, olhar de novo. Será que eu podia me tocar duas vezes numa só noite? Aceitei o desafio. Fui furtivamente até a sala de estar. Assisti por muito tempo, o meu corpo se empolgando por todo lado, qualquer pontada de culpa que eu poderia sentir eram soterradas pelo desejo de enfiar as mãos de volta na calcinha.

Mas não havia decisão a tomar; antes de eu conseguir me mover, um rato saiu correndo de baixo da TV. Vi o bicho disparar sob a luz do aparelho antes de mergulhar atrás do sofá. Onde o meu pai estava sentado. Os olhos dele em mim. Eu não sabia quanto tempo fazia que ele estava olhando para mim.

Nenhum de nós se mexeu, nenhum de nós disse uma palavra.

Meu pai não mudou de canal nem desligou a televisão. Os meus olhos se apressaram de volta para a tela, onde a boca da mulher estava aberta, aberta da forma que eu ficava quando me esquecia de fechar a boca no banho. Não fingi voltar para o quarto em silêncio. Fechei a porta com um clique audível.

O meu pai, que raramente me fazia perguntas a não ser que fosse um pedido para trazer um prato ou recitar um poema para um de seus amigos da barbearia, nunca tocou no assunto. Mas o inquietante já havia ocorrido.

Parei de ir escondida para a sala tarde da noite. Mas não conseguia impedir a minha imaginação. E, como uma palavra que se aprende e depois se começa a ver por todo lado, imagens de corpos copulando se acotovelavam para entrar em meus pensamentos nos momentos mais inocentes.

Meus dedos ensinaram à minha imaginação que eu conseguia recriar a maioria das cenas que tinha visto; eu conseguia sobrepor Morris Chestnut ou Jessica Alba; podia inclusive usar as Barbies para determinar todas as posições que nunca tinha testemunhado, inclusive aquelas impossíveis para o corpo humano.

Eu me sentia bem. E me sentia errada. Meu corpo amava buscar o prazer das minhas mãos, de outros objetos do lar com os quais eventualmente experimentei. Mas meu cérebro me lembrava de que o deslizar de dedos e corpos era para o escuro, para permanecer em atos mudos, escondidos e secretos.

Era conflito demais para uma garotinha.

Cheguei a me esgueirar pela parede do corredor uma última vez pelo que consigo me lembrar. Foi talvez um ano depois, logo antes de *mami* me mandar para a República Dominicana pela primeira vez. Era a hora da noite em que só os ratos nas paredes estavam se movendo. Acordei como se de um pesadelo, me sentando imediatamente. Os pelos dos braços arrepiados. Busquei algum ruído que poderia não conhecer e lembro que estava quase me deitando de volta quando ouvi outro murmúrio, vindo da cozinha.

Segui o som.

Perto do fogão, *mami* pressionava a frente da camisola no rosto. Estava chorando como eu nunca tinha visto. Eu sabia que ela tinha sonhos difíceis às vezes, mas nenhum a havia deixado tão desesperada, ao menos não na minha presença. O arfar do corpo quase silencioso, iluminado pela lua em *su bata*. Eu não era criança de me sentir tocada, mas apertei a cintura dela com os braços, enfiei o rosto em sua barriga. Fiz carinho nas costas. Não acho que lhe disse que ia ficar tudo bem. Ela fungou até ficar sem lágrimas, imóvel. A mão direita dela estava fechada em punho e se abriu nas minhas costas. Ela me fez carinho de cima a baixo.

Não perguntei por que ela estivera chorando. *Mami* não andava por aí fazendo confidências para crianças, e eu não tinha ainda aprendido a guiar uma pessoa a ponto de *desahogarse*. Não sei quando nos separamos. Quanto tempo nos ligamos. *Papi*, num estupor bêbado, seguiu dormindo.

Pensei no meu pai mais no último ano do que jamais pensei quando ele morreu em 2017, subitamente, não de falha hepática ou de qualquer outra coisa que os médicos haviam alertado que seria o destino dele, mas de colocar o pé fora da calçada rápido demais num dia em que estava sóbrio, na verdade, mas distraído e desatento a um carro que fazia uma curva ligeira. Não desenvolvi um gosto por álcool tão voraz quanto o dele. Mas encontrei consolo nos vídeos e nas histórias eróticas de gente fodendo, do espectro de expressão humana que vem da atividade sexual. Ainda jovem, descobri que o decodificador pirateado para TV a cabo na verdade tinha dois canais de pornografia, e aprendi como mudar de um para a PBS quando ouvia um adulto no corredor. Aprendi, provavelmente antes de completar 14 anos, que as posições regulares e o sexo puramente hétero era tímido e mundano demais. Os meus olhos, famintos por outras formas de entender esse ato, se refestelaram quando celulares e pornografia grátis passaram a poder ser escondidos no bolso.

Talvez seja isto que o meu pai me ensinou: que na noite é importante ouvir os ruídos mais baixos, decifrar o silêncio alto dos sons sussurrados; ouvir com essas orelhas diferentes cumpre promessas variadas.

Minha mãe me teve quando estava em meados dos 30 anos. Espio o relógio. São quase três da manhã. Tarde demais para ligar para ela com outra pergunta, mas quero perguntar se ela acha que as pessoas se interessam mais por se tornar pais *depois* de se exaurirem. Enquanto a nossa própria esperança nos impulsiona para a frente, não há necessidade de procurar por ela na visão de mundo nova e fresca de outrem.

Em determinada idade na minha jovem adultez, eu costumava sonhar que estava grávida e acordava tocando a barriga freneticamente. Aliviada porque a catástrofe de ser mãe poderia ser evitada ao simplesmente voltar à consciência.

Nós havíamos tomado cuidado, Jeremiah e eu, para minimizar quaisquer perturbações potenciais para a vida que tínhamos arquitetado. Éramos uma unidade familiar, nós nos dissemos. Sussurrávamos isso quando nossos parentes brigavam, quando discordávamos de pais, quando um membro da família que pegou dinheiro emprestado não devolvia. Nós somos parentes um do outro. Escolhidos e reescolhidos. A progênie tinha um lugar, mas não era um com que me preocupava no fim dos meus 20 anos, muito menos depois que a minha carreira se tornou a entidade que precisava do meu suor e ser alimentada dos meus peitos. *Nós* estávamos deixando uma marca, lutando para sair da lama em nossos respectivos campos, eu dizia a Jeremiah, removendo a poeira da colonização.

Jeremiah cresceu na Carolina do Norte. Uma cidadezinha chamada Ayden, onde os parentes dele viviam desde que tinham memória familiar. Ele foi amado por pais e tias e tios e avós e primos, uma dádiva de pessoas que criaram todas as suas gerações da terra onde deram os primeiros passos ao solo onde o caixão era baixado. Desde que nos conhecemos ele me disse que queria filhos. Eu me ancorava nas arremetidas de terríveis guerras fronteiriças e no aquecimento global e no derretimento das calotas polares e na morte de pessoas negras que nos cercavam, essa arena de gladiadores que é a vida.

Eu queria filhos um dia, talvez. Mas quando nos conhecemos? Eu tinha o meu trabalho. E o meu trabalho tinha o meu nome. E o meu trabalho estava nos arquivos e documentado no JSTOR, e alunos e especialistas enquanto fosse possível fazer buscas esbarrariam no meu trabalho e no meu nome. Veja bem, eu não tinha *utilidade* para uma criança. E duvidava que fosse ser muito útil para uma também. Ainda não.

E então ano passado, na minha consulta anual de aniversário, minha ginecologista disse que o meu útero estava pesado.

— Que porra é um útero pesado?

Minha ginecologista me atendia havia mais de uma década e não se importava com minha boca suja.

— Não sei como explicar, exceto que a sensação é de peso. Algo pesado dentro. Podem ser gêmeos.

Soltei uma risada. Eu ainda usava DIU. Gêmeos? Algo aconteceu com o pensamento. E se fossem gêmeos? Não senti o pânico que esperava. A necessidade de me beliscar para garantir que estava sonhando. Bebês, pela primeira vez na minha vida, fizeram sentido para mim, para nós.

A médica pediu um ultrassom. Mas não havia sacos vitelinos, nada de corações microscópicos piscando.

O mioma era do tamanho do útero do qual se projetava. O que, em termos de miomas, é bastante inofensivo, já que elas podiam chegar ao tamanho de um melão, me disse a minha médica.

(Não deixo escapar, nem na época nem agora, que tanto tumores uterinos quanto tamanhos de embrião são comparados a produtos agrícolas; bendito o fruto de vosso ventre, acho.)

Quando a médica disse que havia uma complicação, que havia uma chance de a maternidade não ser possível, foi como se uma lâmpada tivesse sido instalada em segredo durante a noite.

Mami ficou fora de si ao saber que eu precisaria de uma miomectomia, jovem assim, invasivo assim.

— Vão abrir você? Eu deixei você tão saudável quando morava comigo. E aí você vai embora, viver sozinha, e olha só. Tumor no seu útero. — Ela sibilou de um jeito que quase nos recalibrou.

Independentemente do que estivesse acontecendo, *mami* ainda era a *mami*, e normalmente a mamãe transformava tudo numa dramédia e me fazia sorrir. Mas não nesse caso.

— Não é considerado perigoso. E mioma não costuma se desenvolver até os anos férteis, então é claro que eu não tinha quando morava com a senhora.

— Não sonhei com nada — disse minha mãe.

Seu jeito de oferecer conforto a mim ou a si mesma. Com certeza, se sua menina fosse morrer, ela saberia.

Na noite anterior à cirurgia, quis oferecer oração, um pedido a alguém. Eu queria acreditar que, enquanto meu cirurgião cuidava de mim, alguém cuidaria do meu cirurgião, está me entendendo? Mas, apesar de as orações da juventude ainda escorregarem fácil pela minha língua, elas pareciam desligadas do meu coração. Orei para ninguém. E acordei bem. E o cirurgião fez seu trabalho de controlar braços robóticos no meu âmago sem dificuldade.

Não me lembro da cirurgia. Eles me doparam e me abriram por laparoscopia.

— Cirurgia com hashis! — brincou o especialista.

Fizeram cinco incisões ao redor do meu umbigo, que foram usadas para penetrar meu útero e rasgar o mioma. Uma incisão que parecia uma carinha feliz de oito centímetros foi feita logo acima da minha pélvis. Esse último corte foi por onde arrancaram os pedacinhos soltos do tumor. Foi como se eu tivesse feito uma cesárea minúscula, mas não houvesse nenhum bebê. No relatório cirúrgico, o mioma inclusive foi descrito como tendo "catorze semanas".

Me senti mudada depois disso. É claro, porque não tinha mais uma coisa crescendo dentro de mim que sugava energia dos meus órgãos reprodutivos, mas era mais que isso. Havia entrado luz em mim. Costuraram lugares que viveram silenciosamente, supurando. Luz havia tocado a coisa que crescia em mim e ficado para trás quando a coisa foi removida, acariciando o meu âmago. Não era apenas um corpo mais saudável o que me era retornado. Passei noites tocando cada cicatriz por cima das gazes; aqui, e aqui, e aqui, e aqui, e aqui, e aqui: fui aberta, fui reatada. A ponta dos dedos aquecia com cada toque. Eu queria agradecer alguém e comecei a me voltar para meus ancestrais.

Conseguiram preservar o útero, mas estava costurado feito uma bola de futebol com remendos no couro em diversos lados.

Fazer uma cirurgia é como ser pedida em casamento, igualmente precioso. A forma como se abraça essa parte recém-adornada *do jeito que é*. A forma como se esbarra e se bate naquela porcaria uma dúzia de vezes antes de sequer sair do quarto no primeiro dia. Minha mãe, que tinha vindo ficar conosco, tentou me dizer que eu precisava tomar cuidado, que a carne estava *cruda*, recém-costurada por dentro. *Mami* tinha razão. Não estamos todos um pouco crus por dentro? O tempo todo? Esse corpo em que eu havia me deleitado por décadas parecia uma fantasia que me tinham arrancado, até a carne e os ossos da lenta recalibragem. Minha vagina sangrava tecidos e restos do meu útero revirado, e demorei meses e meses para retomar meu dom de controlar quando e quanto.

Fui liberada para começar a tentar conceber seis meses atrás. Mas, apesar do lubrificante para fertilidade Pre-Seed, da verificação diária de temperatura e da observação cuidadosa da minha janela de fertilidade, nada havia crescido no meu útero. Minha ginecologista me lembrava, cada vez que eu mandava uma mensagem, de que a maioria das mulheres demora mais de um ano.

Os algoritmos das redes sociais conspiravam contra mim. Todos os posts e publicidades pareciam ser pezinhos de bebês e novos anúncios de amigos grávidos. Eu acariciava a cicatriz na pélvis.

Depois da miomectomia, desenvolvi um fetiche por pornografia de lactantes, esfregando freneticamente o meu clitóris enquanto amantes lambiam os peitos cheios de leite de mulheres lindamente arredondadas. Mesmo depois de terminar, quando meu sangue se acalmava, eu continuava assistindo, fascinada.

(Para ser justa comigo mesma, eu não ficava apenas fascinada com seus corpos recém-lactantes. Também me perguntava sobre a situação sindical dessas mulheres. Quais eram os benefícios maternos para trabalhadoras sexuais na indústria pornográfica?

Será que havia tempo e espaço adequados para ordenha? Será que a pornografia de fetiche era mais lucrativa que a regular? Quando elas desmamavam os filhos, já que orgasmos e jatos de leite podiam ser inter-relacionados? Esse tipo de jorro seria compensado duplamente, não?)

Meu pai não estava entre nós para a minha cirurgia. Mas seu legado prosseguiu: eu me voltei à indústria pornográfica enquanto meus órgãos se curavam, enquanto trabalhava para costurar as outras partes da minha psique.

Ciclo após ciclo desde então, tenho lutado uma batalha entre a superstição e a lógica. A superstição diz que falei vezes demais em voz alta que não queria filhos. Que o que quer que tenha escutado os pedidos e as demandas prestou atenção à solicitação. Por anos, nunca ter tido uma suspeita de gravidez era uma fonte de orgulho. Agora, quando sinto cólicas e o fluxo iminente, eu o contenho por dias. Tento convencer meu corpo de que é errado, desfazer a menstruação que é para se tornar o bebê que não é.

É para a minha mãe que quero perguntar sobre a vida e suas decepções. Como se aprende a conviver com aquilo que não vai ser? Como se consola com a vida que se tem quando os seres humanos que mais se ama esperam por mais do que você? Se eu fosse ter filhos, o que deveria lhes dizer sobre os avós que eles talvez nunca conhecessem? A verdade? Faço contagem regressiva. O funeral é em trinta e nove horas, e é tarde demais para ligar para a minha mãe.

UM DIA PARA O FUNERAL

FLOR

acordou sobressaltada. Tinha o mesmo sonho havia mais de uma semana. Ficava mais vívido a cada noite. Não se deveria sentir dor em sonhos, mas ela acordava chutando o edredom e o lençol, esfregando a marca na perna onde havia levado a mordida de uma cobra anos antes; tanto sua pessoa de sonho quanto a pessoa recém-acordada sentiram a pontada de presas.

Conferiu o relógio. Ainda era cedo demais para ligar para Pastora. Ona achava que ela era a primeira ligação do dia de Flor, mas era sempre a irmã mais nova. Se ela não ligasse antes de qualquer coisa, Pastora ficava incomodada.

— É você que mora sozinha. Pode acontecer qualquer coisa e a gente não vai ficar sabendo de nada.

Flor fazia que sim no telefone. Elas estavam sempre preocupadas que a outra estivesse sozinha.

> Flor se sentou no alto da ribanceira. A água estava tranquila hoje, impassível à brisa que mal chegava ao vale. Ela e Pastora iam até ali com frequência para conseguir uma hora ou duas de tranquilidade, longe da mãe ou dos irmãozinhos. Mas Pastora havia partido.

Apesar de "partido" não parecer a palavra certa.

¿Se fue?, parecia lhe perguntar a pequena Camila com seus imensos olhos recém-nascidos.

Mamá Silvia enfim havia levado a termo uma gravidez pós-Pastora. Camila seria sua última gravidez e bebê, chegando ao mundo exatamente seis meses depois que Pastora foi mandada embora. *Mamá* dizia sempre que não era coincidência. Flor sempre mordia a língua em resposta.

Flor estava à janela procurando os braços agitados de Pastora, o queixo erguido e o feroz cenho franzido. Esperando, também, pela risada tempestuosa, pelas histórias contadas no improviso, pelos pequenos *dulces* de açúcar derretido que Pastora fazia e esfriava cedinho de manhã, um regalo que ela escondia nos cantis de *el pai* e de Samuel, querendo que eles tivessem algo doce para ficar chupando nos campos quando o sal do suor se acumulasse debaixo das línguas.

¿Se fue? ¿Se fue?, ela imaginava a recém-nascida perguntando quando murmurava. Um periquito de uma música só. Flor começou a responder à pergunta não feita com acenos de cabeça, sem conseguir passar por cima do nó na garganta. A decisão havia sido rápida, um facão que deixou apenas um assobio em seu encalço.

Abuela Eugenia e a tia freira chegaram dois dias antes do Natal. O motorista que pagaram acenou com o chapéu e prometeu voltar para buscá-las em três dias. Flor estava com os livros nas malas. Os lápis haviam sido apontados à luz de velas com o estilete de Samuel. Tinha duas fitas novas para as quais economizara, e seu melhor vestido estava passado e pendurado sobre a cômoda do quarto. Sua esperança era passar pela inspeção da avó e da tia freira e que elas a levassem de volta consigo. Ela estivera estudando para o exame de admissão, havia relembrado as passagens bíblicas tanto em espanhol quanto em latim. *Mamá* Eugenia havia lhe dado um beijo na bochecha com aprovação; a tia freira, com cheiro de incenso e laranjas, descansou a mão no seu ombro e beijou sua testa. Pastora não estava em casa quando chegaram. Ela *estava* em casa à noite naquele dia quando ouviram um motor de ruído seco em frente à casa. Pouquíssimas pessoas na cidade tinham dinheiro para um automóvel, Flor se lembrou de pensar enquanto sua agulha costurava um buraco numa meia. Pastora não foi recebida pela avó e pela tia com o mesmo afeto; a avó notou uma sujeira na sua bochecha. A tia freira não gostou do jeito informal como a menina as cumprimentou, sem sequer um *"bendición"*.

A batida era esperada, já que o motor tinha parado. Flor baixou a costura; *mamá* Silvia agitou a mão, o que Pastora interpretou corretamente como uma ordem para abrir a porta.

Quando *doña* Yokasta entrou num movimento único, seu vestido roçando o chão, todas elas se sentaram mais alerta. Era uma mulher alta, magra, a cintura bem apertada e marcada. O fato de que vinha de uma família endinheirada era demonstrado na forma como erguia a mão de um jeito específico, como se pilhas de dinheiro se equilibrassem na palma.

Flor notou que Pastora ficou branca feito polpa de cana-de-açúcar um segundo antes de baixar a cabeça, escondendo-se atrás do cabelo.

Mamá Silvia ofereceu a *doña* Yokasta café, que teria de ser preparado por Flor. Ela foi para a cozinha sem que pedissem. *Doña* Yokasta tinha uma dessas vozes que você sabia que eram artificialmente altas, como se soubesse exatamente a que altura girar o botão do volume, mas tentando ir contra a resistência.

Então não era tão difícil escutar *doña* Yokasta enquanto a *greca* aquecia, a mulher recontando que algo bastante estranho lhe havia acontecido; ora, tinha ido a Santiago fazer compras das roupas de Natal da família e, ao voltar para casa, descobriu que as vestes da igreja haviam sido entregues, mas não, esta não era a parte estranha, a parte estranha era que, quando ela subiu a escada até o quarto no terceiro piso, note bem, encontrou pequenas pegadas lamacentas no tapete persa herdado da avó e, ainda mais estranho — aqui, uma pausa longa para efeito, pensou Flor —, algo havia sido levado da penteadeira, e, ah, não seria ela a acusar uma criança de uma família respeitável de roubo, mas seu filho não poderia ter pegado, e seus próprios pés não poderiam caber naquelas pegadas minúsculas de sapato barato, será que alguma delas tinha alguma ideia do que poderia ter acontecido, já que era desta casa que as vestes sagradas foram entregues?

Houve silêncio depois da história. Flor voltou com café, açúcar e leite. *Doña* Yokasta abriu um sorrisinho, mas disse que preto e amargo estava bom.

— E foi você quem entregou as vestes ontem, querida?

Flor olhou para a mãe antes de falar. Mas a freira foi mais rápida.

— Responda a um adulto quando fazem uma pergunta, menina! *No faltes el respeto.*

Flor balançou a cabeça em negativa.

Doña Yokasta olhou para Camila, que era gestada no útero da mãe.

— ¿Y tú, bebé?

Camila, 3 meses de útero, não chutou ou bateu em resposta à pergunta irônica.

— Sua mais velha?

Mamá Silvia balançou a cabeça.

— Matilde está doente a semana toda. Não saiu de casa.

E, bem, os ancestrais, em sua generosidade amada, têm sua própria noção de tempo e tragédia, e quem sabe que espírito artificioso estava guiando os pés de Pastora justo quando ela tentava sair pela porta dos fundos. Ela ficou presa pela barra da saia e tropeçou. Todos os olhos dispararam para a menina.

— E você é uma empregada ou a última filha?

— Pastora — sussurrou a menina —, a mais nova. Até agora.

Ela olhou para a estrutura crescente da mãe antes de devolver o olhar para *doña* Yokasta. Pastora era a única das filhas de *mamá* Silvia a responder a mulher olhando-a nos olhos.

— Pastora! Isso. Tem o som do nome que meu filho disse. E é verdade que você beijou meu filho e se convidou para o quarto dele, para que ele não me contasse que você roubou de nós?

Flor deixou cair a bandeja que segurava. As mãos tremiam tanto que, por mais esforço que fizesse para juntar os pedaços da porcelana quebrada, tudo o que conseguia fazer era ensanguentar os dedos. Isso era ruim isso era ruim. *Mamá* Silvia ia matar Pastora, e seus sonhos nem a tinham avisado para que ela pudesse mandar a garota fugir. Não, Flor não tinha sonhado com isso. Ela teria recebido um sinal se houvesse alguma tragédia iminente, mas os sonhos nem sempre seguem o calendário que se deseja.

Pastora entendeu rápido.

— Isso não é verdade, não.

Ela deu um passo para trás, como se o mato nos fundos da casa pudesse oferecer algum abrigo, mas Flor sabia. Do seu ponto de vista no chão, tinha o melhor ângulo do queixo e da testa de cada mulher: o queixo de *mamá* tremia com raiva, e sua testa estava franzida, o queixo da tia freira estava duro e imóvel, o véu de freira não cobria as linhas retas de uma testa que havia passado anos aprendendo a resignação, e então havia o rosto de *abuela*, o clarão de raiva relampejando feito um raio ligeiro. Flor espiou a porta. Talvez *el pai* chegasse logo para o jantar.

Abuela ajustou a postura. Uma mulher de meios. Não era rica como *doña* Yokasta, mas alguém a respeitar. A mostra de orgulho deixava tudo pior. Como se a resolução devesse ter mais severidade ainda para deixar fácil de engolir.

— Bom, isso não pode acontecer. Esperamos não ter manchado a honra de sua família ou de seu filho. Vamos lidar com a garota de forma que não seja mais uma perturbação para vocês. E, é claro, seu item será devolvido.

Doña Yokasta fechou a cara. Claramente, havia desejado uma resposta mais explosiva ao anúncio. Tomou outro gole de café e se levantou.

— Não quero que meu motorista se atrase para o jantar. — *Doña* Yokasta, sempre benevolente. — Obrigada por lidar com minhas preocupações.

Depois de ela partir, e só depois, o caos saiu da jaula. *Abuela* foi a única que falou.

— Eu sempre disse que a forma como você nos abandonou por um homem seria a sua desgraça. Olhe a prole que ele gerou. E, mesmo quando tentamos casar vocês na igreja, fazer a coisa certa, vocês foram teimosos demais, e que vida ofereceram para sua descendência? Elas poderiam ter tudo, mas em vez disso... — A avó deu um peteleco no joelho onde um grão de pó tinha ousado cair. — Bem, as freiras têm altas expectativas para essa daí. Nós vamos fazer uma recomendação. — Ela indicou Flor com um aceno de cabeça antes de se virar para *mamá* Silvia. — E sua irmã esperava que você partisse com a pequena quando ela nascesse, mas ao menos esta daqui vai ser útil.

Então foi decidido. Elas levariam Pastora e a colocariam para trabalhar em algum lugar onde ela não pudesse se meter em confusão. Com ela longe, os rumores de *doña* Yokasta teriam menos tração.

Pastora era a preferida do pai, e ele ia atrás dela embaixo da casa ou a chamava para voltar do alto da mangueira dos fundos, finalizando seu banimento diário com um beijo na testa. Alguns dias, Pastora passava duas ou três horas fora antes de *el pai* voltar para almoçar. Elas não o consultaram antes de decidir mandá-la embora. Flor queria correr para os campos. Para contar a ele o que estava havendo. Ainda se arrepende de não ter feito isso.

Flor bebeu seu café matinal e espalhou manteiga numa torrada. Ansiou por uma geleia que Yadi fez certa vez um ano antes, dando potes e mais potes para as tias. A garota demorou semanas para aperfeiçoar a receita, o equilíbrio entre pectina e azedo. Tinha de curar para que todos os sabores casassem.

Yadi havia passado da fase das geleias, mas Flor sempre torceu para que ela voltasse àquela de maracujá com limão. Ela perguntou se poderiam servi-la no funeral.

— Não temos tempo, *tía*. Eu teria que ter começado a me preparar para isso semanas atrás, e consome energia demais para apenas um condimento, com todas as coisas que tenho que fazer.

Flor entendia. Mas seus desejos, não. Ela pegou o telefone para fazer a rodada de ligações. Sacudiu a cabeça para dissipar sonhos e memórias perfurantes.

YADI

havia tido um sono irregular. Com medo de ceder aos sonhos. Ela não era uma *tía* Flor, cujos sonhos tinham presságios. A *tía* havia precisado se ensinar uma iconografia de imagens em sonhos para decifrar aquele fino véu. Os sonhos de Yadi se vestiam de fala comum.

Já havia sonhado com Ant, mas os sonhos eram sempre ocupados pelas crianças que os dois foram um dia. Eram caminhões de sorvete e fones de ouvido compartilhados. Não um corpo em chamas, não eles adultos: tomada e plugue. Não seus corpos crescidos, seus corpos desejosos, seus corpos famintos. Então aquele sonho havia sido uma sede, um primeiro.

Yadi despertou e tomou todo o copo de água que tinha na mesa de cabeceira. Aí teve de correr para a cozinha para se servir de outro copo. E mais outro. Ela estremeceu, um fio desencapado soltando faísca.

Ela, que costumava tomar banho com a água o mais quente possível, girou o termostato para frio naquela manhã. A boca ficou escancarada o tempo inteiro, como se ela pudesse se transformar num chafariz se ficasse daquela forma: água escorrendo pelos lábios, descendo a volta ascendente dos mamilos, as sinuosidades do ventre.

Ela se deitou na banheira, permitindo que a ducha chovesse nela. Foi se ajustando deitada até a bunda roçar no ralo. Ela se abriu sob a torneira, ondulou conforme a água fria lambia seu clitóris. Demorou muito tempo para gozar. O ralo velho perfurando as nádegas, as pernas cansadas de se roçar na água, a mão apertando um mamilo como se tentasse empurrar uma noz da casca.

Ela sabia como gostava de ser tocada.

Quando ela se entregou, ela se entregou, soluços profundos de alívio estendendo-se dentro dela. Mas o alívio deu lugar a sentimentos espinhentos. A lamúria se transformou na de uma criatura que havia se ferido, enfiado a mão para pegar uma migalha, mas acabado numa armadilha.

A água e a fome do seu corpo pareciam sórdidas agora que ela se olhava arreganhada, os joelhos lançados para cima nas laterais da banheira, água prendendo no cofrinho, na bunda e eclodindo no ralo. Foi assim que ela descobriu o prazer sexual, e ela não o associava à culpa, à vergonha. Mas a presença de Ant pairava no apartamento. Ouvindo cada gemido.

Ant a havia assombrado por anos, mas sua presença física a fez retornar a uma versão sua que ela pensava ter esquecido.

> Ela não estava de acordo quando armaram o plano. Não queria ir para a República Dominicana. Não queria ver *mamá*. Queria reviver o tribunal, assistir ao julgamento sentada nos bancos. Queria reviver o último momento em que viu Ant, quando ele foi levado embora por policiais, as escápulas protuberantes num macacão grande demais. Queria permanecer, vigilante e atenciosa na perda não apenas do melhor amigo, do namorado, mas de todos os futuros que tinham concebido juntos. Com certeza não queria voltar para lá, o exato lugar que ela lhe havia descrito com tamanha riqueza de detalhes. Pintando para ele a terra nativa que ele ainda tinha de visitar.

Mas, depois da quinta suspensão na escola, a última por dar um soco na boca de um garoto, *tía* Pastora ligou para a mãe, *mamá* Silvia. Depois daquela conversa, uma passagem de avião foi comprada, e a *tía* acompanhou Yadi até a escola, onde ela procedeu ao cancelamento da matrícula.

— Mas, senhora, isso é altamente incomum a essa altura do ano escolar. A não ser que, é claro, vocês estejam todos de mudança.

Tía Pastora analisou a vice-diretora, a gola sem passar, talvez decidindo se queria brincar com uma lacaia ou exigir ver a diretora de verdade da escola.

— Meu marido e eu decidimos que ela vai estudar em casa. Tem sido um período difícil, e acho que ela precisa de mais atenção direta, ao menos até o outono que vem.

Todo mundo na escola sabia de Ant. As notícias de sua prisão, seu julgamento, sua sentença haviam assombrado os corredores por mais de um ano.

— E se nós marcássemos uma conversa com o conselheiro estudantil? Para ajudar com a raiva recente. As notas dela andam excelentes aqui! Odiaríamos perder Yadira. — A vice-diretora pronunciou o nome como se irritada com o esforço necessário da língua para beijar os dentes da frente: *Yã-di-rã*.

A vice-diretora seguiu falando.

— Ela é uma das nossas melhores alunas.

E, das profundezas submarinas de seus devaneios e apatia, Yadi suspirou por dentro. *Tía* Pastora é, acima de tudo, orgulhosa. As costas da *tía* se endireitaram.

— Ah. Pode me corrigir se estiver errada, *pero* tenho bastante certeza de que Yadi é a primeira da turma. Provável e *singularmente* sua melhor aluna. Não? E, sendo assim, acho que ela já está tão adiantada nos estudos aqui que não sei o que mais vocês podem ensinar a ela, e eu preferiria corrigir o comportamento em casa. Tenho certeza de que a senhora entende.

Yadi estava em aulas e grupos avançados desde o nono ano, os créditos acumulando com tanta velocidade a cada semestre que tinha o suficiente para antecipar a formatura, se assim quisesse. No ensino fundamental, fez um simulado da prova de admissão na universidade e tirou uma nota impossível de ser melhor, a margem de erro tão baixa que ela começou a aceitar apostas na família, opinando se conseguiria ou não decifrar a única questão que a fez não tirar uma nota perfeita. Na trajetória da vida de Yadi, a vida que a sociedade em geral leria para entendê-la no papel, nada tinha acontecido. Uma criança de capacidades avançadas seria tirada da escola e estudaria em casa. *Y ya*.

Yadi foi enviada para a República Dominicana poucos dias depois daquela conversa com a vice-diretora amarrotada.

Era a primeira vez que voltava desde que havia se mudado para Nova York, e ela observou com desânimo todas as mudanças que foram feitas na nova ala do aeroporto, nas estradas. Os olhos piscaram com todas as mudanças que não foram feitas também: o lixo empilhado nas sarjetas da cidade, a colcha de retalhos que eram os tetos de zinco que homens se voluntariavam em grupos para consertar, as mãos pretas deles a única coisa que garantia que as pessoas mais pobres se mantivessem secas durante a temporada de furacões. Aqui, em *el campo*, não era o governo oficial, mas um ecossistema de regras do condado e codependência entre vizinhos que satisfazia as necessidades da comunidade.

O terreno de *mamá* Silvia era guardado por uma sentinela de limoeiros, os fundos da casa levando a uma área arborizada perto do rio. Era remoto. Sua família sempre viveu ali. Mesmo quando Trujillo mandou seus agentes vasculharem o interior à procura de mulheres jovens para estuprar e terra para confiscar, a família de *mamá* conseguiu proteger a virtude e a escritura da casa de El Jefe. O marido era obrigado a trabalhar naquela terra, mas, depois da morte dele, ficou no nome de *mamá* Silvia.

Yadi passou a primeira semana acordando com os galos e indo se deitar do lado de fora, na grama, vendo o sol nascer. *Mamá* Silvia assistia da janela, chamando-a para dentro quando o sol ficava alto.

— *Ven pa' dentro* antes que você se queime. Pare de agir que nem uma *gringuita* da ralé!

Apesar de ela já ser nascida quando os estadunidenses da ralé ocuparam a República Dominicana pela primeira vez, *mamá* Silvia nunca falava das memórias dos soldados com sorrisos largos e armas grandes e pouquíssima honra, algo evidenciado pelo tanto que aterrorizaram o interior. Toda gente de pele escura e olhos azuis nessa região sabe exatamente como foi gerada.

Mas Yadi deixava as palavras de *mamá* formarem bruma sobre ela. Ficava deitada ali por horas, as unhas roçando a terra como se estivesse removendo caspa do escalpo da mãe. Ouvindo "Put It on Me" no iPod Shuffle, chorando, enquanto tentava ignorar o ir e vir da cortina da janela. Esse tipo de angústia adolescente indulgente teria feito sua avó enxotá-la com uma vassoura, mandando-a ser útil e parar de chorar por um homem, exceto que Ant era só um menino, e o coração partido de Yadi era tão palpável, como se tivesse sido ternamente dobrado, colocado na bagagem de mão e usado para cobrir seu corpo diminuto de qualquer sugestão de vento. Algo havia morrido dentro dela, e, como era apropriado, a menina estava em luto profundo.

Mamá Silvia ainda exigia que ela fosse útil, mas não suspirava alto demais quando Yadi chorava ao lavar a louça. Às vezes, uma mulher deve chorar. Enquanto *oficios* estivessem feitos e lágrimas fossem enxugadas dos azulejos, quem era *mamá* para se queixar?

No isolamento relativo de *el campo*, Yadi achou que se sentiria presa também. Não havia computador em casa. Nenhum cabo para internet. Dependendo da hora do dia e da agenda dos poderes superiores, frequentemente não havia eletricidade confiável. O celular dela morreu para sempre durante uma partida longuíssima do jogo da cobrinha. Aquela conexão final ao Antes havia se exaurido, e lhe pareceu libertador, na verdade.

Ela e *mamá* passavam tempo juntas em relativo silêncio, *mamá* costurando, no começo das noites, vestidos para a coleção de bonecas que tinha. Yadi passando a linha na agulha quando era hora de mudar de cor. Mudando o canal de televisão quando era hora de acompanhar luta livre em outro canal. *Mamá* adorava luta livre. Para poder ligar para os Estados Unidos, Yadi dava uma moeda extra para o *chamaquito* que ia de casa em casa vendendo *limoncillos* para garantir um cartão de ligações acompanhando o cesto de frutas da casa.

Até mesmo o banheiro era da variedade da velha guarda, o tipo usado em vilarejos rurais e *bateyes* pobres: um banheiro externo. Era limpo, e ao menos era um vaso sanitário de fato em vez de latrina, mas a água corrente era precária no país e, se a eletricidade não estivesse funcionando, a descarga também não estaria. Apesar de todos os filhos morarem nos Estados Unidos e lhe mandarem dinheiro, *mamá* vivia do jeito que tinha vivido nos últimos setenta e três anos. Ninguém sabia para onde o dinheiro ia, mas certamente não era para a modernização da casa.

A primeira briga que tiveram foi por conta do que Yadi deixava naquele banheiro.

Ela parou bloqueando a portinha precária com o corpo.

— *Mamá, por favor*, você não tem que entrar. Prometo que estou bem.

— *Muévete*.

Yadi se moveu um pouco, mas não soltou a maçaneta. Simplesmente não conseguia entender que palavras precisava usar para fazer *mamá* deixar a merda dela em paz. Se Ona estivesse ali, saberia exatamente a expressão.

— Está tudo bem. Eu me sinto bem agora. Prometo — tentou ela.

Começou no seu segundo dia ali. Algo não havia caído bem, e ela passou a noite no banheiro externo. *Mamá*, convencida de que a constituição de Yadi não era mais resistente a parasitas e solitárias, adquiriu olhos de águia, que a seguiam sempre que ela precisava mijar ou cagar.

— Não posso só descrever? — Uma tentativa desesperada.

Mamá Silvia piscou para ela, aturdida, como se tentasse entender como uma cria do seu sangue chegou a considerar oferecer não um, não dois, mas *três* comentários inteiros em resposta a uma ordem direta. Yadi saiu do caminho, e *mamá* Silvia entrou com seu galho para futucar a merda. Ela saiu pouco depois, jogando o galho na grama, resmungando baixinho, e Yadi soube que o cardápio e a lista de afazeres do dia agora seriam navegados de acordo com seu excremento matinal, a merda dela era a estrela Polar de seus tempos.

Se o cocô estivesse aguado, *mamá* a fazia ir à cidade comprar um corte de carne fresca e ossos de frango do açougueiro. Haveria caldo de osso no jantar.

Se o cocô estivesse com cor de bile, *mamá* a fazia ajudar a escolher feijões-vermelhos para a refeição da noite. Ela acrescentava orégano ao chá da menina.

Cor de carvão, pequeno e duro era o pior veredito. Isso significava que Yadi passaria a manhã no *conuco*, colhendo mandioca, batata e chuchu. No meio do dia, ela precisaria catar o balde e ir até o rio para coletar o *yautia Coquito* que crescia na beira da água. Também significava que ela passaria a tarde na cozinha descascando, cortando e misturando o *sancocho* combinado de todos aqueles ingredientes que *mamá* insistia que proveriam fibra, nutrientes, a artilharia de que a barriga precisava.

Em agosto, Yadi já mantinha a porta do banheiro aberta com orgulho, espiando junto de *mamá* o vaso sanitário.

— *Muy bien. Pero réquete bien* — disse *mamá*.

Yadi fez que sim com a cabeça. O cocô marrom era maravilhoso, cheio de bile saudável da barriga, o equilíbrio perfeito de fibra, ferro e magnésio, o negócio firme que fazia tudo juntar. E, mais importante que isso, estava dessa maneira havia semanas, qualquer doença que estava correndo pelo sistema exorcizada.

— É assim que se cura, *niña*. Você toma cuidado com o que oferece a si mesma; você estuda o que botou para fora.

No fim das contas, Yadi não ficou o verão todo, ela ficou o verão *e* o último ano do ensino médio. Analisando candidaturas a faculdades no telefone com Ona, que criou o perfil de Yadi no College App, e preencheu os formulários de ajuda financeira, e fez a prima entrar na faculdade com uma bolsa integral.

(Yadi me contou a história do cocô há alguns anos. E nós não a discutimos porque, àquela altura, não havia como voltar atrás. Ela havia tomado a decisão de como seguir em frente. Mas acho que nós duas nos perguntamos se, à sua própria maneira, *mamá* Silvia estivera tentando ensinar a Yadi algo que não seria examinado numa sala de aula com um instrutor, mas seria testado de novo e de novo, futucado com um galho. Talvez tentando dizer: isto é amor. Isto é amor. *Isto* é amor. A merda que se está disposto a fuçar.)

YADIRA: TRANSCRIÇÃO DE ENTREVISTA (TRADUZIDA)

ONA: [...] e o que você pode contar sobre isso?

YADI: Você já não entrevistou a gente o bastante? Tem um mês que parece que a única coisa que eu faço é responder perguntas particulares. Isso é algum tipo de ritual de luto? Você quer que eu passe o contato do meu terapeuta?

ONA: Você está evitando a minha pergunta.

YADI: Ah, teu cu. Você pode dizer isso para um objeto de pesquisa?

ONA: Você não é um objeto. Você é a minha prima. Isso não é uma pesquisa formal.

YADI: Mulher, pel'amor de Deus. Não fica metida. Você já sabe que acho isso idiotice. Não tenho mais nenhuma resposta para você. E só estou participando porque as *viejas* todas concordaram, e porque te devo tudo no mundo, e seria mesquinhez da minha parte não fazer essa coisa mínima...

ONA: Que bom que a gente está de acordo nisso. Pode responder à pergunta?

YADI: Que tipo de pergunta é essa? Tá bom. Bem, não sei. E não! Não estou evitando a sua pergunta.

Não sei como qualquer uma de nós aprendeu. Não foi com as nossas mães. Parecia que elas precisavam tirar a língua para afiar todo dia, mas nunca para tirar uma lasca das costas dos maridos. Então, eu não teria aprendido com elas. A gente aprendeu devagar, com as nossas próprias mãos, eu acho, não? Usando aquela escova de cabelo com cabo de silicone, a que a gente usava para desfazer os nós no domingo. Não me julgue. Cavalguei o cabo, segurei com força no meio das coxas, a coisa que encontrei ali dentro deu um pulo. É engraçado, mas acho que você dentre todas as pessoas entenderia: o corpo conhece a gente mesmo quando a gente não conhece o corpo. E o corpo diz: eu sou carne. Tenro quando acariciado, desfrutador quando tem fogo, necessitado de descanso quando sai do calor. Eu sou carne. Argh, não inclui essa metáfora de cozinha... Gosto de pensar que houve um tempo, antes das nossas mães, e das mães delas, e das delas e das delas, alguma tetravó que conhecia o próprio prazer. Um tempo antes de a gente ser atada em corpetes, e antes das cortes, e da definição do que é apropriado. Gosto de pensar que nós fomos nações de mulheres que dançamos uma música só nossa.

Uma parte eu aprendi assim: o garoto que era a outra metade do meu coração, que me pediu para pôr o meu dedo em mim mesma, para lamber. O sal que senti. O pungente ali, passei os lábios ao redor. Como eu fazia aquilo na esperança de que ele mesmo provasse o sabor. Aprendi depois de já saber que seria rotulada de *sucia*. Depois de eu decidir que não me importava.

Eu e você, a gente aprendeu com Lola do andar de cima que nos contou como Moonshine tirou a virgindade dela com o dedo, eles na penumbra, na escuridão do toldo das árvores de Riverside. Você aprendeu com a última gaveta do armário, quando achou as revistas de sacanagem do seu *papi*.

Nós aprendemos nas sombras, quando garotos que não deveriam fazer faziam. Quando as garotas que a gente amava amavam a gente também, não é? Aprendemos nas camas grandes dos pais de outras pessoas, não aprendemos? Em raras situações pode ser que tenhamos aprendido sob a luz do sol. Podemos ter aprendido no silêncio. Nós aprendemos ao ouvirmos a quietude, a barulheira do nosso coração. Mas não com as nossas mães.

MATILDE

adorava a *cafetería* de Yadi. Tinha cortinas reluzentes nas janelas, e todo o equipamento brilhava. As ruas haviam se transformado desde a mudança de Mati para a região, e essa área de Manhattan era majoritariamente porto-riquenha, dominicana e negra, cada um com seus mercados e suas lojas de roupa, tomando quarteirões e quarteirões. Agora, talvez restasse um punhado de bodegas na vizinhança, a única sapataria com donos negros, a única *sastrería* com a bandeira tremulando. Que é o motivo pelo qual, quando Yadi conseguiu o aluguel e reabriu a loja que tinha mudado de mão após mão após mão só para voltar a uma protetora dominicana, Matilde sentiu que era uma espécie de vingança; seus filhos haviam voltado e assumido o que tinha escapado por entre os dedos das gerações mais velhas.

Espiando a geladeira grande, ela fez o inventário dos discos para *pastelito*. Contou as latas de feijão, os sacos de quinoa. Seu vocabulário para comida havia se expandido na última década, desde que Yadi tinha se tornado vegana e começado a fazer pedidos particulares para os encontros familiares. As *tías* tentaram as comidas mais restritas que conseguiam quando a menina vinha a uma festa: ovos mexidos com arroz, purê de batata com queijo. Mas até uma xícara de chá fazia a bonitinha torcer o nariz. Aparentemente, até mel era ofensivo! Mel, o elixir que curava micróbios ruins e melhorava o sistema imunológico, *pero imagínate tú*.

Em certo momento, Yadi passou a trazer os próprios pratos. As *tías* se amontoavam ao redor dela enquanto ela comia, Matilde em especial, tentando discernir o que era considerado uma refeição aceitável. Matilde fez uma nota mental: a sobrinha comia qualquer coisa desde que viesse diretamente da terra. Essa regra devia ser fácil o suficiente de seguir. Matilde adquiriu o hábito de passar no apartamento com um saco de feijão-preto. Quando uma peruana da igreja trouxe quinoa para uma confraternização de Páscoa, Matilde foi ao supermercado gourmet perto da faculdade para comprar sacos do grão ancestral. Ela fazia essas ofertas a Yadi timidamente, uma camponesa em busca de bênçãos. A menina não pediu que qualquer uma delas participasse de seu protesto contra o consumo da carne de animais e seus subprodutos, mas, ainda assim, Matilde queria que ela se sentisse apoiada por ao menos uma familiar. Logo, virou um ritual. Ela trazia um saco de canjica, arroz-negro, massa feita de algum fungo de *por allá*. Matilde visitou o novo mercado coreano perto da faculdade e encontrou tofu germinado, *tempeh* duro e denso. E Yadi lhe agradecia. Então Yadi começou a lhe agradecer e perguntar o que ela achava que deveria preparar. Então Yadi começou a lhe agradecer, perguntar o que ela achava que deveria preparar e cozinhar para que compartilhassem. As duas sentadas enquanto legumes amoleciam ou a água fervia. Com as duas lado a lado, sementes de chia eram misturadas com farro ou couve, e garfos sulcavam espaguete de abobrinha. Era um jogo de linguagem, essa introdução gradual ao veganismo. Matilde perguntando com mais frequência do que eram feitas as coisas, Yadi descobrindo o nome em inglês para poder fazer pedidos especiais nos mercados. Era um jogo de silêncio. Já que nenhuma das duas tinha uma base forte de como deveria ser o sabor de qualquer uma dessas coisas, tudo tinha sabor dominicano: refogado com *sazón*, marinado e cozido por horas feito sobrepaleta suína, salgado e salmourado feito bolinho de bacalhau. Muitos desses pratos iniciais eram entendidos como menos deliciosos em comparação à carne que imitavam. Mas as mulheres refinaram as receitas.

No dia de inauguração da loja, Yadi fez um discurso para comemorar o evento. Foi Matilde, disse, quem sonhou com essa *cafetería* junto com ela. Matilde não sabia que estavam sonhando quando estava acontecendo. Ela simplesmente se uniu à idiossincrática sobrinha de língua afiada, explorando o desconhecido em colheradas seguras e medidas.

Quando a menina pediu que trabalhasse no caixa na *cafetería*, sentiu que era demais para ela. Não sabia como gerir uma loja, nem mesmo gostava de cozinhar. Yadi disse que ela era a única pessoa em quem confiava, e Mati era boa com hospitalidade. Matilde concordou. Principalmente porque sabia que eram necessárias mãos firmes para evitar que um sonho afunde, e, mesmo que as mãos de Yadi estivessem inspiradas, elas também tremiam.

Com o estoque feito, Matilde analisou as bancadas brilhantes, as mesas impecáveis. Ela abriu a porta e deixou a luz do sol entrar. Gostava de trabalhar pelas manhãs.

Um fluxo contínuo de clientes da vizinhança entrava em busca de um café e uma torrada. Alguns dos *viejitos* mais aventureiros compravam tigelas de açaí e *smoothies* verdes. Os dias mais cheios eram as terças, o único dia em que Yadi oferecia o *smoothie* de limão e coco. Nesses dias de *smoothies*, a fila chegava a sair pela porta, as pessoas voltando até só se poder escutar cada um dos liquidificadores ligados e cada um dos clientes sorvendo a bebida. Mas elas tinham uma boa clientela quase todos os dias que abriam.

A família pensava que só os jovens e o pessoal recém-chegado da vizinhança frequentariam o estabelecimento, mas Matilde com frequência achava que eram justamente as pessoas mais velhas que haviam provado toda mistura possível de frutas ou ovos as que mais se empolgavam de ver quais tesouros outras partes do mundo ofereciam. Ajudava o fato de elas terem armado uma mesa de dominó na esquina (ideia de Matilde) e darem descontos nos *smoothies* no domingo de manhã para qualquer um com um folheto da missa (também ideia de Matilde).

A sineta no alto da porta soou com animação. Matilde não olhou para a irmã quando ela passou a pequena xícara de café azul.

Soube pelo jeito como a porta retiniu, pelos passos dados, que a primeira cliente seria Pastora. Matilde sempre achou engraçado que, apesar de ter a língua mais ácida de todas, Pastora tomasse o café mais doce de todos: fraco e cheio de açúcar, quase dava para confundir com achocolatado. Matilde estava com a xícara pronta feito um relógio.

Pastora era sempre a primeira da família a entrar. A loja de *don* Isidro abria as portas às dez, e Pastora acreditava em estar ali uma hora mais cedo apesar de morar no mesmo quarteirão. O gerente era um homem leniente, mas Pastora era rígida em sua necessidade de mitigar possíveis desastres com o mero ato de aparecer com tempo suficiente de apavorar qualquer emergência que emergisse; ela tratava infortúnios como cigarras, que podem surgir a cada doze anos, mas que poderia esconder de volta nas profundezas da terra bastando estar preparada para sua chegada e confrontá-los com dentes à mostra.

— A que horas você vai estar na Camila? — A irmã lhe ofereceu um beijo na bochecha por cima do balcão, ficando na ponta dos pés para alcançá-la.

Matilde mal conseguiu conter o revirar de olhos.

— Achei que todo mundo ia estar lá às oito, não?

Pastora fez que sim com a cabeça.

— Vou chegar sete e meia. *Llegas temprano*.

Era uma ordem. E agora os pelos da nuca de Matilde se eriçaram. Ela havia completado 71 anos no mês anterior. Tinha um cartão do metrô de idosa. Não ia ser intimidada pela irmã mais nova. Como se sentisse cheiro de rebelião, Pastora ergueu uma sobrancelha. Chegou a tirar um instante para espiar o relógio, como se para enfatizar que *ela* havia reservado uma hora inteira para andar os dois quarteirões e estava com tempo de sobra para revirar o mundo de Matilde.

— Estou pronta para conversar agora, se você preferir. Acho que você merece mais que...

— Não tenho nada a dizer agora. — Matilde pegou um guardanapo de papel e o passou na bancada que já tinha limpado duas vezes.

O sininho no alto da porta quebrou o duelo, mas, infelizmente para Matilde, o cliente que entrou era como uma pimenta *habanero* sendo enfiada no *sancocho*, apimentado demais para um ensopado que já estava lotado.

El Pelotero estava de calça de moletom e camisa de botão. O cabelo úmido, os cachos pareciam macios ao toque. Ele parecia mais velho que no dia anterior. Agora, era claro que estava no começo dos 40 anos, a barba que chegava às bochechas começando a ficar polvilhada de cinza. Matilde achou que não tinha feito som algum. Ela, que havia aperfeiçoado o ato de manter uma expressão estoica mesmo durante a vergonha, o executava agora. Mas, ainda assim, deve ter dado algum sinal, porque, apesar de nenhum dos dois ter falado, Pastora olhou entre eles rápido como se passasse os olhos pelo parágrafo de um livro que estava sendo coescrito diante dos próprios olhos.

Não fale não fale não fale, pensou Matilde. E ela não sabia se estava dando a ordem ao jogador de beisebol, à irmã ou a si mesma. Mentira. A ordem definitivamente era para o jogador de beisebol. Pastora adquiria informações demais sobre as pessoas só pelo timbre de voz, e Matilde não queria saber o que a irmã poderia descobrir. Ela implorou a outra com os olhos. *Me deixe ter isto.*

El Pelotero ergueu uma sobrancelha e ofereceu um aceno de cabeça galante, mas ficou em silêncio. Uma Pastora reservada não deu bom-dia nem tentou fazê-lo falar. Sua atenção estava agarrada a Matilde.

— *Te veo a las siete y media en punto, ¿verdad que sí?* — perguntou Pastora.

Era uma manopla jogada na areia. *Faça minha vontade mais tarde ou vou parar esse trem nos trilhos agora mesmo.*

Matilde fez que sim com a cabeça, não confiando na própria voz. Ou, na verdade, não confiando no que Pastora poderia ouvir na voz dela: agitações de nervosismo, desejo. Medo.

Pastora foi embora dando uma última olhada por cima do ombro.

— Bom dia. O que gostaria? — Matilde estava orgulhosa pela voz não ter tremido e manteve as mãos sob o balcão para que ele não pudesse ver como ela agora rasgava o guardanapo em pedacinhos.

— Você quer que eu bloqueie o meu contato no seu telefone? Eu não quis dizer nada de mal. Só achei que ia gostar da música e pensei que talvez você não tivesse *redes sociales*.

Matilde rasgou a ponta de um segundo guardanapo, dilacerando-o em pedaços ainda menores que o primeiro.

— Eu tenho Instagram. A minha sobrinha fez para mim.

O jogador de beisebol anuiu com a cabeça. Não parecia ter sido uma resposta satisfatória para ele. Ela pigarreou.

A sineta da porta retiniu. Matilde não tirou os olhos do jogador de beisebol ao gritar:

— *Hola, mi hija*.

Conhecia Yadi pela musicalidade das chaves que ela carregava; cada ferramenta de destrancamento tilintava a própria melodia sintonizada aos passos dela. Conhecia os sinais de Yadi tão bem quanto os da mãe de Yadi.

E que bom também, porque, quando *enfim* olhou para Yadi, o rosto que olhava para ela não era o rosto normal da sobrinha. Esse usava uma máscara de corretivo e bochechas contornadas, delineador de gatinho com uma linha fina; um rosto inteiro composto de traços angulosos como se para alertar qualquer olhar que se aproximasse: *Sou feita de coisas cortantes. Encare por sua conta e risco.*

Mas aquilo era uma armadura. E as *tías* sabiam que a maioria das armaduras são herdadas. Por isso as fendas que outros deixam escapar ficam evidentes para o olhar que as forjou. Outros não notariam as sombras embaixo do corretivo de Yadi. Que ela havia deixado o cabelo solto mesmo sabendo que deveria ficar preso se iria trabalhar na cozinha. O que significava que a garota queria se esconder: primeiro o rosto de olhos intrometidos, maquiagem e cabelo cortinando o olhar. Mas também em geral. A garota costumava largar as atividades do escritório no fim do dia, mas esse não parecia ser o plano.

— E aí, Kelvyn. Quanto tempo. Como está a sua mãe? — Yadi se aproximou de Kelvyn (El Pelotero tinha um nome!) e lhe deu um meio abraço.

— Yadi raridade! — rimou ele. — Mamãe anda bem. Feliz que eu esteja em casa enquanto o quadril do velho se recupera. — Matilde não entendeu toda a conversa em inglês, mas gostava de como tinha um som suave.

— A *tía* já te atendeu?

Kelvyn, Deus o proteja, assentiu numa mentira.

— Ela é a melhor de todas. — Yadi lhe deu um beijo na bochecha. — *Ción, tía*. Vou trabalhar nos fundos.

Matilde fez que sim com a cabeça.

— O contador ainda vem na segunda?

Os passos de Yadi só diminuíram por meio segundo, não exatamente uma falha, exceto que Matilde sabia o que procurar. A garota *estava* se escondendo. Ela nem devia se lembrar de que estava quase no fim do prazo de pagamento dos impostos trimestrais. E todos os anúncios já tinham sido encomendados. Então, o que ela havia planejado para trabalhar nos fundos? *Bueno*. Matilde espiaria mais tarde.

Matilde pigarreou e olhou para o jogador de beisebol. Kelvyn.

— O que você pediu? Um *smoothie* verde com *chinola*? Vou buscar para você.

Ela misturou a fruta congelada e o suco, acrescentando uma dose a mais de extrato de baunilha, a dose de sementes de chia formando uma pequena montanha de pintas.

Quando ela se virou, o jogador de beisebol estava com o cartão de crédito. Ela acenou para o pagamento.

— Cortesia da casa. Por favor, não me mande mensagens de novo. — E, então, para suavizar, disse: — Mas obrigada pelo link. Eu não tinha visto o clipe dessa música.

Talvez por causa de todos os anos em que aguentou um *relambío*, Matilde valorizava muito o estoicismo em um homem. Era seduzida por alguém contido, em controle das próprias escolhas. Alguém que sabia qual passo ou giro se seguiria a cada pé que tocava o chão. E, assim, apesar de ela se conter para não deixar escapar a enxurrada de palavras duras que poderia vir ou a súplica que seria inesperada, mas igualmente difícil de lidar, foi com completo e total contentamento — e só *um pouco* de decepção — que Matilde aceitou o aceno suave de cabeça, o sorriso suave, a saudação suave.

Ah, era delicioso esse nível de compostura. Matilde acenou quando ele saiu. Ela girou com um rolo de papel-toalha contando até oito.

Era comum Matilde dançar consigo mesma, em especial quando era jovem.

> Esperando a casa da mãe ficar em silêncio antes de levantar a tampa do toca-discos e colocar o disco sob a agulha. A mãe havia saído para levar Camila ao médico local ou a um evento na escola, e então ela teria o som todo para si.

O tempo sozinha era uma bênção. O irmão da mãe tinha ataques de sua doença que frequentemente deixavam Matilde cuidando dele por semanas. E então ela voltava para casa para ter *mamá* buzinando no seu ouvido e a jovem Camila fazendo perguntas para as quais tinha poucas respostas. Conseguir alguns poucos momentos em que não devia seu tempo a ninguém além de si mesma era um luxo.

A mãe não se opunha à música, nem mesmo aos *soneros* mais populares, mas não era fã dos movimentos que a música inspirava. Esse disco era novo, ou, na verdade, novo para Matilde, comprado com cada moeda que ela conseguiu juntar com tarefas e ajudando a costurar. As maiores faixas eram lançadas pela Fania Records, e, nos últimos anos, os discos vinham encontrando o caminho de volta para o Caribe, voltando às origens.

Era 1977, no mundo inteiro, as pessoas dançavam e cantavam com os lançamentos da Fania, mas, no pequeno *campito*, Matilde podia fingir que a música era feita para uma audiência de uma pessoa: ela. Parou em frente ao espelho da sala de estar enquanto os sons de estalos da introdução vinham pairando do gramofone. Tocou a música de oito minutos inteira sem se mexer, apenas ouvindo e balançando a cabeça no espelho. O tio de alguém veio visitar da cidade cerca de uma década antes e trouxe essa combinação de *son* e *cha-cha* e *guagancó* junto. Ele havia aprendido com o próprio Cuco Valoy, e ele não trouxe apenas o som para a cidadezinha mas os passos também. Todas as crianças praticavam entre si depois da igreja no domingo, mãos na cintura. Havia uma aritmética nas combinações de pés, que se encaixavam como uma luva com Matilde. Ela foi a mais rápida das crianças a aprender como dançar, o que acabou se provando doloroso. Cedo demais, ninguém conseguia ser parceiro de dança dela melhor do que ela própria, e os garotos não gostavam dela tentando ensiná-los como condutora. Ela teve de engolir a decepção que sentia nos braços desajeitados de garotos que conheciam apenas os passos mais básicos. Nunca soube se estava dançando *direito*. O seu jogo de pés não lembrava o de ninguém que tinha visto, mas ela ficava dentro da contagem e deixava os calcanhares, os dedos e a ponta dos pés traduzirem os trompetes, os bongôs. Era só isso que ela estava fazendo, transformando música em corpo.

Mas sozinha, em casa, nos momentos silenciosos em que podia ter tudo para si, ela girava e agitava os quadris e aprendia como conter um mundo de movimento dentro da contagem até oito.

Matilde parou de dançar quando a sineta tocou no alto da porta da *cafetería*. Ela baixou o rolo de papel-toalha.

Esperava que El Pelotero passasse ali de novo no horário de almoço. A agitação no baixo-ventre, um despertar corporal de uma hibernação, enchia-a de partes iguais de terror e empolgação. Não sentia esse nível de luxúria havia anos. Não desde... Bom, muito antes da menopausa, pelo menos.

Flor, que começou a menstruar aos 11 anos, também foi uma das primeiras a entrar na menopausa. Ela relatou as ondas de calor, os pelos no queixo que haviam se tornado uma penugem. Pastora foi a seguinte. Ela sempre teve uma relação satisfatória com o marido, e seu relatório incluiu que seu desejo sexual havia aumentado, mas sua *chocha* não ficava tão molhada quanto antes. Mas Pastora era engenhosa e encontrou formas de compensar a secura, gabando-se para a irmã do milagre do lubrificante.

Matilde achou a menopausa, mais que qualquer coisa, entediante. Primeiro os alarmes falsos. Passou três anos achando que tinha terminado. Ansiava por não menstruar mais; dava as boas-vindas ao outono da vida. Sem mais desejos secretos ou esperanças de ser como a esposa geriátrica e fértil de Abraão. Demorou tempo demais para acabar de fato. No fim dos 40 anos, no décimo segundo mês, a menstruação sempre aparecia, uma cusparada carmesim. Aquele punhado final de óvulos havia provado que ficaria grudado aos ovários, mas basicamente ainda era tão infrutífero quanto os predecessores. Ela não havia sido abençoada com o disparo de desejo diário da meia-idade de Pastora.

Matilde sempre ficou encantada com o fato de que um corpo saudável conseguia funcionar bem o suficiente para se tornar uma máquina. Ar e sangue e a circulação dessas duas coisas automáticas.

Mas que, qualquer que fosse a sua parte que falava com a mente, com o centro de controle, não conseguia guiar as funções nem controlar a pontada muito real que o coração sentiu por tantos anos sem menstruação, e então tantos anos com menstruações indesejadas antes de ela se endurecer diante da perspectiva. Como desejava e implorava que a mente dissesse ao corpo: *Chega, por favor*. A cada menstruação, ela fazia uma oração para a vida que não era.

(Olhando em retrospecto, *tía* Matilde e eu deveríamos ter falado sobre concepção e fertilidade muito tempo atrás. É impressionante como sei poucas perguntas a fazer, ou para quem fazer, até ser tarde demais para as respostas serem úteis. Como linhagens de mulheres de lugares colonizados, em que a ênfase pesa no aguentar em silêncio, aprendem quando e onde trocar confidências com a própria família, se o estoicismo é a única atitude idealizada e modelada.)

Matilde tinha perdido a esperança de um milagre em algum ponto do quinto aborto. Então, talvez, tenha havido um pouco de alívio quando ela passou doze, treze, catorze meses, apenas para se certificar de que o poço havia secado de verdade. Que era realmente a raspa do tacho. Ela transou com Rafa uma vez após começarem as ondas de calor, mas, logo depois, sua perseguida pareceu estar em chamas. Havia pensado que era um sintoma estranho da sua vagina envelhecendo, apenas para descobrir que tinha clamídia. Não deixava que ele a penetrasse desde então. Ela também era engenhosa e pediu que Camila, que sabia de tecnologia, lhe comprasse um vibrador.

Catou todos os pedacinhos de guardanapo que tinha rasgado enquanto El Pelotero estava na loja e os amassou juntos; então, com as palmas viradas para o teto e um gritinho, ela os lançou.

Uma chuva de confetes só sua.

EU

sou obrigada a ligar para a minha mãe toda santa manhã antes de sair de casa. É um hábito que começou na faculdade, quando era ela quem ligava, às seis da manhã, porque nunca conseguia se lembrar dos meus horários, até que por fim assumi a responsabilidade de avisar a ela que eu não tinha morrido durante a noite sem que ela fosse informada.

Com frequência, *mami* tentava forçar uma proximidade que traía a falta de confiança que havíamos construído. Será que *mami* me amava incondicionalmente? Será que morreria por mim? Nem tenho de pensar duas vezes. Se ela estivesse lá para me pegar, eu me jogaria de costas do Empire State Building sem hesitar.

Com toda a sinceridade, fisicamente, eu confiava mais em *mami* do que em mim mesma. Quando ela era a pessoa responsável por me criar, eu tinha consultas regulares com dentistas, cremes dominicanos para as verrugas que surgiam nos cotovelos. Nunca precisei ir à emergência uma única vez. *Mami* mantinha o meu corpo saudável. Mas o meu coração? *Mami* julgava até não restar ternura nenhuma. Era preciso tomar muito cuidado com que informação era oferecida para ser debulhada pela Santa Flor sabe-tudo.

Até mesmo a escolha da universidade havia sido uma grande guerra. Para esclarecer, educação superior não era a questão, porque *mami* estava orgulhosa das minhas conquistas acadêmicas, mas estudar longe? *Por que a minha filha abandonaria sua casa antes de se casar?*

Eu me mudei para estudar, e *mami* tentou decifrar o novo mundo que eu ocupava das formas mais sem sentido. *¿Cuánto cuesta un plátano por allá?*, perguntava-me ela em uma das três ligações do dia (pelo menos) que insistia em fazer.

Eu não tinha visitado o mercado latino da cidade; não sabia como oferta e demanda afetavam a importação de bens caribenhos. Mas eu sabia que o norte de Nova York tinha pouquíssimos dominicanos na época. E falei isso para *mami*. Eu sempre torcia para que *mami* me fizesse as grandes perguntas: qual eu achava que era o meu propósito na vida? Que passos planejava dar para me tornar eu mesma? *Mami* não perguntava dos professores, se meus colegas de quarto eram cuzões. Ela queria saber o preço de um plátano que eu nem poderia cozinhar porque minha residência estudantil não tinha cozinha.

Ela me visitou uma vez no meu segundo ano. Fez a longa viagem de ônibus da cidade de Nova York até Binghamton durante o fim de semana para pais. Eu tinha lhe dito que não precisava vir. Não vinham muitas famílias dominicanas, e havia pouquíssimos alunos dominicanos de qualquer forma, então os eventos planejados eram em sua maioria para os *blanquitos*. Mas *mami* insistiu. Ela queria dar uma olhada no lugar que recebia sua filha. As irmãs não puderam acompanhar, então foi só ela.

Mami colocou roupas formais demais para uma visita rápida à faculdade e trouxe uma mala inteira em vez de só uma bolsa de viagem. Sempre pronta para deixar uma impressão, do que exatamente — de uma matriarca respeitável? — eu não tinha muita certeza. Não sabia o que *fazer* com a minha mãe. Aonde levá-la. Os pais da minha colega de quarto ficaram em hotéis e buscaram a filha para jantares na cidade e inclusive visitaram as vinícolas da região e passearam de barco pelo lago. Eles seguiram a programação do fim de semana dos pais e ligavam para os filhos quando estavam livres.

Mami não quis saber de gastar dinheiro com hotel. Em vez disso, ela dormiu comigo na cama de solteiro do dormitório. Enrolada ao meu lado, ela roncava alto, a respiração quente na minha nuca. Não dormi nada, ciente de que minha colega de quarto estava na cama do outro lado do recinto mandando mensagens frenéticas, provavelmente contando para todo mundo que eu tinha deixado a minha mãe entrar nos halls residenciais para ficar comigo.

Naquele sábado à noite, fomos a uma festa oferecida pela União dos Estudantes Latino-Americanos no campus. O salão de baile do centro de convenções estava decorado com arcos de balões dourados e serpentinas brancas. E essa ao menos foi uma ocasião para a qual *mami* não estaria arrumada demais nem se tentasse; todas as famílias das pessoas que frequentavam o evento sabiam que horas eram: os poucos gatos pingados de pais presentes estavam de terno com ótimo caimento. As mães usavam trajes do tipo que se veria em convidadas de casamentos. Eu estava com vestido tipo coquetel que deixava as coxas à mostra.

— *¿Pero tú 'tá aquí pa' e'tudiar, o pa' traerme otro tipo de diploma?* — perguntou *mami* enquanto puxava a bainha do meu vestido.

Eu usava assim de propósito, não falei.

Nós nos sentamos a uma mesa com a família de uma menina de El Salvador que eu já tinha visto pela faculdade; ela era uma rainha sincerona do campus, *queer* também, que no momento era presidente da união. Eu não tinha me envolvido muito com a organização estudantil, espalhando minha presença entre a União de Estudantes Latino-Americanos, a Associação de Estudantes Caribenhos e a União de Estudantes Negros, cujos encontros eu frequentava mais do que os dois últimos, apesar de de vez em quando ser alvo de olhadelas ou de perguntas de onde *mesmo* que eu era.

A comida no evento para os pais era boa, apesar de ser uma aproximação de cozinha latina feita pelo serviço de bufê da universidade. *Mami* costuma ser chata sobre como a comida dela é preparada, mas essa foi uma das poucas ocasiões em que concordei em gênero e grau com ela.

— *Pero esto' ma-duro' pudieran estar más suave' sí.*

Ri da piada de *mami*. Pelo jeito, as pessoas de Binghamton *conseguiam* encontrar plátanos, mesmo que não soubessem quanto tempo deixar amadurecer.

Quando a banda sul-americana começou a tocar covers de Aventura, pedi licença para ir ao banheiro, enquanto *mami* ouvia a versão tango de "Obsesión", batendo palmas junto, olhos arregalados.

No banheiro, uma garota estava apoiada na pia, fumando um baseado. O alarme de fumaça em cima dela estava mumificado em serpentina da festa. Eu a havia visto pelo campus, meus olhos atraídos por ela no refeitório, na Biblioteca Bartle. Tinha um cabelo de cachos fechados que usava curto ao redor das orelhas. A primeira vez que a vi ela estava de shortinho, e um réptil tatuado estendia o focinho de baixo do bolso da frente.

— Não sei como alguém aguenta um troço desses sóbrio. — Ela soltou a fumaça.

— Caralho, nem eu. A minha mãe resolveu dormir na mesma cama que eu e tudo. — Lavei as mãos e usei os dedos úmidos para limpar o rímel encrostado sob meus olhos.

A garota soltou uma risada repentina e estendeu o baseado. Peguei com dedos cuidadosos que pareciam mais sensíveis que o normal ao tocarem os dela.

— Eita, porra, pelo menos os meus pais voltam de carro hoje ainda. Essa galera dominicana não dorme fora de casa.

Sei que pareci alarmada, mesmo enquanto tentava pensar numa forma de ver se conseguia enfiar a minha mãe nesse carro.

— Eles vão dirigir hoje de noite ainda? Minha mãe vai voltar para Manhattan, se eles quiserem companhia.

Ela revirou os olhos, aceitando o baseado de volta.

— Mulher, essa cidade não é o centro do mundo. Nascida e criada em Buffalo.

Eu me acomodei encostada na pia.

— E tem dominicanos por lá?

— Você só pode estar de sacanagem. É a segunda maior cidade do estado de Nova York, *tiguerona*.

O que era e não era uma resposta. Esperei para ver se ela me passaria o baseado de novo, mas ela o apagou na pia antes de limpar o resíduo com uma toalha de papel, guardando o beque no sutiã. As pessoas são cheias de dedos com suas cidades natais, algo que eu sabia desde aquela época, mas eu sempre tive dificuldade de assumir meu privilégio quando se tratava de vir da melhor cidade do mundo. Quis me desculpar, mas a fumaça já estava no meu organismo e, quando abri a boca, o que saiu foi uma série de risinhos.

O rosto da garota se revirou como se ela estivesse tentando ficar séria e segurar uma risada ao mesmo tempo. Ficou num meio-termo de sorrisinho.

— Peso-pluma. Olha só, sou vice-residente do prédio Hinman. Eles nos dão duas camas que a gente empurra para ficarem juntas... se quiser compartilhar com outra pessoa que não a sua mãe. — Ela pegou um lápis labial da bolsa e agarrou a palma da minha mão, escrevendo o telefone em riscos rápidos e seguros. — Me chamo Soraya.

Quando ela ergueu a mão para libertar o alarme de incêndio da fortaleza de papel, o crocodilo espiou da parte de baixo do vestido, um olho como se piscasse para mim.

(Fiz uma tatuagem para combinar com a dela na minha coxa meses depois. Era uma serpente comprida, com a língua posicionada precisamente para que, quando Soraya e eu estivéssemos nuas e entrelaçadas, nossas criaturas pintadas também se beijassem. Minha mãe surtou quando viu pela primeira vez. A gente estava em Coney Island e ela se recusou de verdade a abrir os olhos até eu enrolar uma toalha na cintura, mesmo quando a gente entrou na água. Ela sempre teve uma coisa com cobras, mesmo eu achando a discriminação contra répteis, em especial um invocado em tamanho gesto romântico, injusta.)

Às vezes ainda olho para a minha mão direita, esperando ver o código de área gravado ali: 716. Por muito tempo na faculdade, esses dígitos se tornaram uma conexão ao meu outro coração.
Voltei para a festa para descobrir que *mami* havia sido tirada do lugar; ela estava dançando no meio do salão de baile num grupo de mulheres, todas saltando para dentro do círculo e se soltando com suas sessões de rebolado de meia-idade que era mais braços do que quadris.
Sempre adorei a escuridão do campus. E naquela noite não foi diferente. O cheiro de suor e a lua nova pairando disfarçavam o tanto que eu estava chapada.
— Achei que você não dançava.
Mami balançou a cabeça.
— A mulher que veio falar comigo foi tão boazinha. Ela me ouviu falando e, olha só, ela era de Santiago!

— Que bom que você fez uma amiga — falei, apertando a mão com força, agarrando a corda de salvação dos dez dígitos de tinta.

Eu mal podia esperar até domingo à tarde, quando dariam cabo à visita obrigatória. Colocar *mami* de volta num ônibus para a viagem de cinco horas até Manhattan. *Mami* estava com lágrimas nos olhos quando a acompanhei ao ponto de ônibus.

— É que... você me deixou nova demais. E para quê?

Mami olhou ao redor, os olhos tentando filtrar as imagens do campus em uma paisagem atraente. Tentei ver através do olhar dela. Prédios cinza e grama verde e estradas montanhosas, mas nada para seduzir uma moça que vem da capital do mundo.

Como eu podia explicar? Fui embora jovem porque precisava. Porque essa mulher que tanto queria me proteger permitiu que seu cuidado se entrelaçasse até formar uma coleira no meu pescoço. Eu não podia ser uma mulher no lar dela.

— É o que fazem nesse país. As crianças vão embora fazer faculdade e aprender a ser independentes.

Eu ainda tinha cabelo liso na época. Longo, até a lombar. Enrolei uma mecha no dedo, apesar de saber que precisaria passar chapinha depois.

— Sair de casa não é fácil. Você não tem ninguém aqui. Pode acontecer qualquer coisa. Isso é *un campo*.

Eu quis rir. *Mami, una campesina* de verdade, havia se tornado burguesa desde a mudança para Nova York. Agora qualquer coisa que lembrasse um subúrbio era considerada puro mato. *Mami* ria da ideia do *Queens*, dizendo que era rural demais, então essa parte do interior do estado de Nova York seria, é claro, considerada a floresta virgem à oeste da casa do caralho.

— Tenho amigos. E um orientador. E talvez Yadi venha para cá ano que vem.

Olhei por cima do ombro para a estrada. A porra do ônibus sempre atrasava.

Mami balançou a cabeça.

— Amigos não são família.

— Podem ser.

Ela balançou a cabeça de novo. *Mami* e eu tínhamos essa briga com frequência. Com frequência ela dizia que só familiares poderiam ser amigos de verdade de alguém, o sangue equivalia a algum tipo de lealdade não dita. Mas *mami* já havia sido traída pela família, e, por sua vez, quando chegou aos Estados Unidos sem uma gota sequer de irmã de sangue ou parente próximo, não foi a Ana do outro lado do corredor que arrumou um emprego na fábrica para ela? Não foi a Gisela do andar de cima quem cuidou da bebê quando o turno dela ia até tarde? Não foi a Esmeralda, a que fazia *bizcochos*, quem a levou ao escritório da Agência de Previdência Social na Chambers Street, quando *mami* estava com medo e confusa demais para desbravar o metrô sozinha? Eu odiava quão rápido a minha mãe parecia ter catalogado essas mulheres em não irmãs após décadas, simplesmente porque o sangue de família lhe havia retornado.

— A senhora fez uma amiga ontem de noite na pista de dança. Sabe que a amizade é importante.

Não era a resposta certa. *Mami* olhou feio para mim. Quis poder explicar que *eu* não tinha irmãs. Eu tinha a mim mesma, minha mãe tensa e uma prima que havia deixado o país, e as únicas pessoas com quem eu conseguia conversar eram amigos. Eram eles que me davam apoio.

— Sonhei com aquela mulher ontem à noite — foi o que *mami* respondeu.

Quando o ônibus chegou, os outros pais e alguns estudantes entraram. Peguei a mala de *mami* e a coloquei no bagageiro. Ao motorista, falei:

— A minha mãe está indo para a Grand Central. Pode ficar de olho nela para que fique bem? — Apontei para ela. — Aqui tem o meu telefone caso aconteça alguma coisa. Posso traduzir.

Entreguei ao homem um cartãozinho no qual tinha escrito meu nome, o nome da faculdade e meu celular em letras bem legíveis. O grande homem branco com seu grande bigode pegou o cartão e o largou no painel. Ele fez que sim com a cabeça.

Mami me abraçou com força. E não pareceu querer soltar. Fiz carinho nas suas costas. Agora que o alívio da separação se aproximava, consegui ser afável.

— O que a senhora sonhou?

Mas ela só me segurou, embalando para a frente e para trás.

— *Mi niña* — sussurrou ela.

Eu costumava odiar a forma como fazia isso. Eu era adulta eu era adulta eu era adulta.

Mami me soltou, mandando beijos enquanto entrava no ônibus. Seu rosto pressionado na janela feito uma criança viajando para o acampamento de verão para o qual nunca pediu para ir. Fui embora antes de o ônibus partir. O refeitório estava servindo peixe frito, e Soraya tinha mandado uma mensagem dizendo que queria curtir.

A ligação matinal de hoje com *mami* começou mais ou menos no mesmo caminho de qualquer outra ligação matinal. Pedido de bênção dado, uma pergunta sobre como nós duas havíamos dormido, resumo dos nossos planos para o dia e uma lembrança de *mami* de que ela precisava que eu visitasse para ajudar a escolher o vestido do funeral. Nenhum dos conselhos que eu queria lhe pedir na noite anterior conseguiu chegar à conversa. Em vez disso, me deparei com a mesma pergunta suplicante:

— *Mami*, a senhora me contaria quando, não é?

Essa era a diferença central das nossas conversas nas últimas cinco semanas. Minha tentativa de colocar o falecimento dela em diversos formatos para enganá-la e elicitar mais informação.

— Aprendi que saber *quando* nunca é tão importante quanto *como*. Não o método, é claro. Mas quão bem essa pessoa viveu? Quão bem morreu? Bem amada, bem partida, bem despedida?

Se pausas pudessem ter texturas, a pausa depois da última observação foi suave, gentil. *Sei que está com medo,* mi hija. *Mas você deve encarar isso. Você sabe tudo o que vai saber*, minha mãe não disse.

— Não esqueça, duas da tarde! Tenho uma reunião com o decorador depois disso, e você sabe que sempre chego na hora.

PASTORA

abriu o portão retrátil que protegia a loja de roupas de *don* Isidro, então abriu a porta da frente. Pensou nas irmãs. Matilde estava escondendo algo e se escondendo *daquilo* que precisava ser encarado. Flor estava ignorando suas ligações, mesmo que ela tivesse mandado uma mensagem sobre o encontro das irmãs na casa de Camila à noite. E alguma coisa naquele menino, Kelvyn, da cafeteria, a incomodava. Ela se lembrava dele. E de tantos garotos como ele. Os pais dele foram inteligentes e, quando viram a vizinhança voltar os olhos famintos para ele, o mandaram de volta para a terra natal, onde ele poderia ser criado direito.

Ela começou a rotina matinal de dobrar o estoque novo e organizar as vitrines, mas seus pensamentos se juntavam a ela a cada tarefa.

Quando os garotos da vizinhança começaram a achar que eram membros de gangues, quase ninguém ficou alarmado. Os jovenzinhos roubavam facas de manteiga e saleiros dos restaurantes com mesas externas perto da Columbia. Pichavam o quarteirão e desenhavam seus apelidos das ruas na entrada de prédios e em toldos. Andavam em bandos, grandes ondas de bravata adolescente. Pastora os observara da frente da loja, a marra dos seus passos, a autoestima que tiravam de ser parte de um todo, e ela balançava a cabeça. Não havia força guiando esses grupos. Nenhum homem mais velho dando cascudos nos garotos para que tomassem jeito. Então, quando as gangues dos Bloods e dos Crips e dos Latin Kings com seus nomes reconhecidos e domínios marcados em bandanas começaram a se aproximar dos rapazes, não havia um cabeça para interferir e fazer um acordo de paz.

Os bandos de garotos ficaram mais agressivos. Começaram a andar com facas feitas para algo que não espalhar manteiga. No Halloween do seu primeiro ano de existência, se você quisesse se juntar aos PLF, era preciso ser colocado para dentro ou colocar alguém a caminho do hospital. A primeira não garoto a se juntar à gangue recém-formada encheu uma colega do ensino médio de Ona de tanta porrada que arrancou o aparelho da menina. Pastora entreouviu Flor comentando o assunto e pareceu um preságio, mas não deu bola. Nenhuma das suas meninas se envolveria com uma gangue.

Os garotos — e a garota — encorajavam as atitudes uns dos outros. As crianças vasculhavam o terreno baldio da falta de supervisão entre escola e casa em busca de orgulho, glória, sangue. Vendiam saquinhos de maconha, roubavam bicicletas e davam uma zoada em qualquer um que fizesse piada com o nome que tinham escolhido, mesmo que questionassem suas sabedorias hormonais ao escolher um acrônimo inspirado em Pipilolos Fuerte.

O que se pode dizer? Garotos bons também foram arrastados para isso. Garotos que não eram nem bons nem ruins, mas que gostavam de andar junto, eram posicionados nas esquinas para compartilhar piadas sujas e goles secretos de garrafas de Johnnie Walker Black escondidas em sacos de papel amassado. Ant, que desde sempre era parte do tecido da vizinhança, só ocupou o trecho da colcha de retalhos que o colocava junto de Yadi. Até o verão em que foi roubado por outro bando da rua 106 porque um deles queria os recém-relançados Jordans Retro 11 que ele tinha nos pés.

Um garoto solitário e a menina que ele ama não saem correndo atrás da polícia quando alguém de um quarteirão vizinho o ataca e rouba seus tênis depois de um encontro e o força a voltar para casa descalço. Eles não contam para as mães, que vão tagarelar e exagerar, mas fora isso serão indefesas. Não vão mencionar isso nunca mais. E, quando o menino solitário for abordado por um garoto um pouquinho mais velho, que lhe diz que o pessoal que o atacou anda se gabando por aí e será que ele não quer fazer algo a respeito disso, bom, o nosso garoto não gângster pode se sentir motivado a sentar o cacete no pessoal que o envergonhou. E, céus, talvez ele tenha uma pequena dívida com o seu pessoal depois disso por como eles cuidavam uns dos outros, um garoto da área defendido de outra área. E então talvez ele passe mais tempo com eles. É quem faz paradas na loja da esquina para comprar suco de cinquenta centavos e água de vinte e cinco. É quem quebra o hidrante da rua quando faz calor. É quem sobe no teto e desce um aviso quando as viaturas da polícia estão chegando de surpresa, duas avenidas antes. Ele encontra um lugar com sua garota, e sua comunidade, e os Jordans levemente surrados que ele arrancou de um garoto sangrando que havia arrancado dele em primeiro lugar.

(Apesar de o meu campo de estudos em particular não se concentrar em justiça juvenil, sendo de onde sou, com frequência penso no que faz jovens se interessarem pela vida nas gangues, a desejarem, se predisporem, serem coagidos a ela. E as gangues, para mim, parecem intricadamente conectadas a um subsetor da necessidade da sociedade de mudança liderada por tribos. Do meu campo de fato, eu argumentaria, uma das primeiras "gangues" na cultura dominicana foi organizada por uólofes africanos que foram trazidos do Senegal para a ilha de Hispaniola. Se uma gangue no seu sentido mais puro é definida como um grupo de criminosos, e uma em que o próprio corpo do sujeito é uma commodity, de forma que a luta pela liberdade seja ilegal, então um grupo de pessoas que luta pela liberdade deve ser considerado uma gangue. Tradições da história oral, corroboradas por registros da Igreja, compartilham a narrativa de uma rebelião de pessoas escravizadas em 1521, no engenho de açúcar de um tal Diego Colón (filho, sim, daquele filho da puta, Cristóvão Colombo), em que uma das primeiras e mais violentas — e, alguns argumentariam, bem-sucedidas — rebeliões ocorreu. Os uólofes eram alfabetizados, organizados religiosamente e tinham cavalarias no Senegal, então escravizadores não podiam usar cavalos como forma de causar medo. Os uólofes não apenas se organizaram numa estranha terra nova como também conseguiram reunir o apoio de pessoas escravizadas criadas entre os espanhóis, além dos tainos, que haviam escapado do jugo espanhol e viviam como fugitivos nas montanhas Bahoruco. Sem um idioma, costumes ou história comuns, o boato é que os uólofes criaram uma colônia *maroon* com outras pessoas escravizadas nas propriedades de Colombo. Essa gangue liderada pelos uólofes resistia de tal forma à vida escravizada para a qual havia sido vendida que foram aprovados decretos em 1522 efetivamente expurgando os raptos da região africana inteira de onde eles vieram. Tantos jovens etnicamente latinos e negros (em especial) tiveram programada a necessidade de segurança, de liberdade, desde a primeira ruptura, o que tornou o ato de popular este hemisfério tão complicado. Nossos meninos aspiram a quando poderão se juntar a uma gangue. Eles machucam a si mesmo e outros para uma vaga lembrança de segurança. Uma cultura que os rotula de criminosos os decepciona, de forma que precisam criar as próprias leis internas. Não estou argumentando que lutam pela liberdade. Ou que estão desfazendo a escravização. Apenas quero dizer que, deste lado do mundo, cada descendente da escravização, dessa opressão herdada e invasiva, sonha com uma ilha só sua, um pedaço de liberdade comum, um descanso árduo a ser conquistado em um mundo que os lembra de novo e de novo que eles estão destinados a estar algemados por todos os lados.)

Ant nunca teve sede de sangue. Mas gostava de saber que, se algo lhe acontecesse, alguém estaria do lado dele, reuniria a equipe e o vingaria. E, quando Dwayne disse que um garoto do fundamental andou falando mal deles, Ant não tratou como se o menino tivesse dado o primeiro soco mas também não deixou de ver dessa forma. A palavra é sagrada — não fale merda se não estiver pronto para limpar o excremento.

Eles cinco iam só dar um susto no garoto. Esperaram por ele do outro lado da escola enquanto ele tomava o caminho de casa, indo no sentido da Broadway. O menino era grande para os 14 anos. Tinha ombros largos, um punhadinho de barba no queixo marrom ainda macio. Um deles o pegou por trás, um golpe forte pelas costas. Não tinha problema pisar no joelho dele, uma lembrança rápida, mas permanente de ficar ligado. Os chutes na costela foram superficiais; ele já estava sem fôlego a essa altura. O pisão na cabeça foi longe demais. Ant já tinha se afastado a essa altura, até mesmo havia puxado um dos garotos de cima do menino caído. Mas os outros três membros sentiram cheiro de algo no ar que os agitou. Eles chutaram, e chutaram, e chutaram. Quebraram os dentes do garoto. As mãos dele já não cobriam mais o rosto.

Os meninos da PLF, Ant incluído, correram para casa, na Amsterdam e na Columbus. Correram de volta para o quarteirão, para os sótãos e os becos e os quartinhos livres das *abuelas*. Mas essa não era uma operação militar secreta. A maioria das pessoas conseguia identificar um garoto da PLF. Um deles, Alfonso, fugiu para New Rochelle, onde tinha familiares que o esconderiam. A polícia nunca o prendeu. Dwayne passou dois meses escondido antes de ir buscar a namorada na escola um dia, e um carro de patrulha estava estacionado em frente à Escola de Ensino Médio Brandeis, esperando por ele. Os outros dois garotos foram pegos em menos de seis meses.

Ant foi pego no primeiro dia. Ele não entregou ninguém. Não disse quem eram os outros quatro garotos. Não deu endereços nem mencionou que foi ideia de Dwayne. Não disse que o pior que tinha feito foi estourar uma patela, que ele não quebrou as costelas que perfuraram o interior do garoto. Que não tinha dado o pisão na cabeça que resultou no coma do qual o garoto nunca acordou. Ficou em silêncio na delegacia, e ficou em silêncio ao ser testemunha no tribunal. Não recitou nenhum dos poemas que tinha escrito para Yadi. Não compartilhou o último parágrafo do ensaio que o fez ganhar uma competição de redação na escola.

Eles teriam matado Ant, os pais do menino, mas o filho, o garoto que Ant havia atacado, continuou vivo — em coma, claro, mas ainda respirando. Contrataram um bom advogado e prestaram queixas amplas por todo o alcance que a lei permitia.

Ele foi para a prisão juvenil. E aí ele foi para a prisão adulta. E aí voltou a ser um garoto solitário que podia e seria roubado por ser bonzinho demais. Ele contou isso a ela numa carta.

As mãos de Pastora tremiam enquanto ela empilhava as últimas camisas dobradas num mostruário.

E agora Ant tinha voltado, e sua filha havia passado a noite se revirando. Tinha ouvido alguma coisa porque *ela própria* havia se revirado a noite toda. O marido chegara à República Dominicana em segurança e ligara para dar boa-noite. Ele sabia que ela não dormia bem sem ele. Mas mesmo sua voz não havia diminuído as ansiedades dela. A velocidade em que o mundo girava parecia ter mudado nos últimos poucos dias, as revoluções do planeta acontecendo mais e mais rápido até Pastora precisar se sentar atrás da caixa registradora para conter a tontura.

FLOR

respondia tantas perguntas quanto a filha fazia, apesar de Ona nem sempre fazer as perguntas certas e com frequência parecer se entender como a mãe da relação. Ona sempre saía falando de "limites" e "autocuidado". Palavras para as quais a garota precisou buscar a tradução para o espanhol no dicionário, de tão pouco que as havia escutado nesse idioma. Mas eram palavras de que Flor nunca havia necessitado. A garota achava que a geração dela tinha inventado como era ser uma pessoa.

Ela pensava nisso enquanto Ona se apressava para desligar. A filha estava a caminho da primeira aula que daria no dia.

Nunca entendia como ligava para Ona por um motivo — "Pode me ajudar a escolher esse vestido?" — e a garota queria fazer desvios por ruas que Flor já tinha dito que estavam fechadas. *Ela está preocupada*, lembrou-se Flor. Flor estava preocupada também. Quando pensou no funeral pela primeira vez, o evento se encaixou na sua mente com um clique satisfatório. Mas, agora, ela via o efeito que ele tinha em todos ao seu redor. A preparação se tornou mais intensa do que ela imaginava. As conversas com irmãos e filha pareciam carregadas de perguntas sobre vida e morte. Ela não queria minar a experiência de vida de todo mundo. Só queria criar espaço para a sua.

Pero nada. Nadie cambia caballo en el medio del río.

Mas como explicar que ela não era tão pateta e indefesa como a filha pensava? Não, ela nem sempre entendia como ou por que esse país fazia o que fazia ou por que a geração de Ona parecia tão *tira'a* e casual com a aparência e o comportamento, mas ela não havia sido o capacho que a filha parecia pensar que ela era.

Flor cuidava. Quando Ona era pequena, Flor se trancava no banheiro. Deixava a menina com o pai por trinta minutos. No escuro, ela se deitava na banheira e hmmmmmmm. A filha mais tarde riria dela, dizendo que ela soava boba e que o som deveria ser "ommmmm", mas ainda assim Flor tentava fazer o que tinha visto na televisão. E ela não usava máscara de argila uma vez por semana quando era uma jovem esposa? Ona brincava que máscaras de argila eram para que, quando alguém perguntasse qualquer coisa, Flor pudesse levar um dedo aos lábios indicando que agora não era hora de falar. Mais cedo ou mais tarde, quando a família a via com a máscara, todo mundo sabia que era para deixá-la ver a *telenovela* e aprendeu a garantir o próprio lanche ou se virar para encontrar o objeto perdido. Isso tudo não era estabelecer limites?

E houve momentos em que ela teve de estabelecer *limites* que a criança jamais veria. Inúmeras vezes, quando teve de confrontar professores e diretores e até mesmo o pai da menina, em defesa do próprio bem-estar e do da criança. Ona nunca se lembrava disso. Talvez não fossem fronteiras excelentes, mas ela havia se esforçado de verdade para manter a sanidade protegida. E a menina jamais imaginaria os limites que tivera de estabelecer consigo mesma. Tudo que teve de aprender para se manter amarrada à vida sabendo bem demais com que facilidade se é tirado do mundo.

A história que ela quis contar para Ona no telefone:

> Ela era nova. Pastora havia passado quase um ano com La Vieja [suprimido], e Flor andara sonhando com ela. Ela, Flor, não poderia ter mais do que 16 anos. Samuel ainda estava ocupado, e Matilde era mandada embora sempre que o

tio doente precisava de uma enfermeira. Camila tinha aprendido a se sentar, mas *mamá* a carregava para todo lado, então ela não testava as costas com muita frequência. Nesse dia, não tinha ninguém em casa; talvez tivessem saído para fazer compras? Visitar a família? Flor não conseguia lembrar, mas ela estava limpando a casa. Passando areia pelo piso da cozinha para que recolhesse a poeira, os grãos minúsculos de vidro arranhando as partes difíceis de limpar. Eles não tinham solução de limpar madeira naquela época. Ela espalhava e varria e não parou mesmo depois de ouvir os passos de um cavalo com uma boa ferradura lá fora.

De quatro, ela empilhava a areia e a usava para recolher a sujeira. Tinha acabado de conseguir recolher a maior parte das porcarias num pano úmido antes da batida à porta. Ela se apressou para colocar tudo de volta no lugar quando viu um trecho de areia dividindo a cozinha; ela pisou em cima.

Abriu a porta para o primo Nazario. E, apesar de ter mantido os olhos no rosto dele, deixou a visão periférica analisar a camisa de botão limpa, a forma precisa como estava enfiada em calças recém-passadas. A pomada no cabelo nunca era grossa, só o suficiente para manter o penteado elegante. Ela passou a mão na saia. Trocaram um abraço forte, mas não forte demais, e ela o convidou a entrar com uma exclamação como sempre fazia.

— Mas a gente não estava te esperando!

Flor não havia crescido com esse primo. Ele era do lado da família do pai e tinha se mudado recentemente para aquelas bandas, cinco anos antes. Era de uma parte com mais dinheiro da família, algo que se via no porte orgulhoso e no semblante bem-cuidado. Nunca havia um fio do bigode fora do lugar. O cinto e os sapatos brilhavam de tão polidos, como se desafiassem a sujeira *del campo* a deixar uma pegada de poeira em qualquer parte perto dele. Ele vestia a cidade em que havia nascido e sido criado, como uma capa nos ombros. E Flor havia parado de implorar ao Divino que desfizesse o parentesco.

Se ele sabia dos seus sentimentos ou correspondia a eles, os dois nunca o discutiram. *Ela ia ser freira*, sussurrava ela quando pensava no seu rosto no escuro.

Do bolso, ele sacou um tablete de *dulce de leche*, uma camada de goiaba feito um recheio de sanduíche no meio do doce. Era o preferido dela, e, como o doce não estava amassado, ela sabia que ele havia tomado cuidado para mantê-lo intacto. Só um cubinho de doce. Ele nunca trazia para *mamá* ou Matilde. Ela havia confessado esse detalhe numa carta a Pastora, cuja falta de carta em resposta dissera mais do que suficiente.

— *¿Tío se encuentra?*

Era quase hora do almoço, e o pai logo deveria estar no caminho de casa. Apesar de que conduzir gado por terreno duro, ou lamacento, ou qualquer solo que ele encontrasse em qualquer dia não era o tipo de trabalho que uma pessoa conseguia marcar num relógio.

— *Todavía no*. Provavelmente daqui a uma hora. Não quer sentar? Posso lhe oferecer um café enquanto espera por ele? Vai ficar perfeito com esse *dulcito*, que podemos dividir.

Nazario correu as mãos pela aba do chapéu, virando-o e revirando-o, provavelmente da mesma forma que sua mente girava para bolar uma resposta.

— *Por supuesto*, eu não deveria ir embora sem falar com ele, então é melhor que espere bem acompanhado.

Flor cruzou mais uma vez a linha de areia no piso da cozinha e acendeu um fósforo no *fogón*. Cortou o *dulce* em quatro pedacinhos iguais e os dispôs num dos pratos bons de *mamá*. Quando a *greca* soltou um assobio, ela carregou a bandeja para a sala de estar.

Ele estava parado perto da janela, a luz do sol como uma auréola corporal atrás dele, brilhando na pele escura do pescoço de um jeito especial. Flor achou que fosse morrer. O que era impossível, porque tinha certeza de que teria sonhado com isso. A maioria das pessoas não conseguia olhar nos olhos de Flor. *Mamá* disse que elas tinham medo de ver a própria morte no olho esquerdo errante. Mas Nazario sempre olhava para o rosto dela, como estava fazendo naquele instante, virando-se da janela. Eles se sentaram. Ela serviu café.

Nenhum dos dois falou nada por alguns minutos. Flor bebericou o café, mas não conseguiu sentir se estava amargo ou doce demais.

— O seu irmão está bem lá?

Flor fez que sim com a cabeça.

— Escrevo para ele com frequência. Samuel diz que a capital é mais suja do que ele tinha imaginado.

— Ele não se arrepende?

Flor levantou um ombro. Samuel estivera esperando um *green card*, e, depois de cinco anos sendo solicitado por um tio em Nova York, parecia que ia dar certo, mas aí, no calor do momento, ele se apaixonou. E sua mulher não era de fazer as coisas do jeito errado, então, se ele a queria, eles teriam de se casar, mesmo que qualquer mudança de status legal resultasse na anulação da petição atual. Sua mulher havia lhe dado seis meses para dar um jeito. Como o visto ainda não tinha sido aprovado seis meses depois do ultimato, Samuel lançou a sorte ao vento, e a família lançou arroz no casamento.

— Eu não — disse Nazario. Ele tomou um gole do café. — Na primeira oportunidade que tiver, vou a um lugar onde possa ser livre. — E olhou para ela então, a xícara mal tocando o lábio.

— Livre?

Flor havia pensado em muitos conceitos existenciais na vida, em especial depois de Pastora partir e seu mundo ter ficado menor e mais silencioso. Havia pensado em paz, o que significaria ter menos do seu dom ou nenhum dom e dormir seria uma prorrogação verdadeira. Ela havia rezado por consolo nas manhãs que ia até o rio e sua estranheza e solidão faziam com que se sentisse como uma criatura que teria ficado de fora da arca de Noé, uma que não teria um par. Não sabia o que dizia sobre ela o fato de que, apesar de as irmãs parecerem lutar contra suas restrições, se sentia segura com as regras restritas e estruturadas e formas de viver. Se ela não saísse procurando surpresas, seria encontrada por pouquíssimas. Ela nunca desejou afiar os dentes na liberdade.

— É que tem tanta coisa que eu quero. — Ele sorriu então. — E acho que nunca vou conseguir se ficar aqui. Fique parada um instante.

Ele se aproximou, a mão pronta para afastar algo de seu ombro, mas Flor se esquivou dele.

— Ah, é só uma centopeia pequenininha.

Ela foi até a porta dos fundos, deixando a centopeia se arrastar descendo pelo braço, pelo pulso e pelos dedos. Flor se ajoelhou e esperou com paciência enquanto as muitas pernas deixavam sua pele para a terra quente.

— Você deve gostar muito de insetos.

Nazario pareceu mais entretido do que irritado pela reação à centopeia.

Flor balançou a cabeça.

— Não suporto. Mas não consigo machucar uma coisa viva, a não ser que seja para comer ou defender a minha vida.

— Entendo — disse ele.

Ela lavou as mãos e voltou para onde Nazario estava. Pegou um dos *dulces*; pedacinhos da polpa de goiaba haviam cristalizado na geleia no meio dos doces. Talvez, se uma pessoa não se sentisse como ela se sentia, as terminações nervosas à procura de qualquer palavra dele, essas palavras pudessem aterrissar inocuamente, mas ela buscava algum tipo de compreensão, suficiente para que, mesmo enquanto ele soprava a xícara de café e a fumaça dava voltas, ela lesse como um convite. Ora, é tão surpreendente assim que ela tenha engolido a saliva tão abruptamente e sem mastigar? Havia esquecido que tinha colocado o *dulce* na boca até um pedaço ficar preso na garganta. Tentou engolir, mas não conseguiu; o ar se concentrou na sua garganta sem conseguir passar.

Ela se levantou rápido, tão rápido que o café caiu no tapete. Ela batia na base do pescoço.

O primo correu até ela e pôs uma das mãos em seu peito e outra nas costas. Ele parecia estar tentando empurrar o pedaço de doce da traqueia. Ela cuspiu para cima, os pedacinhos de leite açucarado e recheio de fruta caindo na palma da mão em concha de Nazario. Ela quase desejou ter morrido sufocada.

— Respire, *linda, así mismo* — sussurrou ele. — *Respira profundo*.

Ele pegou um lenço do bolso, limpou sua boca e dobrou o tecido na própria mão.

— É isso, continue respirando, respire fundo. Não se preocupe, você está em boa saúde.

A mão dele fazia círculos nas suas costas.

Ela quis rir. Que piada. Desde que se conheceram, ela estivera doente de coração partido.

— Não comi nada hoje. Acho que engoli rápido demais.

Eles não ouviram a porta, então o que ocorreu em seguida não foi prenunciado por batidas ou passos.

— O que você está fazendo com as mãos na minha filha? — Seu pai não era um homem grande, mas, quando lhe subia a raiva, ele parecia colossal, aumentado por oxigênio e equívoco.

Flor tentou explicar.

—Comi um pedaço de doce. Estava na minha garganta. Ele estava...

— Fiz uma pergunta. — O pai se aproximou um passo deles e separou os primos, que não haviam se afastado. Ele empurrou Flor para as suas costas. — Nazario?

Ele empurrou com força o peito do sobrinho imóvel.

— *Tío, yo no hice nada. Aquí no se hizo nada.*

O pedaço de *dulce* e o café que ela havia conseguido engolir voltaram à garganta. Ela teve um vislumbre do rosto de Nazario antes de ele se afastar da porta. Eles não tinham feito nada; ambos sabiam que não havia nada a ser feito. Mas o olhar enojado em seu rosto, a raiva no do pai...

O primo foi embora sem discutir a questão urgente que o havia levado até ali. Sem se despedir. Ele nunca mais visitou a casa. Até onde sabia, seu pai tinha rompido todo o contato com o filho do irmão preferido. Nos anos que se seguiram, ela imaginou que se encontrariam de novo. Talvez na capital — ela se mudou para lá poucos meses depois com Pastora, mas não viu o primo. Talvez em Nova York, ela esperou. Mas ela se mudou para os Estados Unidos quase duas décadas depois de vê-lo pela última vez e, apesar de ela perguntar, ninguém sabia se ele tinha conseguido chegar aos Estados Unidos. Por anos, ela imaginou esbarrar nele. Rir da reação exagerada do pai. Encontrar paz no que havia acontecido e no que não poderia ser. Mas, nesta vida, pouquíssimas das fantasias de Flor viravam realidade. O que ela deveria ter dito a ele naquele dia era que sabia que não morreria por doçura mal mastigada.

Ela tomava muito cuidado, quis dizer a Ona. Quando era menina, era ela que *mamá* Silvia mandava até a loja de tecidos buscar os têxteis para as roupas que *mamá* costuraria no ano. O vendedor de tecidos era um homem gregário, que revirava os olhos de forma exagerada assim que a via chegando.

— A minha cliente mais seletiva! Vai ser difícil encontrar um homem para você — disse ele em muitas ocasiões.

O que não se provou verdadeiro. Uma vez que o desejo de ser freira a deixou lentamente, uma vez que ela viu que não havia um caminho mortal que pudesse levá-la à absolvição, ela se contentou com o primeiro homem que tinha emprego e uma cara meio decente. Nunca resolveu os sentimentos pelo primo, Nazario, mas não era uma mulher de paixões, e largar a decência ao vento para encontrá-lo e convencê-lo de que estavam o quê? Destinados um ao outro? Ela riu da ideia. Era inapropriado. Ela seria rejeitada pela família.

Ele a contatou uma vez. Era antes de existirem identificadores de chamadas, e ela não sabia quem tinha dado a ele o número de Nova York. Ela era uma noiva jovem ainda, grávida de Ona. Eles não eram mais crianças, nenhum dos dois, e ainda assim a voz que ela não ouvia fazia anos e anos foi reconhecida instantaneamente.

— *Mi prima*, sou eu. Seu primo Nazario. Seria possível ver você em algum momento?

Ela balançou a cabeça como se ele tivesse olhos que pudessem ver através de linhas telefônicas. Ele desligou em silêncio depois que ela ficou sem dizer nada após a saudação inicial.

Quando Flor chegou a Nova York, escrevia para a mãe toda semana. E um mês se passava antes de receber uma resposta. Quando o conselho da mãe chegava, Flor já tinha tomado a decisão, desfeito, vivido com as ramificações e chegado a uma nova dificuldade. Mas ela, que *estava* disponível para todas as necessidades da filha, raramente era chamada para opinar na vida da menina. Em vez disso, era *a filha* quem oferecia conselhos.

— Faça terapia — dizia Ona. — Pratique autocuidado — dizia Ona. — Priorize você mesma.

Ela havia se cuidado da melhor maneira que sabia. Mas como poderia dizer isso à menina? Ona ouvia apenas quando era algo que contribuiria para o trabalho. Nunca encontraram um ritmo fácil entre as duas. Provavelmente porque, quando Ona era recém-nascida, Flor não conseguiu fazê-la mamar.

A bebê balançava a cabeça com raiva contra o mamilo, recusando-se a pegar, sujando-se com leite em vez de tomar uma gota sequer. A rejeição era como uma pontada; essa carne da sua carne, que havia comido e crescido e tomado de dentro do seu corpo, recusava essa ligação. Mesmo quando mais queria comer, preferia passar fome a aceitar o mamilo da mulher que havia tocado a morte para vê-la nascer. Na época, Flor sentiu raiva da filha minúscula. Ela só soube da existência de especialistas em lactação e amamentação quando seu corpo já tinha passado da época de aleitamento, e as duas já estavam além daquela primeira rixa.

Certa noite, Flor aninhou a recém-nascida no colo. O grande relógio escuro da cozinha contava segundo a segundo, e, em cada um desses, Flor mal conseguia ficar de olhos abertos.

Ela abraçou essa criança de olhos grandes e punhos cerrados, ambos usados para expressar seu descontentamento. Flor inventava canções que sussurrava. Esfregava as penugens pretas que eram o cabelo da menina, como se acalmasse um jumentinho mal-humorado. Ela não notou quando pegou no sono ou como pegou no sono, mas, num momento, estava murmurando bobagens para a criança e, no seguinte, a garota estava escorregando por suas pernas. Flor despertou num susto, a tempo de erguer as pernas e impedir o corpinho de descer pelas canelas. O movimento rápido causou pontadas na cicatriz da cesárea ainda em recuperação. Ela passou para fórmula infantil no dia seguinte.

E, agora, Ona queria saber o porquê do funeral. O quando e o como do que seguiria depois.

Não, a garota jamais conheceria as muitas formas de cuidado de Flor.

PASTORA

revisou a lista de convidados que Flor havia mandado, apesar de que, a apenas um dia do evento, ela não tinha muita certeza do que Flor queria que ela dissesse. Que ela estava contente que tanta gente havia confirmado? Que estava contente que aquela prima em particular e o marido não viriam? Flor não gostaria desse último comentário. Ela fingia ser gentil com todos os parentes por mais insuportáveis que muitos deles fossem. Talvez Pastora tivesse sido assim em algum momento. Mas, depois do seu encontro com a família Santana, em que sua versão de 13 anos havia *envergonhado tanto a família* que ela precisou ser mandada embora para uma província totalmente diferente, Pastora aprendeu muito rápido que, só porque alguém é da família, isso não significa que suas ações sejam familiares.

Pastora não foi adotada pela tia freira nem pela avó. Foi determinado que havia uma pessoa mais adequada para assumir seus cuidados. Àquela altura, Pastora havia terminado o sexto ano do fundamental, e suas habilidades de leitura eram altas e pareceu auspicioso que a casa onde ela acabaria ficasse num distrito com uma escola com turmas do sétimo ano para a frente. A irmã de *mamá* Silvia, La Vieja [suprimido] a receberia.

(Nunca escutei a minha tia se acanhar de dizer qualquer coisa que precisasse ser dita, mas ela não consegue mencionar o nome da tia até hoje. O nome de certas pessoas não precisa ser dito em voz alta para nós.)

A tia era ranzinza, mas tinha um marido que era conhecido pela gentileza, então deveria haver um equilíbrio, ou assim foi explicado a Pastora. O pai de Pastora, que voltou tarde demais para casa no dia em que *doña* Yokasta visitou e acusou Pastora de coqueteria e roubo, batucou os dedos sem parar na mesa de jantar quando ouviu que sua caçula partiria com a avó e a tia freira. Quando a esposa leu a carta dizendo que a mãe e a irmã freira a mandaram para mais longe ainda, para La Vieja [suprimido], ele colocou o chapéu e levou o cavalo para o bebedouro de animais no centro da cidade. Não era um homem de beber. O que dizer de um homem que deveria ser o provedor, mas que para isso precisa dar os próprios filhos para a servidão alheia?

(É importante notar que essa prática de emprestar ou adotar informalmente os filhos era comum na República Dominicana do século XX. Fiquei sabendo primeiro nas histórias, mas depois na pesquisa. Ao que parece, ocorria em geral entre os ramos mais afluentes de famílias e seus parentes menos bem de vida. A família mais rica estabelecia provisões básicas e criação moral, e em retorno recebia ajuda doméstica não paga, e, se escolhesse, uma criança que podia amar e criar. Mais cedo ou mais tarde, *mamá* Silvia teria jogado todos os filhos para membros da família estendida nos dois lados, como se os trabalhos da sua prole pudessem reconquistar o calor que os seus lhe rescindiram. Ou talvez porque ela pensasse, de verdade, que estava fazendo o melhor possível para os do seu sangue.)

La Vieja [suprimido] ao menos morava numa cidade. Uma cidade pequena, mas ainda assim. Havia uma *discoteca* e alguns restaurantes novos. Alguém na linhagem materna tinha aberto uma loja de departamentos.

Dava para ver que era uma mulher formidável na primeira olhada. Tinha um narizinho pontudo e um corpo robusto. Mal chegava a um metro e meio de altura, mas as pessoas juravam que ela era maior se perguntasse. Sua ira onipresente encaixava bem nos saltos que a deixavam mais alta.

Abuela Eugenia e a tia freira contaram a Pastora que a tia tinha mão pesada e o temperamento dela se desequilibrava com facilidade. Talvez para assustá-la, *abuela* Eugenia disse a Pastora que, de todos os filhos, La Vieja [suprimido] era a garota mais Velho Testamento. A irmã freira contou histórias para Pastora, a caminho da província. Ela relembrou que, quando a ilha foi ocupada por soldados *yanquis*, aqueles garotos de olhos azuis correndo selvagemente, atacando qualquer coisa de saia, até mesmo eles se mantiveram longe da irmã mal-humorada. Pastora não se intimidou com as risadas da tia freira, apesar de conseguir ouvir que havia certo exagero nos seus contos.

O carro parou em frente à casa de La Vieja [suprimido], e Pastora não se maravilhou, embora fosse algo com que se maravilhar: uma casa de dois andares envolta em janelas grandes e largas, cortinas dos materiais mais finos deixando o sol do lado de fora. La Vieja [suprimido] e o marido muito, muito bonzinho as encontraram na porta. Ela beijou a mãe e a irmã, os lábios mal tocando as bochechas. Para Pastora, só ofereceu um leve aceno.

— É ela, então?

A tia freira e *abuela* Eugenia não passaram a noite.

Pastora brincou de ser dócil no começo. Limpava quando pediam; se deitava no seu catre no chão quando ouvia que era hora de ir para a cama. A casa ficava numa cidade, não no interior selvagem e remoto a que ela estava acostumada, então o desejo de vagar era serenado com um respeito pelos novos arredores. Ela odiava o medo que sentia nesse novo ambiente, esse jeito com o qual ela e a forma como tinha sido criada foram colocados no mudo, trocados por um programa totalmente diferente, com um novo elenco e num estúdio estranho, cujas cortinas estavam prestes a abrir. Estava relegada a ser a ajuda nos bastidores.

Sim, Pastora era uma garota do interior acostumada a acordar com o nascer do sol e trabalhar pesado. Mas esses novos horários tinham a intenção de acabar com ela. A velha acordava Pastora às quatro da manhã para começar a preparar o café da manhã. Então fazia Pastora se juntar a ela na *cafetería* da família, que alimentava os estudantes de ensino médio locais. Era só depois do trabalho que a menina podia ir à escola no turno da noite, tentando não pegar no sono em cima dos livros ao fazer a tarefa de casa do sétimo ano. Era um inferno. E Pastorita sonhava sonhos infernais em resposta.

Quando La Vieja [suprimido] recebia amigas, Pastora deveria servir café, sentar-se em silêncio num canto e responder de cabeça baixa ao ouvir uma pergunta. Agora, todos nós sabemos, nossa Pastora não era uma ratinha e tentava esticar os parâmetros do que lhe era autorizado. Mas La Vieja [suprimido] tinha um tapa mais rápido que o da mãe, e as consequências ali pareciam vastas e desconhecidas. Não tinha onde se esconder e, já que ela havia mudado de casa não uma, mas duas vezes no caminho, nem como correr para casa, ela ponderava que a vergonha do que deixara lá era mais bem-vinda do que essa nova existência.

A única coisa que *abuela* Eugenia e a tia freira omitiram, mas que teria sido uma informação relevante sobre a tia, era que ela *se montaba*. Apesar de ser uma pessoa especialmente pia, que julgava o que considerava qualquer prática pagã, tinha esses momentos em que seu pequeno corpo era habitado por algo ainda mais cruel do que ela mesma. Mesmo os *santeros* de verdade na área evitavam a casa de La Vieja [suprimido].

A primeira vez que La Vieja [suprimido] *se montó*, Pastora estava dormindo na mesa da cozinha quando uma lamúria tremenda a despertou. Pastora achou que a mulher estivesse tendo um infarto como o vendedor de leite lá do interior que uma vez caiu do cavalo, seus jarros de leite rolando enquanto ele se aproximava da casa. Mas, quando o marido gentil correu para os fundos para buscar um trapo e um balde, Pastora se deu conta de que testemunhava algo preternatural. É claro, ela se esgueirou pelo corredor da sala de estar para olhar. Conseguia ouvir o marido bonzinho murmurando, mas os rugidos continuavam. A tia estava na sala de estar, enfurecida. Ela derrubou um vaso no chão. Jogou uma cadeira para o outro lado. Na maior parte do tempo, ela balbuciava, mas também praguejava, algo que tanto empolgava o coraçãozinho de Pastora quanto avermelhava a ponta das orelhas. A tia teria quebrado todos os dentes da sua boca se ela murmurasse *uma* palavra sequer daquelas todas.

— ¿Pero, qué es? ¿Qué hacemos? — perguntava Pastora ao marido bonzinho, que estava do outro lado da mesa de jantar, longe da tia.

A mulher estremecia com raiva; andava e falava em línguas, e apontava para eles, e gritava.

O tio balançou a cabeça.

— Faz tempo que ela não é montada. Não sei. [Suprimido], [suprimido]! *Tranquila*.

A tia respirava fundo, acalmando-se por um instante. O marido bonzinho se aproximou um pouco, dando a volta na mesa, tentando acalmar um touro indomado. Ele cometeu o erro de tentar esfregar seus braços ou conter seu último golpe contra as obras de arte da casa.

De fato não tem outra forma de descrever; ela se encheu, os pulmões do monstro que a tomava respirando fundo. E atacou o marido muito, muito bonzinho. Ele aterrissou na parede com um baque forte. [Suprimido] havia derrubado um homem que tinha duas vezes sua altura e peso.

E foi então que Pastora se assustou.

Os olhos de La Vieja [suprimido] pousaram na garota, e ela apontou. Os gritos elevados em euforia febril.

Pastora recuou, mas não importava.

Pastora correu para a cama naquela noite, tremendo na camisola. E se La Vieja [suprimido] viesse atrás dela enquanto dormia? Escolheu não fechar os olhos. Ficou acordada a noite toda, esperando por La Vieja [suprimido] para ver o que ela havia feito. O rosto ferido do marido, as cortinas rasgadas e a porcelana quebrada.

Ainda estava acordada quando o sol se esgueirou por cima da copa das árvores, mas devia ter piscado e pegado no sono, já que La Vieja [suprimido] acordou Pastora com um tapa. E não porque ela estava sendo montada ou porque algum espírito mandou, e não com a força de dois homens, mas apenas com a força de uma mulher que dava tapas para machucar.

— Por que você ainda está dormindo? E por que não limpou a sala? Está atrasada!

A crença de Pastora de que haveria uma conversa, ou no mínimo um exorcismo, morreu na garganta.

Pastora vivia com um medo que não havia conhecido em casa. Ficava de barriga relativamente cheia ali, mas de boca também: constantemente engolindo palavras que não podia dizer a ninguém. Era serva de uma mulher que tinha uma conexão com o lado mais violento do mundo espiritual. E, apesar de Pastora ter crescido com uma irmã que era dama de companhia da morte, que era assombrada toda noite, Flor tinha calma, até mesmo paz, em sua relação com o oculto. Não como essa mulher, que parecia esbofeteada por espíritos inquietos que encontravam nela uma anfitriã acolhedora. Ela havia visto uma variedade de religiosos das muitas crenças na cidade. Os babalaôs que usavam branco. As *comadronas* que trocavam sussurros com santos. Até as mulheres que iam à igreja usavam contas no pescoço e falavam numa língua que pertencia a outro continente. Até mesmo elas balançavam a cabeça. Isso era o horror indomado no reino de qualquer deus.

Conforme La Vieja [suprimido] ficava mais e mais suscetível a ser montada pelo mal, o marido muito, muito bonzinho começou a lançar olhares preocupados a Pastora.

— É que nós pensávamos que havia parado. Precisamos economizar muito dinheiro, mas um bispo veio lá de Roma. Ele removeu uma... uma nódoa. Ela estava bem.

Pastora ouviu o que não foi dito: *até você chegar*.

Na vez seguinte que La Vieja [suprimido] foi montada, ela veio procurar Pastora.

— Puta! Puta! Silvia, sua puta! Eu vi o meu marido lançando olhares para você.

O marido bonzinho entrou no quarto.

— Essa não é a Silvia, *mi amor*. É a Pastorita. Pastorita.

Foi uma súplica que ela não ouviu. Ela rasgou a camisola de Pastora, que estava na pequena pilha de roupas num banquinho que a garota havia designado como cômoda improvisada. Ela rasgou páginas dos cadernos escolares para os quais *el pai* havia mandado moedas conquistadas a duras penas. Pastora ouviu as palavras lançadas contra ela de novo e de novo, e o que La Vieja [suprimido] dizia, ela dizia com convicção: ela olhava para Pastora e via a irmã. Olhava para Pastora e pensava que ela era uma intrusa em seu casamento.

Pastora dormiu na rua naquela noite. Encolhida encostada na parede dos fundos da casa. Tremendo de algo que não era frio.

Ela escrevia para os pais uma vez por mês, mas não ousava dizer nada. Não conseguia imaginar as repercussões se sua tia imaginasse que a garota estava espalhando rumores. O que ela poderia dizer às irmãs? A Flor, que lhe mandava cartas semanais? O que as irmãs poderiam fazer que a própria Pastora não poderia? E o que ela diria à família? Que um eu escondido da tia, um eu dirigido, acreditava que ela era uma puta? Que a tia a acordava do sono com berros e tapas? Que a tia cortejava demônios no sono? O que ela poderia dizer aos pais? O pai não sabia ler, e qualquer carta que lhe chegasse seria narrada pela mãe. A qual, se Pastora não odiava antes, odiava agora.

Sempre que Pastora respondia algo que a tia dizia, ela a obrigava a se ajoelhar no ralador de queijo até as canelas ficarem em carne viva. Seu descanso era nas noites em que a tia dormia bem, e Pastora conseguia deixar o medo de lado por tempo suficiente para ter algumas horas de sono. Seus sonhos estavam mais vívidos do que jamais haviam sido, e sempre ela estava na margem do canal, as irmãs correndo perto. Matilde dançando entre as plantações de mandioca. Camila, a irmã bebê que ela ainda não havia conhecido, balbuciando com o rio. Flor com o olhar perdido nas nuvens. Pastora falava com elas nesses sonhos, mas elas não conseguiam ouvir. Sempre que abria a boca, o rugido da água ficava mais alto. O olho esquerdo de Flor a seguia quando ela ficava furiosa nos sonhos, agitando os braços, implorando que ouvissem. Aquela íris solitária, sem piscar, estável, assistindo, era a única interação.

Ela era abandonada em todos os seus pesadelos.

Na vez seguinte que foi enviada à cidade para comprar macarrão, Pastora pegou uma rua secundária que normalmente não ousava. Ali, naquela esquina a uma quadra da igreja, uma plaquinha dizia BOTÁNICA. Ela havia sido criada para temer bruxaria, ouvido que vodu era a arte dos adoradores do demônio. Mas ela, que conhecia a relação estranha da sua própria família com os outros mundos, se rebelou contra aquela definição simplória.

Quando entrou na *botánica*, a fumaça de incenso girou ao redor dela. Era o cheiro de cascas de laranja queimando, e não era totalmente desagradável. Ela passou por fileiras de estátuas, de santos usando saias amarelas, azuis, um garotinho negro de vermelho. Ela não tinha certeza do que procurava.

O *santero* que devia cuidar da loja saiu de trás de uma cortina que separava a loja de sua casa. Pastora se perguntou quanto ele precisava pagar para a polícia da região deixar em paz sua loja de bens não cristãos.

O *santero* sorriu, e Pastora sentiu um caroço molhado e duro se formar na garganta.

— O que posso fazer por você, pequenina?

Pastora demorou um bom tempo até conseguir falar. Ela mantinha as mãos fechadas nas laterais da saia.

— A irmã da minha mãe é La Vieja [suprimido] — foi tudo o que ela conseguiu colocar para fora.

Mas foi o suficiente. Se os olhos de *el santero* eram de simpatia antes, ficaram ainda mais suaves.

— Ah. Sim. Ela é bem conhecida.

— A gente precisa de ajuda. *Eu* preciso de ajuda.

El santero correu os olhos pela loja, apesar de Pastora ter uma sensação de que ele não estava buscando que óleo oferecer ou que feitiço vender. Parecia estar elencando as palavras certas. Quando os olhos voltaram para ela, estavam tão abertos e vazios quanto as mãos.

— Às vezes, a pessoa é montada por uma divindade, e a pessoa resiste, e parece ser uma doença porque está negando o divino. Às vezes, a pessoa é montada por uma doença, e ela a recebe de braços abertos, e qualquer divindade que um dia poderia ter respondido graciosamente dá um passo para o lado para a degradação da alma.

O *santero* não precisava dizer em que categoria a tia se encaixava. Mas ela entendeu que ele não poderia ajudar Pastora a consertar a irmã da mãe.

— Posso lhe oferecer esse óleo, pequenina. — Ele foi atrás da cortina e voltou com o que poderia ter sido uma garrafinha de essência de baunilha. — Passe um pouquinho aqui. — Ele apontou para a testa e fez um movimento de roçar. — Antes de dormir. Talvez ajude a proteger você ao conectá-la com sua própria sabedoria.

Pff. Como se fosse a sabedoria dela que precisasse de ajuda! Mas, quando ela foi contar moedas no balcão, ele as afastou. E, mesmo se não fizesse nada, o óleo tinha perfume de cravo e lilás. Ela foi diligente na aplicação, mas aquilo não parou La Vieja [suprimido].

Pastora começou a ir mal na escola; as olheiras cresceram junto da sombra em sua energia. Mais e mais, a outra forma da tia parecia não querer quebrar vasos, cadeiras ou lombadas de livros, mas a própria Pastora.

A salvação veio na forma da delicada Flor.

Os pais finalmente economizaram o suficiente para mandá-la para o convento da tia freira. E a irmã de Pastora, a sempre calma e senhora de si Flor, se recusou a se juntar ao convento ou se reunir uma vez sequer com as madres superioras da Igreja antes de ser levada para ver Pastora.

Pastora observou de trás de uma cortina, uma carroça parava e alguém descia. Flor chegou à porta de La Vieja [suprimido] num vestido de colarinho branco, os sapatos brilhantes e as bochechas rosadas. Pastora se escondeu no armário de roupas de cama da tia. A vergonha que se arraigava na barriga, por sua irmã a ver cheia de cicatrizes, machucados, murcha feito fruta podre, a deixou nauseada. Pastora tentou esconder o som estendendo um lençol sobre a cabeça, mas tudo o que conseguiu fazer foi sujar o tecido fino com vômito. Ela teria de arranjar uma desculpa de por que precisava voltar a lavar os lençóis que tinha acabado de esfregar à mão poucos dias antes.

Foi o marido bonzinho quem abriu a porta e escoltou Flor para dentro da sala de estar.

— Perdão por deixá-la esperando. Normalmente, não sou eu quem abre a porta. Minha esposa está viajando, visitando a esposa do prefeito. Mas ela deve estar de volta logo. Vai ficar tão contente de ver outra sobrinha.

— *Bendición*, tio. E onde está a minha irmã? Com certeza, ela já saiu da escola a essa hora. — Flor, que nunca levantava a voz, provavelmente esganiçava agora para que Pastora a ouvisse mesmo que tivesse coberto a cabeça com um edredom de penas.

— Ah, bem, Pastorita deve estar por aqui em algum lugar. É dia de limpar o banheiro externo. As aulas só começam à noite.

Todo dia era dia de limpar os banheiros. E a cozinha, e esfregar o chão, e passar ferro nas cortinas. Ela era a empregada que fazia todos os trabalhos.

— Tenho uma reunião na cidade que não posso perder, mas fique à vontade para esperar aqui por sua tia.

Pastora conseguia ouvir o sorriso beatífico na voz de Flor.

— É claro, tio. Vou passar café para que a tia tenha algo para tomar quando voltar.

— Ora, que querida! Você se junta a nós para jantar? Passo no açougue.

Qualquer resposta que tenha sido murmurada por Flor foi baixa demais para Pastora ouvir.

Quando a porta fechou atrás do tio, ela esperou até escutar o som de pratos e da cafeteira, mas os passos da irmã não ecoaram como se ela fosse à cozinha.

— Pastora? Pas?

Pastora enterrou o rosto nos lençóis, tentando encontrar um canto limpo. Talvez fosse o insólito de Flor, ou talvez fosse porque ela havia feito algum barulho, um gritinho pedindo ajuda que ela própria não tinha ouvido, mas Flor, sim, porque as portas do armário foram escancaradas. Ela tentou se recolher dos braços estendidos de Flor; se sentia indomada, maculada. Mas a irmã entrou no armário, as pernas mais longas de Flor abarcando as dela. Ela baixou a testa para a de Pastora, os lençóis amontoados entre as duas, manchando-as com aquilo que não podia ser contido.

— Estou aqui agora, Pas. Estou aqui.

E, enquanto a irmã lhe acariciava o cabelo, seu próprio corpo lhe pareceu estrangeiro. Ela havia esquecido a suavidade de qualquer toque que não fosse das próprias mãos. Esse era o primeiro toque gentil que sentia em meses meses meses meses.

Foi Flor quem limpou o rosto dela com um lençol, então embolou tudo e jogou no chão. Foi Flor quem buscou um balde de água do poço, a despiu e esfregou até limpar da testa às unhas dos pés, enquanto ela tremia no sol. Ela não fez perguntas sobre os horrores. Retrançou o cabelo de Pastora e puxou as meias até os joelhos, uma boneca de tamanho real bem-cuidada. Então agarrou Pastora pelo queixo, sustentando seu olhar da melhor forma que podia, com o esquerdo sempre imóvel e ainda voltado para a periferia.

Ela não disse uma palavra; simplesmente respirou fundo, e Pastora se surpreendeu por seu corpo entrar no mesmo ritmo.

Então:

— Você comeu?

— Ontem. Você viu os restos.

Pastora notou a fúria armazenada no olho direito de Flor. Os tremores na mão que seguravam seu queixo.

— Consegue andar?

Pastora inspirou com tremor.

— É claro.

A irmã tinha um cheiro bom de baunilha escura e brilho do sol.

— Como você soube? — perguntou Pastora.

— Vai pegar as suas coisas.

Até onde Pastora sabe, esse momento de salvação foi a única vez que a irmã chegou a intervir para impedir o desenlace de um dos sonhos.

Pastora pegou a bolsa, deixando para trás os livros rasgados, as roupas que não serviam. A caminhada até o convento demorou três quartos de um dia. Elas passaram o caminho todo até lá em silêncio. As orelhas de Pastora se aguçavam cada vez que cavalos passavam por ela. Mas Flor nunca vacilou. Ela havia ficado ainda mais silenciosa, e ainda mais resoluta, no ano que tinha passado.

Pastora não se lembra de muito da igreja e do convento; era um edifício de um andar, pintado de amarelo, e parecia uma igreja normal exceto por quão longe se estendia nos fundos.

Pastora não sabia dos acontecimentos que ocorriam atrás do quartinho vazio que compartilhavam bem nos fundos. Uma vez que chegaram, ela não saiu, nem mesmo para ir ao banheiro. Era Flor quem removia e esvaziava o balde de dejetos que Pastora excretava. Aquele quartinho de sete por sete se tornou um refúgio para Pastora.

A tia freira passou por lá um dia, fingindo inocência.

— Minha irmã pode ser difícil, mas ela tem boas intenções. É uma mulher estrita, mas esse tipo de retidão ajudaria uma garota de seu temperamento.

Pastora colocou os dedos no hábito que mantinha o cabelo da tia coberto.

— A senhora é uma irmã horrível.

A tia se assustou, levantou a mão. Pastora deu de ombros.

— Não tem nada em que a senhora possa bater que ela não tenha feito pior.

A tia freira baixou a mão, mas não antes de a fechar num punho frouxo.

— Faça suas malas. Ela deve chegar amanhã, no mais tardar. Minha irmã sente falta da empregada dela, e é evidente que você precisa da estrutura.

Pastora não espiou a bolsa que nunca tinha aberto, muito menos desfeito.

Flor lhe trazia refeições. Hidratava as pernas dela com *sábila*. Passava óleos de cheiros doces nas partes entre as tranças. Dormia de conchinha com ela à noite quando seus olhos estavam cansados demais de chorar mesmo que o coração chorasse. Elas iam mandá-la de volta. Iam mandá-la de volta para aquela mulher e ela ia morrer. Tinha vivido o suficiente apenas para roubar um beijo, correr livremente pelas plantações de açúcar, praguejar muito menos do que deveria. Ela se confortou naquela noite repetindo: *conheci crianças que morreram tendo vivido menos conheci crianças que morreram tendo vivido menos.*

La Vieja [suprimido] não deu as caras no dia seguinte, nem no outro. Pastora ficava na caminha e saltava cada vez que a porta era aberta, mas era apenas Flor quem vinha.

— Ela já chegou? — perguntava Pastora, e se orgulhava pelas cordas vocais não tremerem para quem ouvia.

Flor, como era seu jeito quando não queria que Pastora adivinhasse a verdade, não respondia de forma direta. Em vez de dizer se La Vieja [suprimido] havia chegado, fazia digressões sem sentido:

— As borboletas do canal devem estar abundantes nessa época do ano.

Ou:

— Camila provavelmente vai implorar por um pônei quando completar 3 anos... e vai ganhar!

Ela levava Pastora de volta para casa daquela forma, frase por frase, lembrando-a de uma vida onde as coisas eram seguras e previsíveis.

Mas, no terceiro dia após o pronunciamento da tia freira, houve uma comoção no portão, gritaria que apressou freiras por todo o corredor. Pastora não precisava da confirmação de ninguém para saber o que era. Deu as costas para a janela que tinha vista para o jardim, jogou a bolsa nas costas. Ela, que nunca se encolhia diante de ninguém, não se encolheu naquele momento, mas se resignou. Ninguém bateu à porta; a gritaria não entrou nos corredores santificados. E então, de súbito como uma tempestade irrompe no campo durante a estação das chuvas, os berros pararam. O convento inteiro ficou assustadoramente silencioso.

Flor chegou ao quarto pouco depois, e Pastora prendeu a respiração. Mas sua irmã apenas se sentou ao lado dela, com o olhar perdido voltado para os girassóis que idolatravam o sol através das pétalas abertas.

— Ela está aqui? — perguntou Pastora. Ainda estava com a bolsa nas costas.

— Ela foi embora — avisou Flor.

— Ela foi embora? — Agora ela se virou para a irmã. Flor não era do tipo de brincar. — Como? Eu ouvi. Eu *ouvi* a mulher. Ela estava na sua melhor forma. Ninguém consegue derrubar La Vieja [suprimido] quando ela é montada.

— Ah, bom. — Flor piscou e piscou, olhos no jardim. — Ajuda eu não ser ninguém.

Pastora ouviu verdade nas palavras da irmã.

— Como *mamá* pôde deixar que me mandassem para lá? Ela devia saber. Não é?

Flor balançou a cabeça.

— Não sei. Não sei. Não consigo nem começar a imaginar.

As freiras ofereceram socorro pela bondade de seus corações divinos, mas também rescindiram o convite para Flor se juntar à seita. A família era um risco, ficou determinado. E, se ela sucumbisse à mesma insanidade da tia, não valeria a energia que investiriam pela mínima possibilidade de sua canonização.

O pai chegou dois dias depois da comoção. A carroça e o velho burro, o chapéu e as calças largas. Ele não amaldiçoou a família da esposa. O mau tratamento da filha que mascaravam como disciplina. Não, ele era um cavalheiro. Apertou a mão da tia freira.

PASTORA: TRANSCRIÇÃO DE ENTREVISTA (TRADUZIDA)

ONA: Se é possível, pode me falar um pouco mais disso?
PASTORA: Humm... Como eu coloco isso? Tinham mais devoção, é claro. Uma coisa que os velhos sabiam que essa geração parece esquecer é o dever. Nosso dever não é leve, nem acolchoado. O dever não te deixa chupar a teta dele. Isso aprendi com as minhas irmãs. Apesar de que, é claro, quando elas riem e fazem piada de que a gente trabalhava em dupla, não estão erradas. A pessoa que mais abracei no mundo, além da minha própria prole, foi Flor. Fui eu quem ela carregou a tiracolo. Quando criança, o corpo dela foi o primeiro que me lembro de escalar por aí, que nem videiras escalam coisas e chamam de casa. Antes de eu sequer entender o amor, eu só conhecia a segurança... E talvez sejam a mesma coisa para mim e sempre serão... Segurança também não é inerentemente leve, acho que não. Não posso ser fria, é claro. Cintos de segurança mantêm a pessoa segura, mas não dão um beijo na bochecha. Mas segurança não permite que alguém mostre suas garras por inteiro.

A única pessoa que consigo lembrar, antes do seu tio Manuelito pelo menos, que permitiu que eu mostrasse as minhas garras foi a sua mãe. Talvez porque paciência fosse uma virtude e ela soubesse isso desde o começo. E talvez porque a vida para ela seja um experimento divertido. Mas acho que é inato à personalidade dela, independentemente do sobrenatural. Humanos nunca fizeram sentido para ela, então eu simplesmente era outra forma humana para ela estudar. Não havia norma nem regra para nenhum de nós, então por que ela aplicaria à irmãzinha? E então, é claro, meu charme e minha intrepidez me transformaram na pessoa preferida dela no mundo... Sem querer ofender, claro.

Aprendi com ela como criar Yadira. Quando ela teve aquele negócio tantos anos atrás, as pessoas me disseram que ela não precisava de médico, só precisava ir para a República Dominicana desanuviar a cabeça. Eu sabia que ela precisava de um terapeuta e de uma mudança de ares. Porque o que manteria o coração dela seguro seriam essas duas coisas, mesmo que eu não gostasse da ideia. Eu queria que a tia dela fizesse uma poção, eu queria fazer pergunta atrás de pergunta para Yadira, até conseguir encontrar uma solução. Mas então me lembrei das pontas afiadas. Eu sabia que podia ir de encontro a ela até uma de nós quebrar ou aprender a curvar.

Não sei o que vai acontecer nem quando. Mas sei que tentei me segurar firme no sentido contrário. Tudo está prestes a mudar. A mãe de Ant me contou que ele está num centro de reabilitação; vai ser liberado semana que vem. Ele precisou arrumar um emprego antes e comprovar que teria algum lugar para ficar. Liguei para Yadira todo dia desde que descobri isso, mas a minha boca não conseguiu formar as palavras. Será que é ruim que um menino que amei como um filho tenha me deixado com tanto medo? Não porque eu ache que ele vá fazer algo com ela, não fisicamente. Ele não é esse tipo de garoto... Eu sei porque a gente se falou. Que tipo de garoto escreve cartas de três páginas para a mãe do amor da adolescência? O espanhol dele nem é bom o suficiente para metade das coisas que ele tenta escrever. Tenho certeza de que precisa recorrer ao dicionário a cada duas frases.

Não, ele é um garoto bonzinho. Não tenho de ouvir a voz dele para saber que isso é verdade. Mas a minha Yadi, não sei o que vai ser dela quando souber que ele voltou. É como se nas últimas duas décadas ela estivesse fazendo uma vigília e aqui eis um espírito prestes a levantar da tumba... E, bom, não sei o que vai ser de mim quando a sua mãe se for. E que mulher teimosa! Não... Ai, *mi hija*. Me desculpe... Não sei nem por que eu mencionei isso. Você está com medo também. Esqueça que falei qualquer coisa...

EU

olhei para a sala de aula. Faltavam exatamente trinta e três horas para o funeral, e eu sabia até os minutos porque não conseguia parar de contar mesmo dando aula. O fim da aula em geral culminava num desmonte coletivo enquanto os alunos olhavam suas anotações para ver se tinham todas as informações de que precisavam para escrever os trabalhos. Dar aula podia ser uma alegria, mas eu sempre sentia alívio quando minha porção do dia de trabalho terminava. Ainda estava me acostumando às formas como meus alunos mais novos usavam tecnologia. Eles tiravam fotos dos meus slides com o celular ou me mandavam e-mails sem vergonha alguma de perguntar coisas que eu tinha respondido em sala de aula. Guardavam provas de anos anteriores e as trocavam entre si do jeito que crianças na escola negociavam cartas de Pokémon. Eu tentava não ser orgulhosa, já que, como Professora Jovem e Descolada™, sempre fazia novas provas para corresponder ao material e aos interesses de cada turma, e os alunos ainda precisariam fazer as leituras e participar das conversas para poderem compreender os PowerPoints por completo.

— Nós estamos construindo conhecimento coletivamente — falei para eles no primeiro dia. — Isso não é transferência de dados, em que eu poderia simplesmente lhes passar um pen-drive com artigos e todo mundo estaria bem. Vocês não estão baixando as informações. Nós estamos buscando a verdade de um povo e de um lugar juntos.

E eu, de verdade, queria que fosse assim. Semestre passado, quando tirei licença para a minha cirurgia, alguma outra coisa havia sido removida do meu corpo: essa conexão. Ensinar colocou uma bateria nas minhas costas. Era algo que me lembrava de por que eu passava horas e horas mortas passando pente-fino em busca de uma única citação. Às vezes, nem mesmo isso. Às vezes, só de uma fonte secundária que ao menos corroborasse uma primeira. Pesquisa era um trabalho crucial. E eu tinha muitos colegas que viam a pesquisa como o trabalho primário, o ensino como a expiação por que tinham que passar para ser financiados pelas instituições acadêmicas. Mas, para mim, o ensino ia de mãos dadas com os estudos que fazia. Eu buscava com mais vontade, velocidade, meticulosidade por informações quando via nos meus alunos o maravilhamento e o horror de quão pouco nós sabíamos de nós mesmos.

A maioria dos alunos que se inscrevia nas minhas aulas estava tentando preencher os requisitos de humanidades para poder pegar matérias que realmente queriam nas suas especializações. Mas os alunos como os desta manhã, que faziam um curso avançado de vida e terra em Kiskeya de 1500 a 1804? Esses eram ideais. Eu esperava por eles a cada semestre. Os jovenzinhos de Washington Heights e Lawrence e Providence e Miami. Os que haviam peregrinado para esta meca dominicana; pensadores públicos que circulavam por esquinas com símbolos de Atabey e orações da *santería*. Eram os que já vinham tendo lido, anotado e escrito argumentos dissidentes ou resenhas celebratórias em resposta a Silvio Torres-Saillant, Ana-Maurine Lara, April Mayes, Ginetta Candelario. Eram os que chegavam babando, famintos pelo sexto sentido humano: pertencimento.

Meus alunos juntaram seus laptops e iPads, e eu esperava que eles tivessem feito anotações e não só postado sobre o tédio em todas as redes sociais. Eu sabia que Caridad ia ficar até depois da aula pela forma como ela batia o lápis na escrivaninha, o olhar distante. Ela já estava sonhando com como colocar seu pedido em palavras. Caridad era uma das minhas alunas mais extraordinárias e estava na minha listinha de preferidas. Educadores não devem ter favoritos, mas às vezes você conhece um jovem e pensa: como posso fazer todos os seus desejos avançarem? Como posso servir ao seu brilho? E às vezes você pensa isso e mais: se eu tiver uma pequena, espero que ela tenha sua bondade, sua curiosidade, sua energia de "não fode comigo".

 Desliguei o projetor e fiz log-off do computador compartilhado da sala. Os zeladores nos cobravam o apagar de luzes, e eu sempre me certificava de seguir as instruções que colavam ao lado do painel audiovisual. Quando todos os alunos partiram, eu me apoiei na escrivaninha. Eu usava jeans e Nikes Air Force descolados para a aula, mas gostava de pensar que a camisa social os lembrava de que eu tinha doutorado.

 — Me deixa adivinhar. Tenho a ilustre tarefa de escrever sua carta de recomendação para a delegação do Instituto Dominicano de Pesquisa em Engenhos de Açúcar.

 O anúncio do prestigioso grupo de pesquisa havia sido disparado por e-mail na semana anterior por outra instituição no sistema de universidades da Cidade de Nova York, e eu tinha a esperança de que alguns dos meus alunos se candidatassem.

 Caridad deu um sorriso suave, o lápis batendo *tec-tec* de leve.

 Engoli o meu sorriso.

 — *¿Qué te pasa, querida?*

 Caridad era uma aluna que ensaiava o que queria dizer, estava organizada e pronta para todas as aulas. Ela respeitava o tempo dos professores mais que a maioria.

 — Eu queria. Parece uma oportunidade massa. Mas eu na verdade queria te dizer... que vou tirar uma licença de afastamento. Provavelmente permanente.

 Sei que me levantei rápido demais, que fiz algo que não precisava ser dramático *ficar* ainda mais só com a reação descontrolada do meu corpo.

Eu não sabia o que deveria perguntar. Alunos tiram licença cedo e com frequência. Muitos alunos nunca voltam. Essa é a verdade de um sistema universitário público. Às vezes, o objetivo da educação não é completá-la, mas quanta distância num caminho até a autorrealização se consegue cobrir com um aluno até o mundo afastar sua influência a pauladas — dívidas, bolsas que não são pagas, pais que ficam doentes, empregos que precisam de uma pessoa jovem em turno integral.

— O que houve? Do que você precisa?

Fui até ela e me sentei ao seu lado. Mantive mãos e olhos firmes. Com toda a certeza nós poderíamos encontrar soluções, eu já pensava na lista de auxílios e bolsas disponíveis a uma das melhores e mais brilhantes da instituição.

Ela hesitou por um longo tempo. Eu não sabia se seu sorriso era triste ou se eu o deixava dessa forma porque meu coração estava assim.

— Estou grávida. — E tenho certeza de que nenhum par de palavras havia sido dito nessa sala de aula e me feito calar a boca tão rápido. Nem quando um aluno chorou e xingou depois de lermos as cartas de Bartolomé de las Casas. Nem quando fizemos um estudo sobre a vida de *mamá* Tingó. Nem quando nos sentamos e refletimos sobre as últimas palavras da cacique Anacaona. Minha boca, normalmente um poço de palavras, se secou.

Caridad olhou de novo para a escrivaninha.

— E o pai do bebê foi deportado para a República Dominicana. Faz sentido voltar para ter o bebê onde ele possa estar com os pais juntos. Os meus pais concordam que o dinheiro vai render mais em Santiago do que em Staten Island. E a minha tia é médica lá. Só faz mais sentido, sabe?

Cada frase era um soco fechado digno de Holyfield. Só os ancestrais sabem como não me encolhi toda. Quis uivar. Pela bênção dada a essa menina de 20 anos, pelo que ela estava prestes a perder. Uma carreira acadêmica inteira. Era desconcertante, mas suas chances de avançar na pesquisa sobre a República Dominicana poderiam ser ainda piores na ilha, apesar de estar mais próxima do objeto de estudo. O apoio financeiro e a orientação a receber estavam aqui.

Sem falar de um filho. Um filho. Olhei para sua barriga ainda pequena; ela devia estar no primeiro trimestre, mas ali havia um corpo crescendo seus ombros e juntas e uma boca franzida. Engoli em seco.

— Quis te contar pessoalmente. Não queria que pensasse que larguei o curso sem motivo. Tirei notas boas o suficiente aqui para provavelmente, com uma ou duas aulas, conseguir terminar os meus créditos lá, pelo menos arranjar um bacharelado simples.

Não estou orgulhosa do que disse em seguida. Mas as palavras nadaram rápido pela bile na minha garganta.

— Mas por quê?

O lápis fazendo *tec-tec-tec* parou. A menina ergueu o rosto. E vi como cada parte da Nova York que a havia criado entrou em foco para retrucar:

— Por que *o quê*?

Eu nunca havia escutado esse tom de Caridad dirigido a mim.

Não repeti a pergunta, mas ficou pairando: um cordão de pérolas em formação entre nós.

— Eu já te contei por que estou me mudando. Você está perguntando por que vou ter um bebê? Por que vou tentar terminar uma graduação? Por que fiquei grávida? Qual "por quê" você está perguntando, Dra. Marte?

Caridad se levantou, agarrando a mochila com movimentos rápidos. Mesmo em movimento, sua barriga ainda não estava protuberante. Havia outra opção que ela não tinha sugerido: *Por que você e não eu?* Mas essa teria sido uma pergunta para os ancestrais, não para ela.

— A resposta certa, Marte, teria sido: "Parabéns." Ou: "Por favor, avise se houver algo que eu possa fazer para ajudar a facilitar a transferência."

Ela fez uma pausa, uma oferta de, gosto de pensar, outra oportunidade de parecer diferente para ela. Ela era esse tipo de aluna, benevolente mesmo quando indignada.

— Boa sorte, Caridad.

Minha resposta sem brilho ganhou um sibilo, e eu soube que um dia essa jovem brilhante estaria dando um discurso em algum lugar, falando de sua trajetória de vida, e eu seria a resposta à pergunta: *Houve alguém na sua trajetória que duvidou de você?*

Eu esperava que Caridad continuasse na academia e terminasse a graduação, mesmo sabendo que seria uma batalha árdua até sem filhos. Fui para o trem da linha C enquanto pensava no caminho diante de Caridad. Não era só a burocracia, o acompanhamento da pesquisa e a tecnologia, a necessidade constante de provar seu valor a um departamento. Era também a motivação pessoal. A capacidade de encontrar uma nova forma de abordar o assunto. Uma forma que empolgasse tanto você quanto as pessoas que financiam a pesquisa.

Merda, recentemente *eu* tive que encarar essas mesmas perguntas, e não seria muito mais difícil se eu tivesse tido uma criança contando comigo para equilibrar paixão e um contracheque?

Eu não iria ao colóquio de estudos caribenhos em Washington, D.C. Um colega tirou um "sabático" de súbito, e foi determinado que eu era a melhor docente para ser mandada no lugar dele. Era minha primeira semana de volta depois de ter tirado um semestre todo de folga, e ainda não acho que era a pessoa no melhor ritmo das coisas, mas foi por esse exato motivo que o departamento achou que eu deveria ir; eu havia tido muito tempo para pensar produtivamente! É claro, eu devia ter algumas ideias novas e empolgantes para compartilhar! Poderia estar com inspiração renovada!

Quem monta apresentações quando está de licença médica? Os meses antes de voltar a dar aula não foram completamente vazios de pesquisa. Eu havia, sim, feito uma leve pesquisa sobre como aparentemente dominicanos cristãos estabeleciam altares de veneração para os mortos, mas não era nada que outros pesquisadores não tivessem explorado. Dei uma olhada em artigos antigos e apresentações que havia feito, mas dar um discurso de abertura de uma hora a respeito de um trabalho de uma década atrás fazia parecer que a minha mãe teria um sonho a meu respeito; era doloroso de sequer contemplar. A verdade é que eu não fazia nenhum trabalho ou pesquisa novos em muito tempo. Havia muito tempo que essa boquinha dentro da minha criatividade que ficava com fome quando eu não oferecia algo novo para ruminar, para trabalhar, não desejava ideias acadêmicas. E pensar em um bebê não a despertaria; ela precisava que eu fizesse algo com a minha mente. Analisar um problema que só eu podia resolver até minha fome de produção acadêmica se acender de novo.

Washington, D.C., é uma cidade linda exceto em julho ou agosto. Nesses meses, independentemente da temperatura de condensação da água, a umidade gruda no seu corpo feito uma pele extra. Setembro era um pouco melhor, mas eu simplesmente estava grata por não ser mais verão.

Nós, acadêmicos, fomos colocados num bom hotel na zona noroeste da cidade. Depois do primeiro dia, a maioria de nós do congresso acabou no bar do hotel sem ter combinado. Eu estava bebericando um delicioso pinot grigio seco quando uma risada estridente e longos cabelos cacheados colocaram cada disco da minha coluna no lugar. Amo uma boa comédia romântica, mas quando é que uma multidão se abre feito o mar Vermelho e as duas amantes antigas — aquela que escapou e aquela que a deixou escapar por entre os dedos — se veem depois de anos? Eu vivo para esse tipo de momento. Não os encontros em que estranhos se esbarram acidental e ternamente. Mas a forma como filmes capturam que nossa vida foi feita para interseccionar com outras vidas de novo e de novo, nossos espíritos no Antes ligados cosmicamente além das restrições da realidade.

Ver Soraya outra vez depois de quase quinze anos foi assim. Como sentir minha alma puxar no ponto em que ainda tinha um nó com a dela.

Suor se acumulou entre os meus seios e eu nem conseguia culpar a umidade, já que o bar do hotel era bem ventilado. Sei que a maioria das pessoas acha que congressos acadêmicos são só desculpas para nerds se pegarem sem repercussões, já que é raro a maioria dos intelectuais encontrarem as metades românticas de suas conquistas, mas eu nunca tinha me sentido tentada a fazer sujeiras; Jeremiah era quem e o que eu queria. Dei um sermão na minha *nani* sobre esse tema enquanto acenava para Soraya.

Exatamente como eu me lembrava da faculdade, ela se posicionava, se vestia e ria como se houvesse propósito em todos os seus gestos. Adornada com um lenço que imitava o horizonte e brincos com plumas que se entrelaçavam em espirais douradas e sussurravam pela sua clavícula. Apesar do cenário de luxo, ela usava uma saia que permitia ver coxas bronzeadas, revelando o focinho da tatuagem do crocodilo do lago Enriquillo que eu costumava amar, o meu réptil de estimação. A blusa branca se enfunava e pendia e não fazia nada para fingir que ela estava usando sutiã. Ela era o giro de uma dançarina do *palo*, o batuque de um tamborim, um chamado rouco ao baile.

Soraya tinha o dom de me transformar em poeta.

Nós nos cumprimentamos com abraços apertados; ela ainda tinha cheiro de *palo santo* e perfume caro. Eu a inalei uma vez mais antes de nos afastarmos. Seus dedos, cada dígito deslumbrante com anéis de pedras com fios de cobre, seguraram com força a parte superior dos meus braços enquanto ela me olhava de cima a baixo.

— Anacaona, você está exatamente igual.

Sorri para ela também. Nenhuma de nós estava igual. Parecíamos versões mais grossas, de cabelos brancos, um pouco menos perdidas de nós mesmas que agora éramos.

O tempo num encontro inesperado com um amante antigo pode passar de duas formas: tediosamente, cada um se lembrando de por que não mantiveram contato, ou como a nossa noite progrediu: com toques de mãos frequentes, o encontro de um coração, exclamando sem parar: "Não acredito que você está aqui!"

À uma da manhã, os únicos outros clientes do bar eram três professores da velha guarda ao redor de uma mesa comendo pretzels temperado com Old Bay e o voluntário na porta, colocado pelo congresso para garantir que nenhum dos apresentadores ilustres se perdesse no caminho para os elevadores. Eu estava me sentindo meio tonta; não havia bebido muito na minha recuperação, e algo em Soraya me impelia a manter as mãos e a boca ocupadas. E, quando não estava bebendo, eu estava, é claro, reclamando do trabalho.

— E aí noto que estou fazendo toda essa pesquisa e escrevendo esses ensaios, mas, quando chega a hora de escrever o resumo da pesquisa, me dou conta de que está tudo vazio. O objetivo é um borrão.

Ela assentiu com a cabeça.

— Ah, sei como é essa sensação. Você só consegue ver o projeto todo com clareza no final. E às vezes é brilhante, e às vezes você só se dá conta de que tem mais trabalho a fazer. Dá vontade de ter me casado com uma pessoa rica e não ter que fazer perguntas existenciais do meu trabalho.

— Ah, claro. Quando chego nas realidades alternativas, já sei que é hora de colocar o ensaio na pasta Nunca Nunquinha Publicar. Sabe o que a minha mãe me disse uns anos atrás? Que ela sempre achou que eu e você íamos morar juntas, fingir ser colegas de quarto e ter um monte de filhos. Aí você com certeza não teria se casado com alguém rico! Não é louco? Ela tinha imaginado essa outra vida toda para mim.

Admiti aquilo com um sorriso, mas Soraya não retribuiu.

— Será que foi uma das profecias dela?

A mãe de Soraya morreu uma semana depois de a minha mãe ter dito que ela morreria. Foi algo que compartilhei com ela uma noite, com a cabeça de Soraya no meu colo. Ela me agradeceu por não contar antes, disse que ficou feliz por não saber o inevitável. Ela não questionava que a minha mãe tinha dons do além.

Meu sorriso sumiu; tomei um gole da minha quarta taça de vinho.

— Acho que não. Estou com um parceiro agora, e ele e eu estamos tentando ter filhos. E você...

Soraya pegou um amendoim do pratinho diante dela e o enfiou na boca. Ela me viu observar seus lábios trabalhando.

— E eu estou vivendo a melhor vida possível. Como *está* a sua mãe? Claramente com saudades da nora que podia ter tido.

— Isso já faz tempo. A gente não fica conversando sobre o passado assim. — Não sei se estava defendendo *mami*, seu dom ou a vida hétero que eu *tinha* escolhido. Hesitei por um segundo. — Mas, de qualquer forma, *mami* anda se comportando de um jeito estranho. Ela mandou um convite ontem para um funeral em vida. Ela me assustou pra caralho, mas, quando tentei falar com ela noite passada, ela não quis me dizer nada além de que espera que eu use azul porque é a cor preferida dela em mim.

— Para quando ela marcou o funeral?

— Daqui a cinco semanas.

Soraya mexeu a bebida com o cubo de gelo grande que derretia. Eu conseguia ouvir o que ela não estava dizendo. Cinco semanas para planejar um evento, e surgido com tanta espontaneidade, parecia sinistro. Ou talvez eu estivesse simplesmente ouvindo o que *eu* não estava dizendo.

— Bom, você acabou de me dizer que está sem uma pesquisa que desperte o seu interesse... Olha a sua linhagem. Você deveria estar pesquisando a sua mãe.

— Quem iria querer ler sobre nós? Não seria nem considerado crível. O meu departamento ia rir tanto que eu ia perder a minha estabilidade no cargo.

— Você sempre se preocupou mais com o que as outras pessoas consideram relevante do que com o que você considera urgente.

Essa era uma discussão antiga para nós.

— É tarde demais para fazer isso nesse congresso.

— Foda-se esse congresso. A sua mãe ainda está aqui agora. Não é tarde demais para fazer isso por você.

Eu não queria falar disso. Perguntei do segundo mestrado dela na American University e vi fotos dos dois cachorros que lhe faziam companhia. Nós nos seguimos em redes sociais e trocamos números de telefone, as duas se dando conta de que não tínhamos mudado de número desde a graduação. Ela me acompanhou até o elevador, com o Uber que a levaria de volta para o apartamento à espera. Ela me deu um beijo em cada bochecha, então passou delicadamente os dedos pela minha coxa coberta com jeans.

— O seu cheiro é o mesmo, sabia.

Dei uma risada assustada.

— Duvido, eu não uso Love Spell tem muitos, muitos anos.

As águas-de-colônia da Victoria's Secret dominavam as meninas quando Soraya e eu estávamos na escola. O dedão dela pressionou um ponto na minha coxa que me fez engolir meu humor com uma arquejada. Seus dedos sabiam exatamente onde a boca da minha tatuagem abria.

— Não esse cheiro. O que está mais perto dos meus dedos. Como *está* a cobra favorita de Oxumarê? Ela sentiu saudades de mim?

Entendi o que ela estava e não estava pedindo. E ela deve ter entendido o quanto eu estava tentada a responder da forma que nós duas sabíamos que o meu corpo queria. Seria tão fácil puxar a mão dela e ir para o andar de cima e arrancar a minha calcinha e me livrar das minhas inseguranças com trabalho e medos pela minha mãe e luto por como o meu corpo havia se tornado menos conhecido para mim esse ano. Ela desembolaria todos os lugares emaranhados dentro de mim com beijos suaves que só ela sabia dar sem que eu pedisse. Seria tão fácil. Até mesmo levemente bêbada, eu sabia que seria fácil demais. O duro e árduo ainda estariam me esperando do outro lado da manhã.

Dei um passo para trás. Seus dedos ficaram suspensos entre nós por apenas um instante. Então ela sorriu e me beijou na testa.

Senti algo dentro de mim desatar.

— Se cuida, Anacaona.

Liguei para *mami* com uma lista de perguntas no dia seguinte e sigo enfiando mais perguntas em cada conversa que tivemos desde então.

Cancelei o meu horário de atendimento aos alunos no escritório depois de confrontar Caridad. Conforme cruzava o campus rumo à sala onde daria minha aula da tarde, me deparei com a pergunta de o que estava fazendo ali. Claramente não era inspirar estudantes. Eu fazia o melhor que podia para não matar aula, mas, caralho, minha mãe podia estar morrendo. Meu útero desfazia a incubação de óvulos. E eu tinha acabado de decepcionar a minha aluna preferida. Mandei um e-mail avisando a todos os alunos que a aula estava cancelada e para postar qualquer pergunta no fórum. Eu merecia um *quipe* de cogumelo e um *smoothie*.

Entrei na cafeteria e encontrei Yadi, a cara cheia de maquiagem, cuidando da caixa registradora.

Nos cumprimentamos com um beijo, mas o movimento do almoço era pesado. Fui até os fundos e coloquei um avental. Eu não era o tipo de pessoa que sujaria as unhas montando sanduíches de broto de feijão, mas sabia como pegar pedidos e dinheiro. Empurrei a minha prima do caixa. Ela lançou um olhar grato por cima do ombro ao proceder a executar os três pedidos que estavam esperando.

Demorou trinta minutos intensos de clientes sem parar antes de as coisas acalmarem o suficiente para fazermos uma pausa.

Eu me afastei e me apoiei na bancada do café, massageando o couro cabeludo. A espera entre minha última menstruação e a seguinte ainda era irregular, e ou meus hormônios ou o estresse com a confusão tinham causado dores de cabeça de tensão. Eu lutava contra enxaquecas todo ciclo. O encontro com Caridad não tinha ajudado. A culpa agora havia sido acrescentada à lista de pesos que o meu coração carregava.

Yadi parou na minha frente e afastou as minhas mãos. Enterrou seus dedos fortes e impiedosos no meu couro cabeludo. Ficamos paradas assim por um bom tempo. Minha respiração ficou mais lenta por conta própria.

— A pressão está boa? — perguntou Yadi, e murmurei. A única forma de eu saber se a pressão estava boa era se acordasse com um crânio dolorido, mas sem dor de cabeça, no dia seguinte. Tenho uma relação masoquista com a pressão.

Yadi se afastou com um passo para trás e começou a limpar a estação de almoço, mandando cascas e lentilhas caídas para a compostagem. Da geladeira, pegou um saco de limão.

— Limonada? — perguntei, esperançosa.

Ela fez que não com a cabeça.

— Esse é o meu estoque pessoal. Faz o que uma massagem na cabeça não consegue.

Yadi cortou um limão ao meio e o esfregou nos lábios, borrando o gloss labial.

— Não sei como você consegue cuidar do café e preparar tudo para amanhã. *Mami* está *me* ligando três vezes por dia, então sei que ela deve estar te enlouquecendo. Quantas vezes ela já mudou o cardápio?

Yadi revirou os olhos, mas não respondeu.

— ¿Y tía Mati?

— Ela disse que queria almoçar em casa.

O tom de Yadi me fez ajeitar a postura.

— Você andou chorando.

Yadi abriu um sorriso sem graça.

— Nunca entendi como você consegue fazer isso.

— Só com você. O que houve?

Yadi chupou um pouco mais o limão.

— Ant foi liberado.

Eu esperava que minha prima fosse dizer muitas coisas, mas Ant? Ah, não. Toquei o braço dela e fingi que a minha mãe não tinha me dito semanas atrás durante uma entrevista que Ant havia sido liberado e estava passando seis meses num centro de reabilitação. Talvez ele estivesse na parte final da sentença de seis meses quando ela soube.

— Ant foi liberado e voltou para o prédio. Ele me ajudou a cozinhar ontem.

— É melhor deixar os amores do passado no passado, meu amor.

Yadi afastou minha mão e fez um som grosseiro.

— Olha quem está falando, a garota que nunca encontrou um amor do passado que quis deixar no passado. Todos os seus términos duraram cem anos.

Yadi tinha razão. Antes de Jeremiah, eu sentia amor e luxúria intensamente, e houve uma rotação feia de ex que eram colocados no banco só para eu colocá-los para jogo de novo quando achava bom.

Mas poucas pessoas eram de fato eliminadas do time. Eu costumava acreditar no amor livre dessa forma.

Yadi agarrou a outra metade do limão, deu uma mordida.

Apertei seu braço mais uma vez.

— Você está tomando os seus remédios?

Yadi disparou os olhos para mim.

— Estou, mãe.

— Falando nisso, você falou para a sua mãe que está tomando remédios?

Yadi mascou a casca, tomando o tempo que precisava até cuspi-la na lata de lixo para compostagem atrás do caixa.

— Por que está aqui? Não tem uma pesquisa para fazer ou coisa assim? Cansou daquele seu casarão velho? Os alunos protestaram para pedir a sua demissão?

Ela limpou a mão no trapo usado para limpar a bancada. Tentei não pensar nos germes, nem em Caridad, que poderia estar fazendo uma queixa neste instante.

— Você sabe que os seus ataques de pânico ficam piores quando...

— Ona. *Deja*. — Não teria bastado impedir qualquer uma das tias de se meter, mas nós nos cobrávamos nos piores momentos.

— Dei aula hoje, mas não teve nenhum protesto. Tenho que organizar as entrevistas que ando fazendo, então você tem razão, estou ocupada. Mas estou aqui porque *mami* está evitando me contar do funeral, por isso quando ela pediu a minha ajuda para escolher a roupa de amanhã falei que ia fazer uma visita. Pelo FaceTime não sei dizer quando ela está mentindo.

— Achei que ela tinha comprado um vestido na Macy's.

— Ela comprou dois e quer a minha opinião sobre qual tem um ar mais sofisticado.

— Falando em sofisticado, sabe quem mais está de volta, O? — Eu não queria lidar com mais surpresas. Mas, antes que eu pudesse responder, ela disse: — Kelvyn.

Um silêncio caiu sobre nós. Isso sim era novidade. Kelvyn era poucos anos mais velho que nós. Um dos garotos mais velhos descolados por quem todo mundo tinha uma paixonite quando a gente era criança. Ele era tão sexy com aquela bunda pra lá de dominicana. Os pais o mandaram para longe quando estávamos no começo da adolescência e ele voltou para Nova York um homem, e seus maneirismos ainda refletiam a ilha que o havia criado: suas calças eram tão largas, seu inglês com leves traços de uma suavidade vinda de um solo mais fértil do que o deste lado de Manhattan.

— Acho que ele estava dando em cima da *tía*.

Agarrei o restante do saco de limão e fui até a geladeira. Yadi ia queimar a língua se alguém não regulasse.

— ¿Mi *tía* o tu *tía*?

— Nossa *tía*. *Tía* Mati.

Balancei a cabeça. A *tía* devia ser pelo menos trinta anos mais velha que Kelvyn, mesmo que não parecesse. A mulher tinha uma pele macia feito manteiga de cacau recém-batida.

— Ela nunca vai se divorciar. Se não se divorciou ainda, não é um rapaz sensual... ele *ainda* é sensual?... que vai causar um divórcio.

Yadi revirou os olhos.

— Ela poderia. Ele é. E quem sabe? Ele poderia.

Balancei a cabeça.

— Quer ajuda na cozinha hoje à noite?

Yadi hesitou um instante.

— Ant vem ajudar. Ele tem experiência com cozinha, se é que dá para acreditar.

— Vou passar para ajudar também. Faz bastante tempo que vi Ant, e eu queria dar um oi... E se eu chamar Jeremiah? A gente não sai tem um tempo. Podemos jogar um carteado, alguma coisa simples. Ajudar a aliviar as coisas enquanto você lida com tudo isso.

— Tenho que cozinhar.

— Cozinha antes ou depois. — Afastei um leve amontoado de cachos que escondiam seus olhos. Queria ter certeza de que ela podia me ver. — Quero ficar de olho em Ant. E em você lidando com ele.

Segurando os ombros de Yadi, pressionei minha testa na dela.

— Yadi. Não transa com ele. A sua ansiedade não consegue lidar. E a minha ansiedade não consegue lidar com a sua ansiedade.

Ela tirou minhas mãos de seus braços. Beijou a palma delas ao afastá-las.

— A minha ansiedade é medicada, então pode mandar a sua ansiedade se foder. Porque eu transo com quem eu quiser.

FLOR

se assustou com a batida à porta, então ouviu a chave na fechadura. Aquela menina insistia em bater à porta, apesar de poder entrar quando bem entendesse. Sua menina havia colocado uma propriedade entre elas duas e Flor não conseguia desfazê-la. Tinha desperdiçado anos demais antes de tentar ser amiga da filha.

Ona entrou com um *smoothie* verde na mão. Flor a recebeu, sua menina de pernas grossas, com todo aquele cabelo encaracolado escuro, e Flor sentiu um inchaço dentro de si: havia parido esse milagre. O mundo colhia os presentes que sua filha semeava, e tudo porque Flor havia trabalhado, e a alimentado, e a amado. E agora ela existia inteiramente por si própria.

Esperava que Ona não tivesse trazido nenhuma pergunta nova. Alguns dias, falar com a filha sobre o passado era como abrir massa para fazer bolinhos de milho, soltar algo que havia endurecido para que ficasse mais suave e fácil. Mas alguns dias ela não queria encarar as memórias: os olhos brilhantes do passado zombeteiro e irritadiço. Não tinha mais história alguma para a filha, mas ainda tinha um milhão de coisas para dizer.

Ela estendeu os dois vestidos antes de Ona poder falar. Ona lançou longos olhares para ambas as peças.

— Aquele dali seria ótimo para um evento no verão que vem, também — disse, como se para descobrir quantas estações do ano a mãe ainda tinha.

Flor não reagiu ao comentário.

— Aquele ali poderia funcionar de novo no seu enterro. — Esse comentário era ainda menos sutil, a filha tentando avaliar sua reação à incitação mórbida.

Flor balançou o vestido na mão direita.

— Estamos concentradas no funeral, Ona. Eu deveria provar este aqui primeiro?

Ela sabia que não estava dando uma tarefa fácil para a filha, mas era necessária. As irmãs tinham boas intenções, mas às vezes lhe deixavam sair trajada de uma forma pouco elegante. Até mesmo Pastora, que trabalhava numa loja de roupas, de vez em quando aconselhava uma versão mais sem graça de Flor do que Flor queria que o mundo visse. E, como os olhos só enxergam uma parte do corpo a que pertencem, Flor sabia que precisava de uma segunda opinião, *confiável*.

A primeira peça era um vestido elaborado em carmesim, com lantejoulas pelo corpete. Coçava um pouco debaixo dos braços, e esse era um ponto negativo. O outro vestido era azul-escuro, régio como a noite, com uma fenda alta na perna. Flor sentia um orgulho especial das pernas. Havia sido uma menina sem peito e tinha uma pancinha que mascarava com *fajas*, mas as pernas desde a juventude adulta até o começo da velhice ainda arrasavam.

Flor colocou o vestido vermelho e passeou pela sala de estar. Andou na ponta dos pés para que a menina pudesse ver o efeito completo. Infelizmente, tinha emprestado a Camila os sapatos que usaria no dia seguinte, então não os tinha para mostrar. Não importava tanto, ela sabia que o salto nude funcionaria com ambas as peças.

— Bonito. — Ona saiu do sofá e ajudou a ajustar a tira do sutiã. — Como a senhora se sente?

Como Flor se sentia? Que pergunta. Ela sentia que estava planejando o próprio funeral e estava a um dia de distância. Ela sentia que talvez tudo aquilo fosse um erro e que deveria deixar o destino ir até o fim sem que ela fosse sua observadora. Mas sabia o que Ona perguntava de fato.

— Acho que as minhas irmãs vão gostar. Eu me sinto bem.

Ona fez que sim com a cabeça e se sentou de novo.

— Mãe, o que você sonhou? Quando? Quando vai ser?

Flor correu os dedos pelas lantejoulas do vestido. Manteve os olhos baixos.

Flor deu as costas, e Ona se levantou para abrir o zíper.

— *Ahora mismo, todo está bien, mi hija.*

Flor voltou ao quarto e se remexeu para tirar o vestido. Provou o vestido azul-marinho e se conferiu no espelho. Mostrava bastante a coxa. Claro, era uma coxa que caminhava por uma hora no Riverside Park toda manhã. Mas ainda *era* uma coxa que tinha vivido sete décadas neste mundo. Seria impróprio, não? *Una vieja verde.* Tinha parecido mais longo na loja.

Ona chamou e Flor foi para a sala de estar. Ona se levantou, as mãos ajustando aqui, enfiando algo ali, amarrando um laço com um nó de especialista que Flor havia aprendido na fábrica e lhe ensinado. O caimento era perfeito, justo na cintura. Ela se sentia uma moça nele.

— Ficou bom.

Ona parecia esvaziada. Sempre que a garota não entendia o que queria, ela ficava desse jeito, um pastel que foi espetado e ficou sem ar.

— Bonito, *¿sí?*

Ona suspirou, tirou uma foto.

— Vai ter que usar um penteado para o alto com esse decote, *mami*.

— *¿Me veo bien?* — perguntou ela de novo.

Ona deu a volta nela.

— Como a senhora se sente?

Flor bateu com o pé no chão.

— Por que eu faço uma pergunta e você me pergunta de volta? Eu devia usar isso?

Ona riu.

— A senhora quer usar? A senhora sempre foi tão indecisa assim?

— Isso é para a sua pesquisa ou é só para você? — perguntou Flor.
— Os dois — respondeu Ona. A filha era uma entidade sincera.

A verdade era que Flor não sabia. Houve anos em que ela liderou, e houve anos em que sua certeza hibernou. Esta vida exigia tantas escolhas. Tantas escolhas pequenas e grandes para labutar até o momento seguinte, e quem é que sabia se qualquer coisa importava? Todo mundo era o espetáculo um do outro e então morria.

Estava sendo grosseira. Tinha vivido tempo suficiente com a morte como correio para saber que toda vida é sua própria estrelinha que acendia, e queimava, e apagava; não importava quem estivesse assistindo. A vida vivia em frente.

— Eu tomo as decisões mais importantes rápido e fácil.

Ona baixou o *smoothie*, observando a mãe experimentar o primeiro vestido de novo, empurrando o cetim vermelho por cima de um modelador corporal da Spanx falsificado e encolhendo a barriga, virando-se de um lado para o outro.

— Vaidade não tem prazo de validade, isso eu notei — disse Ona com um sorriso.

Flor lhe mandou um beijo e fez um giro.

— Eu simplesmente adoro como este aqui se move, mas nunca sei o que fica bem em mim.

— Tudo fica, *mami. Esa percha demuestra bien.* — A filha lhe deu um tapa nos flancos. — Penteado para o alto, tá bem?

Flor anuiu com a cabeça.

— Você sempre soube me preparar.

PASTORA

usou a vara longa para pendurar as novas blusas com mangas bufantes na fileira mais alta de roupas. O material não era tão sedoso quanto as versões vendidas na Quinta Avenida, mas o tecido sintético aguentaria duas ou três lavagens, que era mais vezes do que as mulheres que compravam roupas ali usariam de qualquer forma. Nos últimos tempos, Pastora observava mulheres de tudo que é idade vestirem roupas, postarem as fotos das roupas em qualquer plataforma nova das redes sociais e então nunca mais usarem os itens de novo. Ela brincava que deveria ser paga como estilista para ensaios fotográficos, já que esse era claramente o principal uso das peças e das suas recomendações.

A maioria das mulheres corria os olhos pela loja ao entrar, procurando por ela, querendo uma segunda opinião de alguém que não estava com calças largas e uma expressão amarga. Mas o que elas adoravam era que Pastora sabia a coisa certa a dizer, ainda melhor do que sabia o decote perfeito ou o corte que realçaria ou apagaria.

O sininho em cima da porta não perturbou o fluxo de Pastora. Ela posicionou a última blusa artisticamente no gancho e se virou para a porta.

— *Buenas* — gritou ela.

Enfiou a vara de roupa atrás de uns vestidos longos. A jovem mulher (ou ao menos Pastora presumiu que fosse jovem pela magreza das costas) tinha o cabelo preso num rabo de cavalo comprido. Ela não parecia ser da clientela usual, mas Pastora a analisou mesmo assim. Os jeans eram justos ao redor de uma bunda generosa e de uma cintura fina. Ela sabia o *exato* vestido que funcionaria na garota.

Quando a garota deu a volta, a sugestão que Pastora estava prestes a fazer azedou na boca. A barriga proeminente da garota pressionava uma blusa justa de lycra, a protuberância maciça — *diablo*, ela era pura barriga de frente — era invisível das costas, mas esse claramente já era um corpo no terceiro trimestre.

De perto, seu rosto não era jovem como Pastora havia pensado no dia anterior, ao ver a moça em frente à farmácia com Rafa — ou, na verdade, ela deve ter encarado uma vida difícil. As linhas nos cantos da boca voltada para baixo pareciam estar ali havia muito tempo; o borrão sob os olhos falava das noites sem dormir contando carneirinhos. Pastora costumava ser uma observadora atenta, mas precisou se observar para ver que a moça estava ruborizada, abanando-se com a mão inquieta.

— Tem banheiro? Estou esperando uma pessoa e aquele *tíguere* está sempre atrasado.

A arremetida de emoção que atingiu Pastora a fez se segurar. Havia uma fome na voz da garota, um desejo sem fundo. E uma tristeza perfurante. O sotaque não era a inclinação *capitaleña* que Pastora esperava. Ela era nova em Nova York, se Pastora acreditasse nos jeans com tachas e nas letras que ela abandonava ao falar espanhol.

Pastora balançou a cabeça.

— Sinto muito. O meu chefe tem uma regra rígida de que banheiro é só para clientes pagantes.

Talvez não fosse uma regra rígida. *Don* Isidro não gostava que não clientes usassem o banheiro, mas o banheiro também era o provador, e nem todo mundo que provava uma blusa terminava passando o cartão no fim das contas, então era uma regra quase impossível de executar. Mas Pastora não viu motivo para dizer isso à garota. Só queria que ela fosse embora.

— Ah.

A mão da garota subiu à barriga do jeito que uma pessoa cobriria a boca em surpresa. Pastora revirou os olhos, irritada. Odiava mulheres que, quando grávidas, centravam todos os gestos ao redor do bebê. *Deixe seu útero fora disso.*

— Bem... — A garota parou.

— A gente não vende chiclete.

Pronto. Isso a mandaria para longe, correndo. O que mais poderia ser dito? Ninguém gastaria dez dólares num par de leggings só para fazer xixi. E o McDonald's duas avenidas abaixo a deixaria ir de graça. Pastora não lhe contou isso também.

— Por favor, *doña*.

A garota correu os olhos pela loja, um beicinho começando a se formar nos lábios. A voz ralou Pastora. O instinto de querer confrontar a mãe grávida foi substituído pelo desejo de dar um tapa na mão que descrevia pequenos círculos sobre a própria evidência daquela gestação.

Pastora ergueu uma sobrancelha e se virou para a vara de roupas. Ajustou uma camisa que já estava perfeitamente situada na segunda fileira. Arrumou a camisa ao lado dessa. Esperou pela sineta, mas ela não veio. Ainda segurando a vara, deu meia-volta.

A garota havia se sentado no mostrador, empurrando algumas camisas de gola V para abrir espaço para sua bundona. Ela ainda se abanava com uma das mãos e descrevia círculos com a outra. Uma coisinha aparentemente perdida. Mas Pastora sabia o que tinha ouvido. *Tá to.*

Pela segunda vez, Pastora baixou a vara. Cruzou a loja para ir até a garota, que na verdade deveria chamar de mulher, porque, mesmo que tivesse no máximo 21 anos, tinha assumido a vida de uma mulher e deveria receber o título de tal.

— Posso ajudar em mais alguma coisa?

A jovem mulher piscou mais algumas vezes.

— Você tem elástico para cabelo? Ou tiaras? Algo pequeno, por favor? Só preciso do banheiro, rápido.

O esfregar estava um pouco mais rápido ou Pastora estava imaginando coisas?

— Nós só servimos clientes, sinto muito. E a coisa mais barata no estoque é isso aqui.

Ela apontou para um mostrador de leggings coloridas que dizia *Liquidação: agora* APENAS *$ 7*. Era proibitivo, Pastora sabia. Dois cartões de metrô pelo preço de uma calça cujo maior tamanho sofreria para passar pela barriga, e com um cós que não combinava com maternidade de qualquer forma.

A jovem mulher fez que sim com a cabeça.

—¿*Un vasito de agua?*

Pastora balançou a cabeça.

— Não temos bebedouro.

A garota sustentou o olhar numa mirada longa.

— *El agua no se niega.*

A jovem mulher enfim baixou os braços para se empurrar para fora do mostrador. Isso ajudou Pastora a ver o umbigo. Compreender a evidência sem a suavidade.

Pastora esperou até a garota estar com a mão na maçaneta, a sineta já ecoando.

— Ele tem esposa, sabe, o seu *tíguere*.

O rabo de cavalo da garota se agitou por um instante antes de o corpo inteiro a que ele pertencia ficar imóvel.

— E, já que ouvi que ela é uma santa, tenho certeza de que teria pelo menos me deixado fazer xixi.

Pouca gente entendia, ou sequer via, a forma como irmãos tentavam se proteger. Era algo anterior à mudança para este país, antes de terem de aprender a se defender contra o inglês e a raiva estadunidense. Essa garota não entenderia com quanta ferocidade Pastora havia tentado libertar Matilde da tristeza que a prendia.

> Pastora não voltava à casa da sua infância havia muitos, muitos anos. Tinha deixado o carro com Manuelito e tomado três ônibus para chegar à casa da mãe, a barriga desequilibrando-a enquanto ela se segurava por tudo o que havia de mais sagrado no último ônibus, a estrada tão malcuidada que era uma esteira de lombadas. Mas não era a distância ou a estrada que fazia evitar que voltasse.

O taxista que a levou do ponto de ônibus à casa da mãe dirigiu em silêncio. Era um rapaz, alguém que provavelmente atingiu a maioridade muito tempo depois de Pastora partir. Do contrário, ele a teria reconhecido, ou ao menos teria reconhecido que as indicações de caminho levavam a bandas onde ninguém mais se aventurava, o trecho mais largo do canal beirando um dos lados, as longas filas de plantações beirando o outro. Mas, mesmo quando estacionaram na casinha baixa cor-de-rosa, o homem não hesitou; ora, ora, como as coisas tinham mudado, pensou Pastora enquanto pousava moedas na palma da mão dele.

A casa parecia exatamente igual, como se ela não tivesse partido, mesmo que fizesse pelo menos duas décadas. Cortinas brancas suaves esvoaçavam na janela. As cadeiras de balanço na varanda estavam apoiadas nos corrimãos da entrada, evidência de que havia chovido na noite anterior. Pastora passou as mãos nas barras de madeira e baixou as cadeiras à posição natural. Sempre achou que as cadeiras de balanço pareciam estar restringidas demais quando estavam viradas dessa forma, mesmo se ajudasse a evitar que a água se acumulasse na tinta. Ela ajeitou cada cadeira para que ficassem equidistantes e se virou para bater à porta.

Durante esta última visita, apenas Camila ainda morava na casa. Todos os outros haviam se mudado para a capital e se casado. Foi Camila quem atendeu a porta. Aos 20 anos, a menina tinha pernas e cabelos longos, a mochila da escola pendurada na camisa azul-clara. Foi a única irmã que conseguiu entrar na faculdade da região, porque os irmãos mais velhos pagaram a escola particular. A menina não conhecia a irmã. Não de verdade. Ela soltou um gritinho, claro. E abraçou Pastora com força. Fez carinho na barriga de Pastora e arrulhou para o umbigo protuberante. E então lhe deu um beijo de despedida quando um carro parou, três adolescentes no banco traseiro e um cavalheiro no banco do motorista de fedora a cumprimentou com o chapéu. Pastora a olhou partir com seus colegas no Jeepeta, o rabo de cavalo sacolejando.

Pastora sentia a inocência da menina, e isso quase lhe tirou o fôlego. Como uma criança tão cheia de alegria e pureza poderia ter sobrevivido nesse lugar, quanto mais sob a guarda da mãe? *Campesinos* poderiam estar distantes dos avanços tecnológicos, mas conheciam as complexidades da vida, da morte e o sofrimento entre um e outro, desde o dia em que suas mãos ajudaram um leitão a nascer até o dia em que ajudavam a matá-lo. Mas Camila havia sido poupada.

Dependendo de como essa questão com a mãe se desenrolasse, ela lhe pediria permissão para levar a menina para a capital. Enquanto a cidade era menos segura e cheia de *tígueraje*, Pastora sabia por experiência própria que o campo oferecia oportunidades demais para uma Caperucita Roja se perder na floresta, devorada por lobos bem-vestidos. Matilde lhe tinha dito que sempre estavam contratando no hotel.

E era precisamente por Matilde que Pastora estava ali.

Pastora passou a mão na barriga em círculos lentos, então as baixou e entrou na casa.

— *Bendición, mamá.* — Pastora mal sussurrou os lábios ao lado da bochecha da mãe.

Ela se assustou quando em vez de murmurar e empurrá-la, a velha colocou as mãos na sua barriga.

— *Que Dios te bendiga* — disse a velha para sua barriga, não para Pastora. Ela soltou suas mãos.

Elas se sentaram na sala de estar, com a mesma formalidade de quando a versão mais nova de Pastora morava ali, os *manteles* rendados à mão deixavam o recinto pomposo demais para o seu gosto quando ela era pequena, e ainda era igualmente empolado demais para ela agora. Provavelmente porque sua mãe estava o tempo inteiro bordando guardanapos e toalhas de mesa. Como se soubesse no que ela estava pensando, *mamá* pegou a caixa de costura que estava sempre ao seu lado e sacou seu último projeto. Pastora nunca conseguiu decifrar o que era, apenas que as mãos da mulher estavam mais ágeis do que nunca.

— *¿Te puedo ofrecer café?*

A mãe lhe tratava como uma convidada. Pastora observou a luz do sol. Ela se estilhaçava e se espalhava feito pedrinhas na parede acima da cabeça da mãe.

— *Por fa'*.

A *greca* chiou, o café pronto. Apesar de ter tratado Pastora como convidada um momento antes, a mãe nem sequer se moveu para buscar o café. Pastora deu passos seguros até a cozinha familiar e pegou as xícaras. Notou como cada uma estava impecável, sem poeira ou marcas de sabão. Camila havia sido ensinada a ser minuciosa.

Ela acrescentou leite em pó e açúcar ao da mãe. Desde a morte do pai, a casa nunca mais teve leite de vaca fresco.

Não havia mais o que fazer, exceto dizer:

— Matilde. Matilde não está bem, *mamá*.

Sua mãe, a agulha perfurando o tecido suave, branco feito algodão, soltou um ruído baixo com a garganta.

— Ela parecia bem saudável no casamento há poucos meses. Nada de bebê ainda. — A mãe lançou um olhar para a barriga de Pastora.

Pastora soprou o café, sabendo que não deveria estar tomando um gole.

— E ela escreveu para você? Ela contou que o marido é um *sinvergüenza*? Ela não me ouve, nem a Flor.

A mão da mãe era firme. Firme com a linha de costura. Firme quando ela a erguia para bater. Pastora se perguntou se algum dia na vida a mão da mãe conheceu um tremor.

— Você e Flor deveriam ter mais bom senso e não se meter entre marido e mulher; eles podem até estar em batalha agora, mas, depois que a poeira baixar, você e Flor é que vão ser consideradas inimigas.

A mulher mais velha segurou a ponta da linha de costura entre os dentes, e Pastora olhou para aquele esmalte de dente manchado de café. Queria quebrar aquela boca a socos. Deveria se oferecer para passar a linha na agulha. Infelizmente, não fez nenhuma das duas coisas.

— Ele trai Matilde a noite toda. Manuelito me contou que, na noite em que se casaram, Rafa pediu que o meu marido o deixasse na porta de um clube frequentado por prostitutas e desceu. Na noite em que se casaram, *mamá*. E agora, seis meses depois, ele não limpou do sistema seja lá que doença é essa. Tão pouco respeito ele teve por ela.

Com um golpe forte e triunfante, *mamá* passou a linha molhada de saliva pelo buraco da agulha. As mãos voltaram ao trabalho.

Mamá falava no ritmo que as mãos se moviam.

— Votos são votos. Casamento na igreja é um ato de honra. Você não sabe nada de honra. Mas Matilde sabe. Nossa família já tem vergonha que chegue sem Mati colocando mais na pilha.

Pastora havia sido casada *por la ley*, mas não numa casa de adoração como as irmãs. Ela não quis o fardo de ter de convidar familiares que não queria que testemunhassem sua união para o casamento. Mas, aos olhos da mãe, ela e Manuelito tanto fazia: sem a Igreja, eles só moravam juntos, estavam vivendo em pecado.

(Apesar de que, justiça seja feita, uniões livres são amplamente aceitas na República Dominicana, o que é surpreendente para uma nação tão devotadamente católica (ainda que sincretizada). É radical de verdade, se pensarmos um pouco: os casais escapam das legalidades institucionais e, em vez disso, apoiam suas uniões no pacto da própria palavra. Progressivo pra caralho.)

— Ela não vai encontrar alguém melhor. E o útero dela não foi feito para crianças. Como eu poderia aconselhar que ela deixasse a única pessoa que poderia acompanhá-la nessa vida? Você gostaria que eu lhe dissesse isso? Que ela não deveria ter uma pessoa que a ame? Não sou tão cruel assim.

Pastora ouvia como se estivesse apenas observando outro corpo, a respiração ficando mais superficial. Por que a mãe lhe confessaria o que sabia sobre o útero de Mati? Pastora não queria o fardo daquele segredo. Ela não queria saber que algo que a irmã tanto desejava não aconteceria. Sua mãe devia saber o que ter de guardar essa verdade faria a Pastora.

Havia tanta coisa que Pastora quisera que essa mulher fosse para ela. Tantas vezes, tinha oferecido à mãe a oportunidade de ser uma mãe de fato. Ah, Pastora havia sido alimentada e vestida em saias, mas não havia sido *criada*. E sua mãe ainda usava qualquer oportunidade que tinha para deixá-la menor do que era.

Olhou de relance pela janela. Os limoeiros, as fileiras de *las batatas*, a margem escorregadia do rio, essas coisas foram as mães das suas dores e a acolheram ao chorar. Não essa mulher, que aparentemente havia se cansado dela assim que ela respirou pela primeira vez. Mas imaginava que a mulher tinha mais amor pelas filhas que nasceram quando ela era jovem e ativa e ainda apaixonada pelo marido. Pastora imaginava que *mamá* amava Camila porque ela foi a única bebê a sobreviver a muitas gravidezes depois de Pastora deixar seu útero. Ela sabia que a mulher não a havia amado, nem defendido, porque ela, Pastora, precisava de pouquíssima defesa, mas com certeza sua mãe protegeria a filha mais fraca. Havia imaginado isso, claramente tirando ideias de nuvens, porque essa mulher não amava nada nem ninguém.

Pastora baixou a xícara de café. Pegou a bolsa. Levantou-se.

A mãe não se levantou do lugar, mas, depois de vários segundos, parou de costurar. Cortou a linha. Estendeu o tecido. Um babador, Pastora via agora. Muito antes daquela manhã, a mãe tinha começado a lhe fazer um babador.

— Mande a garota para mim.

— Quê? — Pastora parou, a mão no ar. — Que garota? E, aliás, eu queria falar de Camila. Ela está ficando grande demais para estes lados. Ficaria melhor com a gente, na capital.

A mãe estendeu o babador de novo.

— A que está na sua barriga. Quando for a hora, mande a garota para mim. Camila está bem. Ela ainda precisa de mim.

Pastora ainda não havia feito o exame para descobrir o sexo da criança. Ela e Manuelito também queriam apenas esperar e desejar que o bebê nascesse com saúde.

Mas agora sua mãe havia confirmado. Uma menina.

Ela agarrou o babador da mãe como se pegasse um pedaço de pão dos dentes de um cachorro com raiva. Deu a volta. Em todo o mundo que conhecia, que na verdade não passava de três províncias nesta metade de ilha, conseguia ouvir uma pessoa e saber exatamente o que ela queria dizer. O esqueleto do caráter se revelava em suas sílabas. Em todas as pessoas, menos nessa mulher.

— Não sei se vou ver a senhora de novo. E não tenho certeza se já cheguei a ver a senhora.

— Mande a sua filha quando for a hora. É tudo o que tenho para você.

— Para quê? Para poder arruinar a menina?

— Ela vai ser a sua própria ruína antes disso. *Me la mandas.*

Não com você viva, pensou Pastora, os dedos descrevendo círculos na pele da barriga, tensa feito um tambor. Como que em resposta, o bebê chutou duas vezes. Pastora escolheu entender isso como a criança concordando com ela, mesmo que soubesse, da forma como conhecia o caráter de qualquer pessoa com quem falava, que essa menina dentro dela seria sua contrária.

Não. Pastora não podia explicar para a quenga do cunhado o quanto protegeria a irmã. Tudo o que conseguia sentir era alegria por ter arrancado a mulher da sua frente tão rápido.

Pastora deixou a loja com um aceno para *don* Isidro, que sempre visitava nas noites de sexta para fechar o caixa da semana.

A Columbus Avenue estava agitada no fim da tarde. Sextas-feiras, às cinco da tarde, a vizinhança soltava um suspiro profundo. Carne fritava nos food-trucks de *chimi*. Havia um amontoado de mulheres em pé na esquina conversando, e Pastora precisou esperar enquanto as pessoas diante dela tentavam atravessar.

— ... e aí ela caiu...

— ... caiu de cara no chão e tudo...

— A ambulância chegou, mas sabe como eles são; ela já tinha acordado de novo quando chegaram aqui. Ela ficou gritando o tempo todo sobre *la barriga*.

— *Ay Dio' ay Dio' ay Dio'.*

A coluna de Pastora ficou rígida como uma vareta. Ela não olhou para nenhuma das mulheres. Duas delas estavam exagerando; elas nem sequer tinham visto o ocorrido e apenas se apropriaram de sussurros que entreouviram. Mas uma mulher havia estado lá: *una pena* verdadeira envolvia suas palavras.

Pastora se aproximou da mulher, tocou seu braço.

— Alguém se machucou aqui? Trabalho aqui na esquina e estou tentando entender o que houve.

A mulher fez que sim com a cabeça, os olhos grandes fora de foco.

— Uma moça, *bendito*, ela podia ser minha filha, devia estar com uma gravidez de oito meses, pelo menos. *Le dio un patatús*. Ela despencou, do nada.

— *¿Y adónde 'taba su tíguere?* Quem deixa a sua *jeva* grávida andando na rua solta, com jeito de louca assim?

Pastora ficou atordoada demais para falar. Descansou a língua no céu da boca. Mas não, tinha ouvido a menina com os próprios ouvidos, tinha ouvido a menina com a própria compreensão do que ela não estava dizendo. A menina estava mentindo na loja. Queria sondar uma coisa que Rafa lhe tinha dito. Queria saber da esposa dele e claramente não havia sido alertada sobre a irmã da esposa. Desde o dia em que Pastora entendeu seu dom, nunca o questionou. Simplesmente *sabia* o que havia para saber. Mas e se, da mesma forma que os dons chegavam, eles fossem embora? Ou desaparecessem? E se o dom não fosse infalível? Pastora pressionou uma mão vertiginosa na barriga. Apoiou as costas na fachada de uma loja fechada.

Pastora foi escorregando pelas barras de metal. Sem ar. A mão pressionando com força a barriga.

— *¡O, O! ¡Otra vez! ¡Juye! ¡Llamen la enfermera!*

EU

queria saber o que procurar na minha mãe. Quando ela sorria, eu analisava os dentes dela, procurando uma doença nas gengivas ou algum sinal que denunciasse uma doença. Quando ela se abaixava para puxar a barra do vestido, eu conferia para ver se as mãos tremiam, se a espinha se dobrava num ângulo esquisito. Um acidente?, eu me perguntava. Será que aconteceria como o meu pai? Algo inesperado?

Mami havia deixado claro que não queria nenhuma das minhas perguntas intrometidas arruinando a véspera do funeral. Então, depois de ajudá-la a escolher um vestido, convencida naquele último minuto de que ia mudar para o outro, peguei minha bolsa.

— *¿Y tú, mi hija?* Experimentou aquele vestido que comprei para você?

Minha mãe não apenas determinou o próprio traje como também o meu. Eu esperava poder dizer que o vestido era feio ou que não servia. Mas o vestido azul-marinho era perfeito e destacava os meus melhores traços.

— Experimentei. Fiquei ótima. Obrigada.

— Mande uma foto quando chegar em casa. Mal posso esperar para ver!

— Ai, meu Deus, *ma*. Você vai ver amanhã. Você só quer encaminhar para as suas irmãs para poder se exibir.

Ela ficou desapontada. *Puta merda, Ona. Deixa a mulher ganhar umazinha.* Mas eu odiava me sentir como um troféu em exibição.

Eu me orgulhava do fato de que o meu dom era inteiramente diferente daquele das outras mulheres na família. Seus talentos todos se dirigiam para o que elas podiam fazer *por* outras pessoas. Predizer um futuro ou uma verdade, ou curar, ou inspirar papilas gustativas. Meu dom era algo que eu fazia *com* os outros. Minha periquita lançava feitiços. E era algo que me acalmava, saber que o meu dom era deliberado, não poderia ser ostentado com facilidade.

Foi na minha primeira viagem para a República Dominicana que pratiquei minha mágica em alguém. *Tía* Pastora e Yadi ainda moravam lá; era o verão anterior a elas se mudarem para os Estados Unidos.

Yadi me acordava de manhã para tomar sua fórmula e comer pão no pátio, para podermos ver o sol nascer; ele tocava a ponta dos nossos narizes, e, quando terminávamos de comer, estávamos tão quentinhas e tostadas quanto as broas. Yadi ia para a escola, que demorava mais para liberar para as férias de verão que as escolas estadunidenses. Eu adorava aquele tempo para me esticar no sol, as mãos em cima da barriga como as múmias que eu tinha estudado no Museu de História Natural.

Pequenas salamandras verdes rastejavam nas paredes para cima e para baixo, o sol salpicado por entre o dossel grosso que eram as folhas das mangueiras. Eu não comia manga. Ainda não. Nem abacate, nem feijão. Era tremendamente chata para comer. *Tía* Pastora, no entanto, esperava que qualquer criança sob seu cuidado limpasse o prato e se desesperava com como eu fazia careta para a comida dela. Mais cedo ou mais tarde, *yo me acostumbré* com frutas frescas e fibras.

Mas ainda não, não até o fim do verão. Ali, no começo da minha visita, tudo o que eu tinha aprendido a amar era o languescer. Eu não era uma criança de tirar sonecas. Costumavam gritar comigo na creche por eu sair do meu colchãozinho para escapulir e ir olhar livros ilustrados em vez de fechar os olhos. Eu não sabia ainda como a umidade e o sol deixam uma pessoa sonolenta. Foi no meio da tarde a primeira vez que peguei no sono daquele jeito, sem intenção, na floresta domesticada do jardim da minha tia. Ao acordar, encontrei um garoto de pele marrom que não era um primo me encarando.

— *Bella Durmiente* — disse ele, um dente lascado cintilando no sorriso.

Eu me lembro de fazer cara feia. Em Nova York, um garoto em cima da sua cara desse jeito com você meio adormecida valeria um exame de garganta, mas me irritei principalmente porque, de todas as princesas da Disney, a que eu mais odiava era a dorminhoca basicona. O garoto tinha um sorriso largo, as maçãs do rosto e a cabeça brilhante destacadas pelo sol.

— ¿*O eres ciguapa? Atrapándome?*

(Sempre fui fascinada pela lenda da *ciguapa*, que tinha poder particular *en los campos* da República Dominicana, onde a taxa de alfabetização era a mais baixa, apesar de La Ciguapa ter sido uma personagem popularizada por um romance publicado em 1886 por Francisco Angulo Guridi, um nacionalista dominicano. Dominicanos rurais a assumiram desde os primórdios dos tempos, e certamente antes de Guridi ter publicado seu conto. Em anos mais recentes, houve uma reinvindicação dessa figura mágica com seus pés voltados para trás. Afro-dominicanos nos Estados Unidos em especial parecem proclamá-la como uma mascote. La Nova Ciguapa é, em certos retratos, feroz e gentil, e está sendo reconstruída como uma lenda afro-indígena, de uma mulher que pode ir embora sem deixar um rastro fácil, que pode devorar mulherengos e escapar para dentro das montanhas que vão até as nuvens, plena e alegre em sua pele de noite estrelada.)

Olhei para o garoto de cima a baixo. A bermuda rasgada, as sandálias surradas. O rosto dele era até bonitinho, e talvez tivesse 11 anos, dois anos mais velho que eu. Não era bem o tipo de garoto que seria descrito como "bom de longe, mas longe de ser bom". E o sorriso, apesar de malicioso, era gentil. Me sentei, chacoalhando os sonhos. E gritei.

— ¡Tía! Um menino do *callejón* invadiu a casa!

Os olhos do garoto se arregalaram quando a *tía* gritou de dentro de casa. Ele saiu correndo, subindo o muro que dava para o beco nos fundos da casa. Seus pés estavam seguros nos tijolos, as mãos se colocando de forma a evitar os cacos de vidro que espetavam no alto do muro.

A *tía* saiu, agitando um telefone sem fio. Ela estava ao telefone.

—¿*Qué dijiste*?

Eu havia gritado em inglês, um idioma que a *tía* não conhecia nem queria conhecer. Eu me perguntei se deveria contar a ela que a segurança da casa estava comprometida; nem o vidro, o muro ou o arame farpado mantinham as pessoas famintas longe quando frutos fáceis de colher estavam ao alcance. Mas não falei nada.

Na vez seguinte que falei com o menino, eu apenas estava fingindo dormir. Os meus longos anos de evitar sonecas haviam me ensinado a descansar os olhos e estabilizar o corpo enquanto mantinha os pensamentos girando estilo uma bandeja giratória. Não tive que abrir os olhos quando o roçar de roupas no tijolo chegou aos meus ouvidos. Nem sequer precisei abri-los quando uma sombra impediu metade de um raio de sol de atingir o meu rosto. Eu sabia quem era, olhos fechados, punhos cerrados. A sombra se mexeu.

Me sentei. O garoto estava sentado na grama na minha frente, os olhos firmes, os braços envolvendo os joelhos. A bermuda estava mais limpa dessa vez, o que me fez pensar que ele era menos um *callejón* pobre e mais provavelmente uma pessoa bagunçada.

— Você já foi a El Faro a Colón? Acabaram de terminar, tipo, seis ou sete anos atrás — disse o garoto, como se estivesse vivo durante a longa construção, os anos de reunir fundos e o assentar de cada laje de concreto em cima de laje de concreto do mausoléu elaborado. Não como se ele fosse um bebê.

O garoto sorriu, o mesmo sorriso de antes.

— A gente passa de *guagua* quando vai visitar a minha avó do outro lado da ponte.

Eu havia chegado à República Dominicana num voo noturno. Precisei cruzar aquela mesma ponte com meu tio Manuelito e a *tía* na frente, fazendo perguntas que eu tinha vergonha demais de responder em espanhol. Pela janela, vi o gigante de pedras brancas, o brilho do mausoléu como um sabre de luz erguendo-se noite acima. Havia perguntado o que era.

Um farol, respondeu meu tio. Um monumento. O lugar de descanso final dos ossos de Colombo.

Balancei a cabeça negativamente. Não tinha visitado. Mesmo aos 9 anos, eu odiava o filho da puta do Colombo.

— ¿Y a Los Tres Ojos? — perguntou o menino.

Esse eu tinha visitado, sim. Yadi adorava as cavernas profundas. Havíamos feito uma viagem de família no meu primeiro fim de semana lá, e eu tinha engatinhado para dentro do barquinho enquanto o condutor usava varas para empurrar a balsa escuridão adentro, explicando como os lagos subterrâneos se formaram. Mas neguei com a cabeça. Eu não precisava desse pivete sabendo de toda a minha vida. E agora ele fazia careta.

— Você viu alguma coisa? A única coisa que faz é deitar por aí e dormir?

Por algum motivo, a decepção dele me fez querer rir.

Isso se tornou um jogo nosso. Eu fingia estar adormecida na grama sob a mangueira. E o garoto fingia que não estava invadindo a casa quando passava por cima do muro e se sentava do meu lado. Às vezes, o menino trazia um pacote de *galletas*, as sementes de gergelim roçando num saco de listras azuis. Às vezes conseguíamos arrancar uma manga da árvore chacoalhando-a, e o menino sacava seu canivete de bolso para cortar fatias que faziam cócegas na minha língua. *Daniel*, o menino disse que era o seu nome. *Anacaona*, falei.

Um dia, minha tia mais nova me buscou. *Tía* Camila trabalhava dois dias por semana num hotel famoso, El Hotel Jaragua — o cor-de-rosa do prédio e as colunas altas eram impressionantes mesmo para minha personalidade pouco impressionável. Aparentemente, *tía* Matilde havia trabalhado ali um dia também, apesar de que não como gerente. O marido de *tía* Camila lhe tinha dito que, se ela quisesse trabalhar, podia, mas apenas nos escalões superiores de um bom estabelecimento. Não iam gritar com ela por causa de reservas de quartos como fizeram com a irmã.

Acompanhei a minha tia durante boa parte da manhã, ajudando-a a inspecionar os cantos das dobras rígidas feitas de lençóis macios. Então veio outro gerente, um homem alto e bonito com um bigode imenso.

— Não podemos ter crianças no andar — repreendeu ele com um sorriso de canto de boca.

Tía Camila deu um sorriso de canto de boca em resposta.

— Vou levar a pequena para a piscina.

— *No traje traje de baño, tía*.

Mas a *tía* apenas sorriu para o homem alto de pele clara e fez um gesto de *un minutito*.

Fui atrás de *tía* Camila, me perguntando o que Daniel estava fazendo. Será que tinha aparecido só para descobrir o trecho de grama que era minha área de soneca imperturbado por algo que não fossem formigas? Será que sentiu saudade?

A *tía* me levou a uma piscina dentro de um grande galpão que tinha uma placa para EMPLEADOS na porta. Ali havia toalhas de praia e pilhas de brinquedos de piscina. De uma bolsa no fundo, a *tía* arranjou um traje de banho. Ela o estendeu, mas pus as duas mãos nas costas.

— Isso é de alguém? — Eu sabia que estava mostrando o meu lado estadunidense, mas não me importava com quanto parecia ingrata.

— Um hóspede deixou para trás. Nós lavamos com desinfetante, então está limpo.

Ainda assim, não peguei.

— Vocês ficam com as roupas de banho que os hóspedes deixam?

Tía Camila era a tia jovem e boazinha. Mas então ela semicerrou os olhos para mim e estalou a língua de forma audível.

— E nós lavamos. Para momentos como esse, quando a família está na cidade fazendo uma visita e talvez não tenha trazido roupa de banho. Só coloque e tome o cuidado de ficar onde o salva-vidas consiga ver você. Vou terminar de inspecionar aquele andar e depois pegar o almoço para a gente.

Ela baixou os olhos para o relógio — não era um dos que a minha mãe mandava com uma dúzia de outros cacarecos que comprava em liquidação na Canal Street. O marido rico de Camila sempre lhe dava ouro de verdade, diamantes.

— Uma hora. Você vai se divertir mais do que ficando atrás de mim por aí!

Coloquei o maiô. Era uma roupa de adulto, com estampa floral, um decote grande na frente, as costas à mostra. Eu me sentia nua naquilo e precisei ficar me impedindo de puxar o tecido que entrava na minha virilha. Minha tia levou minhas roupas por segurança e me passou uma toalha.

— Isso aqui é uma porcaria — falei enquanto ajustava as alças, usando a janela daquela área dos empregados como espelho.

Mas eu amava água e, embora pudesse resistir a muitas coisas, a ondulação suave de uma piscina quase vazia era um chamado para mim. Boiei de costas, deixando a luz do sol deslizar pela minha pele, respirando com facilidade na água como a minha mãe havia ensinado nas ondas fortes de Coney Island.

A hora que passou rente à água foi tranquila. Então se tornou duas horas. Saí da piscina com dedos enrugados e me sentei na beirada. Estava com fome agora e queria um refrigerante de uva, ou um Country Club de framboesa. Eu não sabia como encontrar a minha tia.

Eu tinha uma lista com o número de telefone de *tía* Pastora, endereço e um número de emergência, mas essa lista estava no bolso da calça jeans que *tía* Camila havia levado embora. Eu sabia que não estava sozinha, e não estava abandonada, e eu não era uma bebê. Mas com a brisa esfriando minha pele, comecei a chorar.

— *¿Tú 'tá bien?* — gritou o salva-vidas para mim.

Esfreguei o rosto e fingi que era só o cloro no olho. Corri os olhos pela piscina. A maioria das pessoas havia saído na hora da abertura da fila do bufê no restaurante. Mas eu não tinha pulseira. Talvez, se eu falasse inglês, fosse tratada como os outros hóspedes estadunidenses? Que lado meu apareceria com mais proeminência? Que lado meu eles honrariam?

Fiz que sim com a cabeça para o salva-vidas, passando a mão ainda molhada pelo rosto.

— Camila é sua... mãe?

O salva-vidas era atraente. Ele tinha pequenos cortes na sobrancelha em cima do olho direito que lhe davam um ar meio urbano de uma forma que me era familiar. Ele talvez fosse uma década mais velho que eu. Fiz que não com a cabeça.

— *Mi tía.* Sabe onde ela pode estar?

Agora, era o homem quem balançava a cabeça. Eu não sabia o que fazer, mas não queria estar com frio, de cabelo molhado e sem nenhuma das minhas coisas. Eu já me sentia insegura demais em como navegar por aquele país sem acompanhante. Peguei uma toalha de piscina da pilha de recém-dobradas, amarrei-a na cintura. Graças aos céus eu ainda tinha os chinelos de Yadi! Graças aos céus também por *tía* Pastora ter insistido que eu usasse alguma coisa que não fossem aquelas sandálias grossas da Timberland antes de sair de casa. Saí vagando até o lobby do hotel.

 O elevador requeria um cartão, mas o casal na minha frente usou o dele. Eu tinha visto os andares. Estávamos no décimo primeiro pela manhã, e parecia que ainda tinha um monte de quarto para inspecionar. Os corredores entre os quartos eram um labirinto. Os corredores dos quartos não eram construídos em quadrados perfeitos, então tinha umas passagens sem saída. Finalmente, encontrei o carrinho de limpeza em frente a um quarto num corredor que ainda não tinha sido reformado. Achei que deveria ser ali que ficavam os hóspedes de que não gostavam, os que tentavam discutir por um desconto com o gerente ou algo assim. A porta estava entreaberta, e eu a empurrei para abrir sem bater.

 Tía Camila e o outro gerente estavam abraçadinhos em cima dos lençóis. O gerente estava inteiramente nu, mas minha tia ainda estava com sua roupa de gerente, a saia levantada só um pouco acima da bunda, a blusa aberta. O umbigo dela estava empurrado para fora, o leve inchaço ali mais duro do que uma pancinha de comida.

 Ninguém tinha me dito que ela estava grávida.

 Devo ter feito algum barulho, porque os olhos do gerente se arregalaram. Ele cobriu a cintura e o pênis com a ponta do edredom. Acordou a minha tia bruscamente. *Tía* Camila abotoou as roupas, ajeitou os cabelos soltos para trás no coque antes de olhar para mim.

 — *Espérame afuera*.

 Ela apontou para onde tinha deixado as minhas roupas, dobradas. Fui até o banheiro, os cachos deixando gotinhas pelo carpete.

 Não falamos disso. Era o nosso segredo, se é que esse é o nome do testemunho silencioso entre um adulto e uma criança.

No dia seguinte, quando Daniel veio ao trecho de luz do sol, agarrei a mão dele e enfiei na minha calcinha. Eu queria saber. Queria saber se o que eu tinha visto escondida nos corredores enquanto *papi* assistia à TV, se o rescaldo do que eu sabia que tinha acontecido entre a minha tia e o outro gerente, se essas coisas que levavam adultos aos corpos de outras pessoas respondiam a uma pergunta que eu tinha recém-começado a fazer. Daniel arrancou a mão de volta. Olhou ao redor, como se esperasse ser pego no que apenas poderia ser uma armação estadunidense. Agarrei a mão dele de novo, devagar, e a coloquei de volta, mais baixo dessa vez, para que ele pudesse sentir o que acontecia comigo quando me excitava. Sempre odiei tirar sonecas. O cheiro de mangas amadurecidas nos envelopou, e as nuvens se moveram para espalhar a luz através das folhas.

CAMILA

tinha o melhor apartamento dentre todas as irmãs, mesmo que fosse necessário pegar a linha A do trem em direção a Upper Manhattan e ir até a última estação. O marido dela comprou o apartamento de dois quartos na época em que ainda era uma cooperativa habitacional, e, quando ele faleceu, ela herdou a casa. O filho único, Junior, morava no Brooklyn. Que não era tão longe, mas podia muito bem ser Illinois ou Louisiana, já que não era na mesma esquina. Camila tinha os dois quartos totalmente para ela desde que ele havia partido para fazer faculdade — uma fortuna imobiliária na cidade de Nova York que ela não tinha interesse em sacar. Mesmo que tão ao norte da ilha de Manhattan, ela era uma das últimas latinas no prédio. A última irmã a chegar aos Estados Unidos e a única pessoa na família que podia afirmar que pagava imposto sobre imóveis nessa cidade gloriosa. Era uma ostentação pequena, que ela nunca havia feito em voz alta, mas que mantinha mesmo assim.

O arranha-céu tinha grandes janelas de esquina com vista para a ponte Henry Hudson. Ela havia coberto os aquecedores com caixas decorativas à prova de calor em que tinha colocado vasos de flores de seda e esculturas sinuosas de formas nuas. As irmãs mais velhas todas tinham um gosto cafona: cortinas de brocado e paredes decorativas com cores brilhantes, imitando o estilo tropical colonial do país que haviam deixado para trás *e* a era em que o haviam deixado. Camila não precisava de lembranças têxteis de casa. Ela chegou como um pássaro em muda de penas. Ao botar os pés nos Estados

Unidos, teve tutoriais profundos com a mãe do marido de como ser uma anfitriã de primeira. Camila agora era uma mulher que participava de corridas de quinze quilômetros para arrecadar fundos para o combate à diabetes. Alugou a casa noturna mais famosa do Bronx para seu aniversário de 50 anos. Seu inglês era mais proficiente que o de todas as irmãs, e ela fazia uso dele em sua aproximação de uma socialite dominiorkina.

Ela era a irmã esquecida. A bebê que tinha passado mais tempo na cidade grande na República Dominicana e depois a maior parte da vida adulta em Nova York, que havia experimentado luxos que as irmãs apenas viram na televisão. Isto a tornava uma pária: o fato de ter recebido a versão mais branda da mãe. De ter sido criada por muito tempo depois que o pai havia morrido, sobretudo como filha única. Claro, ela tivera a companhia de Mati por alguns anos, mas no fim eram apenas ela e *mamá*.

Serviu os *hors-d'oeuvres*. As irmãs ainda serviam biscoitos de água e sal e salame em suas recepções, mas ela havia ido ao Costco para esse evento: rodelas grossas de queijo de cabra e pequenos triângulos de *samosas* assadas. Uma *picadera* deliciosa que ela esperava que tanto inspirasse quanto maravilhasse as irmãs, a quem faltava inspiração e maravilhamento. Havia se vestido de um jeito que sabia que não abriria espaço para críticas. A saia não era justa demais e parava logo acima do joelho, para não parecer uma saia da igreja mas também sem parecer que ela queria ter 16 anos. A maquiagem era sutil. As joias estavam bem coordenadas, mas, de novo, não muito *llamativas*. Odiava tentar impressioná-las. E, quando foi ao banheiro uma última vez para se conferir antes da chegada das convidadas, passou um pouco de sombra dourada. Abriu um sorriso largo. Seu dente com uma pontinha de ouro piscou, um flerte. A coroa de ouro era considerada de mau gosto nos meios em que circulava, mas era a sua pequena lembrança para si mesma e para os outros de que ela não era pessoa de ser posta numa caixinha.

Tinha uma relação diferente com cada uma das irmãs. Flor era a que mais a assustava. Ela sempre ficava nervosa com a possibilidade de que, quando Flor ligasse, fosse para lhe dizer que resolvesse suas questões e preparasse o testamento.

Matilde era a preferida de Camila. Elas moraram juntas pelo maior período de tempo, e Matilde havia sido gentil com ela, ria das suas piadas. Subia na cama com ela quando ela era pequena e estava com medo. Matilde e Camila foram ambas deixadas para trás, depois que primeiro Pastora e depois Flor foram mandadas para longe. Mas, apesar de a conhecer melhor que todas, Camila era mais como uma filha para Matilde, que era dezesseis anos mais velha que ela. Foram elas que passaram mais tempo com a mãe, mais tempo sob seu pulso firme. Elas criaram uma ligação, um par improvável.

Pastora sempre foi aquela de quem Camila mantinha uma distância segura. E Camila não tinha certeza se era porque ela era a filha de quem a mãe mais havia se queixado (e com quem comparava Camila) ou porque Pastora se considerava uma mulher de negócios, cuja especialização era se meter em todos os negócios da vida dos irmãos. Mas, mesmo quando era mais nova, Camila considerava Pastora *una entremetida*.

> Ela se lembra vivamente do ano em que Pastora veio falar com a mãe a respeito de Matilde e de alguma forma meteu Camila em problemas ao propor à mãe que ela fosse mandada para a capital. Ainda assim, a ocasião que de fato fez Camila sair de *su campo* em troca de Santo Domingo demoraria mais um ano após a visita de Pastora. O que Pastora parecia não entender é que, ao contrário dos outros filhos, a mãe precisava de Camila. Quem juntaria lenha para o fogo agora

que a mãe tinha dificuldades com as costas e se abaixar era uma tarefa pesada? E o que dizer do poço? Ficava do outro lado, na beira do morro, perto do canal. Não havia como a mãe conseguir acender fogo perto do rio, carregar todos os lençóis até lá, ferver o fedor do tecido que gravava cada mancha de gordura, baba e peido dos seus corpos.

Era a essa tarefa que Camila se dedicava naquele dia. Era o dia de lavar.

A mãe cuspiu pela janela enquanto Camila juntava os cestos.

— Volte antes de o cuspe secar. Você sempre passeia demais.

Estava com 20 anos, mas a mãe ainda agia como se ela tivesse 10.

O latão que ela colocou em cima dos lençóis brancos estava vazio. A cada mês, a mãe trazia óleo suficiente para cozinhar e aquecer a casa por trinta dias. As latas vazias eram usadas para isto: ferver água na beira do canal, o restinho de óleo colocado numa garrafa separada para ajudar o fogo a pegar.

Camila não queria fazer duas viagens naquele dia, então equilibrava a pilha de roupa andando devagar e com passos firmes, usando os chinelos para sentir o caminho descendo o morro para não escorregar. O canal corria com força depois da chuva da noite anterior, mas corria limpo.

Ela juntou três pedras grandes e as arranjou para que criassem um buraco no meio, que ela encheu de galhos e das folhas mais secas que encontrou. Essas folhas ela precisou catar debaixo do mato ainda úmido. A parte inferior das suas longas unhas foi preenchida de terra. Tinha feito as unhas na semana anterior. E tomava cuidado ao lavar louças e limpar a bunda para nunca rachar nenhuma sequer. Dia de lavar roupas sempre arruinava sua manicure, e ela nunca *não* ficava de luto quando acontecia.

A gasolina cobriu os galhos. Então ela riscou o fósforo. Cada vez que enchia o latão, se surpreendia-se com o peso de vinte litros de água. Ela colocou o latão em cima do fogo recém-criado. A água fervendo era preciosa demais para ser usada na primeira lavagem, então ela levantou a saia e mergulhou os lençóis na água corrente, deixando esse enxágue fazer o trabalho pesado de remover poeira.

Ela entreouviu que na capital havia grandes centros com máquinas gigantes que agitavam e limpavam as roupas por você. Camila não conseguia imaginar. Será que um aparelho esfregava de verdade a ponto de limpar manchas na roupa íntima?

Conforme o latão esquentava, Camila buscou galhos aqui e ali e os enfiou no bolso. Uma familiazinha de cogumelos a ouviu cantar para eles antes de ela libertá-los do chão. Ela havia emendado bolsos na saia para que fossem grandes o suficiente para que fizesse exatamente isso, vasculhasse a natureza.

Ouviu um estalo atrás dela. E os cabelos na nuca lhe sinalizaram quem era.

O homem era o segundo filho mais velho dos Santana. Os boatos diziam que foi ele quem *transmitió* a doença para Bianca, la Ciega, e agora a casa de má reputação dela estava sendo boicotada. Os boatos diziam que, mesmo quando menino, ele era mau; *lo picó un mosquito* quando nasceu.

(Pois é, aquele menino Santana mesmo. Aquele que fez Pastora ser mandada para longe. Não acho que as minhas tias tenham chegado a discutir sua conexão mútua com ele. Como ele foi um catalisador de uma vida nova para cada uma delas. Ele não havia crescido e se tornado um homem bom, e sua família nunca o impediu de assediar as mulheres da minha.)

Camila deu a volta, as mãos cheias de pano molhado e branco. Ele estava a uma curta distância.

— Você nunca mais me deixou te dar carona para a escola — disse ele.

Sua família era dona de um dos carros novos e reluzentes que foram importados dos Estados Unidos.

— Sua esposa não pareceu apreciar o gesto amigável.

Camila saiu da água, equilibrando os lençóis de forma a poder usar a mão livre para soltar o nó da saia. Ela não gostava dele olhando para suas pernas nuas. Ela puxou, o momento demorando um pouco demais, mas enfim seus joelhos e suas canelas estavam cobertos. O tecido grudou à pele.

Ele fez um gesto de mão como se afastasse as palavras ditas por ela fazia tanto tempo.

— Não estamos falando dela.

Nem de qualquer coisa, decidiu Camila. Ela o havia considerado um pretendente. Tinha entrado no seu carro porque ele era alto e de pele clara e tinha um cabelo bom, e a família dele era renomada. Havia legiões de filhos, apesar de ela nunca ter memorizado a ordem. Sabia que alguns ainda eram solteiros. Só não sabia que aquele ali não era. As lições da mãe frequentemente pareciam antiquadas, mas uma que ela levava a sério era que não toleraria se brincassem com ela. Seria sempre a esposa de alguém, nunca a coisinha de outrem. E ela lhe tinha dito isso quando ele parou em frente à escola oferecendo carona de novo.

Camila agarrou os lençóis com força e foi na ponta dos pés até o cesto vazio. A água no latão borbulhava. Mas, para chegar até lá, precisava que ele se movesse.

— *Déjame quieta.* — Ela acrescentou um tom mordaz às palavras.

Parecia a própria mãe. Talvez fosse assim que se aprendiam esses tons de quem não está para brincadeira.

Ele estendeu a mão para tocá-la, e ela se desviou. Ele riu como se os dois tivessem uma piada interna. O mundo todo era um parque de diversões, e ele era a criança procurando aquilo que queria permanecer escondido. Ele a encurralou de forma que o canal corresse atrás dela. Ela era uma exímia nadadora, mas não com os braços cheios de roupa.

— O que você quer? Você não tem coisa nenhuma comigo.

— Andei observando. — Ele apontou para um campo distante. — Às sextas, você lava roupa. Vi as suas saias balançando, e o quadril se movendo feito uma dançarina, e eu soube. Você estava me mandando um sinal. Rápida, que nem a sua irmã.

Ela balançou a cabeça em negativa. Mas, por dentro, estava em pânico. Será que estivera se oferecendo? Será que esperava que alguém estivesse olhando? Será que ela gostava de saber que podia jogar os cabelos e fazê-lo desejar aquilo que não podia ter? Ela não sabia. Ela não sabia. E, se havia feito isso, será que justificava essa reação?

As nuvens que nunca paravam de dar voltas ao redor da Terra tiraram aquele momento para se congregar na frente do sol. No ato, o dia ficou mais escuro.

— A boca da sua irmã era doce. Aposto que a sua é mais. *Es que me tienes loco.* — Ele passou o dedo pela bochecha dela.

Ele vinha dizendo isso já fazia dois anos, desde que ela completara 18. De início, os comentários haviam sido elogiosos. Seus olhares brilhantes sempre a encontrando no *colmado* deixaram seu leque mais lento, seus cílios mais rápidos. Ela gostava de pensar que era melhor do que Pastora em algo, mesmo que simplesmente em ser desejada. Camila tinha gostado da atenção à distância. Até que parou de gostar.

Ele a agarrou pelo braço, calando-a como uma égua indomada.

— Shhh, shhh. Só uma prova. Uma provinha.

O pai dela havia trabalhado na terra do pai dele. A ideia dele de propriedade se estendia às pessoas.

Ela pisou no pé dele, mas ainda sentiu a brisa atrás do joelho depois de ele ter lhe levantado a saia um pouco.

— *Solo* uma provinha.

A respiração dele estava pesada. Camila deu um passo para trás, sentindo o solo mais úmido da beira do canal sendo espremido por entre os dedos do pé. Ele colocou o pé atrás do dela, então ela tropeçou. Teria sido uma queda quase graciosa se eles estivessem *bachateando*. Camila olhou para o céu antes de o corpo dele se inclinar para encontrar o dela.

De início, ela pensou que o berro dele foi por tê-la derrubado. Algum tipo de grito vitorioso. Ela sabia o que acontecia com *las campesinas* quando garotos ricos queriam brinquedos. Ela deveria gritar. Deveria dizer que não. Mas as palavras ficaram presas na garganta. O berro dele continuou, agora mais um animal ferido do que um prestes a devorar.

Ela sentiu gotas quentes de água nas pernas e se perguntou se estava morrendo, já que com certeza deveria ter se urinado, e com certeza a vergonha daquilo, do que estava prestes a acontecer, era o que lhe queimava. Mas aí Santana a largou, e ela fugiu se arrastando de costas, agarrando a saia, batendo as costas nas pernas da mãe.

Mamá Silvia estava de pé com os joelhos expostos enquanto enrolava a bainha de *su bata* na mão. A lata de água que Camila estivera fervendo para lavar agora chacoalhava, vazia, mas, ainda assim, a mãe não a soltava. Santana se contorcia no chão, esmagando narcisos sob as costas feridas, agarrando o pescoço e as costas onde a camisa não havia protegido sua carne pálida e exposta.

A mãe usou a lata para gesticular a Camila que se levantasse.

— *Ven*.

Elas correram da beira do canal, as duas sem ar quando entraram em casa. O cuspe diante da porta ainda não havia secado.

— Eles me fizeram perder uma menina. Aquela família não vai me custar outra. Precisamos casar você. Ele não vai te deixar em paz. Eu vejo o rapaz na igreja e nas reuniões da cidade. Queria que a mãe dele não estivesse tão morta; ela merecia ver o *sinvergüenza* que o filho sempre foi.

Camila não sabia o que dizer. Passou *sábila* e *crema de cacao* nas partes das pernas em que tinha caído água fervente. Tentou fazer o mesmo na mão da mãe que tinha segurado a lata de gasolina, mas ela não permitia ser cuidada. Estava ocupada, escrevendo bilhetes para diferentes senhoras da igreja, perguntando-se se alguém tinha um parente que viajaria que precisava de companhia ou se sabia de uma empresa respeitável contratando moças.

— A capital, e as suas irmãs lá, não podem proteger você. O que você precisa é de um homem.

Ela era uma mulher, então devia armar planos de formas femininas. Não podia simplesmente agarrar uma pistola e ameaçar Santana para que se afastasse como o pai podia, e Samuel, recém-transferido para Nova York, estava longe demais para ter serventia. Demorou uns poucos dias, mas enfim a mãe recebeu uma resposta para uma das cartas.

Uma mulher da cidade tinha uma irmã que morava na capital; o filho da irmã precisava de uma boa moça para se casar. Eles desconfiavam das garotas da capital, com seus jeitos mercantis de *chica plástica*. Uma menina do interior, era isso que a mãe e a tia esperavam. Camila, jovem, graciosa, obediente e intocada — sem falar de sua necessidade urgente de proteção — se encaixava feito uma luva.

As mulheres mandaram avisar na capital. Organizaram uma viagem para conhecê-lo em menos de duas semanas. Elas ficariam com Matilde, e as mães veriam se os dois combinavam.

Na semana anterior à partida para essa viagem, Santana apareceu na casa, o pescoço — e, imagina-se, a pele embaixo dele — envolto em gaze. Seu grande cavalo bravo arfava como se tivesse sido cavalgado com força e por muito tempo. Santana estava bêbado. Ele batia à porta da frente com o cabo da arma. *Mamá* Silvia empurrou uma mesa pesada contra a porta e mandou Camila se esconder. Elas apagaram todas as luzes. Camila ouviu o coração bater nos ouvidos a cada segundo de todas aquelas horas. Santana ia matá-la. Por não se entregar. Ele mataria Camila e *mamá* e ninguém olharia duas vezes. Acontecia o tempo todo, um homem desonrado "acidentalmente" matava um interesse romântico. Por algum motivo, a polícia não encontrava evidências suficientes. Por algum motivo, a vida de uma garota na ilha valia menos do que a reputação de um homem em que ela não estava interessada. Ela sabia disso. A mãe sabia disso. Santana sabia disso. Elas ficaram de mãos dadas e tremeram como a porta conforme os punhos dele socavam a madeira. Cada vez que ele ficava em silêncio, as duas mulheres se permitiam um expirar audível, mas aí a bateção recomeçava. Continuava e continuava.

Elas partiram para a casa de Matilde uma semana antes do planejado. Chegaram à capital mal tendo dormido. *Mamá* Silvia foi quem lidou com os arranjos para o grande encontro, enquanto Camila se deitava na cama de Matilde e chorava, considerando como sua vida havia mudado no período de poucas semanas.

O homem, Washington, era um rapaz bem-criado, de unhas limpas. Ele ajudou a mãe dela a entrar na casa com seus dedos que seguravam os dela com cuidado. Camila entendeu isso como bons sinais.

Era uma casa incrível na zona oeste da cidade, perto suficiente da zona colonial antiga para ir a pé. Washington tinha pele clara, com olhos verde-claros que combinavam com o calcário no piso da sala de estar.

A mãe lhes serviu um bom café em xícaras caras que pareciam ter sido passadas de geração em geração fazia *siglos*.

As mães falaram. Washington era um homem silencioso e, honestamente, Camila o achou bonzinho até demais. Que tipo de homem adulto nessa época deixa a mãe falar tudo por ele? Encontrar uma noiva? Mas talvez ela estivesse acostumada a muitos garotos fanfarrões, e esse belo homem tímido fosse lhe ensinar outras maneiras.

Camila não voltou a *el campo*. Ela e Washington se casaram duas semanas depois. E, se ela ainda o considerava indiferente quando disseram seus votos, recusou-se a olhar os dentes do cavalo dado que era a proteção do nome dele.

Mas a noite do casamento passou. E uma semana passou. E, logo, Camila estava casada com Washington fazia três meses e seu marido ainda não lhe havia tocado. Ela aceitava isso. Eles não se conheciam havia muito tempo, e ele era um homem respeitoso. Puxava cadeiras para ela e sua mãe sempre que jantavam. Ajudava-as a sair dos carros com choferes com a mão suave em suas costas.

Sua mãe voltou para casa. Insistindo para Camila que Santana deixaria de perturbar uma velha que não tinha mais filhas a perder.

Morar na capital aproximou Camila de Flor, Pastora e Matilde, e ela gostava disso. Mas mal as via. Elas tinham empregos e casas para cuidar. Washington não lhe pedia que trabalhasse, e Camila morava em uma casa com empregados que faziam toda tarefa que precisava ser feita. Havia pensado que desfrutaria do luxo, mas era uma existência dourada vazia. Os ajudantes cozinhavam, e limpavam, e remendavam meias, ou as jogavam fora e expandiam o orçamento da casa para comprar novas. A mãe coordenava as refeições. Camila era livre para decorar, mas isso perdia o apelo quando tanto o marido quanto a sogra sorriam em aprovação, mas nenhum dos dois lhe dava qualquer atrito para superar. Havia trazido na mudança suas garrafinhas de extratos e ervas, mas tanto Washington quanto a mãe se recusavam a tomar qualquer um, mesmo quando tinham *una gripe* ou tosse.

— Temos um médico de família, querida. Não precisa se preocupar em fazer seus remedinhos mais, se não quiser — dissera a mãe de Washington, como se lhe fizesse uma gentileza.

Foi na mesa de café da manhã um dia que ela abordou a cama matrimonial com a sogra, ciente de que não era algo para ser discutido, mas, com as irmãs sempre trabalhando e sua mãe nunca aberta a questões do casamento, não havia ninguém mais para consultar.

— Não sei por que seu filho se casou comigo se não me acha atraente.

A sogra baixou a xícara. Pressionou os lábios com a cabeça inclinada para a janela, como se escutasse uma resposta apropriada.

Camila apressou as palavras:

— Não me entenda mal. Ele é bom comigo. Estou segura. Não me falta nada. Sou grata.

A mãe do seu marido fez que sim com a cabeça.

— Não tem nada mais distante de Deus do que uma pessoa *malagradecida*.

Camila não sabia se isso era uma concordância violenta com seu comentário ou uma repreenda. Era Camila ou o marido quem estava sendo chamado de ingrato?

A mãe do marido recolheu o café.

— Vou falar com ele. Uma moça como você vai murchar com o gelo que é o tipo de amor de Washington.

Camila ouviu mãe e filho brigando naquela noite. A voz da sogra era sussurrada; a do marido berrava pela primeira vez desde que ela o havia conhecido. Ele entrou no quarto e bateu a porta. Abriu os botões da camisa, das calças, em fúria. Camila reconheceu um instante de medo, mas que se afastou com a empolgação que lhe subia pela espinha. Ele a beijou com vontade, ergueu sua camisola, mas, quando seu pênis roçou na coxa dela, ele amoleceu. Não tocou seus seios ou partes baixas. Manteve o rosto na curva do seu pescoço. Quando colapsou em cima dela sem penetrá-la, ela passou os dedos pelo seu cabelo, e ele começou a chorar.

Ele tentou tocá-la duas vezes mais naquele ano em que moraram com a mãe. Camila estava presa no pêndulo entre amá-lo e odiá-lo. Algumas noites, ela se tocava e imaginava que eram as mãos dele.

Outras noites, de raiva, ela imaginava que era o assistente do *carnicero* quem estava batendo na sua bunda como se estivesse amaciando um joelho de porco, ou era o oficial consular responsável pelo processo de visto, de quem ela arrancaria um *green card* com o decote. Ela se ressentia do marido por todas as formas que havia imaginado que um dia seria acariciada, e abraçada, e extasiada, o que ele lhe havia permitido acreditar, intencionalmente, sem lhe contar que não estaria à altura do desafio. Não para ela.

Ainda assim, Camila sempre se certificava de lhe preparar um prato quando ele ficava fora até tarde. E ela segurava sua mão com facilidade quando estavam em público. Cada um dava ao outro a fachada de que precisavam para escapar das ameaças que vinham se apertando ao pescoço antes de se conhecerem. Ele instalou água no terreno da mãe dela. Canos que saíam do canal e lhe permitiam ter água corrente. Ele lhe comprou uma máquina de lavar roupa, importada diretamente de um lugar chamado Chicago. Contratou um homem para passar na casa de *mamá* Silvia uma vez por semana e se certificar de que o portão estava seguro, de que ninguém ia invadir a propriedade.

E, quando se mudaram da casa da mãe dele, mas antes de ele conseguir sua herança, Camila lutou por um emprego. Ele falou com um amigo e lhe encontrou uma posição de gerência de meio período em El Hotel Jaragua, onde sua irmã Matilde trabalhava na recepção. Ele, por sua vez, arrumou um emprego de executivo na empresa de contabilidade do tio. Eles compareciam a bailes de gala da cidade, comiam nos melhores restaurantes e, depois de uma década de casamento, quando ela enfim escolheu um amante entre os muitos colegas que flertaram com ela e engravidou com um bebê que não era dele, foi que Camila começou a amar o marido verdadeiramente. O afeto com o qual ele falava com a barriga dela. A paz que ele permitia aos seus segredos quando sua mãe e seu pai o parabenizavam por ser um novo pai. Mesmo um amante poderia ficar ofendido por criar um bastardo, mas o marido deu seu nome ao bebê, chamou-o de Junior, chamou-o de seu.

Os dois partiram para os Estados Unidos quando o filho completou 4 anos, e ambos sabiam que, quando chegassem *lá*, no labirinto que era Nova York, seria a liberdade máxima que haviam esperado.

Quando tocou o interfone de Camila, ela teve de se lembrar de que ia receber as irmãs. O passado se grudava a ela mesmo ao passar a mão com boa manicure pela *peluca* brilhante vermelha, mas ela o lançou longe antes de abrir a porta. Matilde ser a primeira a chegar não a surpreendia. Ela era a irmã diligente, afinal de contas. E trazendo uma garrafa de Barceló Imperial! O preferido de Camila.

Elas trocaram beijos e abraços e comentaram suas roupas, apesar de que Matilde podia estar com uma roupa de ir para a lavanderia, de tão pouco esforço que fazia.

— Flor falou com você? — perguntou Camila a Matilde enquanto iam de braços dados para a sala de estar.

Matilde balançou a cabeça que não e não devolveu a pergunta. Camila nunca guardava os segredos de nenhuma das irmãs do unido trio mais velho.

— Não deve ser urgente. Ela nos diria se fosse. Ela é de se planejar; pode não morrer por mais uma década, duas ou, Deus sabe, três. Pode viver mais que todas nós; ela nunca fez as coisas do jeito normal.

Matilde balançou a cabeça, sem sorrir.

— Flor sempre tem um motivo.

Flor foi a próxima a chegar. Parecia cansada, e Camila segurou a mão dela um instantinho a mais. A irmã estava... delicada? Será que apenas tocar os ossos sussurraria algum padecimento? Ela não tinha a sensação de que havia algo que pudesse preparar para aliviar o espírito da irmã.

As três se sentaram e conversaram na sala de estar, os grandes sofás de couro branco e as cortinas brancas suaves lhes oferecendo paz mesmo que Florecita se queixasse de que parecia ser uma sala para gente morta. A isso, Camila apontou para a toalha na mesa e as almofadas, que tinham estampas alegres, então não poderia ser considerada uma observação correta.

A campainha no andar de baixo tocou e Camila se levantou de pronto — *finalmente*. Mas o rosto de Pastora quando ela entrou estava pálido. Ela despencou no sofá com um levíssimo tocar de bochechas como cumprimento. Foi Flor quem se levantou grunhindo do sofá macio e agarrou as mãos de Pastora. Pastora voltou o rosto para o ombro de Flor por um instante. As duas sempre compartilharam uma conexão particular. Quando Pastora as encarou de novo, havia uma nova determinação em seus traços.

Camila deu uma olhada na irmã e correu para o armário de ervas. Fosse lá o que estivesse prestes a ser dito, requeria uma fortificação especial.

CAMILA: TRANSCRIÇÃO DE ENTREVISTA (TRADUZIDA)

ONA: A senhora pode me dar alguns exemplos? De o que e quando sentiu?

CAMILA: Bom, Deus, é claro. E as minhas irmãs todas me acusavam de amar coisas finas que iam além dos meus meios, mas todas deixavam de reconhecer o quanto dessas coisas finas se alinham com meu olhar para o mundo natural. Claro, eu me adorno com ouro e pérolas e tenho penas de pavão em grandes vasos de vidro pela casa, mas quais dessas coisas não vieram das entranhas da terra...? Ah, verdade, acho que penas de pavão mais *andam* na terra do que *são* da terra, mas você me entendeu. A respeito disso e das pérolas. Elas são do mundo natural e curam algo dentro de mim.

Sabe, sua mãe e as tias mais velhas nunca tiveram uma boneca. Elas tinham umas às outras, e eram elas que vestiam, e carregavam, e cuidavam. E, quando cheguei, elas não queriam mais brincar dessas coisas. Ou talvez a criança dentro delas já tivesse se extinguido. Ou sido descartada. Eu não saberia dizer. Mas implorava para sua avó uma boneca. Não tinha mais ninguém para brincar comigo. E, quando íamos para a cidade, nós passávamos pela loja grande com todas as bonecas nas vitrines. Rostos de porcelana e olhos azuis brilhantes e aqueles vestidos repletos de renda. Enchia os meus olhos, mas eu não ousava, nem uma vez sequer, apontar e implorar por uma delas. Não em público. Mesmo pequena, eu já entendia nossa mãe.

    Um dia, voltei para casa da escola e *mamá* me deu de presente uma cesta. Não era meu aniversário nem *el* Día de los Reyes. Ah, eu devia ter, deixa eu pensar, uns 7 anos? Eu era a única que tinha sobrado em casa. Não me lembro onde Matilde estava na época, mas *el pai* já tinha falecido. Então, é, eu devia ter uns 7 anos. E nessa cesta tinha essa boneca que *mamá* costurou ela mesma.

    Era horrível! Feita de trapo. Os olhos eram umas cascas de castanha pequenas e verdes, costuradas; o cabelo era aqueles fiapos marrons ao redor dos cocos. Para a boca, *mamá* tinha costurado um anelzinho de ouro que ela costumava usar no mindinho, para a boneca ficar sempre custosamente surpresa ou talvez sempre pronta para comer. Ela era horrenda. Ela era maravilhosa. Porque *mamá* deve ter encontrado cada detalhe ela mesma, revirado o solo, que nem eu. Procurou na terra o que poderia se tornar uma coisa, que nem eu. Não conheço muitas definições de amor, ou muitas que saiba colocar em palavras. Mas nada nunca pareceu tão caloroso quanto ser conhecida tão bem que alguém podia te passar uma monstruosidade que fez com as próprias mãos depois de te observar. E, de todas as coisas caras de que fui dona, nada nunca significou tanto quanto aquela boneca...

ONA: A senhora ainda tem a boneca?
CAMILA: É óbvio, aquela boneca vai ser enterrada nos meus braços. Já está escrito no meu testamento.

MATILDE

prendeu a respiração ao ver Pastora. Pastora não entrava num recinto, ela o tomava de assalto, e essa chegada não havia tido nem um pingo da sua cavalaria costumeira.

Pastora pigarreou.

— Mati, podemos conversar na cozinha?

Camila voltou do aparador e enfiou uma bebida nas mãos de Pastora.

— Um licor, para os nervos.

Pastora fez que sim e deu um beijo na bochecha de Camila. Ela bebericou e fechou os olhos. Os ombros relaxaram; a respiração acalmou. Abriu os olhos e gesticulou para a cozinha, mas Flor foi mais rápida do que os pés de Matilde.

— O que vocês não podem falar aqui?

Pastora olhou para o chão e não respondeu, o que não era de seu feitio. Camila e Flor trocaram olhares arregalados. Matilde se aproximou da irmã. Passou a mão na nuca. Pastora sempre adorou isso quando criança, uma gata rebelde dignando-se a ser acariciada; ela se apoiou na mão de Matilde. Às vezes, em momentos assim, até mesmo Matilde se esquecia de que ela era a mais velha.

— *Ven*, nos conte. Seja lá o que for, pode ser dito em voz alta. — Ela assentiu a permissão.

Pastora não necessariamente deixou de parecer angustiada, mas ergueu a cabeça. Tomou outro gole da mistura de Camila. E então se levantou. Sua altura inteira mal somava um e sessenta, mas, quando ela lançava os ombros para trás, sabia-se que *la dura* tinha entrado na conversa.

— Mati, chegou a hora. Seu marido é infiel a você desde o dia em que se casaram. Sei que você falou com *mamá*, que pediu permissão a ela para deixar Rafa. Ela morreu tem muito tempo agora. A única permissão de que você precisa é a sua própria — disse Pastora.

A mão de Matilde caiu do pescoço de Pastora.

— Eu simplesmente não vejo como isso é da conta de qualquer um. Ou como algum dia tenha sido da conta de qualquer um.

— Foi idiota da parte dela dizer que você devia ficar e da sua de acreditar. Você merece ser valorizada. E, se não agora, quando então? Todas nós estamos morrendo! Cada dia mais perto da morte. O que é que Flor nos mostrou, se não isso? O que estamos fazendo com essa vida?

Camila pareceu acometida com a explosão. Matilde se esforçou para parecer impassível. Ela se ajeitou antes de falar.

— Já fiz muito da minha vida, Pastora. Meu casamento não define toda a minha vida.

Pastora lançou as mãos para o alto, e Flor pigarreou.

— Você disse o que pensava, Pas. Não cabe a ninguém decidir, exceto a Mati.

Pastora balançou a cabeça, furiosa.

— Eu conheci a outra mulher do seu marido. Ela sabia que ele tinha esposa. E ela dormiu com ele mesmo assim.

— Não quero ouvir isso. — Matilde fechou os olhos, como se o gesto fosse impedir o som de entrar nos ouvidos.

— E acho que ela teve um acidente. Talvez tenha perdido o bebê.

Pastora não olhou para o rosto de nenhuma das irmãs ao falar isso. Só fez as declarações às janelas, ao Hudson, a Nova Jersey do outro lado da água, mas não a elas.

O coro de respostas era esperado. As exclamações, o rosto horrorizado de Flor com a menção de Pastora encontrando a outra mulher. Camila, baqueada.

— Uma criança? — ficou perguntando ela. — Ele vai ter um bebê? Com a idade dele? ¿*Con quién?* Quem é ela?

Matilde foi até a irmã, encarando-a.

— O que você fez, Pastora?

Matilde ouviu a história complicada: uma mulher entrou na loja de roupas, ela precisava de um banheiro. Pastora sabia que deveria ter lhe oferecido água. Aquela barriga era grande. Ela ficou repetindo: era tão grande, o umbigo empurrando a blusa.

Matilde olhou para o sofá, à procura do telefone. Ela precisava ligar para Rafa. Ela precisava...

— *Siéntate*. — Foi Flor quem levou Matilde até o sofá, que segurou sua mão e a puxou de volta para elas. — Não tem nada que você possa fazer. Não tem ação a ser tomada. Isso é entre Rafa e essa mulher. E, se tem algo que queiram resolver com Pastora, isso é entre eles, Pastora e o Divino.

Matilde respirou fundo. As mãos tremiam. No dia anterior, quando Pastora ligou e lhe disse que tinha visto Rafa com uma mulher grávida, tudo em que pensou foi no bebê. O bebê que não era o seu bebê. Mas agora, com a possibilidade de algo horrível ter acontecido com uma criança quase a termo... Ela se levantou e correu para o banheiro, com ânsia de vômito. Havia orado por uma criança por uma vida inteira e ninguém ouviu. Teve um momento em que amaldiçoou a barriga da mulher, e o universo ecoou num estalar de dedos.

Matilde havia aprendido a abandonar sonhos quando tinha 29 anos. Eram só ela, *mamá* e Camila morando na casa àquela altura, apesar de Matilde ser chamada a cada poucas semanas para o lado de um tio paterno. Lá ela cozinhava e limpava e lhe dava sopa quando adoecia. Quando ele estava forte de novo para ficar de pé, recontratava seus empregados e a mandava para casa. Era um homem cheio de suspeitas que dissera a ela que, se morresse, queria apenas a família em volta, porque os empregados iam roubar.

Aquele era um dos respiros de quando o tio estava bem o suficiente para ela não ser necessária. Isso foi dois anos antes de se mudar para a capital, trabalhar no hotel e, por fim, conhecer Rafa. Flor e Pastora moravam na capital; o irmão Samuel, numa cidade ao lado. O pai tinha morrido havia seis anos. Em alguns poucos mais, seus filhos iam começar a trocar o país em que ele foi enterrado por Nova York.

Mas, a essa altura, Mati ainda estava em *su campo* e não na capital ou nos Estados Unidos, e as cartas das irmãs contando suas aventuras poderiam ser de algum interesse, mas não eram suficientes para suportar o dia a dia. E talvez fosse por isso que ela sonhava com algo maior do que cuidar de um tio doente ou costurar com a mãe. Estava entediada.

Ouviu a banda pela primeira vez na Radio Cuba; a orquestra havia tocado em Havana para multidões em estádios lotados. E as próximas paradas eram em Santo Domingo, então, surpreendentemente, a região delas. Acontecia que um dos membros da banda tinha família na região de Piñales e havia pedido um teatro na maior cidade da província. Ficava a uma cidade de distância, mas era o mais próximo que um grupo de salsa daquele calibre já havia chegado da casa da família. Matilde dançava em reuniões da igreja desde jovem, formando dupla com o irmão ou com os garotos abastados da região. Das irmãs, era ela quem tinha os pés mais leves, e seu irmão com frequência a tirava do grupinho num canto para se exibir. Foi para o irmão que ela ligou em Santo Domingo, pedindo que viesse para casa para poder acompanhar Camila e a ela à apresentação.

— Compro seu ingresso. Por favor, *manito*? — A mãe não as deixaria ir sem um acompanhante.

— Não sei, Mati, vou ver se a minha esposa quer viajar.

A esposa não queria ir ao show e se ressentiu de acompanhá-lo na viagem, apesar de ter família nas redondezas e passar a fingir que a excursão toda tinha sido ideia dela.

O teatro estava lotado, e seus assentos ficavam lá em cima, nas seções superiores onde era preciso ficar em pé. Matilde só podia pagar o ingresso geral, mas não importava. As irmãs passaram as duas horas inteiras do show de mãos dadas, girando e cantando a plenos pulmões. Camila tinha apenas 13 anos, mas mesmo naquela época se deleitava com a atenção da irmã. Elas nunca tiveram uma noite tão exuberante, os espíritos saltando por cima das notas altas, uma entrega completa. Elas suaram em seus cabelos alisados.

Camila usou o dedão para limpar o rímel borrado sob os olhos de Matilde. Era meia-noite quando o concerto acabou. Até Samuel brilhava um pouco, rejuvenescido pela música.

A banda anunciou um pós-festa *en la discoteca* ao lado. Qualquer pessoa com um ingresso entraria de graça. Matilde imaginava que a multidão fosse diminuir, muita gente tinha horas de direção na volta para casa, para conseguir uma ou duas horas de descanso antes de terem de trabalhar. Seria difícil para quem era de fora da região, a não ser que tivesse família por perto. Esse foi o argumento que apresentou para Samuel, com os olhos suplicantes de Camila como fiadores do argumento. Ela estava certa, mas também errada. Muita gente foi embora depois do show, mas o clube estava completamente lotado.

A banda tocou todos os sucessos de novo, a música ainda mais intensa no espaço menor. Casais giravam nos quadrados minúsculos de espaço que arrumavam para si, irmãs incluídas. A banda fez um intervalo, apenas três dos músicos tocando o suficiente para a dança continuar.

Então, um mestre de cerimônias foi até o microfone.

— O profissional que treinou nossas dançarinas está na turnê com a banda; espero que se juntem a ele num joguinho.

O homem tinha o sotaque melodioso de Porto Rico, embora Matilde tivesse certeza de que ele achava que esse bando de dominicanos tinha um espanhol mais cantado que o dele; era uma comparação comum de línguas que as ilhas vizinhas compartilhavam.

Ele convidou dez mulheres a irem para o meio da pista de dança — *bailarinas experientes*, ficou repetindo. Matilde sorriu. Ela adorava ver grandes dançarinos se exibindo. O escorregar das pernas, os gestos bem marcados.

Samuel se inclinou para ela.

— Você devia ir. Vai se lembrar disso pelo resto da vida.

Matilde riu e se afastou com vergonha, deixando o ombro dele bloqueá-la de qualquer impulso. Mas ela não havia contado com Camila, que acabava de entrar na puberdade e sentia os primeiros ímpetos de ser mulher, correr até o palco, seu cabelo longo ondulando atrás dela.

— O que a menina está fazendo? — Samuel riu. — Ela vai passar uma vergonha e tanto.

Matilde fez que sim. O bailarino profissional foi até cada mulher e a conduziu num giro básico para a frente e para trás; a música não havia acelerado atrás dele e parecia que ele estava apenas testando as candidatas. Quando chegou a Camila, ele nem se virou para ela antes de balançar a cabeça, falando no microfone.

— Essa menina é linda, mas não vai servir. Você tentou, meu amor. — A audiência riu, e Camila ficou vermelha. Mas ela agarrou o microfone do bailarino, cujas sobrancelhas dispararam.

— A minha irmã! Ela é muito boa.

Camila apontou e, não, um holofote não iluminou Matilde naquele instante; todos os olhos não caíram sobre ela. Mas Samuel, sim, a empurrou para a frente. E um pé se moveu para a frente do outro até ela assumir o lugar da irmã como a décima candidata.

Quando o dançarino profissional estendeu a mão, os dedos dela tocaram os dele, ele a girou imediatamente, com aquele toque mínimo. A saia dela girou e, apesar de pega de surpresa, ela terminou no pé de apoio correto e fez um movimento de ombros. O dançarino profissional riu. O concurso começou.

Cada garota dançava com o profissional por trinta segundos, não muito tempo. A música que a banda tocava mudava a cada vez, então era preciso ser boa em aceitar a condução dele, assumindo ritmo assim que ele pegava sua mão. Veio o grande momento em que o dançarino pareceu achar uma mulher particularmente boa e a girou para um solo. Das oito primeiras, apenas duas conseguiram solos e apenas uma conseguiu ficar com a luz em si para os dez segundos de fama. A primeira solista jogou o cabelo e fez um *cha-cha* com os ombros. A outra mulher dançou bem, mas foi pega num passo básico no meio do solo; faltava-lhe imaginação quando ficava sem parceiro para conduzir. Matilde observou a número nove seguir, girar e, ao voltar, pisar nos pés do dançarino.

Então era a vez de Matilde. O dançarino entortou um dedo, e ela o encontrou no meio da pista de dança. Parecia que ela havia conquistado um pouco da audiência quando usurpou a irmãzinha, porque as pessoas na multidão celebravam:

— *¡Diez! ¡Diez!*

A música começou, mas, antes de ele tocar na cintura dela, Matilde começou a girar o torso. O dançarino profissional subiu e desceu as sobrancelhas. Sua pegada era firme na sua mão, mas frouxa na cintura, e Matilde o acompanhou passo por passo em giros duplos e voltas de costas. A multidão ia à loucura vendo o dançarino profissional tentar confundi-la, mas Matilde era seu espelho mais suave.

— Quer mostrar mesmo uma coisa para eles? — murmurou ele em seu ouvido.

E, por algum motivo que nunca entendeu, Matilde confiou naquele estranho deslumbrado. Fez que sim com a cabeça.

O homem fez um gesto, e a orquestra realizou uma pausa dramática. As pessoas começaram a aplaudir, mas o homem estendeu a mão. A orquestra começou uma batida pura de salsa, lenta, estrondosa, o tipo de música feito para instruir como a pélvis deve pulsar. Eles começaram no básico, fácil, e então o dançarino a girou uma vez. A música acelerou meia batida. Matilde terminou com facilidade no pé direito e no passo certo. Ele a girou duas vezes mais em rápida sucessão. A música acelerou, e depois mais um pouco. Ela também acertou com tranquilidade essas duas vezes. O deleite completo dele por ela era como entrar num estupor bêbado. Ele parecia se refestelar em sua competência.

O passo do dançarino profissional acelerava no ritmo da música, o que significava que Matilde estava dançando o mais rápido que jamais havia dançado; então ele a girou uma, duas, três vezes, e a multidão começou a contar ensandecidamente, enquanto Matilde arqueava a ponta dos pés, e será que um pequeno furacão poderia ser encarnado? Ela deu um total de dez voltas, os olhos sempre aterrissando nos do dançarino profissional. Ele riu em total contentamento quando ela e a música aterrissaram e pararam na mesma nota. O dançarino tentou girá-la ao contrário, ao que ela se adaptou com habilidade; quando o pé direito tocou o chão, ela deu uma balançada no peito e lançou uma piscadela para a audiência.

A multidão foi à loucura.

Uma conterrânea havia saído invicta desse grande dançarino de *por allá*. Ele não conseguia superá-la.

Ele a fez fazer uma reverência. Os músicos voltaram do intervalo.

Levando-a a um canto, o dançarino ainda não havia soltado a mão dela.

— Você tem de vir comigo, com a banda. Você é a pura perfeição. Olhe só para você. — Ele tocou os babados de sua gola. — Você tem a aparência de quem deveria ser esposa de um governador, mas dança *brujería* pura.

Matilde corou.

— Eu não poderia.

— Você é casada? Filhos?

Ela amava o quanto ele era teatral, quanto parecia desesperado.

Ela balançou a cabeça em negativa.

— Você é menor de idade?

— Tenho 29 anos. Mas a minha mãe nunca aprovaria.

Ele segurou a mão dela com mais força do que em qualquer momento que estiveram dançando.

— Vinte e nove é uma mulher adulta! Você veria o mundo. Eu me certificaria de que a banda pagasse bem. Nós ganhamos muito em gorjetas. Eu não permitiria que, quer dizer, se você tem medo de que alguém tire vantagem, eu não permitiria. Nós poderíamos plantar você na audiência. Você fingiria ser da plateia, mas aí nós chamaríamos você para ser a número dez, que nem hoje à noite, uma participante surpresa que se transforma na queridinha do público. Imagine só. Consegue imaginar?

Ele era um mágico pintando uma cena. Ela via as blusas recatadas e as saias elaboradas com perfeição. Balançou a cabeça que não.

Ele a apertou uma vez mais antes de soltá-la.

— Por favor. Pergunte à sua família. Vamos ficar aqui mais um dia ou dois. Na pousada da cidade. O recepcionista pode me chamar, dia ou noite, se quiser me dar a resposta.

E, apesar de já sentir a resposta nas próprias entranhas, Matilde reuniu coragem e perguntou para a mãe no dia seguinte.

— Ele disse que posso levar um acompanhante, é claro, qualquer um da família. A banda pagaria o meu passaporte e os vistos necessários. A primeira turnê é no Caribe, então eu não iria muito longe...

A mãe não tinha nem os recursos de repreendê-la. Ela riu.

— Matilde, você não vai ser a dançarina de saia esvoaçante de ninguém.

É fácil olhar para trás e considerar que talvez a mãe estivesse lhe dando a oportunidade de se rebelar, formas de provar que ela era de fato independente. Mas é impossível saber de verdade até onde a mãe teria ido para conseguir as ações desejadas dos filhos. Ela era uma mulher que não expressava amor e cuja própria família havia exilado. A mãe de Matilde parecia conhecer muito bem a gama de consequências que podiam ser infligidas a um filho e não parecia o tipo de pessoa que temeria usar qualquer uma delas contra uma filha que não agisse como ela queria.

Matilde não encontrou o dançarino profissional na cidade para o *cafecito* onde discutiriam os planos futuros e então ser apresentada à banda. Em vez disso, ficou em casa e remendou blusas.

MATILDE: TRANSCRIÇÃO DE ENTREVISTA (TRADUZIDA)

MATILDE: Camila misturava isso e aquilo e um pouco de raiz daquilo lá, um tônico que permitiria a circulação. *Mamá* me olhava com olhos de águia quando eu misturava o pó na água, bebia aquela mistura todo dia.

Eu era não natural de uma forma não frutífera. Eu não diria que minha mãe me evitou, mas, se o amor dela era gêmeo do medo, ela parou de ter medo do meu futuro. Uma garota que não pode ter filhos não é exatamente uma garota de cujo futuro se tem de ter medo, tenho certeza de que era a lógica dela. O que era o pior que poderia acontecer? Nenhuma das minhas indiscrições podia criar pernas. Mas isso não significava que ela me deixava andar livremente. Havia apenas duas de nós sob vigília; ela havia parido cinco e carregado e perdido muitos mais.

O óleo de castor e a mistura de Camila funcionaram para fazer minha primeira menstruação dar certo, mas, a essa altura, eu já estava bem avançada na casa dos 20, sem peito, quadril estreito, e o meu sangue nunca veio consistentemente. Passava meses sem menstruar. E tive de tomar a poção de Camila daquele dia em diante, como se fosse a única coisa que equilibrava os meus hormônios.

Elas me deixavam sozinha em casa com frequência. Me mandavam morar com um tio solteiro doente, sem medo do que poderia sair disso, apesar do tanto que *mamá* costumava ser protetora. Eu era do tipo que terminava as tarefas cedo de manhã, então podia desfrutar do sol quente do fim de tarde. Cuidar do tio dava uma trabalheira, mas a salvação era que ele sempre estava com o rádio ligado.

Não nasci com um dom e nunca desenvolvi um como as minhas irmãs, cujos poderes sobrenaturais do mundo vieram do além. Estabeleci meu próprio dom. Reivindiquei a mágica onde me diriam que não poderia haver nenhuma. É isso que dançar era para mim. E é tão poderoso quanto qualquer clarividência ou inclinação para a cura.

EU

liguei para Jeremiah depois de ajudar *mami* com os vestidos e lhe disse que me encontrasse na cidade. A instalação atual dele integrava concreto e luz de uma forma que ela corresse de dentro das rachaduras. Tentar transformar aquilo que ele imaginava em algo tangível havia tomado cada momento seu acordado. E, honestamente, alguns momentos adormecidos também, já que, mesmo nesse estado, eu com frequência o ouvia murmurando sobre sombras e aberturas. A instalação seria exibida numa galeria no Harlem durante as festas de fim de ano, então, apesar de eu saber que ele estaria irritado com a interrupção, também sabia que ficaria tentado pelas possibilidades de uma boa partida de espadas. Meu mozão precisava de uma folga, e eu precisava dele.

Ele trouxe dois baralhos. Yadi estava marinando jacas desfiadas, de forma que pareciam porco quando ele entrou, o grande recipiente espumando com os sucos oxidando.

— Cadê ele? — sussurrei para ela quando nos abraçamos como se não tivéssemos nos visto de manhã.

Ela balançou a cabeça antes de envolver Jeremiah num abraço.

— Como está a minha Marte preferida? — perguntou ele, o braço ao redor do ombro dela.

Eu o cutuquei.

— Você diz isso de toda Marte que conhece, e já expliquei. Yadi é uma Polanco.

Yadi revirou os olhos.

— *Tecnicamente*, a mãe de Yadi acrescentou o nome de solteira ao nome de casada, então *Yadi* é uma Marte *de* Polanco. Nem vem, doida.

Jeremiah riu e me beijou no nariz, dando uma apertadinha no braço de Yadi.

— Ona disse que a gente pode jogar um joguinho. É isso mesmo? Ele foi para a sala de estar com as cartas na mão.

— Ona fala demais. Quer uma bebida, Jeremiah?

Yadi e eu o seguimos para a sala.

— Você já sabe o que eu curto — disse Jeremiah, subindo e descendo as sobrancelhas. Ele era o cara do Old Fashioned, e todo mundo sabia disso.

Yadi abriu a jarra de cerejas marrasquino — ela só comprava do tipo chique, preservado em calda com *corante à base de plantas*, algo que Yadi mencionava quase toda vez que abria um pote na nossa frente.

Enquanto preparava a bebida, Jeremiah pegou meu rosto nas mãos.

— E você já sabe que é minha Marte preferida. E minha *lunes* preferida, e *miércoles*...

Ele me deu um beijo. E eu não aguentava, suas liçõezinhas no Duolingo o faziam soltar espanhol quando eu menos esperava, o que criava uma camada de sensualidade totalmente nova. Ele disse que estava aprendendo para poder falar com mais fluência com *mami*; até ligava para ela toda quarta à noite para praticar. Eu gostava de pensar que ele também estava aprendendo espanhol para poder falar comigo no primeiro idioma que havia ocupado o meu corpo, provocando os traços mais elementares de quando eu havia sido formada.

— O dia da semana é *"martes"*, não *"marte"*, mas você merece uma estrelinha pelo esforço. — Beijei o nariz dele.

Uma série de batidas ritmadas soaram à porta. Yadi deixou a bebida de Jeremiah preparada pela metade e correu para atender. Quando ajeitou os cachos, Jeremiah ergueu uma sobrancelha para mim, que sempre a tinha visto como a anfitriã perfeita; ele via com clareza o quanto ela estava agitada. Jeremiah foi até a bancada e acrescentou o *bitter* que faltava ele mesmo.

Ant entrou e, juro por tudo que é mais sagrado, o próprio ar mudou.

Jeremiah estava de volta ao meu lado, a mão que não segurava a bebida tocava minha lombar.

— Respira. Vai ficar tudo bem. E, se não ficar, eles que vão lidar com isso.

Fiz que sim com a cabeça, pegando o drinque dele para um gole rápido antes de devolvê-lo a ele.

— Precisa de gelo, meu amor.

E então eu estava sendo engolida por braços musculosos, e o cheiro familiar do amaciante de *doña* Reina.

— Será que é a Oneezy? O-ná? Ah, sim! Quem vem lá? É ela. O-ná!

Ri e dei um abraço nele, qualquer nervosismo que havia sentido escorrendo pelos paralelepípedos das nossas risadas. É besta ter um apelido para um apelido, mas nós adorávamos desmembrar o nome uns dos outros e ver de que outra forma podíamos combinar as letras em amor.

— Tão bom ver você de volta, Anthony. A sua mãe deve estar pirando.

Eu me inclinei para trás, analisando o rosto dele. Ele tinha rugas no canto dos olhos. Pequenos cortes na pele que não estavam ali quando éramos pequenos. Ele havia passado por muitas atribulações e isso era aparente.

Ele fez que sim com a cabeça.

— Ela tem ido para a igreja toda noite. Diz que vai agradecer a Deus todos os dias pelo resto da vida.

Ele deu de ombros, querendo falar aquilo com leveza, mas os olhos mostravam outra coisa. *Doña* Reina jamais abandonou o filho.

Me afastei dos braços dele, incluindo Jeremiah na conversa.

— Esse é o meu companheiro, Jeremiah. Sua mãe te contou que me mudei para Nova Jersey?

Ele balançou a cabeça e a mão de Jeremiah ao mesmo tempo.

— Não disse, mas não precisava dizer. Pastora me escreveu.

Sorri e não deixei os olhos se moverem para Yadi. Será que ela sabia que a mãe tinha escrito para o amor de infância dela? Será que aquilo tinha sido uma provocaçãozinha a ela?

Jeremiah massageou o momento tenso como havia feito com minha coluna um minuto antes.

— Por favor, me diz que você continuou jogando espadas lá dentro. Juro por Deus, quando o meu tio foi preso, ele era a piada da família no jogo, e saiu de lá especialista.

Ant e Jeremiah terminaram o aperto de mãos.

— Ah, vocês sabem que esse *brother* de vocês aqui não ia ficar enferrujado, né? Partidas de espadas seguravam as pontas quando a intendência não conseguia, então se liga no que vai se meter, mano.

Ele pegou um dos baralhos que Jeremiah havia deixado na mesa de carteado e dispôs as cartas habilmente. Notou as marcas do coringa, retirou o dois de copas, o dois de paus.

— Yadi, você anota os pontos? Você sabe que ninguém consegue ler a letra de Ona — disse Jeremiah.

— Cacete, 'cê ainda escreve aqueles garranchos? — falou Ant, e dei um tapinha nele, depois em Jeremiah.

— Não é *como* se escreve, é *o que* se escreve, tá bom?

Yadi voltou com um caderninho e caneta, e nós puxamos divãs, uma cadeira de rodinhas e a cadeira da escrivaninha para a sala.

— Ah, é, e o que que você tem escrito ultimamente, Oneezy? Tentei ler um dos seus artigos na internet. Até entendi alguns.

— Ah, Ant. Que fofo. É difícil uma pessoa que não estuda essa merda todo dia ler o meu trabalho. Obrigada. — Ele ergueu a sobrancelha, esperando o restante da resposta. — Não sei muito bem no que estou trabalhando agora. É uma coisa meio informal, mas agora estou só coletando histórias, entrevistando a família. Não sei se vai ser um artigo, ou um livro, ou... nada. Pode não ser nada.

Ant assentiu com a cabeça.

— Gostei do que li. Você colocando a gente, os dominicanos, no mapa.

Sempre torci para que o meu trabalho fosse lido no bairro onde eu morava. Parecia pouco provável, mas, mesmo se Ant estivesse só puxando meu saco, gostei da sensação.

Jeremiah e eu nos sentamos um de frente para o outro. Sempre formávamos dupla.

Ignorei o olhar pernicioso de Yadi.

— Eles trapaceiam, Ant. Eles têm códigos e sinaizinhos para avisar quando têm coringas.

Ant embaralhou as cartas com um floreio.

— Senta aí, Yadi. A gente vai se sair bem. Ninguém vai trapacear, certo?

E senti como se estivesse no ensino fundamental, já que Jeremiah e eu ajeitamos a postura e anuímos com a cabeça para transmitir firmeza.

Yadi deixou o caderno e a caneta perto do meu cotovelo. Ela mantinha os pontos e eu conferia os cálculos. Jeremiah e eu éramos parceiros de carteado, mas Yadi e eu havíamos memorizado um padrão de forças e fraquezas, e nós éramos parceiras de formas não ditas através de cenários não ditos. Nesse momento, ela estava muito nervosa.

— O primeiro jogador dá as cartas para si mesmo — avisou Yadi.

Eu a ensinei a jogar, então sei exatamente como Yadi organiza a própria mão: espadas na ponta esquerda, copas, paus, ouros na ponta direita. Ela parecia ter muitos ouros. Ergui a sobrancelha duas vezes para Jeremiah, ele assentiu rápido.

Ao fim da primeira rodada, havíamos ganhado, enquanto Yadi e Ant mal tinham pontuado.

— Mas ainda dá, ainda dá. — Yadi acenou com a cabeça, concordando com a declaração de Ant.

Depois de termos ganhado três rodadas, perguntei:

— Ganha quem chegar a quanto, trezentos?

Não estávamos longe disso. Ant balançou a cabeça.

— Trezentos e cinquenta, no mínimo. Não tenta facilitar.

Mostrei a língua.

Yadi estava embaralhando as cartas, e, apesar de suas mãos serem capazes de cortar cenouras na velocidade da luz, ela embaralhava feito uma avó artrítica, o embaralhar em cascata tão duro que eu precisava desviar os olhos.

Yadi e Ant não eram ruins, mas não conseguiam ver o *por que* de como o outro jogava. Yadi era cuidadosa, quase sempre apostava duas vazas a menos do que ganhava; ela odiava ficar acima e preferiria se prejudicar a perder pontos diretamente. Ant claramente tinha andado jogando para apostar nos últimos anos: ele mirava alto, anunciando reis e uma rainha solta, que eram sempre cartas arriscadas de se fingir que tinha. Eles não eram necessariamente parceiros mal encaixados, mas estavam jogando um contra o outro além de contra mim e Jeremiah, em vez de notar formas de acomodar seus estilos diferentes.

— Como anda a sua mãe, Oneezy? Yadi me falou que ela está fazendo um lance de funeral. Que que é isso? Ela teve um sonho ou coisa assim? — perguntou Ant.

Olhei para ele antes de responder. Se era uma estratégia de jogo, era suja. Mães estavam fora de cogitação como tentativas de distração, e a minha com certeza estava. Respirei fundo.

— Ela disse que quer celebrar a vida que viveu. Não disse mais nada. Ela nunca pede nada; mesmo uns meses atrás, para o aniversário de 70 anos, disse que não queria uma festa nem fazer muito alarde.

Quero agitar, fazer mais perguntas, mas tudo o que ela diz é que é isso que ela quer e que, por favor, não briguem com ela. Foi mal. Você fez uma pergunta curta e eu dei uma resposta longa.

Minha risada pareceu vazia mesmo para os meus próprios ouvidos.

Todos pegamos nossas cartas. Jeremiah lançou o primeiro naipe. Eu sabia que Yadi sempre segurava as cartas altas para o fim. Ela não jogava para ganhar a não ser que alguém a lembrasse. Tirei vantagem e joguei alto. Joguei o naipe seguinte.

— Mas ela parece bem? Saudável? — perguntou Ant enquanto lançava um rei para uma rodada que eu achava que era minha.

— Em grande parte. Até revirei as contas dela — admiti. — Nada que me fizesse achar que ela pudesse estar doente. Às vezes, me pergunto: se outra pessoa estivesse para morrer, será que ela faria isso como uma forma de se despedir? Como uma forma de reunir a família? Mas isso é meio ansioso da minha parte. Ela não faria isso.

Eu ainda não sabia dizer se Ant estava genuinamente interessado ou tentando me distrair, mas ele estava conseguindo o último.

Yadi ganhou uma rodada de mim. E demorei um instante para reorganizar as minhas cartas enquanto tentava lembrar o que já tinha sido jogado. Minha memória era uma das ferramentas mais afiadas que eu tinha nesse jogo; eu sabia exatamente o que havia sido jogado e o que ainda estava disponível em noventa e nove por cento do tempo. Olhei feio para Yadi.

Sempre tive sorte de Yadi e eu nos darmos bem apesar das muitas formas como nossas mães nos compararam, a ponto de poder gerar ressentimentos. *La cosa* de Yadi se desenvolveu de um jeito diferente da minha, mais tarde na vida, e quase como se um gatilho da perda desconhecida da nossa avó, a comida com um sabor que imbuía o espírito da minha avó. Mas minha coisa recebia tanta atenção que acho que as tias ficaram aliviadas pela de Yadi ser mais sutil.

Foi apenas depois que *tía* Camila contou para *mami* que eu tinha lhe dito que minha *toto* era mágica que ela se sentou comigo. Nós nunca tínhamos falado de sexo antes e não falávamos muito naquela época. Ela me disse apenas que esse novo conhecimento recém-descoberto de como eu conseguia lidar e sentir o ápice entre as pernas tão bem era poderoso e especial e eu precisava tratá-lo com cuidado, mas não ter medo dele. Foi assim que *mami* aprendeu a lidar com o próprio dom? A não ter medo dele? Era isso o circo do funeral? Um abraço ao que viria, encarando-o com coragem?

— Ona, está prestando atenção? Você acabou de cortar a minha carta.

Tinha uma pontada na voz de Jeremiah. Já que éramos uma dupla, era um desperdício meu vencer a carta dele. Não tem nada que ele odeie mais que perder, exceto talvez perder porque a parceira perdeu o foco. Nós dois em geral adorávamos ganhar no mesmo nível.

— Foi mal, achei que Yadi dava as cartas.

Nós não apenas perdemos a rodada como ficamos presos, perdendo a rodada por um ponto. O um ponto em que derrubei a carta de Jeremiah. Por sorte, não havíamos apostado muito, mas ainda assim Yadi riu, então se levantou. Ela foi até o carrinho do bar e pegou a garrafa de uísque. Completou o drinque de Jeremiah.

— Aqui, pode tomar um pouco mais dos caros. Você precisa.

Ant, que havia acendido um beque enquanto Jeremiah embaralhava, passou. Traguei, decidindo que Jeremiah dirigiria no caminho de volta. Passei de volta.

Jeremiah distribuiu as cartas, e peguei uma mão cheia de espadas, as cartas mais valiosas. Essa deveria ser a vez mais fácil, não havia motivo para não apostar dez rodadas e as ganhar depois, o que me redimiria e reinstalaria o sorriso de Jeremiah.

Será que *mami* estava tentando encarar algo? Era como ela havia me ensinado. *Mami* insistia que, porque minha peculiaridade era sexual, ou, como ela preferia se referir, *física*, eu precisava tomar um cuidado a mais. Acho que ela não se divertiu quando falei que parecia que eram os homens que tinham que tomar cuidado ao meu redor, já que era eu quem tinha os poderes.

Ant pigarreou, e me arranquei da fisgada *daquela* conversa em particular com minha mãe.

— Você renunciou — disse Ant.

— Oi?

Eu havia sido a última a jogar. E baixei os olhos para as cartas na minha mão. Eu tinha jogado copas, apesar de ter jurado que não tinha nenhuma. Passei os olhos pela minha mão, vi todas as vitórias que já tinha imaginado, mais as duas cartas que tinha comprado... mas eu havia apostado como se não tivesse copas desde o início, quando, claramente, eu tinha uma cartinha escondida atrás de um ouro que eu não apenas havia ignorado como lancei depois de cortar todos os ouros anteriores. Se eu tinha ouros nas rodadas anteriores, era obrigatório que eu o jogasse. Seria penalizada por renegar naquelas rodadas anteriores.

Ant bateu suas duas vitórias.

— Esses dois. Renunciando. — Ele virou as cartas. E, obviamente, lá estava eu com minhas espadas cortando um ás e um rei de copas. E tinha a copa que eu havia acabado de lançar na mesa.

Ant se esticou por cima da mesa, pegou as nossas três apostas e colocou ao lado dele. Jeremiah jogou suas cartas na mesa. Passei o restante da noite contando mãos até trezentos e cinquenta e contando as horas até o funeral. Nem é preciso dizer que Jeremiah e eu perdemos o jogo.

FLOR

não gostava do tom do recinto. Havia um ar sombrio que ela ativamente tentara evitar quando começou a planejar o funeral. A notícia da amante grávida do cunhado entrou feito uma lufada de ar, revirando cada pluma.

Flor olhou para a irmã, Matilde, que se distraía com os próprios dedos, e deixou que Camila a acalmasse. Como sempre, *su consentida* era Pastora. As outras irmãs apenas a conheciam como a durona, mas Flor a conhecia pelo que era: a mais sensível de todas. Guarda levantada porque era necessário para a sobrevivência.

Ela se levantou e passou um braço pela cintura de Pastora, aproximando-a do calor de seu corpo.

— *Tranquila*.

Pastora se apoiou nela.

— Talvez eu não tenha notado o mal-estar dela. Não ouvi na voz dela. Só uma curiosidade mórbida que me deixou irritada pra caralho. Ela tinha vindo ver uma atração de circo. E alguém precisa dar um empurrão em Matilde. Ela é...

Flor esfregou as costas de Pastora. Esfregou até aquietar o restante de suas palavras. Ela conhecia a irmã. Não teria sido gentil perante alguém que visse como uma nêmesis da família.

— Não sabemos nada ainda. Grávidas vão parar no hospital por muitos motivos. E, apesar do seu dom revelar a verdade para você, não revela a morte. — Bateu no ombro dela. — Deixa essa comigo, tá bom?

Tentou oferecer aquilo como um conforto, mesmo que soubesse que era uma falsa oferta. Se o bebê ou a mãe tivessem morrido, não havia garantia de que ela teria sonhado. Para começo de conversa, ela não conhecia nenhum dos dois, e, se o sonho já tivesse ocorrido, ela não havia tido informações suficientes para passar a notícia adiante. Então, a informação não chegaria a tempo de ser útil. Olhou pela janela como se para pontuar o pensamento. Pastora ajustou a postura.

— E agora, como você se sente?

Pastora olhou para o rosto dela, analisando as rugas que encontrava ali, seus olhos como pontas de dedos lendo um tipo de braile pela saúde.

Flor respirou fundo.

— *Pastora, ¿tú me quieres?*

Era uma pergunta que ela não fazia desde que eram crianças. *Você me ama, meu amor? Você me ama?* Pastora olhou para ela de soslaio. Flor apertou a mão de Pastora.

— Pastora, preciso que melhore esse humor. Por mim, por favor. Não conheço aquela mulher e espero que ela esteja bem. Ou talvez não. Não sei ainda o que espero para ela. Mas preciso que nós sejamos devolvidas ao hoje e ao agora. Peça desculpas e siga em frente. Por mim?

Flor não disse nada mais. Ela podia não ser a mais velha, mas mesmo assim era mais velha que Pastora; elas eram as intrometidas, ligadas como o centro gravitacional das irmãs, e isso contava para alguma coisa. Pastora ergueu o queixo, sua segundo-tenente sempre pronta para a guerra.

No sofá, Camila estava futucando o celular de Matilde, aparentemente tentando buscar a mulher no Instagram. Camila, que estava com uns 55 anos, era a irmã especialista em TI. Ela podia até ser da geração anterior, mas era a mais jovem entre os irmãos, e, assim, a mais adepta ao mundo mutante da tecnologia.

Por supuesto, foi Junior que as viciou todas na Alexa, depois de comprar uma para Camila. Quando as irmãs de Camila visitaram, observaram-na desconfiadas usando a tecnologia. Mandou que uma música fosse tocada e a música preencheu o apartamento. Encomendou meias de compressão e no dia seguinte o homem do correio batia à porta. Demorou três dias, mas, depois que a caixinha acesa não convocou o FBI nem espíritos malignos, as outras *hermanas* estavam ligando para as próprias filhas para encomendar e instalar uma Alexa nas paredes da cozinha.

Foi Yadi quem fez uma vaquinha entre os primos para comprar iPhones para as mães após se dar conta de que telefones maiores as ajudariam a digitar melhor e se comunicar com mais facilidade por FaceTime. Foi essa mesma filha quem então teve de dar um tutorial do uso de grupos de conversa depois que as *hermanas* descobriram o WhatsApp. Yadi mais tarde precisou mediar uma negociação quando o grupo de conversa levou a uma discussão feia que convenceu todas de que *el demonio* estava atormentando as mensagens.

A geração mais jovem trazia formas novas de fazer coisas, essas invenções, e as *hermanas* levavam os dedos a equipamentos, ou as línguas a palavras novas, e costuravam a tecnologia no tecido da vida delas da mesma forma que alguém borda renda, e Camila era aquela que garantia que soubessem como fazer isso quando os filhos estavam ocupados demais para proferir outra explicação.

— Estamos tentando encontrar a mulher *en las redes*. Talvez ver se ela postou algo... — disse Camila.

Não havia notícias. Matilde teria de esperar até voltar para casa para ver se o marido diria alguma coisa.

Do jeito que estava, não havia *nada* que pudessem fazer.

— Matilde — chamou Pastora. — Sinto muito por interferir. Espero que me perdoe. Em nome de Flor, talvez a gente possa deixar Rafa e essa mulher de lado um pouco. Talvez uma partida de dominó ou alguma coisa para distrair a cabeça.

Todo mundo olhou para Matilde.

Camila se levantou e foi até um armário, pela primeira vez, concordando com Pastora.

— Dominós.

Elas formaram duplas.

PASTORA

estava abalada até o âmago. Ela embaralhou os dominós na mesa, mas não conseguiu olhar nos olhos de qualquer uma das irmãs. Não havia tido muitos motivos na vida para sentir vergonha, mas a vergonha desabrochava pétalas pontudas em sua barriga agora.

Flor e Pastora ganharam com facilidade. Em grande parte porque Flor era uma gênia em adivinhar que peças as oponentes tinham e porque a costumeiramente formidável Matilde estava distraída.

Foi Camila quem enfim gritou para Alexa ligar a playlist de salsa. Pastora sentia saudades do marido.

> Eles se conheceram quando ela e Flor se mudaram para a capital poucos meses depois do desastre na casa da La Vieja [suprimido]. Pastora não conseguia compartilhar uma casa com a mãe sem ficar doente. E Flor não confiava o cuidado da irmã a qualquer outra pessoa.

Então, elas partiram para morar na capital com membros da família sem relação de sangue, do lado do pai. A mãe não se opôs. Quando Pastora e Manuelito se conheceram, eram jovens demais para tomar decisões. Eram vizinhos e tinham amizade, mas a afeição crescia com o tempo. Provavelmente sentiram uma admiração um pelo outro na juventude porque ela sempre foi muito tranquila com Yadi e Ant; o amor que as crianças conheciam não era sempre governado pela idade. Enquanto a maioria dos meninos se encolhia porque ela podia silenciá-los com uma palavra, Manuelito, seu amor naturalmente silencioso, era sempre tão cuidadoso e preciso com as palavras que ela conseguia baixar a guarda. Não havia muitas mentiras a procurar na presença do marido.

Depois de anos como vizinhos, quando terminou a faculdade e começou a trabalhar para uma empresa de motoristas, ele perguntou se poderia cortejá-la. Eles haviam compartilhado refeições na casa um do outro, mas pela primeira vez ele a convidava para sair e comer, pedindo permissão tanto do guardião paternal quanto de Flor, já que era ela quem morava com Pastora na época. Foram a um restaurante elegante perto do Malecón. Ela ainda conseguia se lembrar de que usava um vestido amarelo esvoaçante de manga curta, a cintura atada com um cinto e as pontas do cabelo escovadas para o alto. Mas, quando chegaram, o admirador estava esquivo. E ela sentiu que ele estava evitando seu olhar. Poucos eram os que ficavam confortáveis; ela era constantemente atacada pelas picadas das não verdades que as pessoas nem percebiam que contavam.

O garçom os abordou, mas, antes que pudesse servir de entrada o *pan de agua* tostado com manteiga, Pastora o mandou embora. Ela pegou a bolsa e se levantou.

— O que você não está me dizendo?

Havia muito tempo que ela se apoiara no fato de que seria sempre considerada um rolo compressor de homens, e olear as rodas com doçura não impediria a estrada de ser comprimida.

— Sei que é cedo demais, mas eu te amo. Eu te amo há muito tempo.

E o silêncio que se seguiu em seu corpo foi a maior paz que ela já havia sentido. Não havia um porém na declaração. E, nos anos que se seguiram, ela podia ter escutado uma mentirinha ou duas em sua voz em temas menores, mas a verdade de seu amor sempre cortava com clareza.

— E por que você está sorrindo? — perguntou Flor enquanto as peças de dominó eram embaralhadas. Pastora não era boba de dizer que estava sonhando acordada com o marido.

— Provavelmente porque não ofereceu água para alguém. — Matilde fez a observação sem veneno, mas ainda tinha presas. Pastora se encolheu.

Flor balançou a cabeça.

— Agora, todo mundo sabe que *el agua no se niega*. E Pastora errou por isso. Mas ela fez o que pareceu mais protetor. Como sempre faz.

Houve silêncio, e pareceu que as irmãs deixariam essa história de lado, mas Camila, espiando de trás dos dominós, pigarreou.

— Mas *pediram* essa proteção para Pastora, Flor?

Matilde baixou uma peça com força na mesa.

— Eu nunca pedi a ninguém nenhuma intervenção no meu casamento.

Flor jogou uma peça dupla.

— Não conheço os detalhes das conversas que todas vocês têm em particular. — Pastora ergueu os olhos, assustada. Será que Flor conseguia antever as conversas que tinham? — Mas sei que essa situação em particular surgiu no lugar de trabalho de Pastora. Ela não foi atrás disso.

Isso apaziguou apenas o suficiente. Camila jogou. Pastora jogou. Matilde demorou um instante, dois.

— Passa se não tem peça, Mati — avisou Pastora.

Matilde baixou as peças, olhando para Flor.

— Mas ela se meteu, sim. E não foi a primeira vez. Primeiro, quando foi ver *mamá* antes mesmo de eu ter uns poucos meses de casada para se enfiar no meu casamento. E ela anda me caçando essa semana toda com a história de Rafa, como se um relacionamento de trinta e cinco anos pudesse ser descartado como uma cueca freada. Ela se mete na vida de vocês desse jeito? Parece que vocês têm seus próprios segredos, e Pastora sempre protetora deixa esses em paz, não deixa?

Matilde deu duas batidas na mesa. Flor jogou sua rodada sem responder, assim como Camila.

— Caçando? — Pastora largou a palavra no cômodo. E, então, de novo: — Caçando?

Elas não sabiam como as verdades e as inverdades do que estavam dizendo sobre ela a atingiam como farpas. Como ela sentia a convicção delas mesmo que também reconhecesse as formas como esticavam a realidade. Pastora jogou. Matilde jogou, batendo a peça com tanta força que a mesa tremeu.

Flor encostou a última peça no tabuleiro.

— *Capicúa* — sussurrou ela, um palíndromo: uma vitória em qualquer lado.

Camila embaralhou, mas então parou, as mãos ainda nas peças.

— Vocês duas devem se sentir tão especiais. Com suas habilidades tão além das nossas. Com o conhecimento que têm de todo mundo ao redor sem compartilhar nada de vocês. Flor, o que é esse funeral? Aposto que Pastora sabe. — Esta última declaração foi feita para Matilde.

Mais uma vez, menos uma irmandade de quatro do que a irmandade de dois e dois.

Matilde bufou.

— Bem. Vamos falar então, Pastora. Você queria falar, não é? Quer entrar nos detalhes da minha vida, vamos falar tudo da sua. A sua filha está morrendo de preocupação, Flor. Talvez Pastora não estivesse se metendo na minha vida se não estivesse tentando evitar pensar em você. O que é, Flor? O que é essa coisa que você quer fazer com tanta urgência?

Flor balançou a cabeça.

— Não falei para Pastora nada além do que contei a vocês todas.

Camila ergueu uma sobrancelha.

— Mas isso não quer dizer que Pastora deixe de saber mais que todas nós, não é mesmo?

Pastora sentiu o estômago revirar. Pequenas cambalhotas enquanto ela se entendia com como havia se tornado o objeto de escárnio. As irmãs mais velhas e a mais nova estavam com flechas flamejantes no lugar da língua, e parecia que a prática de tiro ao alvo havia se tornado fatal. E Flor, normalmente pronta para a tarefa de parecer sábia e boa e levar paz aonde podia, estava estoica, mas relutante em brigar.

Flor não disse nada. Pastora não disse nada. As duas pegaram suas sete peças quando Camila terminou de embaralhar, todas exceto Matilde, que olhou para as peças que sobraram como se tentasse adivinhar o que seus versos lisos poderiam ter na frente.

Matilde se levantou.

— Vou para casa falar com o meu marido. Vejo todas vocês no... evento de Flor. Não consigo mais ficar aqui. É tudo... É muito, muito fingimento.

Flor se afastou da mesa, seguiu Mati até a porta, um tom de persuasão. A voz de Matilde rachou num choro. A porta se fechou com gentileza. E Flor voltou sozinha.

— Talvez ela esteja ficando velha demais para dormir numa cama que não é a dela. — Flor sempre tentava manter as aparências. — Camila, obrigada por nos receber. Você se importaria se eu me preparasse para dormir? Estou no quarto de visitas?

Flor não olhou para Pastora. E Pastora ouviu em sua voz um milhão de desejos e cada verdade que tinha tentado negar.

EU

fiquei observando Jeremiah se afastar no quarteirão. A partida de espadas havia desandado rápido depois da nossa segunda derrota. Eu sabia que Jeremiah estava com a cabeça cheia esses dias: a instalação, minha fertilidade e, essa noite, provavelmente alguns mililitros de álcool além do que precisava, então lhe dei espaço.

— Vou andando até a 116 — falei. — Encontro você no carro quando se acalmar?

Ele sempre foi competitivo até demais; o defeito tinha tão poucas ocasiões para emergir que eu costumava negligenciá-lo, mas era uma medalha significativa da sua infância. Ele aprendeu a tratar cada perda como uma medalha pessoal de fracasso, fosse ele a pessoa responsável ou não. Era algo que o motivava; ele se esforçava mais que qualquer outro artista que eu já tinha conhecido, meticuloso e obcecado em exibir sua visão *com precisão*. Mas isso o tornava um parceiro difícil pelas coisas mais triviais. Com frequência, não perdíamos em muita coisa como casal, mas, quando perdíamos, era algo que o feria de formas que eu não sabia abrandar.

Já que ficava a poucas quadras de distância, voltei para o meu banco preferido na Universidade Columbia, onde fumei pela primeira vez. Era uma noite que requeria um beque, e por sorte eu tinha conseguido um com Ant. Sei que, tentando engravidar, maconha pode parecer antitética à fertilidade, mas o estresse também mata a concepção, então calculei os riscos. As lojas de maconha legalizada na cidade de Nova York estavam abertas havia alguns anos, mas eu ainda gostava do meu baseado com gosto do bairro.

As pessoas adoram dizer que nova-iorquinos são rígidos, cruéis, ambiciosos além da conta. Mas acho que é só porque estamos cercados de paredes de tijolo, então é claro que as pessoas estão tentando se agarrar para escalar até algum tipo de céu. Provavelmente é o motivo pelo qual minha mãe sempre saía em longas caminhadas. Quando eu era pequena, ela vinha direto do trabalho, colocava tênis e pegava a minha mão, e nós íamos ao Central Park, ao Morningside Park, ao Riverside Park. Tentando nos tirar do labirinto, talvez.

Foi Jeremiah quem nos encorajou a sair da cidade apesar do quanto a cidade alimentava seu trabalho. Ele não tinha crescido em Nova York; era um garoto do Sul, e sua relação com Nova York era por uma absolvição ou resolução diferente da que havia trazido meus pais para a cidade. Quando decidi me mudar da casa de *mami* e o aluguel do estúdio dele disparou, fez sentido para nós começarmos a procurar um lugar juntos, mas eu simplesmente não havia imaginado que seria do outro lado do Hudson, num bairro residencial onde a bodega mais próxima ficava a uma rodovia de distância.

Sinto orgulho e vergonha olhando a casa que temos. A entrada levou boa parte das nossas economias, mas é uma casa grande, com um jardim na frente e um pátio nos fundos com um gazebo. Limpamos as venezianas em março, Jeremiah em pé numa escada que eu seguro. Cuidadoso, ele veste um macacão para o trabalho. No inverno, armamos luzes no jardim. No verão, participamos do churrasco da associação de moradores e falamos com nossos vizinhos aposentados de formar um time de *pickleball* e de fazer excursões de verão para as vinícolas em Martha's Vineyard.

Precisamos de carro para ir a qualquer lugar. E com frequência me maravilho com quanto posso me sentir presa no meio de tanto espaço. Em Nova York, minhas pernas podiam me levar para qualquer parte, e essa agência dava a sensação de liberdade. Do alto da ilha até Battery Park, eu não precisava de nada além do meu próprio corpo para correr ou desaparecer ou escapar. Em Nova Jersey, porém, é preciso ter carro. Jeremiah ri de mim o tempo todo, da minha falta de respeito por automóveis aparentemente solapando todos os sentimentos estadunidenses sobre dirigir em quatro rodas, a estrada livre à frente e o destino manifesto.

Talvez eu seja só uma dessas pessoas que vive num corpo que parece estar sempre num pesque e pague divino.

Jeremiah me ligou vinte minutos depois de nos separarmos e me buscou em frente aos portões da universidade.

Ficamos em silêncio a viagem de carro toda, apesar de ele parecer ter perdido a raiva.

Entramos em casa, e eu o beijei no pescoço, pressionando o corpo em suas costas. Mas Jeremiah não queria nada disso.

— Foi mal. Eu não quis cortar a sua carta. — Eu me aninhei nele.

Jeremiah balançou a cabeça.

— E você renunciou.

Eu ri.

— Acontece, Jeremiah. É só um jogo.

Jeremiah balançou a cabeça.

— É uma questão de respeito pelo parceiro.

Agora eu ri pelo nariz.

— Caralho, é sério isso? Era um jogo. Quantas vezes nós fomos parceiros perfeitamente alinhados?

Servi uma taça de vinho branco para mim e uma para ele, me certificando de não baixar a taça dele com violência a ponto de respingar.

O trabalho recente de Jeremiah o havia deixado ligado feito as lâmpadas que ele transformara em beleza. Eu queria dar uma lista de compras dos sintomas que tinha sentido no meu corpo naquele dia: cólica do lado direito, seios inchados e alta irritabilidade. Eu poderia estar ovulando naquele exato instante e não tinha tempo para uma discussão. *Nós* não tínhamos.

Me apoiei na bancada de mármore preto e mexi no aplicativo de música. Música sempre amaciava Jeremiah quando estava de cabeça quente. O Bluetooth demorou um instante para conectar, mas logo a minha playlist de trepar começou a tocar nas caixas de som da sala de estar.

Jeremiah pegou seu vinho. Tomou um gole.

— Acho que na verdade vou trabalhar um pouco. Eu estava num ritmo bom quando você ligou falando da partida de espadas.

— Eu tenho um trabalho para te dar — falei, envolvendo seu pescoço e o beijando.

Ele riu, mas suas mãos pousaram na minha cintura, e ele nos girou de forma que as costas dele é que ficaram apoiadas na bancada da cozinha e eu estava armada entre suas pernas.

Ele tinha um sabor melhor naquela noite do que nos últimos quatro dias. Isso parecia um sinal. Eu me fiz ficar molhada, aumentei o cheiro para que ele pudesse sentir. Ele gemeu na minha orelha e beijou meu pescoço com urgência.

— Vamos lá para cima — sussurrei.

Era lá que eu guardava o lubrificante de fertilidade. Onde meu altar estava armado para reunir todas as minhas esperanças. Onde eu podia abrir a cortina e olhar para a lua, diminuindo para sua nova forma, e pedir uma bênção.

— Ou vamos ser espontâneos.

Ele me levantou, me apoiando na bancada da cozinha e abriu minha calça jeans. Eu ri.

— Preciso que você esteja por cima, para fins gravitacionais.

A mão de Jeremiah na cicatriz de oito centímetros na minha barriga estava quente num segundo e então se tornou só o frio do jeans tocando minha pele.

Jeremiah tomou um gole de vinho. Respirou fundo, como se desse um trabalho imenso fazer isso, então se afastou de mim. Agarrei sua mão.

— É que acho que estou ovulando. Talvez? Não sei quando, então a gente devia simplesmente transar o máximo possível nos próximos dias. Você sabe que o meu ciclo anda uma bagunça. — Eu estava me repetindo, me dei conta. Nervosa com a reação dele. — Posso recriar o clima lá em cima. — Tentei um sorriso.

Jeremiah esfregou os olhos.

— Ona. Às vezes quero estar perto de você, e não tem nada a ver com procriação. Passei a semana toda tentando te tocar e você estava me afastando. E hoje você tem "sinais" e finalmente me dá bola, só que tem que ser *exatamente* do jeito que você...

— *A gente* precisa, para poder conceber. Que porra é essa, Jeremiah? — Desci da bancada. Puxei a calça e a fechei. — Você faz parecer que estou tentando te coagir a ser pai, e não que é algo que nós dois queremos.

— Não quero que seja assim. E está sendo desde que você foi liberada para tentar. Está começando a parecer uma transação comercial. Não sou um garanhão procriador.

— Ah, agora quem é que quer algo *exatamente* do jeito...?

Ele deu as costas para mim.

— Ona. Eu te amo. Todo dia do mês quero que saiba que eu te amo.

Peguei meu vinho e meu celular e pausei Frank Ocean no meio de uma balada.

— Não consigo conter as porras dos meus hormônios, Jeremiah. A progesterona sobe e me deixa com tesão, e antes de hoje...

Ele ergueu a mão.

— Ona. Entendi. Só não estou mais a fim. Desculpa por não ser conveniente.

Eu sabia que não havia casa de acolhimento no mundo para a violência que senti no meu corpo naquele instante. A dor de outra chance, outro ciclo escapulindo, arrancado de mim. Mas encontrei forças para subir a escada sem dizer nada. Para fechar a porta sem bater.

Não acendi a luz, mas cheguei à mesa de cabeceira de memória. Pousei o vinho e peguei o vibrador. Abrindo a calça de novo, fui para debaixo da coberta.

Entrei no meu site preferido que não estava lotado com vídeos tipo POV e as mulheres tinham *chichos*. O primeiro vídeo promovido era de uma mulher com seios cheios de leite sendo lambidos. O universo tem um senso de humor do caralho, não tem? Isso ou eu claramente havia estabelecido um padrão com os meus cookies na internet.

Era um vídeo mudo, que me pareceu estranho. Não importava o quanto eu aumentasse o volume, ele parecia ter sido filmado dessa forma. Uma abordagem artística, talvez?

Eu havia me treinado quando criança a não gemer quando me masturbava. Tanto o vídeo quanto eu estávamos em silêncio quando gozei.

Voltei a mim, suada e molhada e com uma mínima ponta de desgosto de que era *naquilo* que eu tinha me tornado. Saí do site e comecei a fechar todos os meus outros navegadores quando um alerta soou no telefone, mas parecia estar distante.

Eu me dei conta de que tinha parado a música quando estava no andar de baixo, mas nunca havia desconectado o celular das caixas de som. Meu telefone *estava* reproduzindo som, só estava usando o último lugar em que tinha sido conectado: na sala de estar, onde eu havia deixado Jeremiah.

Jeremiah, que ainda estava no andar de baixo.

Eu não gostava que ele soubesse o que eu estava vendo. O que eu fazia na nossa cama quando ele não estava comigo não era da conta dele. O calor no meu corpo pós-masturbação havia esfriado o suficiente para que eu precisasse me desavergonhar. Não eram o divino em que eu acreditava ou os meus mortos que me diziam que eu era suja e nojenta por ver pornografia, por ser pega. Era a minha própria vozinha. A mesma voz bem baixinha que buscava prazer com uma das mãos e dava tapas duros no pulso com a outra.

    Desliguei o Bluetooth no telefone. Espiei pela janela do quarto. A fatia de lua crescente era tão fina que parecia que alguém tinha levado uma gilete ao céu e cinzelado um sorrisinho: a luz escapava pelos dentes.

MATILDE

enfiou a chave na porta, apesar de logo se dar conta de que poderia simplesmente ter girado a maçaneta. Rafa havia deixado a porta destrancada, uma anomalia em todos os seus anos morando em Nova York. Ela levou o dedo ao coração inchado do menino Jesus, então chamou por Rafa.

Era preocupante, mas a voz das irmãs repetia como um coro em sua mente: *largue esse homem, largue esse homem*. E Matilde queria ouvir, queria mesmo! Dessa vez ela ouviria. Não ouviria?

Rafa estava na cama no quarto. Ele estava deitado de barriga para cima, chorando com um travesseiro que segurava na cara com as duas mãos, sua regata branca larga no peito e justa na barriga. Seu pênis mole escapulia pela perna direita da samba-canção, e Matilde desviou o olhar rápido. Olhar seus genitais parecia inapropriado diante da perda dele.

Ela se sentou ao lado dele na cama. Ele chorava, muito, e ela não o tocou. Deixou que a mudança no travesseiro e o peso de sua presença fossem suficientes para avisá-lo de que ela estava ali. Ela não sabia quanto tempo havia se passado. O suficiente para colocar o celular na mesa de cabeceira, tirar os brincos. Puxou os grampos do cabelo e tirou os sapatos com os próprios dedos dos pés. Seus óculos se juntaram ao celular, e ela esfregou os dedões onde as plaquetas haviam deixado uma marca. Mais cedo ou mais tarde, depois de ela ter tirado tudo o que podia sem tirar a roupa, ele se aquietou. Tirou o travesseiro da cara.

— Mati, tenho uma coisa para te contar.

Matilde encarou a parede em vez de olhar nos seus olhos vermelhos.

— Havia uma garota. Foi um erro meu, mas ela era namoradeira, e eu falei para ela que era casado, mas, uma noite, fiquei bêbado, e tinha um dueto, e... acontece que aconteceu.

Matilde vacilou. Rafa continuou:

— Ela... Ela embarrigou. Eu estava esperando para ela ter o neném, ajudando aqui e ali até o neném chegar e a gente poder fazer um teste de paternidade, porque, sabe, uma garota dessas, ela diria qualquer coisa, e como é que eu vou saber se é meu? Eu nunca tinha engravidado ninguém mais. Sei que você sempre achou que fosse você, mas e se parte da coisa fosse minha? Não acho que era meu.

Matilde encarou a parede branca por tanto tempo que começou a ver manchas.

— Você sabe que o bebê é seu, Rafa. *No mientas*. Ouvi que ela te defende com unhas e dentes. Ela não faria isso por qualquer um.

Se Rafa ficou surpreso, Matilde não olhou para o seu rosto para ver.

— Foi um acidente. Eu não achei que podia ter filhos. Nunca tive antes. Era uma coisa pequena. Só uma menininha bonita, tarde da noite. Eu não amava a menina.

— Eu sei.

O que Matilde sabia era que ele usou o tempo pretérito, mas o choro acontecia no presente.

— Hoje. Ela estava me esperando. A gente ia comprar um berço ou uma coisa dessas, e ela levou um susto. Ou entrou em trabalho de parto. Ou foi uma daquelas contrações falsas. Não sei. Não sei. Eles seguraram a garota no hospital a noite toda, mas a mãe me expulsou quando cheguei. Não sei se o neném está bem.

Que tipo de destino poderia ser esse, quando uma mulher se tornava confidente do próprio marido em assuntos ligados às suas amantes? Era além de indigno. Ela estava fatigada demais para brigar, para demandar mais. Sua mãe havia morrido, mas os desejos da mãe seguiam em frente, parecia.

> Depois de um ano de casada, sua mãe fez uma viagem para visitá-la no apartamento em Santo Domingo que ela dividia com o novo marido. Era estranho para a mãe viajar para longe de casa, e ainda mais estranho ela ter tirado Camila do meio do semestre da faculdade para isso. Ela afirmou que quis tirar Camila *del campo* por um tempo.

Matilde abriu mão da própria cama para que a mãe pudesse dormir nela com Camila. Convenceu Rafa de que podiam facilmente ocupar o sofá, apesar de ele não ter vindo para casa na maioria das noites durante a visita, então era só Matilde quem encarava o ventilador girando no teto da sala de estar.

A mãe a encontrou chorando uma noite enquanto encarava as pás giratórias.

— *Y a ti, ¿qué te pasa?*

Matilde precisou soluçar e arfar até ficar coerente, mas enfim disse as palavras. Tinha cometido um erro imenso. Seu marido não era um bom homem, não era um homem que se satisfazia com a atenção de uma mulher só. Ele precisava se sentir amado e desejado por todas as mulheres que conhecia.

A mãe não teve empatia. Matilde não esperava que tivesse, mas pensou que a mãe lhe diria que endurecesse, que lhe desse um ultimato, que desse um tapa nas moças que ele visitava. Ela queria o conselho de uma ação impetuosa.

— Esta vida é longa demais para viver sozinha. Até um homem ruim é um homem, e isso é o suficiente. Você é tímida demais. Pode ser que não arranje algo melhor. E... — Aqui a mãe hesitou. Como se as palavras ditas não tivessem sido duras o bastante, como se pudesse haver algo mais duro que requereria que ela falasse com cuidado. Matilde se lembra de fechar os olhos para as palavras que viriam. — Pode haver um dia em que não reste um único corpo no mundo para lhe oferecer calor. Dos males... — *O menor*, insinuou a mãe.

Rafa colocou a cabeça no colo dela e passou um braço pela sua cintura, enquanto as palavras da sua mãe ecoavam para o passado, combinando--se com o presente. Rafa lhe disse que havia sido um erro um erro um erro. Ela colocou a mão na cabeça. E, apesar de ter praticado na viagem de metrô para casa, ela não disse: "*Vete pa'l carajo*, seu filho de uma puta."
Em vez disso, ela acariciou seu cabelo e lhe sussurrou que se acalmasse, que ficaria tudo bem. E dobrou seu orgulho e o enfiou no meio de um lenço que usaria para enxugar as lágrimas dele.

FLOR

esperou enquanto o colchão inflável se enchia na sala de estar. Camila tinha dois quartos, mas, como uma estadunidense, havia transformado recentemente o quarto antigo de Junior, o quarto que estava sobrando, num escritório e academia e se livrado da cama extra. Como se uma máquina elíptica e uma escrivaninha gigante fossem mais úteis do que alojamento para visitas, em especial com tanta família por perto. Ela tentou não ficar irritada porque não teria uma porta de quarto para a própria privacidade e porque, a qualquer momento que uma das irmãs se levantasse para usar o banheiro, ela ouviria. Pastora já tinha escovado os dentes e se arrastado para a cama que compartilharia com Camila.

Flor não queria pensar no gosto amargo de ressentimento no fundo da garganta; não pelo colchão inflável, mas por como a noite não havia transcorrido. Esperava que ela e as irmãs conversassem até altas horas. Que bebessem, e fofocassem, e dançassem. Que compartilhassem segredos até pegarem no sono no sofá, uma cabeça no ombro da outra, e a dela no descanso de braços. Ela se sentiu nostálgica pelo crepúsculo que não havia sido, e o sabor dele dominou a sua boca inteira.

Pediu a Matilde que ficasse. Que renunciasse a corrida até o marido essa única vez. Mas, apesar de Matilde ser considerada a mais dócil, ela era feroz quando se tratava das profundezas em que havia se entrincheirado com Rafa. Como se justificasse tudo que havia sofrido se ela provasse que seria capaz de suportar ainda mais sofrimento.

Era a distância entre elas todas, imaginou Flor. Compartilharam um lar quando crianças. E, então, cada uma delas partiu em diferentes estágios de formação de mulher, encarando um país armado para feri-las, e elas com seus pouquíssimos escudos.

A mãe jamais entendeu por que ela desistiu da oportunidade no convento para acompanhar Pastora até em casa e mais tarde até a capital. E Flor não soube explicar que precisavam estar juntas e que Pastora não podia ficar em casa. Elas jogaram a brincadeira de siga o mestre pelo resto da vida. Pastora para a capital, Flor logo atrás. Flor para Nova York, Pastora se juntando dois anos depois. Encontraram apartamentos em andares diferentes, mas no mesmo prédio. Estavam atreladas.

> Flor tentou explicar uma vez, quando era uma moça visitando a casa da capital. Pastora nunca se juntava a ela nas viagens para ver a mãe. Mas o aniversário do enterro do pai estava chegando, Matilde havia passado os últimos poucos anos cuidando do tio morrendo perpetuamente — e Flor poderia ter lhe dito que enfim ia bater as botas logo — e a mãe estava sozinha, só com a Camila adolescente de companhia.

O interior parecia diferente. Vazio, mesmo que os abacaxizeiros ainda dessem frutos e hectares de plantação de tabaco estivessem pelo menos na altura do joelho. Claramente os trabalhadores da terra ainda semeavam e faziam pousio e colhiam, mas muitas das casinhas na beira da estrada pareciam abandonadas. As pessoas tinham se mudado para cidades maiores. Atravessar de carro o canal fez o coração de Flor parar por um segundo. A água estava tão baixa em comparação ao que ela se lembrava. Ou será que simplesmente sempre foi baixa assim, mas sua mente infantil criava um colosso da hidrovia? Não tinha certeza. Mas sua casa parecia pertencer à memória de outra pessoa. Ela sempre se considerou uma garota do interior, mas as suas arestas haviam sido polidas, tanto que sua mãe a repreendia por achar que ela se sentia boa demais para a sujeira que tinha sido seu berço.

 A mãe, à sua própria maneira, enfiava perguntas sobre os irmãos. Matilde chegou a escrever para Flor? Ela parecia contente cuidando do tio doente; tinha uma alma tão maternal. Flor murmurou que Matilde lhe havia enviado uma carta sobre sua nova banda preferida. No segundo dia, *mamá* Silvia soltou ruídos de que ainda estava para conhecer a esposa de Samuel. Flor relatava em resposta o comportamento gentil da mulher, apesar de ela ter jeitos de *una madona*. Tudo eram coisas que ela sabia que o irmão, um correspondente fiel, provavelmente havia escrito nas próprias cartas para casa. *Mamá* perguntou de primos e sobrinhos e, numa ocasião silenciosa, até mesmo sobre a família do falecido marido. Ela não perguntou de Pastora.

 E Flor estava perfeitamente bem em não precisar dizer nada sobre aquela irmã em particular. *Mamá* também não perguntava sobre a própria Flor. Era uma prática que Flor achava mais esquisita do que triste, a forma como a mãe nunca mostrava preocupação pelo filho diante de si, deixando para perguntar sobre ele depois que partisse. Como se demonstrar suavidade diante da pessoa fosse torná-la... O quê? Fraca? Molenga? Maternal? Flor não achava que tinha feito essa viagem para confessar qualquer coisa para a mãe, mas ela descobriu que, ao buscar o silêncio do lar da infância, talvez ela esperasse encontrar algo acolhedor no peito da mãe.

 Como dizer a *mamá* que tinha conhecido um homem? Dizer que "se apaixonou" seria uma expressão muito batida para o que sentia. Ela sentia consideração por ele. E afeto. E sonhou com ele na noite em que o conheceu e soube exatamente como ele morreria. Saber tanto o começo quanto o fim a levou a acreditar que ele seria um companheiro tranquilo.

— Flor, vá ver se acha a sua irmã. Ela deveria ter voltado a essa altura. Aquela menina ama se perder no mato. Leve o machado. Ela sempre esquece no dia de lavar roupa e provavelmente está lá longe arrancando alguma raiz ou tentando derrubar uma manga balançando a árvore, sabendo muito bem que uma faca afiada é a melhor aliada.

Flor, que estava mexendo um *asopao*, tirou alguns pedaços de madeira do *fogón* para que a chama baixasse. Acrescentou água e observou: tinha talvez quinze minutos antes que quase toda a água evaporasse e ele começasse a grudar no fundo da panela. A mãe era muitas coisas, mas não boa cozinheira.

Obedientemente, ela pegou o machado e prendeu o cabelo. Apesar de parecer que ia chover, o ar ainda não estava úmido. Ela deixaria essa ilha logo, sabia. O homem que tinha conhecido, Pedro, já havia falado de querer se casar com ela e levá-la com sua documentação para Nova York. Pastora andava lançando olhares para o vizinho Manuelito, e Flor sabia que podia confiar nele para vigiar o bem-estar da irmã. E, como esse lar havia mudado quando ela partiu para a capital, a ilha inteira mudaria quando ela partisse para outro país. As memórias não seriam mais corroboradas por um cenário que permanecia o mesmo.

Passou pelos velhos *conucos*. Sua mãe não havia pedido a ninguém que a ajudasse a replantar o que o marido costumava semear. E as fileiras de canteiros se estendiam, inférteis. Quando o pai morreu, o cultivo gentil da terra morreu com ele.

(*Mami* me disse que uma vez ouviu *papá* Susano afirmar ao seu irmão, Samuel, que eles tinham sangue taino. Não com a arrogância que tentava remover a pele escura de sua africanidade, mas com a tranquilidade na qual ele explicava ao primogênito que sua tradição particular de plantar tabaco datava de milênios atrás. Acredita-se que existam pouquíssimos descendentes dos tainos, ou o indígena aruaque, mas minha própria pesquisa a respeito dos traços indígenas de meu avô me levou a trabalhar com documentos publicados pelo museu da Smithsonian de mais de uma década atrás em que descobriam que os descendentes dos tainos não apenas existiam como havia evidência física na boca de dominicanos: nossos ancestrais indígenas são encontrados nos dentes, nos incisivos. Esses dentes da frente são claramente distintos daqueles de pessoas de origem africana ou espanhola, uma prova definitiva de que o que *papá* Susano disse a Samuel tinha mérito. A respeito do tabaco, ele disse a Samuel que prestasse atenção às fases de florescimento e ao crescimento das quatro folhas mais próximas do chão. Os talos podem chegar à altura da cintura, explicou ele, dependendo da altura do fazendeiro. Se é uma criança colhendo tabaco, pode ficar alto o suficiente para chegar acima do corpo, e descascá-lo e colhê-lo podem ganhar elementos mais perigosos, já que mãos pequenas e macias não são adequadas para sentir a planta. *Mami* não se lembrava dele falando por tanto tempo ou com tanta reverência de qualquer outra das plantações. Havia algo específico no cultivo de tabaco. E meu eu, espiritual e ancestralmente inclinado, acha que é porque tabaco, ou *tobako* para os nativos de Kiskeya, era usado num ritual sagrado antes do filho da puta do Colombo chegar. Era uma erva conectada aos mortos. Aos mortos-vivos. Aos espíritos de *atabeira* e suas irmãs cruéis. Os tainos acreditavam que toda vida estava imbuída de espírito e do próprio conhecimento sagrado, e exagerar em tabaco para eles poderia ser comparado corretamente a exagerar em água benta. *Tobako* era remédio e era santificado. Era sabedoria passada através da alquimia de queimar um ser para ter outras essências de vida reveladas; fogo e fumaça como ligações com o divino.)

Se não fosse por Camila, talvez restassem apenas os limoeiros. Mas Camila havia plantado ervas e cuidado das árvores frutíferas. Camila carregava a maior parte do pai. Foi esse pensamento que Flor teve ao cruzar um caminho e sentir algo estranho deslizar pela panturrilha esquerda, então se enrolar com um aperto mais forte ao redor dela.

Ela não pulou; ela não gritou. Ficou imóvel feito pedra. O aperto na perna aumentou, viajou mais alto até o joelho, uma algema de sangue frio. Flor ergueu a saia com a mão livre. Mesmo quando criança, houvera uma criatura, um único animal que ela sentia dificuldade em entender por que existia e, quando viu as escamas brancas e brilhantes com manchas carmesim, a cabeça vermelha salpicada de manchinhas brancas, como se um artista insatisfeito tivesse apagado o trabalho ali e ali e ali, Flor abriu a boca, mas o grito que emergiu foi silencioso. Ela não tinha fôlego para gritar.

Sentiu arrepios da cabeça aos pés quando olhou nos olhos da *boa de la Española*; era uma criatura comprida. A cabeça agora estava pousada na coxa dela, o rabo pressionando o tornozelo, e seu corpo dando voltas e voltas ao redor dela. Claramente tinha um afeto maior por Flor do que Flor por ela.

Ela se jogou no chão, batendo a perna em algo que parecia um canteiro de mangará. Bateu com força, ignorando a dor que disparava pelo calcanhar. Ela se chacoalhou, e bateu, e se arrastou, e lançou a coisa longe, até elas estarem cara a cara, ela de quatro, arquejando, a dor no pé se explicitando com palpitações curtas. A jiboia não parecia muito ferida; a não ser que uma cobra possa ser ferida por tamanho desprezo, seu rosto não parecia chateado com ela.

Sem tirar os olhos da cabeça vermelha, sua mão esquerda tateou a terra até encontrar o cabo da longa lâmina de *mamá*.

Flor, via de regra geral e inata, não matava coisas. Mas havia, encarnada nessa criatura, uma ameaça que ela sentia no corpo inteiro. Tinha vindo como um augúrio, um aviso, um sacrifício de sangue que ela precisava fazer. E, quando a cobra se empinou para trás, a boca ainda fechada, Flor baixou o braço num arco rápido.

¡Fuácata!

A cabeça da cobra se desconectou limpa, caindo numa pilha de mato morto, o corpo descolorido ainda rastejando na direção dela.

Flor correu para casa, coberta de terra. As nuvens que ameaçaram o dia todo despencaram sobre ela. Camila já estava lá quando ela chegou. O *asopao*, a única coisa que tinha dado certo, borbulhava alegremente na panela. A mãe a observava, mas não perguntou por que ela estava coberta de terra, tremendo.

Foi Camila quem usou trapos para limpar suas pernas e a enrolou numa toalha que tinha secado no sol. Flor atropelou as palavras para contar o que houve.

— Ah, pobrezinha. Sempre ouvi falar que você tinha medo de cobras. — Camila falava como se tivesse 100 anos, não 10. — *Mamá* acha que você entendeu a história da Eva de um jeito muito literal.

Flor balançou a cabeça, incapaz de dizer *Isso foi mais do que uma reação a uma parábola*. Aquela cobra a estivera perseguindo havia muito, muito tempo.

— É a estação, entende? Tem feito mais frio que de costume, e as jiboias descem para cá quando esquenta, e, bom, o que é mais quente do que carne humana? — Camila tentou dar um sorriso que murchou perante os dentes à mostra de Flor.

Camila e Flor dividiram uma cama naquela noite, Flor grata pelo corpinho da irmã, que contrabalançava os tremores que ainda passavam pelo dela própria. Só pegou no sono depois da meia-noite, a hora indicada pelo relógio grande na sala de estar. Dormiu um sono sem sonhos, raro para ela, que, mesmo quando não predizendo a expiração de alguém, tinha um inconsciente ativo.

Ainda estava escuro, talvez a hora mais escura da noite, quando ela acordou num salto, ciente de que estava sendo observada.

E ali, no pé da cama, branca como dentes à mostra, brilhante, com uma cabeça rubra, estava a cobra. Olhando bem para ela.

Uma vez, ela contou essa história a Ona, que, sendo Ona, obviamente ficou cética. Nenhuma história era boa o suficiente para a menina se não fosse verificável.

— Olha só, acabei de procurar, e cobras não podem se reconectar nem regenerar. Mas também não precisam de muito oxigênio, então é possível que estivesse só se mexendo por umas horas depois de você decapitar o bicho. Talvez tenha acontecido dentro de casa, e não fora. Ou talvez *tenha sido* um sonho.

(Posso dizer com sinceridade que não me lembro dessa interação. Mas tem todo o jeito de como minha eu adolescente teria respondido. Minha eu adulta também.)

Flor não era do tipo que batia na filha. Era parte dos conselhos que sua própria mãe sempre a havia repreendido por não seguir. *A parte de trás de uma mão lembraria a espertinha quem era a adulta e quem era a filha num instante.*

Naquele momento, com a filha rindo de seus modos rurais e negando uma memória real com sua suposta ciência, Flor quis cortá-la bem na jugular, abortar o júbilo bem na abertura do pescoço.

Em vez disso, ela ficou sentada em silêncio. Lembrando a forma como a cobra havia se erguido. Como ela conseguia ver os olhos brilhantes da cama. O corte no mato tinha sido imaculado, um bom talho diagonal que nem quando se corta plátanos para fazer *tostones*. Mas a jiboia não havia se realinhado no sentido que a lâmina cortou, parecendo menos as duas pontas de um ímã que encaixavam no lugar e mais dois *tostones* em óleo quente se encontrando no borbulhar e se unindo com força, mas mal encaixado. Havia sido terrível. Pior ver a cobra disforme e tentando retomar a configuração original do que quando o animal estivera enrolado nela ou mesmo do que quando ela a havia assassinado.

Coisas frágeis precisam que você testemunhe a chaga que lhes causou.

YADI

sentiu o tempo parar quando a batida ritmada que ela não ouvia tinha quase duas décadas chegou à porta. Ela não havia nem terminado de servir a bebida de Jeremiah, o coração indo atrás das duas batidas ritmadas seguidas de três rápidas. Aquele jeito de bater começara anos antes, um código secreto. Ant batia à porta, então corria escada acima. Dessa forma, mesmo se a mãe abrisse a porta, ela não saberia que era o garotinho do andar de baixo querendo a atenção da filha dela de novo. Pastora gostava de Ant, mas não gostava de Yadi fazendo alvoroço ou passando tempo demais com qualquer garoto que não fosse parente.

Yadi ouvia a porta e, se a mãe estivesse distraída, atendia. Se a mãe atendesse, Yadi esperava até *mami* parar de reclamar dos bagunceiros do prédio que ficavam soltos pregando peças, antes de ela sair de fininho, certificando-se de fechar a porta em silêncio enquanto subia o lance de escadas onde Ant esperava. Dali, eles poderiam ir para o sótão ou para o telhado. O alarme do telhado não funcionava fazia anos, então era um lugar bom de se esconder.

Aquela batida havia iniciado sua noite, mas, agora que Ona e Jeremiah tinham partido havia muito tempo, ela queria se esconder. Ant ainda estava ali e eles estavam a sós. Ele estava chapado, e ela se sentia um pouco leve do uísque. Ela não achava que ele de fato viria quando se ofereceu na noite anterior a ajudar nos preparativos para o funeral.

Yadi certamente não havia esperado que ele se sentasse e jogasse cartas com a prima e um sujeito que não conhecia.

Ela se encarou na janela. O reflexo distorcido mostrava como ela se sentia por dentro, uma espécie de fantasma. Gostava de conseguir se ver dessa forma, de conseguir vê-lo atrás dela sem ter de olhar em seus olhos.

— Você fez compras.

Os tênis dele eram novos em folha e limpos, o que levou Yadi a se perguntar onde ele tinha arrumado os tênis que usou na véspera. Ele havia se ajeitado; o boné na cabeça tinha cheiro de novo, ainda com a etiqueta. Mas a camiseta, apesar de limpa e também nova, parecia ser um tamanho acima.

— Falando nisso, pensei que a gente podia fazer uma troca rápida.

Yadi recuou. Ainda não havia se acostumado com a voz dele. Como tinha ficado grave. Ela se deu conta de que estava excitada. Estava excitada pelo fato de que o conhecia e não o conhecia. O garoto que ela conhecia no corpo do estranho que ela desejava. Era uma mistura inebriante.

— Troca?

Ela deu um passo para trás, e ele para a frente. Ele estendeu o iPhone.

— A minha mãe me arrumou esse telefone, mas ela não sabia me ensinar a usar.

Ant tinha sido um garoto orgulhoso na adolescência. Não era do tipo que sabia pedir ajuda. Ela se perguntou se aquele pedido era crescimento ou se o ato de não ir à loja da operadora era indicativo de sua necessidade de ainda proteger o ego.

— Você me ajuda a configurar e eu te ajudo a fatiar e cortar? Eu prometi.

Ela secou as mãos num pano de prato. Yadi não tinha o hábito de mentir para si mesma. Para o mundo? Sim, tinha. Eles recebiam a versão fechadona dela, oblíqua. Era vista como brutalmente honesta porque raramente continha a língua, mas as pessoas ao redor dela não sabiam o quanto ela não admitia. O ácido que tinha herdado com o gosto por limão não era apenas um fenômeno de paladar. Havia mudado como reagia às pessoas. Ela sabia o quanto de doce ou azedo um momento requeria. Então, sabia que Ant ia se sentar no sofá, e ela se sentaria ao seu lado. Começaria guiando-o pelo telefone e criando uma conta de e-mail e baixando o Instagram, ou um podcast, ou alguma coisa assim. E, então, suas mãos se tocariam, e haveria uma faísca. Ela perguntaria se ele havia sentido algum toque mais suave. E Ant ficaria vermelho, resmungaria, as coisas indizíveis de ser um jovem adolescente atraente numa prisão refletiriam em seu rosto. E, então, ela tomaria a mão dele e o conduziria para o quarto.

Ela ouvia o desejo em sua voz. Então, não poderia responder com doçura.

— Sua mãe é boa com telefones; Ona ensinou como usar logo que os iPhones saíram. Pede para ela configurar para você.

A mãe de Ant é de La Vega. O sotaque de *doña* Reina é ornamentado com *i*s longos que transformam palavras familiares em uma canção diferente, distinta das letras claras de um som da capital — apesar de que, para dizer a verdade, pouquíssimos sotaques dominicanos têm letras muito marcadas, exceto se a pessoa frequentou uma escola particular prestigiosa que entortava a boca para não sair das linhas designadas. Uma pessoa de El Cibao deixa de usar a maioria dos *s*s e substitui alguns *r*s e *l*s por *i*. ¡*Poi Dio que sí!*

(Esta antropóloga notará que uma vez que fez uma postagem no Instagram descrevendo as circunstâncias linguísticas que permitiam que uma linguagem evoluísse de tal forma que você ritualisticamente acrescentava e subtraía letras para equilibrar as palavras. Yadi comentou que era como o balanço que tinha que declarar a cada trimestre para a loja: o lucro, um dialeto que podia aprender em qualquer lugar; o prejuízo, uma sensação de que nunca estava lidando com as palavras corretamente.)

Quando Yadi mudou para uma vida à base de plantas, ela só conseguia pensar em como queria ligar para as mães do ex-namorado para avisar que agora ela era *vegana* também. Sabia que a piada não só se perderia na tradução; se perderia em entendimento mesmo que não precisasse ser traduzida. Que tipo de dominicano voluntariamente parava de comer bisteca, e mel, *aunque sea*, um ovo frito?

— *Eso no le hace daño a la gallina, mi hija* — havia lhe implorado a mãe, com toda a certeza de que esse estilo de vida sem produtos de origem animal levaria a filha a ter anemia e diabetes e a um enfraquecimento da saúde que não a permitiria ter filhos. — Quem vai comprar comida? *Esos platos vacíos*. — A mãe de Yadi achava que qualquer refeição que não incluísse carne estava vazia. Mas Pastora pegou parte das suas economias para ajudar Yadi a comprar o estoque do primeiro mês.

Ant fez que sim com a cabeça, enfiou o celular de volta no bolso. Eles estavam em pé, a poucos passos de distância, o golfo entre os dois parecendo turbulento demais para ser cruzado.

— Olha, Yadi, quando eu estava lá dentro...

Yadi levantou a mão para impedir a arremetida. Ela balançou a cabeça. Não lhe havia escrito por um motivo. Não podia permitir esse tipo de confidência. Era cruel, sentia, ser um dos poucos lugares onde Ant ainda poderia se sentir vulnerável, talvez até impiedoso negar qualquer confissão que ele estivesse prestes a fazer, mas ela sabia que seria crueldade com eles próprios compartilhar um único momento que poderia aproximá-los mais.

Ela lhe passou um avental. Colocou algumas batatas numa tábua de corte. Deu as costas para ele.

— Yadi, quando eu estava lá dentro, não é como se tivessem apertado um botão de pausa na minha vida. Eu tinha acesso ao computador de uma biblioteca e fiz umas aulas. Eu tinha Facebook. Eu falava com garotas. Minha vida não acabou.

A água para a quinoa começou a ferver.

— Fiz amigos lá dentro. Mentores. Caras mais velhos que cuidavam de mim. Não foi tudo ruim.

De alguma forma, a mão de Yadi terminou pairando sobre o coração. Ela *conhecia* Ant. Por entre as frases, ouvia tanto do que ele não dizia. As partes que pesavam o "não foi tudo ruim" com "a maior merda que poderia ter acontecido".

Uns poucos anos antes, houve uma série de demandas pelo abolicionismo penal. A mãe de Ant havia marchado junto de ativistas e revolucionários. Uma mãe dominicana sozinha, com jeans apertado demais e uma placa escrita à mão em letra cursiva porque letras de forma não foram parte da educação das freiras. Yadi não marchou. Não se juntou a nenhum programa de justiça social nem sonhou em se tornar advogada para um dia poder lutar pelo caso de Ant. Ela simplesmente içou a âncora dessa parte do seu passado.

— Puta merda, esqueci as pimentas em conserva. — Yadi olhou para o fogão. — Pode correr na loja para mim? — Ela pegou a carteira da mesa e lhe deu um dos cartões. — *Jalapeños* fatiados, por favor.

Nenhuma das receitas requeria pimenta em conserva. Mas ela precisava que Ant lhe desse um minuto.

Ant fechou a porta com suavidade ao sair.

Enquanto ela colocava o assado de quinoa no forno, Yadi espiou pela janela da cozinha, onde uns poucos galhos de uma árvore apareciam. Estava escuro agora, e ela mal conseguia distinguir as folhas morrendo, mas Yadi parava nessa janela com frequência. A árvore era amada por pássaros. Nenhum pássaro de variedades bonitas; esses pássaros não se agitavam nem cantavam. Eles viviam sem saber que não tinham a plumagem mais surpreendente e não se importavam com isso. Arrulhavam em cima do ar-condicionado ligado à janela; trepavam, e ela conseguia ouvir, o jeito como um ia por cima de outro. Às vezes, um pássaro se escondia num galho perto do topo da árvore, e um segundo pássaro passava voando perto. Parceiros, pareciam. O primeiro pássaro disparava de novo e o segundo pássaro, depois de um momento ou dois, partiria com seu parceiro, ou seu não parceiro, ou seja lá o que se chame uma criatura que puxa seu centro de gravidade até que você sucumba.

Com frequência, Yadi esquecia o tempo quando estava na cozinha. Então, quando quinze minutos se passaram e Ant não estava de volta, ela não notou. Quando quarenta minutos se passaram e Ant ainda não tinha voltado, ela ficou nervosa. Pegou o celular, mas se deu conta de que não tinham trocado números, e o telefone dele não estava de fato configurado.

Ela enfiou umas *chancletas* por cima das meias. Desligou o forno, engolindo a irritação que sentia, já que interromper o tempo de cozimento iria foder com a textura. Havia uma bodega na Amsterdam Street e um mercadinho mais chique na Broadway. Ela foi à bodega primeiro, mas Petey disse que, apesar de Ant ter entrado e olhado as prateleiras, ele não tinha comprado nada.

Foi até o mercadinho gourmet, estalando o pescoço endurecido quando parou no sinal para pedestres. Esse novo mercado de produtos artesanais era mais caro do que o atacadista em que ela normalmente comprava, e ela só esbanjava ali quando estava cozinhando para um amante novo.

Quando se conhece o seu povo, à distância é possível saber se suas vozes estão elevadas de raiva ou de alegria. Gente branca se assustava com qualquer gritaria, mas o seu povo sabe quando é um ladrar de riso ou a observação cortante que vai levar a socos. Então, da esquina, Yadi sabia que as vozes altas não eram um bom sinal. Ela se apressou loja adentro, já amaldiçoando sua pequena rebeldia boba de não usar roupas de verdade na rua. Ela *não era* uma aluna de Columbia e, agora, quando mais precisava dos trajes profissionais, não estava pronta.

O alvoroço era no autoatendimento. Ant estava parado em frente a uma máquina com uma luz vermelha piscando em cima. Um gerente da loja e um segurança falavam em walkie-talkies. Mas, apesar de seus grandes gestos, foi a imobilidade incompreensível de Ant que capturou sua visão, que a fez correr e se meter entre ele e o gerente. Ela não perguntou o que houve.

— Ei, ei. Ant. Olha pra mim.

Ele voltou os olhos para ela, mas não respondeu. Ela tomou a mão dele na sua.

— Ei, tá tudo bem.

Ele ainda estava em silêncio.

O gerente era um homem magro com um bigodinho safado com jeito de assediador.

— Na verdade, senhora, pode ser que não esteja. O segurança viu o sujeito se digladiando com a máquina; estamos tentando falar com ele tem vinte minutos, mas ele não responde.

Ela segurou o rosto de Ant. Sem olhar para mais ninguém além dele.

— Ele passou os itens diversas vezes. Acontece que ele está tentando acertar a senha no cartão. O cartão não é dele. A gente chamou a polícia.

— É meu. Eu dei o meu cartão para ele.

Ela se virou, ficou com uma das mãos de Ant nas suas. Ela passou o cartão que ele estivera segurando. Digitou a senha de quatro dígitos. A luz vermelha em cima da máquina ficou verde. Um recibo foi cuspido. As duas latas de *jalapeño* custavam pouco menos de seis dólares.

— Ele estava só me fazendo um favor, e esqueci de dar a senha.

Yadi recolheu os itens rápido. Ainda segurando as mãos de Ant, ela se afastou do gerente e do segurança. Ela o puxou com força; ele parecia emperrado, incapaz de andar sozinho. Ela engoliu o desejo de correr.

Eles atravessaram o quarteirão e meio em silêncio. Ela segurava as latas com tanta força que machucavam a palma da mão, deixando uma marca que doía de leve quando ela pegou a chave do prédio. Ela e Ant seguiram para o andar de cima de mãos dadas. Quando entraram no apartamento, Ant foi direto para o sofá. Jogou a cabeça nas mãos. Ela pairou sob o portal que dava para a sala de estar.

— Sabe quanto tempo demorei pra me entender com aquela máquina do caralho? E fiquei orgulhoso ainda. Que nem uma criancinha, por ter passado certo, finalmente, e colocado onde tinha que ir. Colocado o cartão do jeito certo.

Yadi largou os *jalapeños*. Ela se juntou a Ant no sofá. Pôs a mão esquerda no próprio colo, depois no apoio do sofá, depois perto do pescoço dele, mas não exatamente.

Yadi havia passado a maior parte da vida assombrada pela sensação de que não apenas havia algo mais que ela deveria estar fazendo mas um sonho melhor para se ter. Sua vida parecia pequena, simples, pouco aventureira. A normatividade dos seus desejos a entediava. Ela e sua prima podiam rir da forma que suas mães se agarravam aos velhos costumes, mas também tinham de admitir que as mulheres haviam se lançado em águas novas. Elas conheciam sua coragem porque haviam se provado para si mesmas mais de uma vez. Yadi apenas sabia que sua própria coragem era cheia de anemia, se é que tinha alguma. Ela havia sido amassada de novo e de novo pelo peso de estar viva.

Mas Ant, naquele instante em particular, parecia ser a única coisa que ela havia sido colocada no mundo para cuidar. Ela deixou a mão cair onde queria, logo abaixo da linha do cabelo. Ela puxou a camisa dele e ergueu seu rosto para encontrar o dela. E ela o beijou suave e docemente, como a primeira vez que se beijaram sob a escadaria, como se tivessem acabado de inventar a definição de lábios tocando lábios.

Ela sabia que isso não era um sonho. Dessa vez, estava acordada. Ant encontrou as reentrâncias nos seus quadris, os culotes que ela sempre odiou, mas que ele lhe disse que adorava desde que eram jovens porque ela parecia ter um lugar no corpo feito justo para ele segurar. Apesar das formas como seus corpos mudaram, ele parecia ter um dispositivo teleguiado.

Ela estava molhada desde a manhã, desde o sonho, desde o banho, e sentir o cheiro doce e limpo de Ant a transformava em outra pessoa. Ela colocou as mãos na bunda dele. Admirando sua hesitação, mas também pouco acostumada a não saltar de cabeça e tudo. Ela não queria parar e pensar. Não queria um segundo de interrupção, para potencialmente permitir que a lógica entrasse. *Doña* Reina ainda usava o mesmo amaciante de roupas; ela fechava os olhos e sentia o cheiro de todas as vezes que a mulher mais velha a envolvia num abraço. Agora ela fecharia os olhos e imaginaria esse perfume para sempre como o chamado de Ant para ela.

Ela era a loucura encarnada e, esticando os dedos, abriu os botões da camisa dele. Ant ainda não tinha dito uma palavra sequer. Ela passou o dedo pelo peito dele, os músculos duros da barriga. A cavidade abaixo do pomo de adão. Ela o empurrou para baixo e montou nele, erguendo a saia para se certificar de que conseguiria sentir. Para se certificar de que ele conseguiria também. Agarrou a mão dele e a enfiou com amor, mas firmeza, em sua calcinha. Seus dedos passaram por cima dos pelos que ela normalmente mantinha aparados, mas tinha abandonado fazia um tempo. Não se deixou desanimar pelo silêncio dele; usou a linguagem pelos dois — *papi sí ahí yes* — quando ele enfim enfiou um dedo dentro dela. Dois. Ela cavalgou em seus dedos, encontrando o próprio ritmo. Lambendo seu pescoço. A respiração dele estava pesada.

Yadi gostava do jeito que as mãos dele a tocavam. Como se ela fosse uma mulher nova para ele. E, é claro, devia ser. Ele não agarrava seus quadris em anos. Ela havia ganhado peso no ensino médio e tinha orgulho de ser uma vegana bem-alimentada. Era uma mulher; vitela poderia muito bem ser macia, mas um lombo envelhecido de carneiro tinha sido temperado e curado.

Eles se separaram, os dois ofegantes. Ant tomou a mão dela, descansando os dedos molhados na coxa, mal coberta pela saia que havia subido.

Ela desceu do colo dele e pegou sua mão, puxando-o para o quarto. Ele a seguiu e tirou a camisa. Abriu o cinto. Ela se mostrou, seus peitos e suas coxas suculentas. Não acenou para que ele se aproximasse nem disse nada. Apenas tocou o próprio corpo até que o peso dele afundou o colchão de leve. Até o cavanhaque dele arranhar sua panturrilha, a coxa, até a boca chegar ao lugar onde a mão havia estado.

Yadi não queria dormir nunca mais. Ela queria espremer cada momento de luxúria, saciar a sede no dilúvio. Ela se ergueu sobre ele, pela terceira vez naquela noite. Ambos estavam exaustos, mas essa última vez tinha algo mais. Ela fez uma porrada de exercícios de Kegel nele. As unhas dele pressionaram a bunda dela com força. Quando ela finalmente descansou o rosto no pescoço dele, suor e lágrimas haviam se acumulado ali. E Yadi sabia que tinham merecido ambos. Ela o deixou à deriva até chegar ao sono, com as mãos ainda na cintura dela, como se tentasse abraçá-la para si. Ela escapuliu com leveza. Enfiou uma camiseta velha da faculdade e meias. Na cozinha, fez torrada, espremeu um pouco de limão no café. Comeu em pé.

Ant dormiu mais uma hora ou duas. Quando se juntou a ela na cozinha, ela havia tomado banho e a jaca que tinha colocado para assar já estava na metade do tempo. Ant devia ter pressentido seu humor. A incapacidade dela de falar. Ele pegou a camisa de onde ela a havia lançado e deixou o apartamento.

Eram quatro da manhã e a mãe dela ainda estava na *tía* Camila. Yadi usou a oportunidade de fazer dois tipos de arroz, salgando a água de ambos, mas acrescentando açafrão e urucum aromáticos, além de cebola picada na segunda panela, com alguns guandus amaciados.

Nos grãos-de-bico que havia banhado em azeite de oliva e *harissa* na noite anterior, ela lançou orégano; removeu as sementes de azeitonas grandes e gordas e as cortou. Trabalhou com tamanha velocidade para que a próxima instrução da receita fosse mais rápida que seus pensamentos.

Fez *ensalada rusa*, as beterrabas de cores violentas e cenouras e batatas lançadas juntas com molho tahine em vez da maionese tradicional.

Ela misturou molho de xarope de bordo e shoyu de coco, pimenta calabresa e limão, e grelhou finas fatias de *tempeh* que pareciam bife de fraldinha quando prontas.

Preparou um banquete antes de o sol nascer, antes de qualquer um no prédio se levantar para saudar esse sábado em particular. Provou condimentos e deu mordidas em acompanhamentos com raspas de limão e tomates secos e corrigiu o sal, o umami e se alguma coisa precisava de mais ou menos óleo de abacate.

Com mãos manchadas de suco de beterraba e unhas com cheiro de alho, a boca tendo testado e provado o suficiente para poder dizer que já tinha comido café da manhã e almoço, Yadi terminou quase todos os pratos necessários para servir no funeral.

E, ainda assim... *Yadi se quedó con el sabor en la boca*, as papilas gustativas não resolvidas.

O FUNERAL

EU

tinha pegado no sono sozinha na noite anterior e, quando acordei, o lado de Jeremiah da cama não tinha marca nenhuma; ele nunca chegou a se deitar ao meu lado. Ele tinha um sofá-cama no estúdio no porão e às vezes capotava lá enquanto remoía sua última obra de arte. Mas eu sabia que a distância da noite anterior havia sido uma decisão consciente.

O sol entrava pelas venezianas de uma forma que eu sabia que ainda não eram oito horas. Eu me espreguicei e rolei para o lado de Jeremiah da cama. Tinha cheiro dele. Respirei fundo.

A porta da frente bateu no andar de baixo e prestei atenção, tentando decifrar se era ele entrando ou saindo. Os passos confirmavam que estava voltando da academia. Ouvi as meias suadas pisando úmidas no piso que tínhamos acabado de reformar. Jeremiah era um devoto do treino de manhã cedo.

Ele entrou no quarto, a camiseta empapada de suor removida do corpo e embolada na mão. Ele a jogou no cesto de roupa suja. Avaliei seu corpo magro e rígido. Ele enfiou os dedões no short, que eram do tipo que tinham uma cueca costurada por dentro; então, logo estava parado nu.

— Bom dia, bonitão. — Lancei a frase como uma linha de pescar, esperando que a isca pudesse atrair um prêmio relutante.

Ele fez que sim com a cabeça.

— Se divertiu ontem de noite? — Eu me sentei na cama, os lençóis caindo e deixando meus peitos à mostra. Jeremiah não ia facilitar essa, então decidi que eu também não.

Afastei o cabelo do rosto.

— Olha só, noite passada, eu posso ter sido meio insistente. Mas às vezes parece que sou a única tentando aumentar a família.

Jeremiah balançou a cabeça.

— Você definitivamente é a única deixando que querer aumentar a família destrua a que já tem.

Subi o lençol de volta, um novo caminho. Para a batalha, é preciso usar armadura, e os meus peitos estavam ficando gelados.

— Isso é injusto pra caralho.

— Talvez seja. Mas é verdade?

Balancei a cabeça.

— Não acho que seja. Eu te amo.

— Você também ama uma pornografia imunda. — Ele entrou no banheiro.

Eu me levantei, seguindo-o para dentro. Tentei controlar o rubor que subia pelo meu pescoço, para que baixasse. Talvez a minha relação com pornografia fosse complicada, mas eu não deixaria nem Jeremiah nem ninguém fazer aquilo parecer mais impuro do que o que eu já sentia que era nos momentos em que não era bom.

— Que se foda. Você não vai fazer pouco caso de mim por como ou pelo que eu desejo. — "Fazer pouco caso" era uma expressão que roubei de Jeremiah, e não tinha sensação melhor do que lançar uma flecha usando um coloquialismo emprestado. — Se eu estou sozinha em desejar um futuro para nós, então só me avisa.

Jeremiah balançou a cabeça, conectando o telefone à caixa de som ligada ao exaustor do banheiro.

— Por favor, não fica passivo-agressivo — resmunguei.

— Só estou tentando tomar banho em paz. — Mas a seleção musical dele dizia outra coisa.

E me forcei a ouvi-la. A playlist de músicas que diziam o que ele não podia dizer. Com cada faixa, eu diminuía o tempo: onze horas e cinquenta e sete minutos para o funeral. Onze horas e cinquenta e três minutos para o funeral...

FLOR

entrou no salão de beleza e procurou Patricia. Ela era a única que sabia como acertar os movimentos de cabelo dela com precisão; claro, Ona havia sugerido usar o cabelo para o alto, mas Flor preferia uma moldura diferente para o rosto. Piscou algumas vezes, esperando não parecer tão cansada quanto se sentia. Havia sonhado a noite inteira com a última visita à casa da mãe. Exceto que, nos sonhos, a cobra de corpo branco e cabeça vermelha ficava chamando por ela, cantando seu nome.

Correu os olhos pelo salão atrás da dona e enfim perguntou à moça que varria cabelo do chão se a mulher tinha saído. A menina parou na metade do movimento, apoiando-se na vassoura, a poeira que havia empilhado formando uma bela pirâmide arrumada aos seus pés. Ela olhou para Flor de cima a baixo, e Flor endureceu, erguendo um pouquinho o queixo.

— *¿Patricia, se encuentra?* — Ela se repetiu.

— Ela não veio hoje. Ficou doente. Luz-Mari ali na cadeira da frente provavelmente consegue te encaixar.

Flor mordeu a língua para se impedir de praguejar. Não funcionou.

— *Coño.*

Ela olhou ao redor e estalou a língua. Nenhuma das outras mulheres do salão valia o dinheiro. Sabia que ia começar a ficar com frizz em exatamente uma hora se desse uma chance a qualquer uma das outras. Patricia tinha um tipo de habilidade diferente da maioria;

seus braços eram fortes, musculosos de tanto puxar a escova através de cabelos volumosos e rolá-los do jeito certo. Essas outras meninas eram jovens, de bíceps caídos, e ela não ficaria com cara de palhaça no próprio evento.

Ela foi embora. Ligou para Yadi. A sobrinha fazia o cabelo de Pastora, e faria o dela num instante.

Yadi disse que conseguia cuidar do seu cabelo em trinta minutos, então Flor cuidou da última tarefa a que queria chegar: começou a tirar porta-retratos das paredes. O último que removeu foi o do dia do seu casamento.

Flor nunca amou o marido da mesma forma que sentiu desejo pela igreja e, mais tarde, se enamorou profundamente pelo primo Nazario. Mas em algum momento começou a desfrutar ser admirada e desejada por Pedro. Pedro a abordou como uma brisa forte através de uma porta aberta, inesperado, suave ao toque, mesmo que acabasse por bagunçar algumas coisas no chão.

> Ela conheceu o marido à moda antiga: ele se mudou para o apartamento na rua da frente. Como era o estilo *capitaleño* da época, estava em forma, usava cinto, cabelo curto e barba feita. A primeira coisa que ela adorou foi sua boca, a curva dos lábios. O humor rápido e os modos. Ele não bebia muito naquela época. Em vez disso, ria das pessoas que exageravam na bebida e depois saíam trocando as pernas. "Sem princípio algum", ele dizia delas.

Foram algumas semanas de embaraço. Flor tinha sorte de ter se casado com um homem que era das ruas o suficiente para conhecer um corpo, mas também alguém que entendia a gentileza de sua criação sexual. Não que ela não conhecesse a mecânica; havia crescido com cavalos, porcos e cachorros de rua, e pares mamíferos não eram novidade. Ela, na verdade, entendia a procriação da forma mais essencial de todas. Mas a forma como o corpo humano dela funcionava? Essa era uma história totalmente diferente.

Era arisca. O marido a tocava no tornozelo e ela se encolhia. Ele beijava sua barriga, a coxa, mas ela fechava as pernas com força antes de ele poder beijá-la em qualquer outro lugar, você entende? Ela era humana, e humanos eram decentes, mas sexo era indecente nos seus cheiros e na sua umidade e na sua esfregação.

Uma noite diversas semanas após o casamento, Pedro apareceu com um livro. Tinha descrições anatômicas de corpos humanos, e ele abriu uma página para mostrar a vagina em detalhes íntimos. Era um retrato médico, mas suficiente para deixar Flor vermelha e fazê-la empurrar o livro para longe. Pedro pegou a mão dela e abriu de novo na página que estivera tentando lhe mostrar.

— Esse é o seu clitóris — disse ele com calma.

A palavra, *creta*, tinha um som áspero. Requeria que a língua esfregasse de leve o céu da boca antes de empurrar o som aberto além dos dentes. Flor sussurrou para si mesma.

Ela não conhecia o prazer daquela forma, do jeito que machuca, que estende os limites do que é possível num corpo. O marido e ela brigavam, e ele saía, e eles ficavam sem se falar, mas a cópula dos dois não era uma de suas queixas. Mesmo agora, ela se lembrava dele como um tigre na cama.

Eles foram bons juntos, ela e Pedro. Exceto quando ele bebia. Flor nunca tinha visto o pai consumir álcool em excesso, e, apesar de Pedro ser do tipo sério quando se conheceram, o período nos Estados Unidos havia relaxado sua autodisciplina. Mas era mais uma erosão do que uma remoção completa de quem ele tinha sido. Acontecia através de goles lentos da garrafa. E, quando ele era apenas um alcoólatra que gostava de ver pornografia escondido tarde da noite, aquilo era horrível, mas compreensível. Ele era homem.

Um homem para quem ela entregava o salário toda semana, como tinham combinado quando se casaram. Todo o dinheiro estava indo para a construção de uma casa na República Dominicana, um lugar onde pudessem viver quando se aposentassem, um lugar onde pudessem morrer no solo que lhes tinha dado à luz. Semana após semana, ano após ano. Flor entregava os cheques. Nunca pensou em conferir as contas. O marido lentamente se tornava um bêbado, isso era verdade, mas nunca tinha sido ladrão.

Não foi Pastora, com sua intuição para mentiras, quem descobriu. De todas as irmãs, foi a silenciosa Matilde, que saiu para dançar com o marido uma noite e o viu num clube, comprando rodada após rodada no bar. Ele sempre foi um homem generoso, mas o excesso de Pedro começou a chamar a atenção.

Ela pediu para ver o comprovante de depósito numa sexta-feira antes de lhe dar o cheque da fábrica de botões. O trabalho estava diminuindo, e os botões começavam a ser presos com tecido mais *por allá*, longe dos armazéns no Queens. Flor queria se planejar para o que poderia ser um fechamento de portas definitivo e, apesar de ter uma estimativa grosseira de quanto tinham economizado, queria um cálculo mais escrupuloso.

Ele ficou contrariado como se ela tivesse cuspido no túmulo da mãe. Disparou, com raiva:

— Quê? Você não confia em mim? Fiz curso de contabilidade, você não. *Qué burla, tú preguntándome a mí* para prestar contas.

Ela sabia que homens tinham egos frágeis. E, naquela primeira década de casamento, não gostava de ofender sem necessidade. E um homem sendo generoso com o cheque e com os amigos dificilmente requeria que ela olhasse os cadernos de contas.

As notícias na fábrica correram como sempre, um disse me disse do escritório do gerente até chegar aos trabalhadores do chão de fábrica em pouquíssimos dias. A empresa havia perdido outro contrato grande. Havia botões sendo costurados com mais velocidade, mais eficiência e *mais barato* em outro lugar. O que Flor não conseguia imaginar, já que seu salário mal cobria o transporte para chegar ao trabalho e um pouquinho para as compras do mês e a casa dos sonhos na República Dominicana. Ainda assim, ela fazia aquele pouquinho render. Sonhava com uma casa lá onde ficavam os abacaxizeiros.

Ela foi ao banco pessoalmente num sábado enquanto Pedro dormia para curar uma ressaca. Levou Ona junto e deixou a menina sentada na recepção com um de seus livrinhos. A conta estava no nome dos dois, e o atendente com quem ela falou passou o comprovante do saldo, de sobrancelhas erguidas. Ela se lembrava de como tinha balançado a cabeça. Pediu para falar com o gerente, que imprimiu as transações dos últimos três anos. Os saques ultrapassavam a velocidade dos depósitos em cinco para um.

Ele havia perdido tudo. Cinquenta mil dólares que economizaram ao longo de doze anos. Quer dizer, Ona tinha o quê, dez anos quando Flor descobriu? E, para meter mais o dedo na ferida, não apenas todas as suas economias tinham sumido como o maldito os havia enfiado numa quantia quase igual de dívida de cartão de crédito. Flor não conseguia ver o outro lado. Ela não quis contar para Ona, que era apenas uma criança, por que ela não poderia visitar a República Dominicana naquele verão como prometido; com certeza não conseguiria contar aos irmãos, que sussurrariam e balançariam a cabeça; até mesmo Samuel estalaria a língua pela indiscrição e pela falta de disciplina monetária. Flor arrumou um segundo emprego e se tornou titular das contas.

O que lembrou a Flor que ela havia parado de colocar todo o dinheiro numa conta-poupança anos antes. As fotos na parede podiam esperar; Ona cuidaria disso. O que ela precisava fazer era encontrar todas as notas de cem espalhadas que havia guardado em buracos secretos e debaixo de panelas e frigideiras.

YADI

atendeu a porta e mal conseguiu conter um resmungo. Se *tía* Flor ouvisse, ela levaria para o lado pessoal. Mas Yadi ainda não tinha se recuperado dos eventos da noite anterior. Ela ficava esperando que Ant voltasse a qualquer momento para tentar conversar. E ainda não tinha filtrado suas palavras, arrancado as enrugadas, descartando-as, encontrando as que não deixariam sua língua com uma sensação de vazio. Achou a foto do baile da escola na mesa de cabeceira. Ele a havia trazido na noite anterior. Ela conseguia notar a gordura da marca de um dedão que deveria ter pressionado o rosto pixelado dela de novo e de novo. Ele de fato a havia mantido por perto.

Ela precisava de tempo para pensar. Não apenas a tia lhe tinha dado somente um mês para completar um serviço de bufê para mais de cem pessoas e depois ficado enchendo o saco para mudar o menu e depois pedido que fizesse o cabelo dela *no dia do evento* como jamais havia considerado que Yadi pudesse ter os próprios problemas para resolver. Yadi sabia que estava sendo uma escrota, mas era só na própria cabeça, então que se foda.

A *tía* sorriu como se conseguisse ouvir os pensamentos dela e se divertisse com a bagunça.

Yadi desenrugou a testa. A tia sentia um orgulho extraordinário do próprio cabelo e o mantinha na altura do ombro desde que Yadi conseguia se lembrar.

— *Oí que Anthony había regresado* — disse a *tía*.

Yadi fez que sim com a cabeça, gesticulando para a cadeira em que ele havia se sentado na noite anterior. Ela já estava com o secador de cabelo ligado na tomada.

— A senhora viu Ant?

— *Un pajarito por ahí me contó* — replicou a *tía*.

Yadi não sabia como responder. O passarinho poderia ser sua mãe, poderia ser Ona, poderiam ser os próprios sonhos de *tía* Flor com seus próprios sinais.

— *Y tú*, como está se sentindo? — perguntou a tia.

Yadi abriu um sorrisinho atrás da cabeça da tia. Ela era exatamente como Ona, sempre perguntando como as pessoas se sentiam com as coisas. Yadi não sabia. O corpo sentia coisas, enjoado, as mãos carregavam um tremor leve, a mente incapaz de passar a lista do que ela "deveria ter feito" em relação à noite anterior, mas nada disso pesava nos sentimentos.

— *Un poco triste* — respondeu ela enfim.

Passou o pente no cabelo da tia. Colocou-o no colo. Pegou a escova grande.

A tia fez que sim com a cabeça, deslocando uma mecha em que Yadi trabalhava. Yadi recomeçou do alto, certificando-se de trabalhar com cautela. A *tía* nunca reclamava, mas ela sabia que tinha um couro cabeludo sensível. Sua avó um dia lhe contou de como a *tía* costumava chorar ao fazer tranças no domingo de manhã.

— É triste. Ele tinha uma vida toda pela frente. E ainda poderia ter. Mas é triste. Tudo isso. — *Tía* Flor recolheu os fios soltos que haviam sido estrangulados no pente e fez uma bolinha.

Yadi soltou o ar, pegou outra mecha. Passou a escova pelo cabelo. Acima do murmúrio do secador, anunciou:

— A gente transou.

De todas *sus tías*, *tía* Flor era a mais puritana, *recta* a ponto de até as irmãs saberem de sua censura. A aspirante a freira na família acrescentava uma camada de gravidade até mesmo em coisas frívolas; Yadi não invejava Ona, que precisava navegar as rigidezas da mãe. Mas, por algum motivo, ela sentiu necessidade de confessar. Como se alguém devesse saber. Absolvição precisava ser proferida.

A tia se afastou da mão de Yadi. Virou-se para olhar para ela. Yadi desligou o secador. Esperou.

— E... como você se sente?

Yadi riu, erguendo a escova.

— Eu estava me perguntando a mesma coisa antes de a senhora ligar. Não faço ideia. A gente aprendeu a sentir em palavras?

A tia deu batidinhas firmes e afetuosas no rosto dela.

— *Ay ya ya*.

Yadi anuiu com a cabeça. Já bastava, ela estava certa. Yadi não derramaria lágrimas.

— Vocês se protegeram?

A pergunta da *tía* foi em voz baixa. Yadi fez que sim.

Agora a tia sorria.

— *Bueno*, provavelmente melhor assim. Vocês dois viviam se farejando feito dois cachorros no cio. Quem sabe o que uma vida toda se perguntando como as coisas poderiam ter sido teria feito na sua cabeça? Sabe, esse tipo de estresse faz mal para o intestino.

Era uma observação boba, mas dita com tamanha sinceridade que Yadi apenas conseguiu concordar com um aceno de cabeça. Talvez houvesse algo a ser dito por ter compartilhado o que havia compartilhado com Ant. Ela ligou o secador de novo.

Devia ter deixado parte do conflito interior pesar na mão, porque a tia estremeceu.

— Sinto muito — disse ela, colocando dedos no ombro da tia. — Sei que sua cabeça não é para *jalones*.

A risada da tia aliviou o clima pesado que pairava no recinto.

— Eu? *Este caco* é duro que nem pedra. — A tia bateu na cabeça. — Pode puxar mais. Quem costumava chorar e tentar cobrir a cabeça era a sua mãe. Ela era mais animal selvagem que menina. Eu estava reagindo a uma memória.

Bom, Yadi não tinha esperado ouvir isso. Nada disso. Talvez nenhuma delas tivesse dado crédito a *tía* Flor pelas formas como havia mudado nos seus últimos anos. Talvez Yadi nunca tivesse confiado o suficiente nas mulheres mais velhas para trocar confidências e provar que não eram quem ela pensava que eram. Continuou mecha por mecha, puxando e curvando, e mudando cada fio para colocar no lugar.

— Aqui, a senhora está linda. Me deixe só prender as pontas.

Ela usou os dedos para encurvar e passar um grampo nas pontas do cabelo da tia de forma que estivesse com o mesmo frescor à noite.

A tia deu batidinhas na mão dela.

— Você é uma boa menina, Yadi. Lembre-se disso. Você é boa.

E então a tia pausou. Respirou fundo.

— Posso lhe contar uma história? Você já esteve lá em casa, então sabe, consegue imaginar.

Yadi olhou de relance para o relógio. Ainda precisava servir a comida em bandejas, preparar os *réchauds* e recontar as toalhas de mesa, mas, do jeito que estava a esta altura, estaria se atropelando para se arrumar junto com as bandejas a tempo de levar tudo para o salão antes de todo mundo chegar. A lista de coisas que ainda precisava fazer devia ter pesado na sua sobrancelha ou talvez ela tenha hesitado por tempo demais para responder. A tia sorriu e se levantou. Como se fosse combinado, uma batida ecoou à porta. A batida de Ant.

— Outra hora. *No te apures.* Você tem muita coisa para fazer. E bastante coisa para pensar! *Te veo ahorita, querida.*

Yadi respondeu em murmúrios, tentando encorajar a tia a lhe contar a história mesmo enquanto a acompanhava até a porta. A tia abraçou Ant com força quando o viu. Deu batidinhas em sua bochecha. Nem Yadi nem Ant se mexeram enquanto *tía* Flor fechava a porta ao sair quase sem nenhum barulho.

Yadi sabia que Ant ia querer conversar. Ouviu a cadeira da cozinha sendo arrastada no chão atrás dela, então o rangido enquanto ele se ajeitava nela, e ela foi até o fogão.

— Olha, Ant, o que aconteceu ontem à noite...

Ela esperou que ele interrompesse. Quando não interrompeu, ela ergueu o olhar. Ele parecia bem descansado, encarando os dedos que havia aberto na mesa. Ela seguiu em frente.

— Não devia ter acontecido. A gente não devia ter feito isso. Foi. Eu senti, ali foi simplesmente...

Muitas palavras poderiam ser aplicadas a Yadi, mas em geral "inarticulada" não era uma delas. Ela conseguia ouvir o coração nos ouvidos. Havia limpado as mãos e pegou a cadeira em frente a Ant. Ela não era a covarde com ninguém.

— Eu te amei quando a gente era jovem, do jeito que são os primeiros amores. Amei pessoas depois de você. Transei com muita gente desde os dias em que eu e você falávamos como seria. Não sei o que foi a noite passada. O problema que vou precisar destrinchar com a minha terapeuta ao longo da próxima década? — Ela tentou dar risada. Mas, como Ant não tinha se mexido, ela disse o que precisava ser dito. — Não pode ser mais.

Observou o rosto dele com atenção. Tinha mágoa ali? Decepção? No calor do momento, ela não havia considerado se Ant já tivera relações sexuais ou se haviam sido consensuais, como era sua relação com a intimidade física. Então, de novo, será que havia um nível de atraso de desenvolvimento ou ela estava pressupondo isso dele? As implicações da noite anterior foram diferentes para cada um deles. Ela só não sabia quanta diferença se abismava.

O rosto de Ant não mudou em nada. Ele se levantou, assentindo com a cabeça.

— Saquei. Você ainda precisa de ajuda para levar as coisas para o salão?

Yadi odiava a expressão *nó na garganta*. Nunca pareceu exatamente assim para ela, como um nó. Com frequência, parecia mais que as lágrimas estavam tentando sair correndo e seu sistema de defesa rapidamente criava uma barragem, o reservatório de lágrimas preservado para outro dia quando seriam mais necessárias, quando o dilúvio servisse a um propósito de fato. Ela não havia chorado para Ant nem por ele em muito tempo. Qual o sentido de começar agora?

— Preciso. Pode me ajudar a embrulhar tudo?

PASTORA

ergueu o portão retrátil da frente da loja e virou a placa de *Abierto* para a rua.

Adorava trabalhar nas manhãs de sábado mais do que todas. Era sempre o turno mais tranquilo, enquanto as pessoas dormiam até tarde e passeavam na loja depois do almoço. A noite anterior havia sido instigante o suficiente para ela merecer uma manhã contemplativa. Flor havia dormido na sala de estar, e Pastora a ouviu se revirar na cama a noite toda. Quis consolar a irmã mais velha, mas também sabia que era melhor deixar Flor com seu próprio sono; as duas tinham seu processo pessoal de encontrar a verdade. Pastora sempre achou impressionante que fosse capaz de perceber quando alguém mentia para ela, mas conseguisse mentir para si mesma sem que o corpo vacilasse. Havia cumprimentado as irmãs naquela manhã, feito um *mangú* delicioso, cantado no banheiro de Camila e agido como se estivesse perfeitamente bem, até Flor e Camila se assentarem no dia com a tensão da noite nas costas. Mas, por dentro, estava uma pilha de nervos. O marido de Matilde não era responsabilidade sua, mas será que deveria ter sido mais gentil com a irmã?

Estava sentada atrás da caixa registradora, organizando notas fiscais, quando soou a sineta em cima da porta. Mesmo antes de olhar, ela sabia que seria a outra mulher de Rafa. Tinha muitas coisas pesando no coração antes, mas nunca a morte de uma grávida. E sabia que esse confronto viria nesta vida ou na próxima. Ela buscou no coração e percebeu que estava contente por a mulher não ter morrido.

A mulher se sentou na mesma mesa de mostruário que havia escolhido no dia anterior. Elas não falaram nada. Pastora deu a volta na caixa registradora, apoiando-se no balcão para que pudessem se ver, de mulher para mulher. Do lado de fora, um pássaro pousou e disparou da grande árvore que oferecia sombra à entrada.

— Está em boa saúde? — perguntou Pastora.

A mulher fez que sim num gesto rígido.

— Me deram insulina. O bebê, por sorte, está bem. Fiquei desidratada e tive alguma coisa com contrações falsas.

— E estava usando um casaquinho fino demais. E não tinha comido nada desde a noite anterior, e você também estava tão animada para esfregar a barriga na minha cara, para eu sair correndo e contar para a minha irmã, que, ao fazer isso, o seu coração disparou. Disparou perigosamente, parece. — Pastora falou tudo isso num tom casual.

A garota cobriu a expressão de surpresa, transformando o rosto numa máscara de calma. O punho direito apoiado na barriga, um martelinho de juiz em descanso.

— De onde você é? — perguntou Pastora.

— La Romana — respondeu a jovem mulher.

Da costa, então. E leste.

— E o que você quer com um *viejo*? Uma moça bonita que nem você deve poder escolher. — Mas Pastora já sabia.

A jovem tinha deixado o cabelo solto hoje. Não estava seco com secador; devia fazer pelo menos duas semanas desde que tinha sido alisado. De onde estava, Pastora conseguia ver a oleosidade nas raízes.

— Ele é especial. Cuidou de tudo. *Cuida* de tudo — disse a jovem.

— Exceto na hora de engravidar você, parece. Ou foi de propósito? — Pastora imaginou que, se a garota queria que ela soubesse os detalhes sujos, ela permitiria.

Pastora foi para os fundos e abriu a geladeira de empregados. *Don* Isidro guardava suas garrafas de água chiques ali. Ela pegou duas.

A jovem não havia se mexido.

— Sei que Rafa é da capital, mas sua família não é, certo? Não ouço os ares de Santo Domingo.

Pastora foi até ela. Passou uma das garrafas para a mulher.

— Somos do interior. Todas nós. Do centro sem praia onde crescem os abacaxizeiros. Montanhas e vales e árvores, com pássaros abundantes e coloridos. Este é um país em escala de cinza.

— Estamos longe de casa — comentou a jovem.

— E mais perto do que você poderia imaginar. — Ela abriu sua garrafa de água. — Por que está aqui?

— Sabe, consigo ouvir você me chamando de *mujerzuela* mesmo que nunca chegue a dizer.

— *Sabe*, eu conheci mulheres como você. Por quê. Você. Está. Aqui?

— Ele disse que você sabe a verdade das coisas. A outra irmã vê a morte. Uma terceira encontra remédio para qualquer coisa. A esposa dele não tem nada.

Pastora balançou a cabeça.

— Você está com um homem que nunca valorizou o todo de uma mulher maravilhosa. Ele é incapaz de ser assim. E, apesar de não ser da minha conta, posso garantir a você: é uma morte lenta amar um homem desses.

— Eu amo *mesmo* o Rafa.

Pastora concordou com um aceno de cabeça. Isso era verdade. Ela ouviu.

— Eu amo o meu filho.

O punho suavizou na barriga. Pastora inclinou a cabeça. A garota não tinha certeza da declaração.

— Ele vai deixar a mulher dele. Ele me disse. Eu sei que vai.

Pastora balançou a cabeça. Até mesmo o coração da menina sabia que não era verdade.

A jovem inclinou a cabeça, começou a chorar de forma que as lágrimas deixaram manchinhas no tecido esticado ao redor da barriga.

— É dele? — perguntou Pastora.

— Claro que é — respondeu a outra mulher.

Pastora inclinou a cabeça, ergueu uma sobrancelha.

— Vocês dois se merecem.

A mulher não gostou disso. A mão direita acolhia a barriga enquanto ela gesticulava com a garrafa de água.

— Você é a porra de uma bruxa. Se você tiver um homem, espero que ele abandone a sua *concha* enrugada e seca por alguma coisa mais quente do que você pode ser.

Ela teve dificuldades para se levantar, e Pastora foi até ela, colocando a mão em seu cotovelo, que a garota arrancou assim que ficou de pé. Ela não gostava que Pastora soubesse, mas Pastora também sentia que a garota queria confessar.

Havia um momento para a lógica, e havia um momento para a paz.

— O meu marido é o protótipo de todos os moldes de Deus. Nunca duvidei de quem ou do que eu sou para ele e, bem, pode parecer uma surpresa, mas sou uma mulher impossível de amar. Mesmo assim...

Pastora ergueu a mão na direção da saída.

— Você recebeu o que veio buscar. Vou acompanhá-la até a porta.

EU

fiquei observando a estrada enquanto Jeremiah dirigia. Havíamos tomado café da manhã em silêncio. Mas, com a proximidade do funeral, senti um degelo nele. Às vezes era assim com a gente: precisávamos empurrar e puxar, e dar espaço para a outra pessoa organizar os pensamentos, e, uma vez que isso acontecia, as emoções elevadas diminuíam. Não resolvia nada, mas nos permitia arquivar os sentimentos nas pastas certas.

— A sua mãe disse algo sobre hoje? Como ela está se sentindo? — perguntou Jeremiah. Dei de ombros.

— Sempre que pergunto sobre sentimentos, ela me faz essa cara — falei, apertando a beirada dos lábios o mais forte que conseguia.

Jeremiah riu.

— Você é muito crítica com ela. E tende a deixar a sua mãe mais crítica na sua memória do que ela é de fato.

Eu odiava que ele estivesse certo, mas de fato com frequência eu exagerava quando se tratava de como recebia críticas da minha mãe.

— Não acredito que ela não disse nada. Ela tem que saber que você se preocupa. — Jeremiah esfregou o meu ombro, a mão esquerda ainda no volante.

Minha mãe havia feito muitas coisas estranhas quando se tratava dos sonhos dela, mas isso ia além de tudo que eu tinha visto. Eu só esperava que, em algum ponto da noite, ela nos desse uma data. Qual era o sentido dessa coisa toda se não nos avisar do que estava por vir?

— Ela tem um vestido que ressalta o corpo dela que ela ama.

Não sei por que eu trouxe esse fato à tona. Talvez como exemplo de como esta era uma noite festiva de verdade? Minha *vieja* empertigada não usaria vermelho justo para algo tão mórbido. Ela não ia morrer na nossa frente. Bati no ornamento de árvore de carvalho que Jeremiah tinha amarrado no espelho.

Eu não havia entendido por que a minha mãe precisava de algo tão elaborado. Claro, fui eu quem recomendou o documentário com funerais em vida, mas só porque eu percebia que ela era inabalável em seus hábitos, e isto com certeza não fazia parte dos hábitos dela. Mas *mami* havia insistido que não, um jantar não era o suficiente. E não, alugar o porão do prédio também não era bom o suficiente.

Chegamos à cidade uma hora depois da previsão do GPS, mas ainda estávamos adiantados o bastante para ajudar a montar tudo.

O salão tinha sido reformado recentemente, mas de forma barata. Dito isso, o pé-direito era alto. Os lustres de tons roxos brilhavam forte. Era o tipo de lugar que parecia de mau gosto com as luzes fluorescentes acesas e as cadeiras empilhadas, mas, com luzes baixas, os lustres brilhantes e as toalhas de mesa bonitas que escondiam os aspectos menos interessantes, quase se tornava bonito.

Yadi e *tía* Mati pousaram as bandejas de comida na mesa de servir na parede dos fundos. As berinjelas fritas e os feijões-pretos cozidos em leite de coco perfumavam o ar. Pães artesanais, quinoa e plátanos, um banquete histórico à base de plantas começou a emergir quando Ant trouxe mais bandejas da cozinha do salão.

Jeremiah veio atrás de mim com a cadeira pavão enorme de vime que *mami* havia encomendado. Havia rosas entrelaçadas no vime. Nós a colocamos no centro do palco. Bem no meio das grandes caixas de som.

Apesar de o convite dizer sete da noite, eram quase oito e meia quando as pessoas começaram a chegar aos poucos.

As vestes eram o mais surpreendente. Ninguém sabia o que usar para um funeral *em vida*, e o código de vestimenta não havia sido especificado. Um primo de segundo grau de Nova Jersey e sua família inteira estavam de preto dos pés à cabeça; seus dois gêmeos pequenos tinham até gravatas minúsculas sombrias para combinar. Uma prima do lado paterno, com uma plástica na bunda recente e fabulosa, veio como um clone da Cardi B, o macacão neon grudado no corpo parecia que ia rasgar ao meio se ela soltasse o menor peido. Jeans e tecido adamascado, cabelo recém-escovado, cabelo só lavado e pronto, cabelo preso em rabos de cavalo elaborados com tranças. Os lugares marcados foram trocados em um jogo elaborado de dança das cadeiras enquanto as pessoas se sentavam de acordo com a garrafa de álcool colocada na mesa em vez dos crachás que havíamos passado a última hora arrumando e rearrumando. É claro que os lugares tinham sido uma batalha incessante. As tias gostavam de oferecer privilégios. E nós, primas, gostávamos de reduzir danos.

Mami chegou às nove da noite. As sobrancelhas estavam bem-feitas. Ela usou o vestido vermelho. O traje tinha uma cauda que varria o caminho lotado entre as mesas. Tinha o ar de um primeiro-ministro quando beijava bochechas e arrulhava sobre bebês. Pessoas que não a viam fazia anos (e, portanto, haviam sido relegadas às paredes dos fundos com álcool barato, nenhuma troca permitida) erguiam o pescoço tentando vê-la. Elas espiavam: a pele estava pálida, os ossos pareciam frágeis, que tipo de doença tinha?

Mas *mami* sorria com lábios pintados de vermelho e cumprimentou aqueles primos exilados também, seu perfume permanecendo enquanto ela perguntava como estavam e respondia que ela também estava muito bem, graças a Deus.

E eu não conseguia evitar me perguntar se a dor forte que sentia na barriga era um óvulo fertilizado se fixando no útero ou o momento em que me batia pela primeira vez a ideia desesperadora de que a minha mãe poderia partir em breve.

FLOR

sabia que uma pessoa podia imaginar um evento um milhão de vezes na própria cabeça, podia criar uma linha do tempo e executá-la e, ainda assim, o resultado poderia deixar a desejar.

Em seu próprio funeral, não sentiu o que tinha esperado. Sentou-se em sua cadeira grande, que era mais desconfortável do que chás de fralda a levaram a crer, e correu os olhos pelo grande espaço do salão, absorvendo:

as sobrinhas, sentadas mais perto do que irmãs, basicamente uma no colo da outra enquanto fofocavam sobre membros da família

Ona, sua linda menina, de mãos dadas embaixo da mesa com o amado enquanto tomava um gole do cantil de bolso dele, sem saber que neste exato momento se preparava para criar outro coração em seu corpo

seu irmão, Samuel, sentado com a esposa e duas filhas, ambas demonstrando sinais tardios de que tinham inclinações do além-mundo — sangue recém-refugado do além —, mas a mãe delas era de religião evangélica e não permitiria que nenhuma das tias tentasse guiar as mulheres

as flores estavam excepcionais, Camila não era apenas boa em escolher verdes para chás e misturas, também tinha jeito colocando esta pétala com manchas junto daquela outra vibrante e podando os cabos para que os buquês ficassem em pé feito guardiões contentes e quadrados no meio da mesa, mas diversos dos botões tinham despencado, e os arranjos incluíam cravos, que Flor havia pedido especificamente que *não* estivessem em nenhum buquê o primo DJ de Ona, do lado paterno, havia recebido uma playlist, mas, em vez das músicas antigas de Flor e das que havia passado longas noites procurando o nome e mandando Camila buscar no Google, o primo tinha escolhido tratar isso como um trabalho para uma desconhecida e ficava enfiando às escondidas músicas pop atuais; parecia que um DJ não conseguia resistir à tentação de levar pessoas para a pista de dança, mesmo que o pedido explícito tivesse sido preparar Flor para o que tinha de dizer

os pequenos, filhos dos filhos dos primos de segundo e terceiro grau, corriam pelo salão, as faixas na cintura desamarradas fazia tempo, as alças dos vestidos caídas nos ombros, estavam encapsulados, mas se libertavam em sua exuberância

Ela não havia desejado um evento sombrio. Era isso que ela queria, lembrou-se. Mas esperava se sentir plena, leve, conseguir andar até o palco, o vestido abrindo caminho pela multidão, e dizer às pessoas que a amavam — sua família, sim, e também o padre local, o dono da loja da esquina, os dois vizinhos que conhecia desde que se mudou para a cidade, todas as pessoas que construíram o mundinho que ela ocupava — a verdade, a verdade final, e ela descobriu que, como sempre, não conseguia fazer isso. Havia desejado que o último "viva!" antes da sua partida fosse triunfal. Mas, pela primeira vez, admitia para si mesma que estava com medo de deixar a cacofonia da risada da família e as discussões e a luz do céu e a escuridão abrangente do fechar dos olhos e o verde brilhante das primeiras folhas novas na primavera e o branco puro da primeira neve antes de seu pé deixar uma marca e o grande maravilhamento e o calor de amor amor amor amor

e, ainda assim, é preciso.

Ela se levantou, e o DJ preparou as luzes.

PASTORA

ajeitou a postura quando Flor enfim se levantou da elaborada cadeira de vime. As irmãs estiveram gargalhando por Flor se considerar presidente de alguém, do jeito que estava sentada e acenava e era servida, mas, de novo, Flor não tinha pedido nada a ninguém. Havia pagado por tudo com o dinheiro da própria pensão, e quem eram elas para dizer alguma coisa se ela escolhia gastar o dinheiro num assento com almofada e um garçom particular? Elas comentavam essas coisas apesar de a perna esquerda de Pastora não ter parado quieta a noite toda, e de Matilde ficar remexendo os anéis nas mãos, e de Camila ter dobrado o guardanapo de novo e de novo de forma que as beiradas estavam completamente rasgadas, e elas ainda nem haviam comido.

Quando Flor se levantou e foi para o microfone, Pastora ignorou todos os olhares que se voltaram para *ela*. Qualquer um que sabia de alguma coisa olhou para ela, não para Flor. Observavam seu rosto, tentando ver a verdade daquela situação toda. Pastora fechou os olhos.

— Obrigada a todos por estarem aqui. Sei que isto é bastante não tradicional — começou Flor. — Mas agradeço que vocês tenham me acompanhado nesta noite. É uma festa, é, mas espero que também seja uma oportunidade para nós, para celebrarmos os momentos que compartilhamos com cada um. Alguns de nós nos vemos todos os dias; algumas pessoas aqui não vejo tem décadas. Não consegui reunir todos que conheci ao longo da minha vida, mas fiz o meu melhor para juntar, em tão pouco tempo, aqueles que me ensinaram minhas lições preferidas sobre como ser *un ser humano*.

"Algumas semanas atrás, tive um sonho."

Foi como se alguém tivesse desligado um interruptor conectado a todos os pulmões; todo o recinto pareceu prender a respiração. O que alguém faria se Flor despencasse bem ali? Ou se ela anunciasse o quando e o como? O desconforto se esgueirou pelo silêncio.

— Tive um sonho de que alguém morria.

Flor estava com dificuldade para discursar. Pastora sabia que ela o havia escrito e reescrito. Não deixava ninguém ler, mas reclamava sem parar que estava sem inspiração. Mas, apesar de estar com folhas de papel nas mãos, ela não espiava o que tinha escrito. A pausa ficou mais longa, depois ficou constrangedora. Em algum lugar, um pai ou uma mãe aquietou uma criança que queria sair do colo e voltar a correr.

Camila, que estava sentada perto de Pastora, começou a chorar. Yadi, sentada na frente, agarrou a mão de Ona. Um soluço invadiu o recinto.

— Eu... Eu... — A voz de Flor entalou na garganta, o microfone tão próximo da boca que o soluço que havia tentado engolir acabou ecoando pelo salão inteiro, mais incômodo por estar inacabado.

Pastora se levantou. Ela seguiu pelas luzes radiantes até o palco onde a irmã estava e colocou a mão de leve em seu ombro. Matilde foi a próxima a caminhar, passando a mão por Flor, dando sua força de dançarina para a irmã mais nova. Camila foi seguida rápido por Yadira. Elas formaram uma pirâmide com seus corpos, mantendo-a em pé.

Ona se levantou por último, gesticulando para Samuel ficar sentado com a esposa, que estava tentando puxá-lo para mantê-lo ao lado dela. Ele a afastou com uma chacoalhada. Conseguiu chegar até a lateral do recinto. Não com as irmãs e sobrinhas, mas ao lado delas pelo menos.

Ona foi até a mãe e, quando alcançou a lateral do palco, tomou o rosto de Flor nas mãos. Deu-lhe um beijo suave em cada bochecha, tão perto das irmãs que não soltaram que Pastora conseguia sentir o perfume floral em seu pescoço e Johnnie Walker no hálito. Ona agarrou a mão da mãe, segurando-a na frente do corpo de Matilde, que ainda segurava a cintura de Flor. Elas olharam para a multidão, as luzes fortes demais para ver qualquer coisa além da visão periférica.

O silêncio do salão pousou na pele delas. Flor pigarreou. Uma determinação renovada ecoava nela.

— Orei a Deus. Tentei negociar. Não foi a primeira vez que fiz isso. Fiquei de luto sozinha mais vezes do que consigo contar. Por pessoas que eu conhecia, por pessoas que não conhecia bem. Suas vidas e o fim de suas vidas revelados. Aprendi como deixar a maré da angústia quebrar em mim, como me libertar para as ondas.

"Não aprendi muito. Achei que estava ficando velha apesar de o meu coração ser jovem, mas, quando tive esse sonho, eu me dei conta de que nunca se é velha o suficiente. Nós estamos aqui, encarnados para experimentar a vida, e então não estamos mais. Não consigo dizer o que vim dizer aqui. Mas estou tentando me lembrar de que não se deve ter medo de morrer. O Divino não vive em medo, e o sagrado vive em todos nós. Esta é uma jornada e, além dela, há outra. Não há um véu entre este mundo e o próximo. Eles são o mesmo mundo, o anterior, este e o que vem depois, uma fileira de pérolas, as pontas amarradas tão justas que não se pode sentir o nó que ata tudo.

"Alguns de vocês desejam que eu lhes conte os bastidores do que vi. Querem saber do infinito. Mas não conheço essa parte. Só o logo *antes* da vida após a morte. O que sei é que o dia do meu sonho virá. E o futuro será desconhecido de novo. Hoje estamos aqui. E eu não queria que este evento fosse de luto. É uma festa por um motivo. Todo final é o palco para um começo. Obrigada, a cada um de vocês, por me fazer sentir que esta vida foi plena."

Então Flor sorriu e, como se ensaiadas, todas as mulheres a soltaram. Ela voltou majestosamente para seu lugar. E as mulheres a seguiram, baixando para beijar sua bochecha antes de voltar para suas mesas. Outros membros da família se levantaram, inspirados pelo momento, foram até Flor e a beijaram na bochecha ou na mão, fizeram os pequenininhos pedirem bênção. Um por um, cada convidado se levantou. Não era claro em que cerimônia estavam se envolvendo. Não era um adeus, nem um obrigado, perguntas não foram feitas, os únicos sons eram apresentações de parentes que não haviam conhecido Flor. Era um ritual de reconhecimento. *Nós vemos você, você esteve aqui e, quando você partir... vamos lembrar.*

Depois de o último convidado dar um abraço apertado em Flor, ela parecia saber de maneira inata que havia olhado no rosto de cada um no salão. Flor ergueu a mão cheia de anéis para o DJ, que engatou uma salsa.

As irmãs olharam para Pastora.

— Mas o que isso quer dizer? O que isso quer dizer? O que você ouviu?

Pastora olhou para Ona, que mirava a mãe, o braço de Jeremiah apertado em seus ombros.

— Não sei o que ela quer dizer — mentiu Pastora. — Vamos comer, e dançar, e estar vivos. Foi isso que ela pediu, e a multidão vai acompanhar a família.

Mas, quando a família se dispersou entre o bar e a pista de dança, Pastora foi até Flor. Do bolso do macacão com lantejoulas, ela tirou uma caixinha de joias, passando-a à irmã, que estava sentada como a realeza no trono.

— *¿Y esto? ¿San José?* — disse Flor, erguendo o pequeno medalhão do santo de onde havia passado décadas aninhado. — *El patrón de la familia.*

Pastora sentiu um aperto na garganta, mas forçou a mão a se abrir. Abrir o fecho e prendê-lo no pescoço da irmã.

— O padroeiro de muitas coisas, como você bem sabe, *mi querida*. E é, é da família também.

YADI

guardava as bandejas. *Tía* Matilde estava no momento nas profundezas de conversas com o marido, então era a mãe de Yadira quem a ajudava a limpar a mesa do bufê. Não havia restado um grão de arroz ou migalha de assado de quinoa sequer. Yadi tinha finalizado com raspas e suco de limão, e até mesmo fatias cortadas que tinha usado como decoração, e as pessoas não apenas comeram, repetiram e repetiram mais como agora olhavam com tristeza para a cozinha do salão, como se pudessem vir mais bandejas de comida. Yadi gostava de pensar que, por causa dela, o fantasma de *mamá* Silvia havia estado no funeral também.

— Ela nunca vai aprender. — A voz da mãe estava resignada.

Olhou para a mãe, sem certeza se, como filha única, estava perdendo algum entendimento profundo de sororidade, mas achava que não.

— *Mami*, ela é adulta. Ela sabe no que se meteu e o escolheu. Por que você está tentando salvar alguém que está bem onde está?

Yadi queria se dar um chute por todas as palavras que não sabia em espanhol: "facilitador", "limites", "amor-próprio". Ela amava a tia mais que tudo. E, em muitos dias, havia desejado ser filha de Matilde, mas sua tia tinha um fraco pelo homem com quem havia se casado, e esse não é o tipo de coisa de que se pode fazer alguém se desgarrar. Ela havia se atrelado a ele de novo e de novo, apesar do que sabia. Yadi era da opinião que, mesmo que *tía* Mati abrisse a porta do quarto para dar com o homem num *ménage* com a namorada recém-grávida, câmeras ligadas transmitindo ao vivo no OnlyFans, a *tía* ainda não saberia como ir embora. Remover-se de alguém era uma lição que poucas pessoas aprendiam. E, Yadi queria argumentar, talvez a *tía* não devesse. *Tía* Matilde estava confortável, seu homem a ajudava com as contas, ela nunca ia a uma festa sozinha. Sim, *tía* Matilde era a irmã mais velha, mas ela bebia *smoothies* verdes todo dia e dançava toda noite, e, se alguém ia chegar aos 100 anos, era *tía* Matilde. Ela precisaria de um homem que desafiasse as probabilidades ao lado dela. Elas tiveram essa discussão com frequência, Yadi e Pastora. Em que Yadi dizia à mãe que ficasse longe, que era cada macaco no seu galho, e em que Pastora respondia que família não era floresta.

— Quero que ela se ame mais do que ama Rafa. Ela é valorizada em todo lugar, exceto em casa, e é para lá que ela segue voltando. — A voz da mãe havia diminuído um decibel, como se ela estivesse recitando uma meditação que repetia para si mesma com frequência.

Yadi parou de empilhar bandejas e apertou a mão da mãe.

— *Tía* Flor acabou de nos lembrar de que até mesmo uma vida longa é curta demais. A senhora está com saudades do *papi*. A senhora é menos *entremetida* com ele por perto.

A risada da mãe era como escutar sua primeira canção de ninar, e Yadi sorriu também.

— Tem razão. Eu realmente sinto saudade dele e ele me deixa quase ocupada demais para me preocupar com vocês todos. Mas está dentro de mim me preocupar. O mundo tem tanta mentira, em especial as que nós contamos para nós mesmas. — E agora sua mãe olhava diretamente para ela.

A salsa que começou interrompeu as conversas. Era uma das clássicas, da variedade de músicas que todas as primas foram criadas escutando, o tipo de música que fazia as tias declararem imediatamente onde estavam e o que estavam usando quando a ouviram pela primeira vez. O trompete entrou primeiro, as boas-vindas da canção.

Então o canto narrativo de Joe Arroyo, a pausa onde o trombone respondia como se também tivesse ideias a respeito da escravização.

Yadi e a mãe observaram, na mesa delas, Rafa estender a mão e Matilde tomá-la. E, porra, ele que se foda, mas o homem sabia dançar. Mesmo agora, em sua velha idade madura, em que a maioria dos homens estava usando Vick VapoRub diariamente e fazendo alongamentos de quadril, o homem girava feito uma cadeira de escritório bem lubrificada. E Matilde estava transcendente.

— Será que é a única característica boa dele? — perguntou Yadi à mãe.

— Ele é narcisista. Matilde sabe disso; ela só acha que é capaz de elogiá-lo tanto que vai fazer com que ele deixe de ser assim ou de esperar tempo o suficiente até ele parar de achar que tem o direito de ser assim.

Matilde deu uma volta, os olhos acabando em Yadi, e ela piscou. Yadi sentiu o coração inchar com todo o amor que a tia merecia.

— Pedi demissão hoje — disse a mãe.

Agora que tudo estava empilhado e organizado em lixeiras e sacos de lixo, ela estava ao lado de Yadi.

Yadi tirou os olhos de *tía* Mati.

— Como assim? A senhora ama o seu emprego.

— Eu amo estar ocupada. Mas estou cansada de tentar vender roupas baratas para mulheres tristes. Se você precisar de ajuda para fazer as *batidas*, estou com a agenda livre.

— A senhora acharia melhor vender suco natural e *pastelitos* para homens tristes? Vai ficar com cheiro de coco e óleo de fritura todo dia. E não tem nem cheiro de carne na *cafetería*.

A mãe sorriu.

— Vou ficar com cheiro de que dei o meu suor por um sonho que a minha filha construiu. E não vou ter de falar com tanta gente. Vou mandar apontarem no cardápio.

Yadira riu. A mãe não conseguiria evitar falar com as pessoas. Mas sua mãe oferecia uma espécie de convite, e, apesar de não responder, Yadi aceitou o pedido.

A mãe lhe deu tapinhas no ombro e seguiu para o bar.

Os casais haviam lotado a pista de dança, e, apesar de Rafa e Matilde não ocuparem o centro, ainda eram donos dos holofotes. Ela girou, perna direita se lançando para fora no tempo três. Enquanto Rafa dava uma volta, Matilde agitava os ombros sozinha, a mão dela encontrando a dele um instante depois, apesar de Yadi poder jurar por tudo que nunca houve um momento em que a mão dele chamou ou a dela teve tempo para responder; os gestos eram quase telepáticos. Devagar, o casal se moveu até o centro, os lustres agora brilhando acima deles. Rafa sempre encontrava uma forma de ser a estrela.

— Ela é fenomenal sendo conduzida — disse uma voz ao seu ombro.

Ela se virou e viu Kelvyn. Yadi sorriu para ele.

— Você decidiu vir. Vou ter que te apresentar para a minha tia. Ela vai achar graça você ter ficado curioso com o funeral dela.

— Eu conheci a sua tia. — Mas ele ainda estava olhando para *tía* Matilde.

Um giro rápido na pista de dança chamou a atenção deles. Um casal perto de Rafa e Matilde estava tentando agitar os ombros num shimmy enquanto os dois seguravam as bebidas, e um deles havia derramado no corpete do vestido verde de *tía* Matilde.

— Ai, merda.

Tío Rafa estava repreendendo o jovem casal, os braços no ar, a honra da esposa em primeiro plano mesmo enquanto a esposa estava esquecida. Yadi procurou guardanapos, mas os mais próximos estavam no bar, que tinha uma legião de gente ao redor. Foi Kelvyn quem sacou um pacote de lencinhos de papel do bolso — que os ancestrais preservem um homem preparado — e foi até Matilde antes que qualquer um da família pudesse chegar lá. Yadi não conseguia ver o rosto dela, mas ela pegou uns lenços e secou o peito, retornando-os para Kelvyn quando ele estendeu a mão. Estes lencinhos ele jogou numa mesa vazia próxima, mas, então, sua mão estava estendida de novo. Ele deu um passo, dois passos, três até estarem no centro da pista de dança. Yadi observou o discurso de Rafa gaguejar até parar. Yadi procurou a mãe. *Queria que ela pudesse te ver agora, tía!*

Se alguém esperava que *tía* Matilde fosse tímida, não a conhecia por inteiro. A coisa que a música causava no seu sangue, porque ela era ótima sendo conduzida. Kelvyn mal tocava seu quadril e ela já fazia uma volta rápida para fora; seus dedos roçavam um ombro, e ela sabia que haveria uma mudança de direção. O que lhe faltava do carisma de Rafa ele compensava com o atletismo de um homem que aprendeu a fazer um passo quadrado antes de aprender a andar. Eles se seguravam não com o mesmo conforto que a *tía* e o marido, mas ainda com uma familiaridade que fazia quase todo mundo ao redor olhar. Eles dançavam como se fossem parceiros havia décadas, realizando passos que normalmente não eram feitos em festas familiares, já que eram de uma variedade mais profissional: grandes jogos de perna e requebrar de ombros que pontuavam os trompetes altos ecoando pelo salão. Era uma mostra de salsa de baile, feita para o centro de um palco.

Yadi observou Rafa começar a se ressentir do fato de que sua esposa era o centro das atenções, as sobrancelhas caídas, o peito inflado. Um círculo havia cercado o casal dançante e assistia, batendo palmas. Rafa quebrou o círculo, dirigindo-se à esposa, mas Kelvyn era um condutor que sabia quando era hora de mudar de direção, e ele girou Matilde para que ela pudesse fazer um solo. Matilde, de olhos fechados, girava. Ela dançava sozinha, fazendo o Susie Q e passando a perna pela fenda da saia. Lançou os quadris para trás, as mãos fazendo poses que Yadi nunca tinha visto. *Ela esteve se contendo todos esses anos*. Sua tia tinha um arsenal inteiro de movimentos que sabia fazer sozinha, mas provavelmente nunca quis brilhar mais que o marido. Mas, agora, ela se presenteava com a pista de dança inteira, o ar à frente e ao lado dela; os quadris descreviam círculos enquanto seguiam o ritmo em tempo dobrado.

E então, porque nunca havia sido uma *come sola*, ela abriu os olhos e chamou a irmã, Flor, que timidamente fez que não com a cabeça. Mas Matilde não seria impedida, ela agarrou a irmã pela mão, puxou-a da cadeira de vime e a fez girar; ela era a condutora agora. Flor ria, tipicamente não era ela quem dançava, mas Matilde sabia como girá-la e conduzi-la para que seus movimentos fossem passáveis. Ela lhe deu três círculos mais antes de deixá-la ir, agarrando a mão de Camila em seguida. Elas requebraram os ombros e braços ali, na beira do círculo, cada uma dando uma volta ao mesmo tempo como se tivessem ensaiado diante do espelho antes, e de fato, *tía* Camila nos contou depois, com frequência elas dançavam juntas quando ela era criança, Matilde a sua única companheira.

Pastora tinha deixado o bar para assistir às irmãs dançando. E, apesar de estar sorrindo, também parecia hesitante quando fez contato visual com a irmã. Como se *tía* Matilde não fosse estender a mão para ela.

Usando ambas as mãos para chamar a irmã, *tía* Matilde nunca perdia o cinco, seis, sete nos seus passos. Agarrou as mãos de Pastora e, já que Pastora não era de ser recatada, marchou para a pista de dança. Ela lançou o quadril para a direita. Lançou o quadril para a esquerda. Nada estava particularmente dentro do ritmo. Matilde soltou uma risada que pairou acima da música. Se era possível fazer piadas através de passos de dança, foi isso que as duas irmãs fizeram, criando um mundo de movimento para si mesmas. Quando suas mãos enfim se juntaram, a batida havia desacelerado e o ritmo delas também.

E encerraram a dança com Matilde conduzindo Pastora fazendo o oito com o quadril, as duas rindo com o absurdo daquela noite, daquela vida.

Tía Matilde parecia feita de um tecido fiado com mágica. É claro, Yadi a tinha visto dançar antes, e, por toda a sua vida, a *tía* havia sido uma dançarina de alto nível, mas o show que deu naquela noite foi como se tivesse sido tocada por Deus para fazer apenas isto.

A música parou enfim, a canção de sete minutos terminando num choro longo do saxofone. As irmãs se abraçaram, ainda rindo, respirando pesado.

Tía Flor catou um guardanapo dobrado e secou o decote, inclinando-se para limpar o suor da sobrancelha de Matilde.

Elas se separaram quando a música seguinte começou. Pastora para a pista de dança com Junior, *tía* Flor na direção do banheiro. *Tía* Matilde veio ficar ao lado de Yadi, deixando o marido com ar aturdido atrás dela. Kelvyn tinha se sentado, os olhos nunca deixando a *tía*.

— Você não dança? Ficou cansada de tanto cozinhar? — perguntou *tía* Matilde.

Yadi sorriu, passou o braço por dentro do da tia.

— Se eu não consigo dançar que nem a senhora, não quero dançar de jeito nenhum.

— Bom, você precisa colocar um tempero nos passos, e isso só vem com a idade.

Yadi riu. Mas vislumbrou Ant entrando no salão de baile de braços dados com a mãe. Ela se virou rápido, espiando pelas janelas. A *tía* pousou a mão no seu braço.

— Você não precisa ter tudo resolvido, sabia?

Yadi riu.

— Como a senhora sabia que estou prestes a ter um ataque de pânico?

— A sua mãe está à beira de um ataque de nervos desde que ouviu falar que ele voltou. Está preocupada com o que vai significar para você. Então só consigo imaginar o que você está sentindo. Talvez falar com a sua terapeuta antiga ajude.

Yadi fez que sim com a cabeça. A terapeuta havia sido uma grande ajuda. A ponto de até essas mulheres, tão tímidas quando falavam de saúde mental, entenderem que Yadi sempre precisaria de um profissional para ancorar seu coração à mente.

— Você tem razão. É uma situação bastante importante.

A *tía* deu tapinhas no seu braço.

— Ah, posso não saber muito de viver a minha própria vida, mas sou inteligente com a dos outros. E sei que é no coração que se enterram memórias que envergonham e machucam. Você pode visitá-las e colocar flores, transformar num sepulcro. Ou deixar essas coisas agirem como fertilizante e não prestar deferência.

Os olhos de Yadi se encheram de lágrimas para a metáfora, tão apropriada para um par de meninas do interior.

— Assim que a senhora disse isso, só consegui pensar na brisa que passava pelos limoeiros de *mamá*.

— Talvez você devesse ir pensar lá. — *Tía* Matilde lhe deu um beijo na têmpora.

— Ia parecer que estou fugindo de novo. Não posso simplesmente ir embora para a República Dominicana quando as coisas ficam difíceis demais.

A tia balançou a cabeça. Guiou-a até uma cadeira.

— Meus pés estão velhos. Me faça um favor e sente comigo.

Elas pegaram as cadeiras ao redor de uma mesa lotada de copos plásticos brancos, onde um copinho plástico de criança era o único ainda cheio de refrigerante.

— Você estaria fugindo? Ou seria que nem um daqueles pássaros migratórios, ou salmões, que vão para onde nasceram na estação que requer que migrem? Onde melhor para ficar de luto do que em casa?

— O que tenho para ficar de luto? Ninguém morreu.

Matilde fez que sim com a cabeça.

— Você está de luto tem muito tempo. Talvez precise ir para casa terminar o luto. Talvez o retorno de Anthony seja realmente uma oportunidade de fechar essa porta.

— A casa foi vendida quando *mamá* morreu. *Mami* me contou.

A *tía* assentiu com a cabeça.

— Foi. E, sendo a pessoa que comprou todas as partes dos meus irmãos, estou lhe dizendo que pode ficar lá. Vai ser sua quando eu morrer de qualquer forma.

Yadi esperou a tia dizer que estava brincando. Mas a mulher apenas continuou:

— Posso cuidar da loja por um tempo.

Apertaram as mãos uma da outra. Yadi de fato chorou então, no ombro da tia, por tudo que tinha perdido e por tudo que sempre teve.

EU

dei um pulo no terraço do salão depois do discurso de *mami*. Cada vez que a porta era aberta vinha um estrondo da música lá dentro, e um casal saía aos tropeços para pegar ar, mas a noite estava fria e poucas pessoas ficaram do lado de fora tanto tempo quanto eu. Não era uma grande vista, mas eu tinha vista direta para a Grand Concourse, a reta de mais de um quilômetro e meio de lojas e restaurantes e bandeiras, uma variedade de cores.

A porta se abriu atrás de mim, e esperei por outro primo ou vizinho, mas as mãos de Jeremiah tocaram meus ombros.

— Tudo bem, O?

Virei a cabeça para beijar os nós de sua mão direita. Gotinhas carmesim salpicavam as costas da mão dele, porque ele estivera pintando um cenário com spray.

— Só pensando na vida e na morte, sabe, coisa leve. — Não me dei conta de quanto frio sentia até o calor do corpo dele se aproximar.

— Vamos ser só nós — disse Jeremiah em voz baixa, mas com a certeza com que dizia a maioria das coisas.

— Como assim?

— Não posso fazer nada com a questão da morte, mas com a vida? E se a gente colocar menos pressão num bebê? Vamos parar de tentar. Vamos parar de esperar para estar esperando. Por um tempo, vamos ser só nós. Ona e Jeremiah. Agora, a gente precisa de mais do que isso?

Eu quis gritar. Precisava, precisava, sim. Quem cuidaria de nós quando ficássemos velhos? E quem a minha mãe mimaria? E o que eu faria com todos os sentimentos que cresciam dentro de mim cada vez que uma criança bochechuda aparecia na minha *timeline*? Como eu assistiria aos meus primos e amigos tendo bebês, e soprando barriguinhas, e viajando para a Disney sabendo que eu não experimentaria nada disso? Para onde todos esses sentimentos iriam?

Não me dei conta de que tinha falado em voz alta.

Jeremiah me girou e tomou meu rosto nas mãos. Beijou a minha testa.

— *Agora*, a gente vai colocar todos os sentimentos aqui no meio. E vai organizá-los e ficar com aqueles que nos abastecem, e ficar de luto pelos que não, e processar aqueles que a gente talvez não consiga soltar ainda. Não estou dizendo para a gente não ter filhos. Estou dizendo que a sua cirurgia não tem nem um ano. Talvez falte um pouco de cura para nós.

— Nunca pensei que seria esse tipo de mulher, sabe? Tenho vergonha, às vezes. Ser tão decidida a ter um filho. Parece muito egoísta querer algo tanto assim. Mas eu quero. Eu quero. Não posso fechar isso feito uma torneira. É visceral.

Jeremiah me abraçou. Balançou meu corpo com delicadeza.

— Eu amo você e todas as formas de mulher em que você se transforma e destransforma. Não estou cagando para as suas vontades. Quero uma família também. Juro que quero. E a gente ainda tem muitos caminhos para atravessar até fazer isso acontecer. Só estou dizendo que *se* nunca acontecesse, um "nós" seria suficiente para mim. Quando eu era criança, era amado simplesmente porque existia. E aí cheguei à arte e a Nova York, e é todo um mundo que quer que você prove que é capaz de criar uma coisa absolutamente única. Com você, não sinto que preciso acumular resenhas para que não me abandone. Só não quero que um filho pareça um requisito que preciso preencher na sua lista para eu ser... sei lá.

O suficiente. Amado. Ouvi o fim da frase mesmo ele tendo parado de falar.

Eu não sabia se podia concordar com ele. Não com a parte de amar Jeremiah, mas com a parte de se eu me sentiria completa sem um filho. Mas eu sabia que as palavras aqueciam algo ainda maior do que seu calor corporal. Como *mami* vinha repetindo para mim de poucas em poucas semanas, *quando* a vida e a morte aconteciam era menos importante do que *como* aconteciam.

— Vamos para casa.

Ele beijou o meu pescoço.

— Para fazer um bebê?

Dei de ombros.

— Não sei. Não seria legal? Mas, mais do que isso, para transar.

— Graças a Deus! Bota esse rabo pra trabalhar! Até os meus pelos do nariz estão ligadões em você a noite toda, e achei que você ia me fazer implorar.

MATILDE

não saiu da cadeira quando El Pelotero veio se sentar ao lado dela. Ele ficava bem com a camisa para dentro da calça. E Matilde esperou o frio na barriga, mas não sentiu nada.

— A viagem de Connecticut para Manhattan dia sim, dia não tem sido brutal.

Ela não sabia por que ele estava lhe dizendo isso.

— Fico surpresa que os seus pais não tenham pedido que morasse com eles. Tenho certeza de que o seu pai precisa de ajuda com mais do que as aulas.

Ele fez que sim.

— Eles pediram. Mas acho que em grande parte é o *papi* tentando empurrar seu sonho na minha vida. Não quero isso.

Matilde inclinou a cabeça em compreensão. Heranças eram coisas difíceis de negar.

— Ele passou anos construindo o programa. E a apresentação é daqui a pouco. Ele claramente não confia em ninguém mais para assumir — disse ela.

— Não confia mesmo. E é por isso que acho que a pessoa que dá aula deveria ser alguém tão apaixonado pela dança quanto o meu pai. Alguém que nunca faltou um dia. Sugeri hoje à noite que ele deixe você assumir.

Matilde abriu a boca, mas El Pelotero se levantou.

— Só considere a oferta. Vou ficar contente em ser seu assistente se precisar de mim. Mas quem seria melhor na tarefa que você?

E, assim, Matilde considerou a oferta. A direção em que levaria a apresentação. Considerou começar uma aula para crianças onde poderia ensinar os passos aos pequenos. Como seria ligar para esse homem para ser seu assistente de vez em quando para poder girar em seus braços. Ela se perguntou se queria fazer isso, em especial sabendo que assumiria parte do trabalho de Yadi na loja. E, dentro de si, sabia exatamente o que queria.

FLOR

acompanhou a filha até o carro. Ona estava levemente bêbada e se apoiando em Jeremiah. Ele deu uma piscadela conspiratória para Flor por cima da cabeça de Ona. Ela gostava de Jeremiah; ele ligava para ela nas quartas, não se importava com quem ficasse encarando boquiaberto quando ele dançava seu merengue com influências do Sul com todas as tias.

— *Nos vemos mañana, mami* — sussurrou Ona, dando-lhe um beijo no pescoço.

Flor se apoiou na janela do carro depois de Jeremiah despejar Ona no banco do carona.

— Querem ficar comigo? Faço umas panquecas altas do jeito que você gosta. — Era o melhor suborno que ela podia oferecer à filha, que podia ter provado muita comida na vida, mas nenhuma panqueca exatamente como a da mãe.

Ona fez que não com a cabeça.

— Jeremiah e eu temos que ir para casa. Mas te vejo amanhã?

Flor sorriu, dando um beijo na testa da filha, admirando a mancha de batom deixada.

— *Si dios quiere, mi amor.*

MATILDE

colocou a chave na primeira fechadura com tranquilidade. Encostou dois dedos no adesivo do menino Jesus e deixou a porta bater atrás de si, chutando seus saltos para longe assim que chegou à cozinha.

Mandou a Alexa tocar sua playlist preferida de salsa. Era tarde demais para ouvir música tão alto, mas, caralho, ela havia vivido silenciosamente neste prédio por anos e havia conquistado uma noite para ser a pessoa que fazia barulho.

Sentiu que podia enfim respirar.

Da cozinha, pegou três grandes sacos de lixo pretos. No quarto, só de calcinha, ela sistematicamente passou pelas gavetas de Rafa. As cuecas. As meias e as camisas. As calças nos armários, o xampu, o creme de barbear. Os ternos e as camisas sociais teriam de esperar, provavelmente. Foi para a sala de estar, baixando foto emoldurada atrás de foto emoldurada. As partes claras da parede que estavam escondidas atrás das molduras brilharam com a luz e a novidade de uma parede recém-pintada. A poeira e o encardido acumulado ao redor dos quadros não era notável antes, mas agora a ausência das fotos apontava que às vezes começar limpo significava voltar para o que era antes.

Quando terminou, abriu a janela que dava para a rua. Teria de jogar com força para não acertar a escada de incêndio.

Seus peitos balançavam suavemente enquanto ela oscilava os braços para a frente e para trás para criar energia cinética, então arremessou com toda a sua força. O ar frio era gostoso na pele. O baque de quando o saco de lixo aterrissou era mais gostoso ainda. Qualquer vizinho espiando das janelas pensaria que era *una loca encuera*, mas ela não se importava de potencialmente ter um novo apelido, menos inibido.

Dentro do apartamento, ela fechou a primeira tranca, a segunda e então o ferrolho da trava. Pediu para a Alexa aumentar ainda mais o volume. A música preencheu tudo.

Houve meio segundo em que ela se perguntou onde Rafa poderia estar. Com isso, decidiu que não se importaria mais.

E, quando Matilde se deitou na cama naquela noite e pegou o celular, tinha apenas uma mensagem de texto para mandar. *Aceito*.

YADI

bateu à porta de *doña* Reina poucos minutos antes da meia-noite. Estava levemente bêbada. Ant abriu a porta, de cueca boxer e regata. Ele ergueu uma sobrancelha quando ela estendeu uma bandeja.

— Tenho o suficiente para duas pessoas.

Ele pausou por um segundo, então deu meia-volta, a porta ainda aberta. Yadi entrou na sala de estar. A mãe dele não havia mudado nada da mobília desde os anos em que ela visitava adolescente. Os sofás tinham a mesma estampa rosa e marrom. O aquário perto do aquecedor ainda tinha um monte de peixinhos tropicais. Por um instante, sentiu que havia viajado no tempo.

Ant retornou do quarto de camiseta e bermuda de basquete.

Ela aqueceu os plátanos com arroz, e eles comeram em silêncio. Quando terminaram, ele recolheu os dois pratos e foi até a cozinha. Então voltou e se sentou no sofá, brincando com as franjas de uma almofada.

Ela se sentou no seu colo. As mãos dele congelaram. *O que você quer de mim?*, ela o imaginou perguntando. Ela mesma estava se perguntando a mesma coisa.

— Acho que vou embora. De volta para a República Dominicana. Por um tempo. Tem alguma coisa que encontro em casa que não tenho em nenhum outro lugar do mundo.

Ela olhava para as sobrancelhas dele, mas não para seus olhos. Ele deu uma batidinha na sua coxa.

— Você sempre disse que iria.

— Me desculpa. Me desculpa por eu não ter conseguido simplesmente me encaixar de volta onde a gente parou. Me desculpa por não ter visitado nem escrito. Era tudo coisa demais.

Agora as batidinhas viraram um aperto.

— Fica tranquila. Outras pessoas ligaram. E visitaram, e escreveram. Eu não achei que você fosse esperar por mim.

— Não achou?

Ele balançou a cabeça. E ela acreditou nele. Ele estava duro na bermuda. Mas outra coisa roubou sua atenção.

— Muita gente ligou e mandou cartas?

— A sua mãe me dizia o que acontecia. A minha ia toda semana. E lembra a Mileiry, da Morningside Avenue? O irmão dela ficou preso comigo. A gente se viu no horário de visitas uma vez e começou a trocar e-mails. Então, quando ela visitava o irmão... ela também me visitava. Ela mora no Queens agora.

— E vocês ficaram amigos?

Ant a embalou para a frente e para trás, com o queixo no ombro dela, a mão de volta na coxa.

— E a gente ficou amigo.

— Só amigos?

O sorriso de Ant em resposta foi rápido. E a dor no coração dela foi rápida. *Ali* estava o menino. Então o sorriso dele foi engolido por um rosto estoico. *Aqui* está o homem.

— Quer dizer, a gente não teve visitas íntimas nem nada. Caralho, Yadi! A gente ficou amigo. E a gente vai se encontrar em algum momento e ver o que acontece. Mas... eu tinha coisas que precisava ver primeiro. Pessoas para quem eu precisava dar a oportunidade de se despedir.

E Yadi não conseguiu evitar chorar pela segunda vez naquela noite. Ant a aninhou o mais próximo que podia. E ele a abraçou quando transaram. E duas horas depois, quando ela recebeu a ligação, ele a abraçou de novo.

FLOR

voltou para casa e se serviu de uma *mamajuana* que Camila lhe tinha feito anos antes. Havia encontrado todas as pilhas escondidas de notas de vinte que conseguira antes do funeral e deixou o envelope perto da entrada. Estava escrito o nome de Ona, então ficava claro que os três mil dólares eram para ela. Pensou em escrever uma carta, mas o que mais tinha a dizer? Ona possuía tudo que Flor precisava deixar para trás.

Ela preparou uma banheira quente e cheia de aromáticos. Não entrou, apenas levantou a saia e colocou os pés na água, fingindo que estava de volta, de volta em casa onde o canal corria rápido e limpava tudo que as sujava. O copo de rum com canela ficava batendo nos seus dentes, e ela não conseguia conter a risadinha que subia pela garganta. Abriu o chuveiro também e transformou a ducha em chuva, as gotículas como uma cachoeira.

Tirou o vestido com tranquilidade. Baixou a calcinha e entrou na água, nua como no dia em que nasceu. Cercada de água e brilhando e, depois de um tempo, enrugada, como uma neném sendo parida. A visão ficou borrada. Foi apenas então que ela saiu da banheira, deixando a água correr. Chapinhou pela casa, deixando para trás pegadas molhadas, subiu na cama rastejando sem tirar a toalha. A visão ficou escura nos cantos apesar de ela ter deixado todas as luzes do apartamento acesas. Com dedos trêmulos, tocou o pequeno medalhão que Pastora lhe dera. É claro, Flor havia feito bem seus estudos para o convento. Além dos pais e das famílias, San José era o santo padroeiro de uma boa morte.

Flor fechou os olhos, o lado direito do corpo dormente. Tentou recitar uma oração, a que a mãe costumava fazer com ela, ajoelhadas em frente à cama, quando ela era criança e o Divino lhe parecia tão próximo da ponta dos dedos, mas a boca não conseguia formar as palavras. Sentiu uma pontada rápida; o corpo já se desencilhava.

Flor cedeu ao sono. O ser com escamas esperava por ela.

Era tarde demais para ouvir a campainha. Ela nunca ouviu a batida forte à porta: Pastora batendo furiosamente. Os passos que correram para longe enquanto uma chave reserva era encontrada na casa de Matilde. A forma como entraram apressados, os pés ágeis, gritando seu nome

Flor Flor Flor Flor!

Mas Flor já estava devolvida.

EU

fiquei sentada no carro, a música alta. Jeremiah segurava a minha mão.

Vi Jeremiah olhando para a direita e para a esquerda, dirigindo como se mal pudesse esperar para chegar à nossa saída da estrada.

— Hoje foi... demais — disse ele.

Apertei a mão de Jeremiah. O horizonte de Nova Jersey brilhava, subitamente lindo desse ângulo em particular.

Quando entramos em casa, empurrei Jeremiah para o sofá.

Nos despimos rápido. Eu estava por cima, a posição preferida de Jeremiah depois do treino de pernas porque ele não tinha que forçar nenhum músculo. Era a minha segunda preferida, porque oferecia um ótimo ângulo para a mão de Jeremiah e meu vibrador. Jeremiah sempre estava faminto por mim. Consistente como as batidas do seu coração.

E isso parecia tão bom. Suas investidas e a minha cavalgada reduzindo o meu vocabulário presunçoso às formas mais cruas e daquela linguagem mais crua para a primeira: o espanhol que suavemente escapava se desnudando. Eu falava mais espanhol quando conversava com a minha mãe e quando fodia com propósito: destilada à minha primeira língua pelos dois.

Quando Jeremiah gozou, e eu tinha alcançado a praia das ondas que haviam me carregado, me pressionei no pescoço dele. Dei um beijo na pele macia, ele sempre tinha um cheiro bom pra caramba.

— Acho que você menstruou.

O ventilador de teto estivera girando o tempo todo em que transávamos, mas a oscilação veio bem nas minhas costas naquele instante preciso. O brilho quente escapando.

— Oi?

Jeremiah deu um tapinha na minha bunda. Ao mesmo tempo um *calma calma* de que está tudo bem e um pedido para eu mudar de posição. Eu me sentei.

— Estou com a mesma sensação de quando você está menstruada. Parece diferente, mais do que só molhada. Quer dizer, mais molhada? Mais parecida com aquarela do que a pintura a óleo de costume?

Jeremiah estava calmo, relaxado. Ainda de olhos fechados. Ou teria visto o choque. A mão que eu pressionava na cicatriz sobre o meu útero. Fiquei paralisada, seu pau amolecido querendo escapar de mim, mas fiz força.

— A sua menstruação não anda irregular?

Saí de cima dele. Normalmente, eu tomava cuidado para rolar de forma a não manchar a mobília; peróxido tirava sangue, mas eu odiava o resíduo de um trecho úmido. Dessa vez, rolei sem preocupação. Passei a mão aberta pelo pênis de Jeremiah. Me levantei, sacudindo todos os cinco dedos. Havia apenas umas poucas gotas, mais cor-de-rosa do que vermelhas.

— Minha temperatura anda de tudo que é jeito, mas ainda estava alta hoje de manhã. Teria diminuído se fosse a minha menstruação. Não faz sentido.

Jeremiah se sentou rápido.

— Você acha que tem algo errado?

Mas levei os meus dedos ao nariz. Eu conhecia o cheiro do meu sangue, metálico e pungente, desde que tinha 13 anos. Conhecia as cólicas que acompanhavam o sangue, o aviso que recebia que me deixava decidir o momento da menstruação. O cheiro da possibilidade de vida desfeita. Mas essa não era a sensação.

Esse sangue era algo totalmente diferente.

— Acho que, estou me perguntando, talvez... seja sangramento da implantação?

Jeremiah pegou a minha mão e encarou os meus dedos também.

— Como a gente vai saber?

O corpo vai dizer.

RESUMO

Colagem daquele rumor de seda, daquele trecho de um poema que encontrei atrás da sua orelha. Eu vou ter de inventar as partes que você não pôde me contar. Sobre como fortificar meu coração, me tornar esse tipo de monstruosidade apesar daqueles que me amam — *e por causa deles*. Memória coletiva. Aqui, colecionei memória. Usei estas palavras para dobrar espaços reservados, venham ao banquete. Esta língua amarrada como um ornamento de centro de mesa de uma rosa-de--bayahibe selvagem. Usei esta imaginação para aplicar mármore à sua tumba. Eu tive de inventar as partes que você não pôde me contar. Um mito de criação, um mito de morte, um mito de uma mãe, um mito de um cabide de roupas em que penduro todas as coisas que você instilou e todas as coisas que barrou com os dentes. Eu me ensino a perdoá-la. Faço um altar de seu nome. Genuflexão. Você me ensinou: todos nós somos mágica envolta em pele. E tensos com um maravilhamento exagerado, pois, no tempo fugaz que somos seres, teríamos de inventar: a mulher que precisamos para sobreviver a este mundo.

A quem estiver lendo,

Será que existe uma história única de origem para um livro?

Eu poderia puxar tantos fios diferentes para explicar como cheguei a *A despedida de Flor*, e todos seriam verdadeiros, e todos seriam incompletos. Dar exemplos de linhas de pensamento que ancoraram o livro talvez seja o melhor jeito, ainda que o menos ortodoxo — mas o mais honesto para mim e para minha escrita. A confluência dessas explosões de inspiração, e de muitos outros momentos parecidos, me levou a esta história amalgamada.

Em algum momento em 2009, poucas semanas antes da apresentação do meu trabalho de conclusão de curso, eu estava cruzando uma ponte perto da Townsend Avenue, no Bronx. Eu pensava na *mi tía* Margarita, de cujo apartamento eu tinha acabado de sair. Ela havia chegado aos Estados Unidos poucos anos antes e, a mulher cheia de energia que é, dobrou Nova York até a cidade fazer suas vontades. Ela é durona e alegre, e a mulher que agia como minha *mami* substituta quando eu visitava a República Dominicana a cada verão quando criança. Ela é o tipo de mulher que deveria estar em livros. Mas pensar nisso me levou ao fato de que minha mãe é uma de nove irmãs, e cada uma delas tem atributos e peculiaridades e contradições que as transformam no combustível perfeito para uma história impossível de largar. Na época, eu ainda estava na faculdade, uma poeta *spoken word* que fazia performance e tinha medo de prosa, e eu não fazia ideia de como seria minha trajetória como autora, mas me lembro de pensar: um dia, vou escrever uma história em vinhetas a respeito das irmãs da minha mãe.

Vamos saltar para setembro de 2019: estou sentada num restaurante com minha prima Limer. Nós decidimos transmitir amor e informações a respeito dos assuntos de família já que, morando em

Washington, D.C., somos as duas únicas que moram do outro lado do rio Delaware. Ela é três anos mais nova que eu e décadas mais sábia, e com frequência vou até ela em busca de conselhos, algo de que precisava naquele dia. Mas antes de eu poder perguntar sobre uma mudança imensa de carreira, com nossos pedidos de pad thai e curry verde feitos, Limer se virou para mim e falou:

— Sei sobre o que tem que ser o seu próximo livro.

Eu abomino essa frase. A maioria das pessoas não sabe sobre o que um livro tem que ser; caralho, a maioria das pessoas que *escreve* não sabe sobre o que o livro tem que ser. É através da escrita que o propósito de uma história se descobre, não num recorte de fofoca ou encontro aleatório. Mas, como mencionei, Limer, como sua mãe, *tía* Margarita, não é besta. E ela passou a me inteirar de uma história de família que um passarinho lhe tinha contado. Voltei para casa naquele dia e sabia que tinha encontrado a entrada para um personagem, e um momento no tempo, e uma relação que rapidamente usurpou a ansiedade que eu havia sentido quando cheguei para almoçar. Escrevi quatro mil palavras em duas horas. Que fique claro, não transcrevi o cenário exato que Limer havia me contado, mas, enquanto ela falava, lancei um olhar para dentro, para a forma como famílias contam segredos, e contam as verdades uns dos outros, e se protegem ou ferem suas pessoas preferidas... Havia uma textura que eu conseguia sentir na conversa com minha prima, minha mente escritora lendo o braile ali e notando, *aqui tem uma história*.

Em algum momento uns poucos anos atrás, ouvi um palestrante falar sobre a forma como práticas funerárias estão mudando. Algumas pessoas transformam suas cinzas em sementes que podem ser plantadas para se transformar numa árvore, oferecendo uma abordagem diferente para reduzir o aquecimento global. Outras estão optando por caixões biodegradáveis. A prática de funerais em vida começou a ganhar raiz em comunidades pequenas, onde enfermos querem um jeito mais formal de se despedir. Numa vida diferente, eu teria sido antropóloga. Sou movida por como seres humanos criam cultura e tradição. Os rituais e as cerimônias que nos tornam diferentes dos outros animais de que passamos adiante, ou de que nos afastamos, ou redescobrimos. Ouvi essa fala sobre as formalidades da morte sem sequer pensar que escreveria a respeito dela. Adoro ser estudante, e tudo que sabia na época era que seres humanos que estão se preparando para a morte aparecem com as formas mais malucas e mágicas de lidar com suas encarnações corpóreas... e com seus entes queridos.

Em outubro de 2020, visitei minha médica depois de alguns padrões menstruais incomuns. Descrevi os sintomas e me deitei na maca de exame, enquanto ela pressionava dedos firmes na minha pélvis, então posicionou meus pés em apoios para poder realizar um toque vaginal.

— Seu útero está pesado — disse ela. — Sei que soa estranho, mas é a única forma de descrever. Talvez você esteja com gêmeos. — Minha médica toma muito cuidado com minha personalidade ansiosa e, nesta ocasião, ela sabia quanta esperança eu tinha com a perspectiva de ter concebido. — Mas por via das dúvidas quero pedir uma ressonância.

O que eu *tinha* era um mioma do tamanho de uma laranja pequena que dificultava que eu me sentasse, que havia mudado a posição do meu útero numa elevação estranha e que muito provavelmente me causaria dificuldade de engravidar. A cirurgia para remover o tumor implantado na parede desse órgão fabricador de bebês em particular estava planejada para o começo do ano seguinte.

E é claro, sou movida por linguagem. Mantenho um caderno de palavras que chegam até minha orelha e ecoam como o sino de uma luta de boxe. Ouço minha mãe com uma antena voltada para o que ela está dizendo e outra alinhada para como as frases se traduzem do inglês ou se conjugam em duplos sentidos. Minha sogra e meu marido se falam todo dia e terminam numa cadência familiar que tenho o privilégio de ouvir; há mágica nos regionalismos da Carolina do Norte que usam, o que os dois dizem e o que não dizem e como o espaço entre eles pinta um mundo próprio. Faz com que eu olhe conversas com minha própria família de maneira diferente, oferece outra lente para tirar sentido de nossos padrões de abertura, familiaridade e falsidades. Isso também moveu começos para a história, a necessidade de encapsular momentos em linguagem onde conexões ancestrais desabrochassem ou apodrecessem.

Houve tantas portas mais que levaram a essa narrativa: fazendo a turnê de outro livro, a bibliotecária no Arkansas que me contou que desenvolveu um amor por limão apenas depois do falecimento da mãe. As descrições criativas e gratuitas da minha melhor amiga de sua vagina alfa. A memória de não poder fechar a porta do banheiro na casa da minha tia porque ela queria procurar parasitas no meu cocô. E... e... e. Escrevi cenas e personagens fora de ordem, no que muitas pessoas organizadas poderiam chamar de caos, mas eu sabia que estava construindo e criando camadas de uma história com cada preciosidade brilhante de narrativa, cada uma relançando a história adiante.

Escrever um livro, para mim, é como escrever esta carta para você. Reviro as lixeiras de coincidências e interações vernaculares e humanas, puxando os fios que me causam curiosidade, dor ou alegria. *Ah, digo, este aqui tem um tom verdadeiro e ousado que vai doer para escrever, mas vai me gratificar se conseguir capturar bem. Oh, penso, este está gasto, uma ferida antiga que só vai sarar quando for bem acariciada.* E então costuro. E costuro. E costuro de novo. E não me preocupo com *o que* estou fazendo. Minha única preocupação é: isso é verdadeiro? Note, não estou falando "a verdade". *A despedida de Flor* não é um livro factual ou ficção autobiográfica, e eu não estava mirando em nenhum dos dois. Meu norte real é apenas o que é *verdadeiro*. O que ressoa emocionalmente verdadeiro dentro desta experiência humana imaginativa que revelo para mim mesma — e para você — ao escrever e reescrever.

Vamos voltar ao começo. O ímpeto para *A despedida de Flor* é o passado e o presente e o amanhã; é a beleza e a poesia e os nossos medos mais profundos. É meu povo — vivo e ancestral — e minha devoção em escrever minha gente de uma forma cheia de ternura e integridade e uma honestidade cortante. É minha inclinação de terminar um capítulo com a imagem mais precisa ou trecho de diálogo, e meu projeto como escritora de permitir muitos pontos de entrada em meu trabalho.

Calorosamente,
Elizabeth Acevedo

AGRADECIMENTOS

Olha só, duas mulheres investiram UM ESFORÇO IMENSO para fazer este romance ser algo que outras pessoas pudessem ler: um salve à minha editora, Helen Atsma, e à minha agente, Alexandra Machinist. Obrigada por acreditarem neste livro adulto! Obrigada por confiar no meu processo pouco ortodoxo.

À vasta equipe da HarperCollins Estados Unidos e à equipe específica da Ecco, obrigada por quanto se importaram; este livro entra no mundo tendo sido tocado por tantas mãos cuidadosas.

Kianny Antigua: sei que este livro é melhor porque teve seus olhos e sua voz para empurrar o idioma materno adiante. ¡Pa'lante, hermana!

Equipe Co-Work! Safia Elhillo & Clint Smith, este livro não existiria sem a nossa dedicação a um grupo de escritores da pandemia e a leitura atenta de vocês três anos depois. Poderia haver um livro, mas não seria *este aqui*, que é mais rico por ter recebido o coração e a orientação de vocês desde o começo.

Nalma Coster, *mi querida*. De nosso retiro até o eco do seu apoio, a suas leituras generosas e resposta, obrigada, obrigada, obrigada. *Mil gracias no es suficiente*. Estou tão contente por poder escrever na mesma época que você.

Julia Álvarez, Jacqueline Woodson, Angie Cruz, Deesha Philyaw, Kiese Laymon, obrigada por concordarem em fazer os *blurbs* para o livro e me encherem de amor. Todas vocês são gigantes. Obrigada por manterem portas abertas com os ombros.

À minha prima Limer, sou tão grata por aquele dia que saímos para almoçar e você não apenas me auxiliou em como fazer escolhas difíceis como também me disse:

— Sei sobre o que tem que ser o seu próximo livro...

E aqui está.

À minha prima Mabel, obrigada por sua leitura generosa e pelos seus apontamentos dedicados.

Mami Rosa, as histórias que me contou quando criança e que você desembrulhou para mim quando virei adulta inspiraram uma vontade de dar nome às muitas formas como mulheres se apoiam através de gerações. Eu te estimo além de palavras. Espero ter você como minha mãe em qualquer vida que eu seja enviada para viver. Para você, todos os melhores emojis: meu coração, minha rosa, meu dar de ombros e meus abraços.

Para minhas *tías*, obrigada por me dar permissão de fazer ficção de histórias sensíveis e infundir personagens com os pedaços mais difíceis e maravilhosos de vocês.

Obrigada em especial a Ona Díaz-Santin, que, quando contei que estava usando o nome dela em um livro, me deu o beijo mais gentil do mundo na testa. Minha Ona sonha em ter sua sabedoria! E à bibliotecária em Fort Smith, Arkansas, que em 2019 me contou sobre como havia herdado um gosto por limões — agradeci a você na época por me deixar pegar emprestado esse detalhe adiantado e lhe agradeço agora.

Gigi, as vulnerabilidades que você compartilha comigo me permitem contar histórias melhores sobre as mulheres que amo. Obrigada.

Meu reizinho, senti suas cambalhotas e soquinhos enquanto eu digitava; você é de longe o melhor parceiro de escrita que já tive.

Amado: *We did it, Joe!* Conseguimos! Este pode ser o meu livro mais corajoso, e sei que devo isso a você. Você acreditou na minha voz antes de qualquer coisa chegar a estar impressa, e o que mais posso dizer? Um viva a tudo que praticamos.

Ancestrais: vocês apareceram na estação da tristeza e me levaram para a estação da doçura/Quando eu não sabia a palavra a seguir, ou a passagem, ou a direção deste romance (ou desta vida), vocês me lembraram de me voltar para dentro/De novo/ E de novo/Viva! A sua educação sempre paciente e presente/Viva! A como as perguntas que faço sempre encontram respostas/Eu lhes desejo paz e tranquilidade/Axé.

Este livro foi composto na tipografia Palatino LT Std,
em corpo 11/16, e impresso em papel off-white
no Sistema Cameron da Divisão Gráfica
da Distribuidora Record.